突然聽懂 & 脫口而出

10秒跟讀法
檢定・職場

N3高頻單字

留學、生活、文化

吉松由美,西村惠子,林勝田,山田社日檢題庫小組 ◎合著

影子跟讀
記憶庫
日本腔嘴巴

填空練習
語感強化
如大腦健身

隨看隨聽

山田社

前言

專家強推！
「影子跟讀法」神效實證——
免出國也能說出完美東京腔！
加碼「單字速記三部曲」+「必考搭配短句」，
從「背了就忘」到「過目難忘」！

學日文時，你是否也遇過這些困境？
◆ 單字背了十遍，隔天卻像從未見過。
◆ 開口就「えーっと…」，台味口音揮之不去。
◆ 寫作時漢字總缺一撇，動詞變化一片混亂。
◆ 日檢聽力速度像飆車，永遠追不上。
◆ 文法規則背再多，實際應用仍卡關。

（兩大核心學習法，直擊日檢痛點：）

【影子跟讀法｜聽說同步升級】
▶ 科學驗證：日本語言學家認證最有效發音訓練法。
▶ 三階段強化：
　① 精準發音：100% 複製日籍老師嘴型、語調、停頓。
　② 聽力突破：從「聽得模糊」到「一字不漏」抓取助詞、縮略形。
　③ 口說流暢：擺脫「先想中文再翻譯」的卡頓模式。

【單字記憶矩陣｜四維深度刻印】
　① 情境分類：將「經濟、政治、心理」等抽象詞彙融入「加班、選舉、戀愛」等真實場景。
　② 搭配短句：每個單字附「高頻出題組合」→記「届ける」同時學會「書類を届ける」「連絡を届ける」。
　③ 填空反饋：即時檢測記憶漏洞，強化弱項。
　④ 漢字聯想：標註易錯筆畫（如「議」右邊是「我」不是「戈」）。

本書特色

1. 【跟讀大法】聽力口說一次到位，讓你說話像日劇主角！
   聽力卡關？口音像外星人？別怕！「影子跟讀法」就是你的救星！
   什麼是影子跟讀？
   ⇨ 就像回聲一樣，慢1秒複製日本人的每句話，「模仿！模仿！再模仿！」

   三大神奇效果：
   ◆ 口音瞬間升級：讓你的嘴巴自動學會東京腔，講話自帶櫻花濾鏡～
   ◆ 聽力開外掛：從「蛤？再說一次」進化成「我連語助詞都聽得懂！」
   ◆ 口說超流暢：擺脫「教科書日語」，講話自然到像在涉谷長大！

   跟讀5步驟（懶人包）
   聽懂它→ 2. 搞懂它→ 3. 唸順它→ 4. 模仿它→ 5. 超越它！
   （附贈加速版N3例句，讓你輕鬆跟上日本人真實語速！）
   例如以下這句：
   老師唸：フライ返しで卵焼きを作ります。
   我跟讀：（1秒後）フライ返しで卵焼きを作ります。
   1秒後同步跟讀，精準複刻老師的發音節奏！

2. 【填空挑戰】記憶力+100%的秘技！
   背了就忘？試試「填空虐腦法」！
   ⇨ 精選生活化長句，挖空關鍵字讓你現學現賣。
   ⇨ 邊寫邊記，漢字再也難不倒你。
   ⇨ 動詞變化？形容詞活用？寫過就刻進DNA！

3. 【情境串燒】單字不再七零八落！
   「時間、住房、天氣…政治、心理、戀愛？」
   ⇨ 把相關單字打包成串，記憶效率↑200%！
   ⇨ 遇到實際情境時，腦袋自動彈出單字庫，聊天不再詞窮！

前言

4.【精準字典】砍掉廢話，只留考點！
⇨ 刪除冷門到外星人都不用的字義。
⇨ 按 50 音排序，找單字比滑 IG 還快。
⇨ 每個解釋都是考試最愛考的版本。

5.【必考短句】單字 + 文法 + 用法一次 GET！
不是只告訴你「這個字什麼意思」。
而是直接示範「這個字怎麼用」。
⇨ 搭配高頻組合字
⇨ 附贈實用場景
⇨ 應考時看到題目就直接反射答案

6.【佛心排版】眼睛再也不抽筋！
■ 左頁：單字 + 例句　　■ 右頁：填空練習
■ 不用翻來翻去　　　　■ 不會看到脫窗
■ 隨手就能複習　　　　■ 通勤時也能讀

　　想考日檢，或想輕鬆增加單字量的讀者皆適用，透過活潑的插圖版型，給您全方位且紮實的練習！兩頁一組測驗，方便您利用零碎時間，一點一滴累積增進日語力！

使用說明
shadowing 影子跟讀法

透過百分百的模仿，聽力大躍進，練出完美口音。

5 步驟強化聽說力

理解

1 先聽一遍 理解音檔內容。

▶ 君の實力が出せればきっとうまくいくよ。

內化

2 搞懂句子 仔細閱讀句子，並理解句中的每個單字及文法的意思。

    你   實力   一定   成功

▶ 君の實力が<u>出せれば</u>きっとうまくいくよ。

            動詞可能型＋表假定條件的ば

知道句意是：「只要發揮你的實力就一定能成功。」

3 朗讀句子 看著句子，發聲朗讀到流暢。一開始可能會因不熟句子而卡住，反覆多念幾次，直到自然流利。也可以通過掌握句子的文節，了解日本人習慣停頓的地方。例如：

▶ 君の＾實力が＾出せれば＾きっと＾うまく＾いくよ。

※「＾」是日本人習慣停頓的地方。

4 邊聽邊練習 複製東京腔，模仿音檔標準發音，專注發音、語調起伏及節奏。可以適時按下暫停，細聽每個文節的念法。

跟讀

5 開始跟讀 約一秒後如影子般，跟隨在音檔後以同樣的速度，唸出一模一樣的發音和腔調。方式有二：
a. 看日文，約一秒後跟著音檔唸。
b. 不看日文，約一秒後跟著音檔唸。

君の實力が出せればきっとうまくいくよ。
（1秒後）君の實力が出せればきっとうまくいくよ。

使用說明
instructions 結構說明

Point 1　生活情境・串聯應用場合

從「單字→單字成句→情境串連」式學習，啟動聯想，瞬間打開豐富的單字庫。

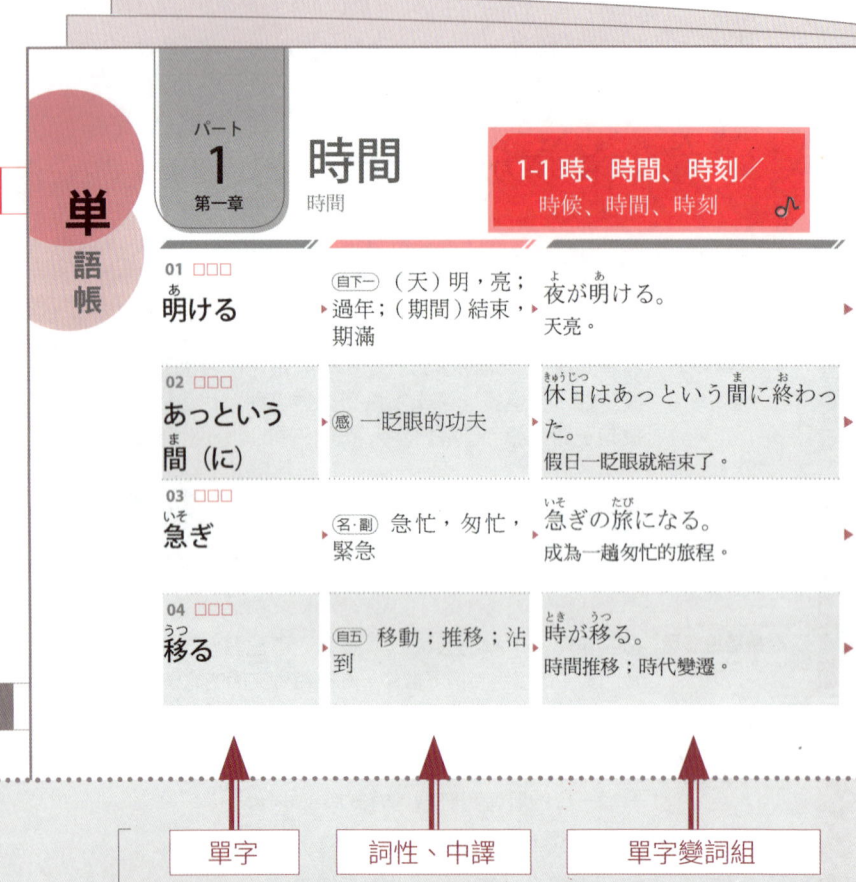

單字
N3 必勝單字全收錄，最常用的生活字彙。

詞性、中譯
白話好懂辭意，50音順排列方便查找！在最短時間內，迅速掌握日語單字。

單字變詞組
精選經常一起出現的「搭配字」，掌握單字常見的表現。

內文結構

Point 2　長句「填空＋影子跟讀法」強化讀寫及口說能力

精選同級文法和詞彙的「長例句」，透過「填空練習」書寫記憶，以及「影子跟讀法」口說練習，同步強化讀寫及口說能力！

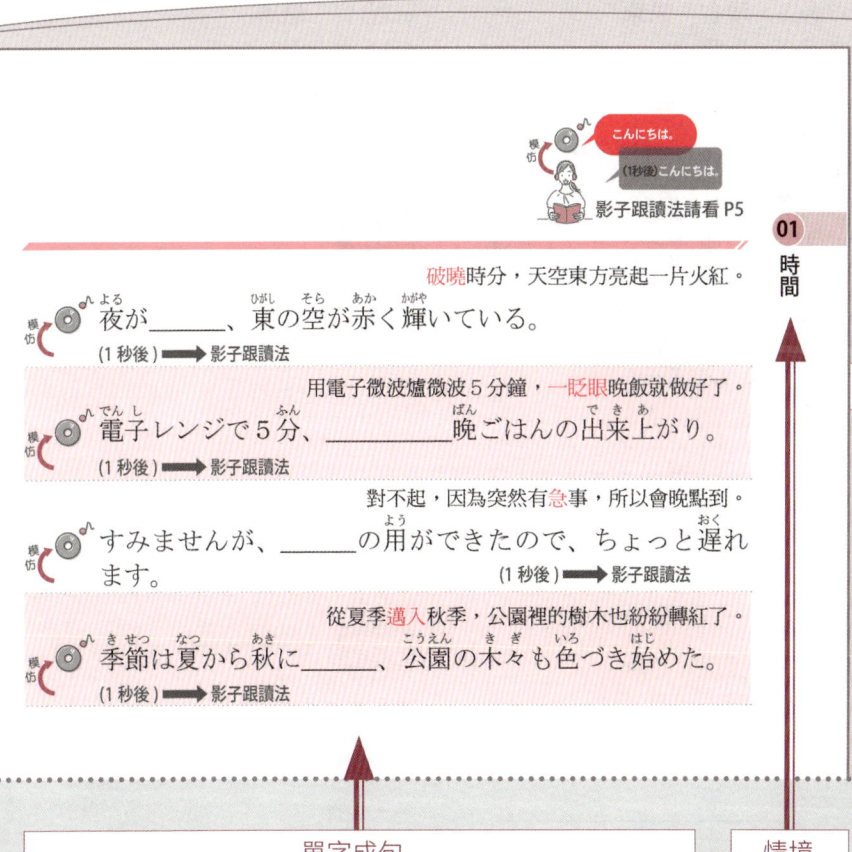

01 時間

破曉時分，天空東方亮起一片火紅。
夜が_____、東の空が赤く輝いている。
(1秒後) ➡ 影子跟讀法

用電子微波爐微波5分鐘，一眨眼晚飯就做好了。
電子レンジで5分、_____晩ごはんの出来上がり。
(1秒後) ➡ 影子跟讀法

對不起，因為突然有急事，所以會晚點到。
すみませんが、_____の用ができたので、ちょっと遅れます。
(1秒後) ➡ 影子跟讀法

從夏季邁入秋季，公園裡的樹木也紛紛轉紅了。
季節は夏から秋に_____、公園の木々も色づき始めた。
(1秒後) ➡ 影子跟讀法

單字成句

情境

▶ 長句「填空測驗」是將例句中的單字部分挖空，針對不熟悉的部分再次複習，學完一頁立即驗收成果，再次複習，吸收效果絕佳。

▶「影子跟讀法」連結了聲音聽覺及內容理解，讓您的日語反應能力大幅攀升，學習日本人的發音、語調、速度及口氣…等，聽力也跟著大進步。

依情境主題將單字分類串連。

CONTENTS 目錄

第一章 時間
- 1-1 時候、時間、時刻 ……… 16
- 1-2 季節、年、月、週、日 ……… 20
- 1-3 過去、現在、未來 ……… 26
- 1-4 期間、期限 ……… 30

第二章 住房
- 2-1 住家、居住 ……… 32
- 2-2 住家的外側 ……… 34
- 2-3 房間、設備 ……… 36

第三章 用餐
- 3-1 用餐、味道 ……… 40
- 3-2 食物 ……… 42
- 3-3 調理、菜餚、烹調 ……… 48

第四章 衣服
- 4-1 衣服、西服、和服 ……… 52
- 4-2 穿戴、服飾用品 ……… 54

第五章 人體
- 5-1 胴體、身體 ……… 58
- 5-2 臉 ……… 60
- 5-3 手腳 ……… 64

第六章 生理（現象）
- 6-1 誕生、生命 ……… 72
- 6-2 老年、死亡 ……… 72
- 6-3 發育、健康 ……… 74
- 6-4 身體狀況、體質 ……… 76
- 6-5 疾病、治療 ……… 80
- 6-6 身體器官功能 ……… 84

第七章 人物
- 7-1 人物、男女老少 ……… 86
- 7-2 各種人物的稱呼 ……… 88
- 7-3 姿容 ……… 94
- 7-4 態度、性格 ……… 96
- 7-5 人際關係 ……… 102

第八章 親屬
……… 108

第九章 動物
……… 110

第十章 植物
……… 112

第十一章 物質
- 11-1 物、物質 ……… 114
- 11-2 能源、燃料 ……… 114
- 11-3 原料、材料 ……… 116

第十二章
天體、氣象
12-1 天體、氣象、氣候⋯⋯⋯⋯118
12-2 各種自然現象⋯⋯⋯⋯⋯122

第十三章
地理、地方
13-1 地理⋯⋯⋯⋯⋯⋯⋯⋯⋯126
13-2 地方、空間⋯⋯⋯⋯⋯⋯128
13-3 地域、範圍⋯⋯⋯⋯⋯⋯130
13-4 方向、位置⋯⋯⋯⋯⋯⋯136

第十四章
設施、機關單位
14-1 設施、機關單位⋯⋯⋯⋯140
14-2 各種設施⋯⋯⋯⋯⋯⋯⋯142
14-3 商店⋯⋯⋯⋯⋯⋯⋯⋯⋯144
14-4 團體、公司行號⋯⋯⋯⋯146

第十五章
交通
15-1 交通、運輸⋯⋯⋯⋯⋯⋯148
15-2 鐵路、船隻、飛機⋯⋯⋯154
15-3 汽車、道路⋯⋯⋯⋯⋯⋯158

第十六章
通訊、報導
16-1 通訊、電話、郵件⋯⋯⋯160
16-2 傳達、告知、信息⋯⋯⋯162
16-3 報導、廣播⋯⋯⋯⋯⋯⋯164

第十七章
體育運動
17-1 體育運動⋯⋯⋯⋯⋯⋯⋯168
17-2 比賽⋯⋯⋯⋯⋯⋯⋯⋯⋯168
17-3 球類、田徑賽⋯⋯⋯⋯⋯170

第十八章
愛好、嗜好、娛樂⋯⋯⋯172

第十九章
藝術
19-1 藝術、繪畫、雕刻⋯⋯⋯176
19-2 音樂⋯⋯⋯⋯⋯⋯⋯⋯⋯176
19-3 戲劇、舞蹈、電影⋯⋯⋯178

第二十章
數量、圖形、色彩
20-1 數目⋯⋯⋯⋯⋯⋯⋯⋯⋯182
20-2 計算⋯⋯⋯⋯⋯⋯⋯⋯⋯184
20-3 量、容量、長度、面積、重量等⋯⋯⋯⋯⋯⋯⋯⋯⋯⋯188
20-4 次數、順序⋯⋯⋯⋯⋯⋯200
20-5 圖形、花紋、色彩⋯⋯⋯202

第二十一章
教育
21-1 教育、學習⋯⋯⋯⋯⋯⋯208
21-2 學校⋯⋯⋯⋯⋯⋯⋯⋯⋯212
21-3 學生生活⋯⋯⋯⋯⋯⋯⋯214

第二十二章
儀式活動、一輩子會遇到的事情⋯⋯218

第二十三章 工具

- 23-1 工具 …… 218
- 23-2 傢俱、工作器具、文具 …… 226
- 23-3 容器類 …… 234
- 23-4 燈光照明、光學儀器、音響、信息器具 …… 234

第二十四章 職業、工作

- 24-1 工作、職場 …… 240
- 24-2 職業、事業 …… 248
- 24-3 家務 …… 258

第二十五章 生產、產業 …… 262

第二十六章 經濟

- 26-1 交易 …… 264
- 26-2 價格、收支、借貸 …… 266
- 26-3 消費、費用 …… 270
- 26-4 財產、金錢 …… 278

第二十七章 政治

- 27-1 政治、行政、國際 …… 282
- 27-2 軍事 …… 284

第二十八章 法律、規則、犯罪 …… 286

第二十九章 心理、感情

- 29-1 心、內心 …… 288
- 29-2 意志 …… 296
- 29-3 喜歡、討厭 …… 302
- 29-4 高興、笑 …… 304
- 29-5 悲傷、痛苦 …… 306
- 29-6 驚懼、害怕、憤怒 …… 306
- 29-7 感謝、悔恨 …… 308

第三十章 思考、語言

- 30-1 思考 …… 312
- 30-2 判斷 …… 316
- 30-3 理解 …… 322
- 30-4 知識 …… 326
- 30-5 語言 …… 332
- 30-6 表達 …… 336
- 30-7 文章文書、出版物 …… 348

詞性說明

詞性	定義	例（日文／中譯）
名詞	表示人事物、地點等名稱的詞。有活用。	門(もん)／大門
形容詞	詞尾是い。説明客觀事物的性質、狀態或主觀感情、感覺的詞。有活用。	細(ほそ)い／細小的
形容動詞	詞尾是だ。具有形容詞和動詞的雙重性質。有活用。	静(しず)かだ／安靜的
動詞	表示人或事物的存在、動作、行為和作用的詞。	言(い)う／說
自動詞	表示的動作不直接涉及其他事物。只説明主語本身的動作、作用或狀態。	花(はな)が咲(さ)く／花開。
他動詞	表示的動作直接涉及其他事物。從動作的主體出發。	母(はは)が窓(まど)を開(あ)ける／母親打開窗戶。
五段活用	詞尾在ウ段或詞尾由「ア段＋る」組成的動詞。活用詞尾在「ア、イ、ウ、エ、オ」這五段上變化。	持(も)つ／拿
上一段活用	「イ段＋る」或詞尾由「イ段＋る」組成的動詞。活用詞尾在イ段上變化。	見(み)る／看 起(お)きる／起床
下一段活用	「エ段＋る」或詞尾由「エ段＋る」組成的動詞。活用詞尾在エ段上變化。	寝(ね)る／睡覺 見(み)せる／讓…看
下二段活用	詞尾在ウ段・エ段或詞尾由「ウ段・エ段＋る」組成的動詞。活用詞尾在ウ段到エ段這二段上變化。	得(う)る／得到 寝(ね)る／睡覺
變格活用	動詞的不規則變化。一般指カ行「来る」、サ行「する」兩種。	来(く)る／到來 する／做
カ行變格活用	只有「来る」。活用時只在カ行上變化。	来(く)る／到來
サ行變格活用	只有「する」。活用時只在サ行上變化。	する／做
連體詞	限定或修飾體言的詞。沒活用，無法當主詞。	どの／哪個
副詞	修飾用言的狀態和程度的詞。沒活用，無法當主詞。	余(あま)り／不太…

副助詞	接在體言或部分副詞、用言等之後，增添各種意義的助詞。	～も／也…
終助詞	接在句尾，表示說話者的感嘆、疑問、希望、主張等語氣。	か／嗎
接續助詞	連接兩項陳述內容，表示前後兩項存在某種句法關係的詞。	ながら／邊…邊…
接續詞	在段落、句子或詞彙之間，起承先啟後的作用。沒活用，無法當主詞。	しかし／然而
接頭詞	詞的構成要素，不能單獨使用，只能接在其他詞的前面。	御〜／貴（表尊敬及美化）
接尾詞	詞的構成要素，不能單獨使用，只能接在其他詞的後面。	～枚／…張（平面物品數量）
造語成份（新創詞語）	構成復合詞的詞彙。	一昨年／前年
漢語造語成份（和製漢語）	日本自創的詞彙，或跟中文意義有別的漢語詞彙。	風呂／澡盆
連語	由兩個以上的詞彙連在一起所構成，意思可以直接從字面上看出來。	赤い傘／紅色雨傘 足を洗う／洗腳
慣用語	由兩個以上的詞彙因習慣用法而構成，意思無法直接從字面上看出來。常用來比喻。	足を洗う／脫離黑社會
感嘆詞	用於表達各種感情的詞。沒活用，無法當主詞。	ああ／啊（表驚訝等）
寒暄語	一般生活上常用的應對短句、問候語。	お願いします／麻煩…

其他略語

呈現	詞性	呈現	詞性
對	對義詞	近	文法部分的相近文法補充
類	類義詞	補	補充說明

新日本語能力試驗的考試內容

N3 題型分析

測驗科目 (測驗時間)			試題內容		
			題型	小題題數*	分析
語言知識 (30分)	文字、語彙	1	漢字讀音 ◇	8	測驗漢字語彙的讀音。
		2	假名漢字寫法 ◇	6	測驗平假名語彙的漢字寫法。
		3	選擇文脈語彙 ○	11	測驗根據文脈選擇適切語彙。
		4	替換類義詞 ○	5	測驗根據試題的語彙或說法,選擇類義詞或類義說法。
		5	語彙用法 ○	5	測驗試題的語彙在文句裡的用法。
語言知識、讀解 (70分)	文法	1	文句的文法1 (文法形式判斷) ○	13	測驗辨別哪種文法形式符合文句內容。
		2	文句的文法2 (文句組構) ◆	5	測驗是否能夠組織文法正確且文義通順的句子。
		3	文章段落的文法 ◆	5	測驗辨別該文句有無符合文脈。
	讀解*	4	理解內容 (短文) ○	4	於讀完包含生活與工作等各種題材的撰寫說明文或指示文等,約150~200字左右的文章段落之後,測驗是否能夠理解其內容。
		5	理解內容 (中文) ○	6	於讀完包含撰寫的解說與散文等,約350字左右的文章段落之後,測驗是否能夠理解其關鍵詞或因果關係等等。
		6	理解內容 (長文) ○	4	於讀完解說、散文、信函等,約550字左右的文章段落之後,測驗是否能夠理解其概要或論述等等。

讀解*		7	釐整資訊	◆ 2	測驗是否能夠從廣告、傳單、提供各類訊息的雜誌、商業文書等資訊題材（600字左右）中，找出所需的訊息。
聽解（40分）	1		理解問題	◇ 6	於聽取完整的會話段落之後，測驗是否能夠理解其內容（於聽完解決問題所需的具體訊息之後，測驗是否能夠理解應當採取的下一個適切步驟）。
	2		理解重點	◇ 6	於聽取完整的會話段落之後，測驗是否能夠理解其內容（依據剛才已聽過的提示，測驗是否能夠抓住應當聽取的重點）。
	3		理解概要	◇ 3	於聽取完整的會話段落之後，測驗是否能夠理解其內容（測驗是否能夠從整段會話中理解說話者的用意與想法）。
	4		適切話語	◆ 4	於一面看圖示，一面聽取情境說明時，測驗是否能夠選擇適切的話語。
	5		即時應答	◆ 9	於聽完簡短的詢問之後，測驗是否能夠選擇適切的應答。

＊「小題題數」為每次測驗的約略題數，與實際測驗時的題數可能未盡相同。此外，亦有可能會變更小題題數。
＊有時在「讀解」科目中，同一段文章可能會有數道小題。

資料來源：《日本語能力試驗JLPT官方網站：分項成績・合格判定・合否結果通知》。2016年1月11日，取自：http://www.jlpt.jp/tw/guideline/results.html

パート1 第一章 時間

1-1 時、時間、時刻／時候、時間、時刻

01 明ける
- 〔自下一〕（天）明，亮；過年；（期間）結束，期滿
- 夜が明ける。
- 天亮。

02 あっという間（に）
- 〔感〕一眨眼的功夫
- 休日はあっという間に終わった。
- 假日一眨眼就結束了。

03 急ぎ
- 〔名・副〕急忙，匆忙，緊急
- 急ぎの旅になる。
- 成為一趟匆忙的旅程。

04 移る
- 〔自五〕移動；推移；沾到
- 時が移る。
- 時間推移；時代變遷。

05 遅れ
- 〔名〕落後，晚；畏縮，怯懦
- 郵便に2日の遅れが出ている。
- 郵件延遲兩天送達。

06 ぎりぎり
- 〔名・副・他サ〕（容量等）最大限度，極限；（摩擦的）嘎吱聲
- 期限ぎりぎりまで待つ。
- 等到最後的期限。

07 後半
- 〔名〕後半，後一半
- 後半はミスが多くて負けた。
- 後半因失誤過多而輸掉了。

08 しばらく
- 〔副〕好久；暫時
- しばらく会社を休む。
- 暫時向公司請假。

09 正午
- 〔名〕正午
- 正午になった。
- 到了中午。

10 深夜
- 〔名〕深夜
- 試合が深夜まで続く。
- 比賽打到深夜。

参考答案 ①明けて ②あっという間に ③急ぎ ④移り ⑤遅れ

01 時間

破曉時分，天空東方亮起一片火紅。
夜が＿＿＿＿、東の空が赤く輝いている。

用電子微波爐微波5分鐘，一眨眼晚飯就做好了。
電子レンジで5分、＿＿＿＿晩ごはんの出来上がり。

對不起，因為突然有急事，所以會晚點到。
すみませんが、＿＿＿＿の用ができたので、ちょっと遅れます。

從夏季邁入秋季，公園裡的樹木也紛紛轉紅了。
季節は夏から秋に＿＿＿＿、公園の木々も色づき始めた。

平交道上發生了事故，因此電車延誤了1個小時。
踏切で事故があり、電車に1時間の＿＿＿＿が出ています。

林同學每天都在9點剛要上課的前一刻衝進教室。
林さんは毎朝、授業の始まる9時＿＿＿＿に教室に飛び込んでくる。

明明上半場以3比0領先，下半場卻被逆轉，輸了比賽。
前半は3対0で勝っていたのに、＿＿＿＿で逆転されて負けた。

現在櫃檯窗口擠了很多人。請您在這邊稍等一下。
ただいま窓口が大変混雑しています。こちらで＿＿＿＿お待ちください。

這裡可以聽見從廣場那邊傳來了大時鐘正午報時的鐘聲。
広場の方から、＿＿＿＿を知らせる大時計の鐘の音が聞こえてきた。

車站周邊有很多店家即使到了深夜仍在營業。
駅の周りには、＿＿＿＿でも営業している店がたくさんある。

⑥ ぎりぎり　⑦ 後半　⑧ しばらく　⑨ 正午　⑩ 深夜

単語帳

11 ☐☐☐
ずっと
(副) 更；一直
ずっと待っている。
一直等待著。

12 ☐☐☐
せいき
世紀
(名) 世紀，百代；時代，年代；百年一現，絕世
世紀の大発見になる。
成為世紀的大發現。

13 ☐☐☐
ぜんはん
前半
(名) 前半，前半部
前半の戦いが終わった。
上半場比賽結束。

14 ☐☐☐
そうちょう
早朝
(名) 早晨，清晨
早朝に勉強する。
在早晨讀書。

15 ☐☐☐
た
経つ
(自五) 經，過；（炭火等）燒盡
時間が経つのが早い。
時間過得真快。

16 ☐☐☐
ちこく
遅刻
(名・自サ) 遲到，晚到
待ち合わせに遅刻する。
約會遲到。

17 ☐☐☐
てつや
徹夜
(名・自サ) 通宵，熬夜
徹夜で仕事する。
徹夜工作。

18 ☐☐☐
どうじ
同時に
(副) 同時，一次；馬上，立刻
発売と同時に大ヒットした。
一出售立即暢銷熱賣。

19 ☐☐☐
とつぜん
突然
(副) 突然
突然怒り出す。
突然生氣。

20 ☐☐☐
はじ
始まり
(名) 開始，開端；起源
近代医学の始まりである。
為近代醫學的起源。

参考答案 ❶ずっと ❷世紀 ❸前半 ❹早朝 ❺経って

01 時間

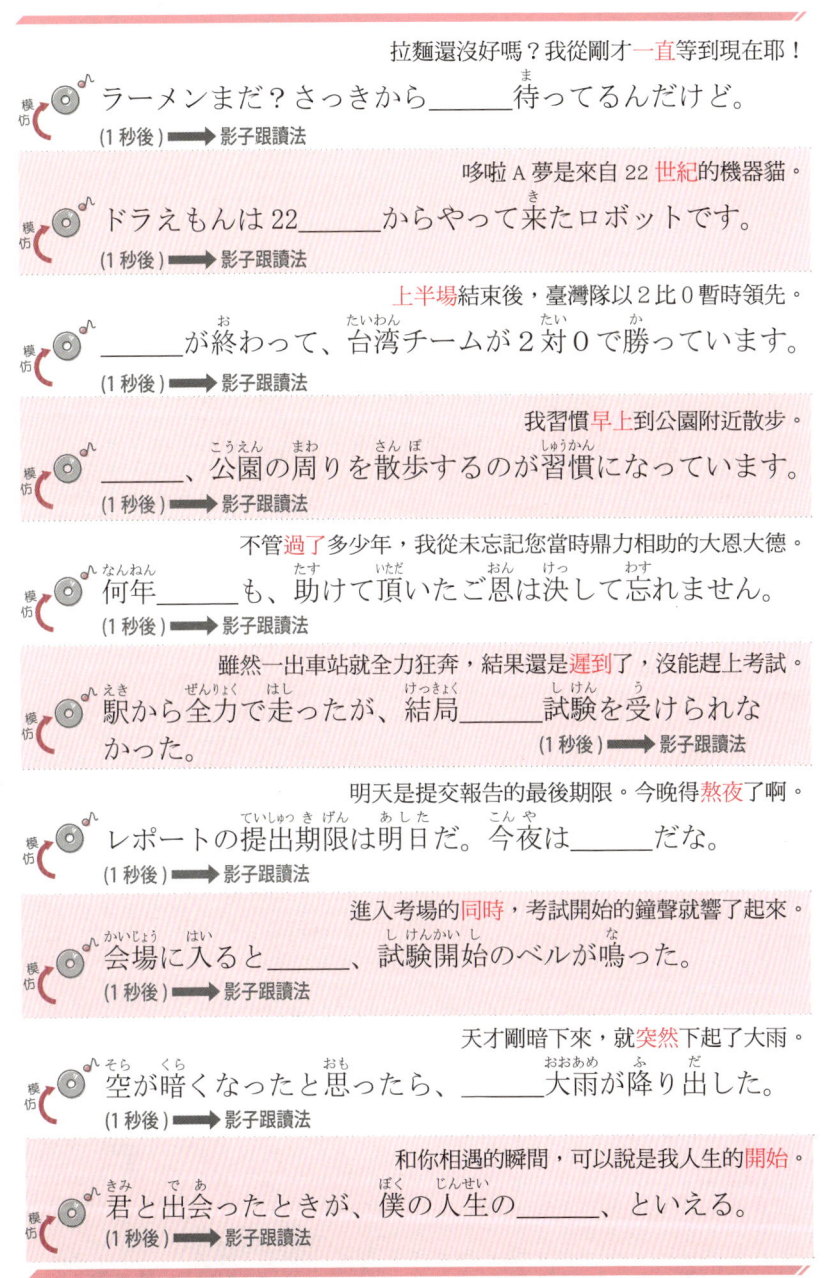

拉麵還沒好嗎？我從剛才一直等到現在耶！
ラーメンまだ？さっきから_____待ってるんだけど。

哆啦A夢是來自22世紀的機器貓。
ドラえもんは22_____からやって来たロボットです。

上半場結束後，臺灣隊以2比0暫時領先。
_____が終わって、台湾チームが2対0で勝っています。

我習慣早上到公園附近散步。
_____、公園の周りを散歩するのが習慣になっています。

不管過了多少年，我從未忘記您當時鼎力相助的大恩大德。
何年_____も、助けて頂いたご恩は決して忘れません。

雖然一出車站就全力狂奔，結果還是遲到了，沒能趕上考試。
駅から全力で走ったが、結局_____試験を受けられなかった。

明天是提交報告的最後期限。今晚得熬夜了啊。
レポートの提出期限は明日だ。今夜は_____だな。

進入考場的同時，考試開始的鐘聲就響了起來。
会場に入ると_____、試験開始のベルが鳴った。

天才剛暗下來，就突然下起了大雨。
空が暗くなったと思ったら、_____大雨が降り出した。

和你相遇的瞬間，可以說是我人生的開始。
君と出会ったときが、僕の人生の_____、といえる。

❻ 遅刻して　❼ 徹夜　❽ 同時に　❾ 突然　❿ 始まり

単語帳

21 始め（はじめ）
名・接尾　開始，開頭；起因，起源；以…為首
始めから終わりまで全部読む。
從頭到尾全部閱讀。

22 更ける（ふける）
自下一　（秋）深；（夜）闌
夜が更ける。
三更半夜。

23 振り（ぶり）
造語　相隔
5年振りに会った。
相隔5年之後又見面。

24 経る（へる）
自下一　（時間、空間、事物）經過，通過
3年を経た。
經過了3年。

25 毎（まい）
接頭　每
毎朝、牛乳を飲む。
每天早上喝牛奶。

26 前もって（まえもって）
副　預先，事先
前もって知らせる。
事先知會。

27 真夜中（まよなか）
名　三更半夜，深夜
真夜中に目が覚めた。
深夜醒來。

28 夜間（やかん）
名　夜間，夜晚
夜間の勤務はきついなぁ。
夜勤太累啦！

1-2 季節、年、月、週、日／季節、年、月、週、日 ♪

01 一昨日（いっさくじつ）
名　前一天，前天
一昨日アメリカから帰ってきた。
前天從美國回來了。

参考答案　①始め　②更けて　③ぶり　④経て　⑤毎

影子跟讀法請看 P5

01 時間

我只讀了論文的開頭和結尾就寫了報告。
論文の_____と終わりだけを読んでレポートを書いた。

夜深了，只剩下遠處狗兒的吠叫聲仍在迴盪。
夜が_____、遠くに犬の吠える声だけが響いている。

「好久不見。」「對啊，差不多有半年沒見了吧！」
「お久し_____です」「そうだね、半年_____くらいかな」

經過 200 年的時間，那座寺廟至今仍是村民的心靈支柱。
200年の時を_____、その寺は今も村民の心の支えだ。

這首曲子不管再怎麼練習，每次還是都在同一個地方出錯。
この曲はいくら練習しても、_____回同じところで間違えてしまう。

蒞臨本公司之前，敬請事先通知總務部。
ご来社の際は、_____総務部までご連絡ください。

這是一個到了午夜，就會出現一扇門的離奇故事。
_____になると現れる不思議なドアのお話です。

這道門 22 點後就會關閉。夜間外出時請走後門。
この門は 22 時に閉めます。_____の外出は裏門を使用してください。

我是曾在前天致電的木村。
私、_____お電話を差し上げました木村と申します。

⑥ 前もって　⑦ 真夜中　⑧ 夜間　⑨ 一昨日

21

02 □□□ いっさくねん 一昨年	造語 前年	一昨年は雪が多かった。前年下了很多雪。
03 □□□ か 日	漢造 表示日期或天數	事故は3月20日に起こった。事故發在3月20日。
04 □□□ きゅうじつ 休日	名 假日，休息日	休日が続く。連續休假。
05 □□□ げじゅん 下旬	名 下旬	5月の下旬になる。在5月下旬。
06 □□□ げつまつ 月末	名 月末，月底	料金は月末に払う。費用於月底支付。
07 □□□ さく 昨	漢造 昨天；前一年，前一季；以前，過去	昨晩日本から帰ってきた。昨晚從日本回來了。
08 □□□ さくじつ 昨日	名 （「きのう」的鄭重說法）昨日，昨天	昨日母から手紙が届いた。昨天收到了母親寫來的信。
09 □□□ さくねん 昨年	名・副 去年	昨年と比べる。跟去年相比。
10 □□□ じつ 日	漢造 太陽；日，一天，白天；每天	翌日にお届けします。隔日幫您送達。
11 □□□ しゅう 週	名・漢造 星期；一圈	週に一回運動する。每週運動一次。

參考答案 ①一昨年 ②日 ③休日 ④下旬 ⑤月末

01 時間

前年夏天的持續降雨，造成了稻米嚴重歉收。
_____の夏は雨続きで、深刻な米不足となった。

我下個月的3號到8號要去法國出差。
来月3_____から8_____までフランスに出張します。

因為上星期的假日去上班了，所以今天得以補休一天。
先週_____出勤をしたので、今日はその代わりに休みをもらった。

都已經9月下旬了，炎熱的天氣依然如盛夏一般。
もう9月も_____なのに、真夏のように暑い日が続いている。

商品的貨款請在月底之前匯入銀行。
商品の代金は_____までに銀行に入金してください。

因為喝多了，幾乎記不起昨晚的事情了。
飲み過ぎたせいで、_____夜の記憶がほとんどない。

由於大雪從昨天持續到今天，因此高速公路暫時停止通行。
_____からの大雪で、高速道路が一時通行止めとなっている。

去年承蒙您的關照，今年也請多指教。
_____はお世話になりました。今年もよろしくお願いします。

平日要工作，週末還得照顧孩子，難得的節日就讓我休息一下啦。
平日は仕事、週末は子どもの世話、たまの祝_____くらい休ませてよ。

公司雖然是週休2日，但週末把工作帶回家做也是常有的事。
会社は_____休2日だが、_____末に仕事を持って帰ることも多い。

⑥ 昨　⑦ 昨日　⑧ 昨年　⑨ 日　⑩ 週

単語帳

12 ☐☐☐
週末（しゅうまつ）
▶ 名 週末
週末に運動する。
毎逢週末就會去運動。

13 ☐☐☐
上旬（じょうじゅん）
▶ 名 上旬
来月上旬に旅行する。
下個月的上旬要去旅行。

14 ☐☐☐
先日（せんじつ）
▶ 名 前天；前些日子
先日、田中さんに会った。
前些日子，遇到了田中小姐。

15 ☐☐☐
前日（ぜんじつ）
▶ 名 前一天
入学式の前日は緊張した。
参加入學典禮的前一天非常緊張。

16 ☐☐☐
中旬（ちゅうじゅん）
▶ 名 （一個月中的）中旬
6月の中旬に戻る。
在6月中旬回來。

17 ☐☐☐
年始（ねんし）
▶ 名 年初；賀年，拜年
年始のご挨拶に伺う。
歲暮年初時節前往拜訪。

18 ☐☐☐
年末年始（ねんまつねんし）
▶ 名 年底與新年
年末年始はハワイに行く。
去夏威夷跨年。

19 ☐☐☐
平日（へいじつ）
▶ 名 （星期日、節假日以外）平日；平常，平素
平日ダイヤで運行する。
以平日的火車時刻表行駛。

20 ☐☐☐
本日（ほんじつ）
▶ 名 本日，今日
本日のお薦めメニューはこちらです。
這是今日的推薦菜單。

21 ☐☐☐
本年（ほんねん）
▶ 名 本年，今年
本年もよろしく。
今年還望您繼續關照。

参考答案
① 週末　② 上旬　③ 先日　④ 前日　⑤ 中旬

01 時間

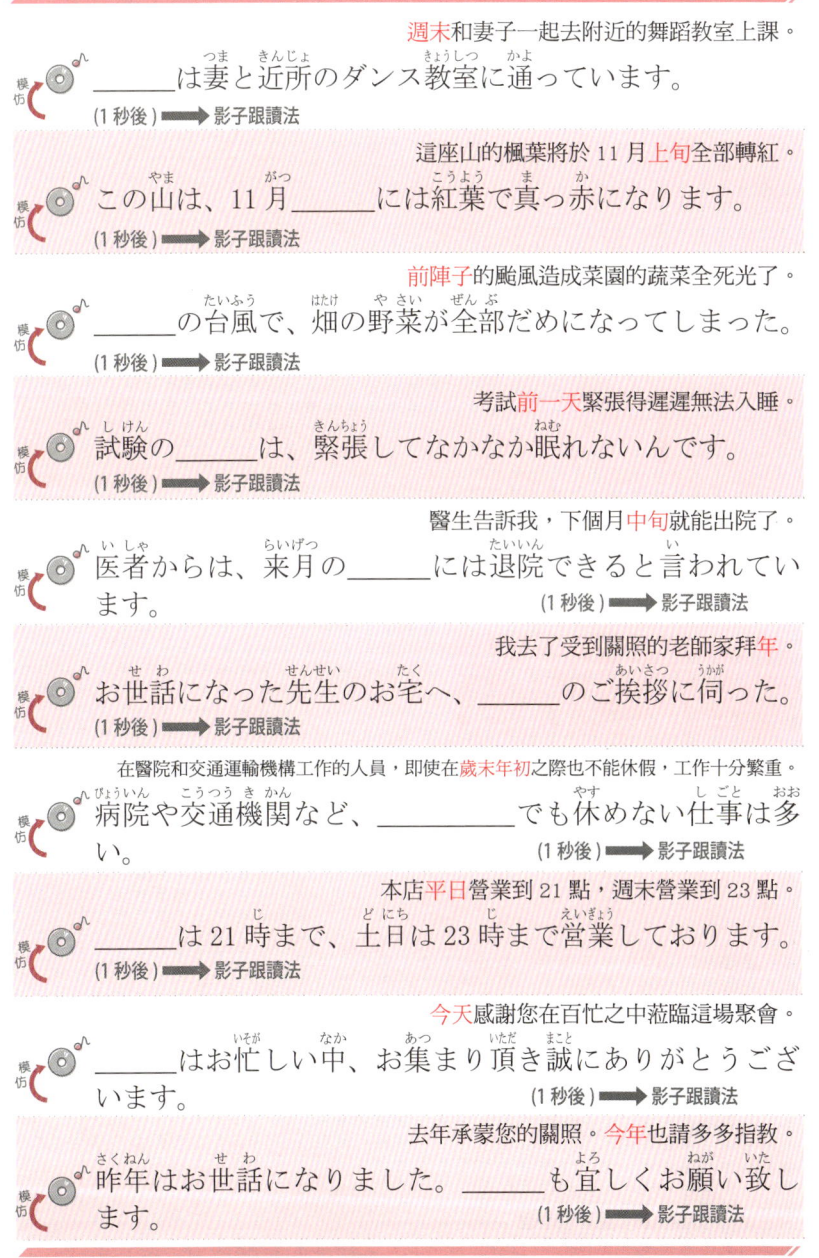

週末和妻子一起去附近的舞蹈教室上課。
_____は妻と近所のダンスきょうしつに通っています。
(1秒後)➡影子跟讀法

這座山的楓葉將於11月上旬全部轉紅。
この山は、11月_____には紅葉で真っ赤になります。
(1秒後)➡影子跟讀法

前陣子的颱風造成菜園的蔬菜全死光了。
_____の台風で、畑の野菜が全部だめになってしまった。
(1秒後)➡影子跟讀法

考試前一天緊張得遲遲無法入睡。
試験の_____は、緊張してなかなか眠れないんです。
(1秒後)➡影子跟讀法

醫生告訴我，下個月中旬就能出院了。
医者からは、来月の_____には退院できると言われています。
(1秒後)➡影子跟讀法

我去了受到關照的老師家拜年。
お世話になった先生のお宅へ、_____のご挨拶に伺った。
(1秒後)➡影子跟讀法

在醫院和交通運輸機構工作的人員，即使在歲末年初之際也不能休假，工作十分繁重。
病院や交通機関など、_____でも休めない仕事は多い。
(1秒後)➡影子跟讀法

本店平日營業到21點，週末營業到23點。
_____は21時まで、土日は23時まで営業しております。
(1秒後)➡影子跟讀法

今天感謝您在百忙之中蒞臨這場聚會。
_____はお忙しい中、お集まり頂き誠にありがとうございます。
(1秒後)➡影子跟讀法

去年承蒙您的關照。今年也請多多指教。
昨年はお世話になりました。_____も宜しくお願い致します。
(1秒後)➡影子跟讀法

⑥年始 ⑦年末年始 ⑧平日 ⑨本日 ⑩本年

25

単語帳

22 明（みょう）
- 接頭 （相對於「今」而言的）明
- 明日のご予定は。
- 你明天的行程是？

23 明後日（みょうごにち）
- 名 後天
- 明後日に延期する。
- 延到後天。

24 曜日（ようび）
- 名 星期
- 曜日によって色を変える。
- 根據禮拜幾的不同而改變顏色。

25 翌（よく）
- 漢造 次，翌，第二
- 翌日は休日だ。
- 隔天是假日。

26 翌日（よくじつ）
- 名 隔天，第二天
- 翌日の準備ができている。
- 隔天的準備已完成。

1-3 過去、現在、未来／過去、現在、未來

01 以後（いご）
- 名 今後，以後，將來；（接尾語用法）（在某時期）以後
- 以後気をつけます。
- 以後會多加小心一點。

02 以前（いぜん）
- 名 以前；更低階段（程度）的；（某時期）以前
- 以前の通りだ。
- 和以前一樣。

03 現代（げんだい）
- 名 現代，當代；（歷史）現代（日本史上指二次世界大戰後）
- 現代の社会が求める。
- 現代社會所要求的。

04 今後（こんご）
- 名 今後，以後，將來
- 今後のことを考える。
- 為今後作打算。

参考答案　❶明　❷明後日　❸曜日　❹翌　❺翌日

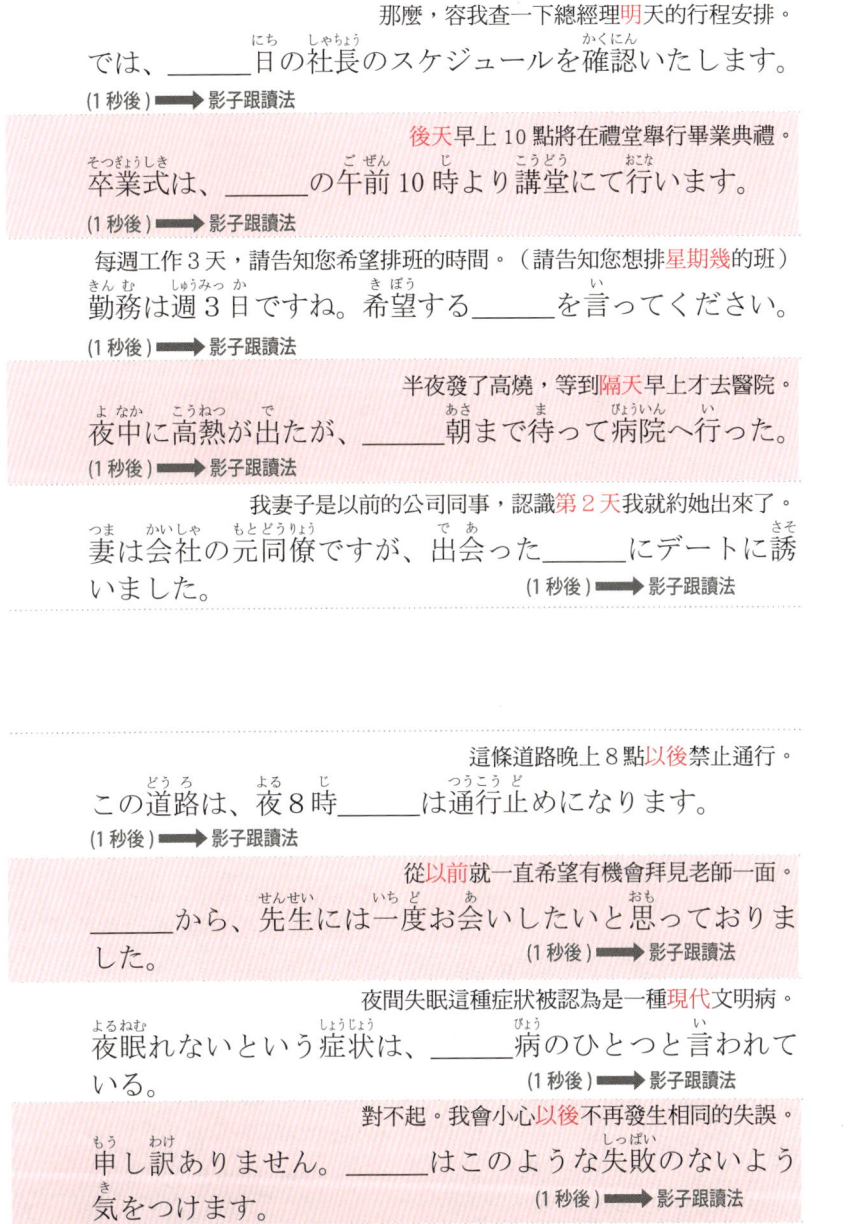

影子跟讀法請看 P5

01 時間

那麼，容我查一下總經理明天的行程安排。
では、＿＿＿＿日の社長のスケジュールを確認いたします。
（1秒後）➡ 影子跟讀法

後天早上10點將在禮堂舉行畢業典禮。
卒業式は、＿＿＿＿の午前10時より講堂にて行います。
（1秒後）➡ 影子跟讀法

每週工作3天，請告知您希望排班的時間。（請告知您想排星期幾的班）
勤務は週3日ですね。希望する＿＿＿＿を言ってください。
（1秒後）➡ 影子跟讀法

半夜發了高燒，等到隔天早上才去醫院。
夜中に高熱が出たが、＿＿＿＿朝まで待って病院へ行った。
（1秒後）➡ 影子跟讀法

我妻子是以前的公司同事，認識第2天我就約她出來了。
妻は会社の元同僚ですが、出会った＿＿＿＿にデートに誘いました。
（1秒後）➡ 影子跟讀法

這條道路晚上8點以後禁止通行。
この道路は、夜8時＿＿＿＿は通行止めになります。
（1秒後）➡ 影子跟讀法

從以前就一直希望有機會拜見老師一面。
＿＿＿＿から、先生には一度お会いしたいと思っておりました。
（1秒後）➡ 影子跟讀法

夜間失眠這種症狀被認為是一種現代文明病。
夜眠れないという症状は、＿＿＿＿病のひとつと言われている。
（1秒後）➡ 影子跟讀法

對不起。我會小心以後不再發生相同的失誤。
申し訳ありません。＿＿＿＿はこのような失敗のないよう気をつけます。
（1秒後）➡ 影子跟讀法

❻ 以後　　❼ 以前　　❽ 現代　　❾ 今後

27

単語帳

05 事後 (じご)
名 事後
事後の計画を立てる。
制訂事後計畫。

06 事前 (じぜん)
名 事前
事前に話し合う。
事前討論。

07 過ぎる (すぎる)
自上一 超過；過於；經過
5時を過ぎた。
已經5點多了。

08 前 (ぜん)
漢造 前方，前面；（時間）早；預先；從前
前首相が韓国を訪問する。
前首相訪韓。

09 直後 (ちょくご)
名・副 （時間，距離）緊接著，剛…之後，…之後不久
犯人は事件直後に逮捕された。
犯人在事件發生後不久便遭逮捕。

10 直前 (ちょくぜん)
名 即將…之前，眼看就要…的時候；（時間，距離）之前，跟前，眼前
テストの直前に頑張って勉強する。
在考前用功讀書。

11 後 (のち)
名 後，之後；今後，未來；死後，身後
晴れのち曇りが続く。
天氣持續晴後陰。

12 古 (ふる)
名・漢造 舊東西；舊，舊的
読んだ本を古本屋に売った。
把看過的書賣給二手書店。

13 未来 (みらい)
名 將來，未來；（佛）來世
未来を予測する。
預測未來。

14 来 (らい)
接尾 以來
彼とは10年来の付き合いだ。
我和他已經認識10年了。

参考答案 ①事後 ②事前 ③過ぎて ④前 ⑤直後

01 時間

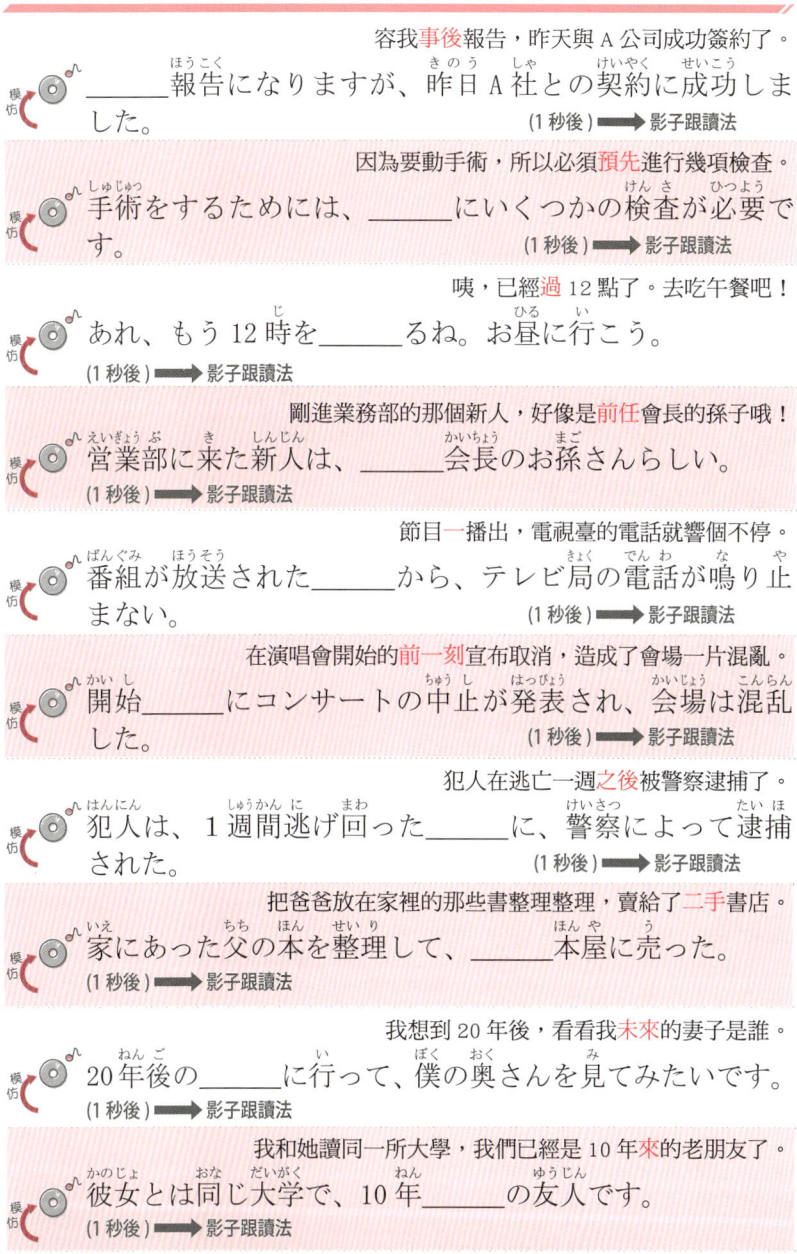

容我事後報告，昨天與A公司成功簽約了。
_____報告になりますが、昨日A社との契約に成功しました。

因為要動手術，所以必須預先進行幾項檢查。
手術をするためには、_____にいくつかの検査が必要です。

咦，已經過12點了。去吃午餐吧！
あれ、もう12時を_____るね。お昼に行こう。

剛進業務部的那個新人，好像是前任會長的孫子哦！
営業部に来た新人は、_____会長のお孫さんらしい。

節目一播出，電視臺的電話就響個不停。
番組が放送された_____から、テレビ局の電話が鳴り止まない。

在演唱會開始的前一刻宣布取消，造成了會場一片混亂。
開始_____にコンサートの中止が発表され、会場は混乱した。

犯人在逃亡一週之後被警察逮捕了。
犯人は、1週間逃げ回った_____に、警察によって逮捕された。

把爸爸放在家裡的那些書整理整理，賣給了二手書店。
家にあった父の本を整理して、_____本屋に売った。

我想到20年後，看看我未來的妻子是誰。
20年後の_____に行って、僕の奥さんを見てみたいです。

我和她讀同一所大學，我們已經是10年來的老朋友了。
彼女とは同じ大学で、10年_____の友人です。

⑥ 直前　⑦ 後　⑧ 古　⑨ 未来　⑩ 来

1-4 期間、期限／期間、期限

01 間（かん）
[名・接尾] 間，機會，間隙
5日間の京都旅行も終わった。
5天的京都之旅已經結束。

02 期（き）
[漢造] 時期；時機；季節；（預定的）時日
入学の時期が近い。
開學時期將近。

03 期間（きかん）
[名] 期間，期限內
期間が過ぎる。
過期。

04 期限（きげん）
[名] 期限
期限になる。
到期。

05 シーズン
[名] season，（盛行的）季節，時期
受験シーズンが始まった。
考季開始了。

06 締め切り（しめきり）
[名]（時間、期限等）截止，屆滿；封死，封閉；截斷，斷流
締め切りが近づく。
臨近截稿日期。

07 定期（ていき）
[名] 定期，一定的期限
エレベーターは定期的に調べる。
定期維修電梯。

08 間に合わせる（まにあわせる）
[連語] 臨時湊合，就將；使來得及，趕出來
締切に間に合わせる。
在截止期限之前繳交。

參考答案　❶間　❷期　❸期間　❹期限　❺シーズン

01 時間

東京和大阪之間搭乗新幹線的話需要兩小時20分鐘。
新幹線で、東京大阪＿＿＿＿は2時間20分です。

因為認真準備了期末考試，這學期的成績應該會進步吧。
＿＿＿＿末試験を頑張ったから、今学期は成績が上がるはずだ。

考試期間，禁止進入教職員辦公室。
試験＿＿＿＿中は、生徒の教職員室への入室は禁止です。

這本書已經超過借閱期限了。趕快拿去還！
この本は貸し出し＿＿＿＿が過ぎています。すぐに返してください。

雖然這裡春天的櫻花很出名，但紅楓的季節也是一大看點。
ここは春の桜が有名ですが、紅葉＿＿＿＿も見事です。

來信索取者我們將贈送本節目的DVD。索取截止日期是2月10日。
応募者に番組DVDをプレゼント。＿＿＿＿は2月10日。

這是定期到住家探訪獨居老人的服務。
一人暮らしのお年寄りのお宅を＿＿＿＿的に訪問するサービスです。

全公司的員工一起加班，總算趕上了最後期限。
社員全員で残業をして、なんとか期限に＿＿＿＿＿＿。

⑥締め切り　⑦定期　⑧間に合わせた

31

パート 2 第二章 住居
住房

2-1 家、住む／住家、居住

01 □□□
移す うつす
(他五) 移，搬；使傳染；度過時間
住まいを移す。
遷移住所。

02 □□□
帰宅 きたく
(名・自サ) 回家
会社から帰宅する。
從公司回家。

03 □□□
暮らす くらす
(自他五) 生活，度日
楽しく暮らす。
過著快樂的生活。

04 □□□
軒・軒 けん・げん
(漢造) 軒昂，高昂；屋簷；表房屋數量，書齋，商店等雅號
薬屋が3軒ある。
有3家藥局。

05 □□□
畳 じょう
(接尾・漢造)（計算草蓆、席墊）塊，疊；重疊
6畳のアパートに住んでいる。
住在一間6張榻榻米大的公寓裡。

06 □□□
過ごす すごす
(他五・接尾) 度（日子、時間），過生活；過渡過量；放過，不管
休日は家で過ごす。
假日在家過。

07 □□□
清潔 せいけつ
(名・形動) 乾淨的，清潔的；廉潔；純潔
清潔に保つ。
保持乾淨。

08 □□□
引っ越し ひっこし
(名) 搬家，遷居
引っ越しをする。
搬家。

09 □□□
マンション
(名) mansion，公寓大廈；（高級）公寓
高級マンションに住む。
住高級大廈。

10 □□□
留守番 るすばん
(名) 看家，看家人
留守番をする。
看家。

参考答案 ①移した ②帰宅 ③暮らして ④軒 ⑤畳

32

02 住房

如果覺得客流量太少，要不要把店搬到車站前呢？
お客が少ないなら、駅前に店を_____らどうでしょうか。
(1秒後) ➡ 影子跟讀法

「我先生現在不在家。」「請問大概什麼時候回來呢？」
「ただいま主人は留守ですが」「何時ごろに_____されますか」
(1秒後) ➡ 影子跟讀法

遠離都市的塵囂，在靠海的小鎮過著幽靜的生活。
都会を離れ、海の近くの町で静かに_____います。
(1秒後) ➡ 影子跟讀法

要找蛋糕店的話，轉角的郵局再過去第3間就是了哦。
ケーキ屋なら、角の郵便局の3_____先にありますよ。
(1秒後) ➡ 影子跟讀法

這間公寓的格局是兩房一廳一廚，房間分別是6張和4張半榻榻米大小。
このアパートの間取りは2DKで、部屋は6_____と4_____半です。
(1秒後) ➡ 影子跟讀法

這裡是我小時候和家人一起度過暑假的地方。
ここは私が幼い頃、家族とともに夏の休暇を_____所です。
(1秒後) ➡ 影子跟讀法

我不需要豪華的房間，只想要一張乾淨的床而已。
贅沢な部屋は不要です。ただ_____ベッドがほしいだけなんです。
(1秒後) ➡ 影子跟讀法

我決定搬到公司附近的公寓。
会社の近くのマンションに_____ことにした。
(1秒後) ➡ 影子跟讀法

快遞是由大廈管理員代收。
宅配便は_____の管理人さんが受け取ってくれます。
(1秒後) ➡ 影子跟讀法

在媽媽回家之前，你能一個人看家嗎？
お母さんが帰るまで、一人でお_____できるよね？
(1秒後) ➡ 影子跟讀法

⑥過ごした ⑦清潔な ⑧引っ越しする ⑨マンション ⑩留守番

11 □□□
和 (わ)　▸ (名) 日本　▸ 和室と洋室、どちらがいい。
和室跟洋室哪個好呢？

12 □□□
我が (わ)　(連體) 我的，自己的，我們的　▸ 我が家へ、ようこそ。
歡迎來到我家。

2-2 家の外側／住家的外側

01 □□□
閉じる (と)　(自上一) 閉，關閉；結束　▸ 戸が閉じた。
門關上了。

02 □□□
ノック　▸ (名・他サ) knock，敲打；（來訪者）敲門；打球　▸ ノックの音が聞こえる。
聽見敲門聲。

03 □□□
ベランダ　▸ (名) veranda，陽台；走廊　▸ ベランダの花が次々に咲く。
陽台上的花接二連三的綻放。

04 □□□
屋根 (やね)　▸ (名) 屋頂　▸ 屋根から落ちる。
從屋頂掉下來。

05 □□□
破る (やぶ)　(他五) 弄破；破壞；違反；打敗；打破（記錄）　▸ ドアを破って入った。
破門而入。

06 □□□
ロック　(名・他サ) lock，鎖，鎖上，閉鎖　▸ ロックが壊れた。
門鎖壞掉了。

參考答案　①和　②我が　③閉じて　④ノックして　⑤ベランダ

影子跟讀法請看 P5

02 住房

旅館的房間分成有日式和洋式，請問您想要選哪一種呢？
ホテルのお部屋は、＿＿＿室と洋室、どちらがよろしいですか。
(1秒後) ➡ 影子跟讀法

不管工作再怎麼辛苦，只要想起我溫暖的家，就有了努力的動力。
仕事が辛くても、温かい＿＿＿家があると思って頑張っている。
(1秒後) ➡ 影子跟讀法

把手放在胸前，閉上眼睛，好好想想。
胸に手を当てて、目を＿＿＿、よく考えなさい。
(1秒後) ➡ 影子跟讀法

爸爸，進來之前要先敲門哦！
お父さん、入るときは、ちゃんと＿＿＿＿＿ね。
(1秒後) ➡ 影子跟讀法

房間的窗戶當時是開著的，犯人應該是從陽臺逃脫的吧。
部屋の窓が開いていた。犯人は＿＿＿から逃げたのだろう。
(1秒後) ➡ 影子跟讀法

從山丘上可以看到紅色和藍色的小屋頂整齊的排列著。
丘の上からは、赤や青の小さな＿＿＿が行儀よく並んでいるのが見えた。
(1秒後) ➡ 影子跟讀法

你打破了和我的約定，竟敢來到這裡！
私との約束を＿＿＿おいて、よくまたここへ来られたね。
(1秒後) ➡ 影子跟讀法

電腦和智慧手機都被鎖住了，解不開。
パソコンもスマホも＿＿＿されていて、開けられません。
(1秒後) ➡ 影子跟讀法

⑥ 屋根　⑦ 破って　⑧ ロック

2-3 部屋、設備／房間、設備

01 暖まる（あたたまる） ▶ 自五 暖，暖和；感到溫暖；手頭寬裕
部屋が暖まる。
房間暖和起來。

02 居間（いま） ▶ 名 起居室
居間を掃除する。
清掃客廳。

03 飾り（かざり） ▶ 名 裝飾（品）
飾りをつける。
加上裝飾。

04 効く（きく） ▶ 自五 有效，奏效；好用，能幹；可以，能夠；起作用；（交通工具等）通，有
停電で冷房が効かない。
停電了冷氣無法運轉。

05 キッチン ▶ 名 kitchen，廚房
ダイニングキッチンが人気だ。
廚房兼飯廳的裝潢很受歡迎。

06 寝室（しんしつ） ▶ 名 寢室
寝室で休んだ。
在臥房休息。

07 洗面所（せんめんじょ） ▶ 名 化妝室，廁所
洗面所で顔を洗った。
在化妝室洗臉。

08 ダイニング ▶ 名 dining，餐廳（「ダイニングルーム」之略稱）；吃飯，用餐；西式餐館
ダイニングルームで食事をする。
在西式餐廳用餐。

09 棚（たな） ▶ 名 （放置東西的）隔板，架子，棚
お菓子を棚に置く。
把糕點放在架子上。

10 詰まる（つまる） ▶ 自五 擠滿，塞滿；堵塞，不通；窘困，窘迫；縮短，緊小；停頓，擱淺
トイレが詰まった。
廁所排水管塞住了。

參考答案　①暖まって　②居間　③飾り　④効きます　⑤キッチン

02 住房

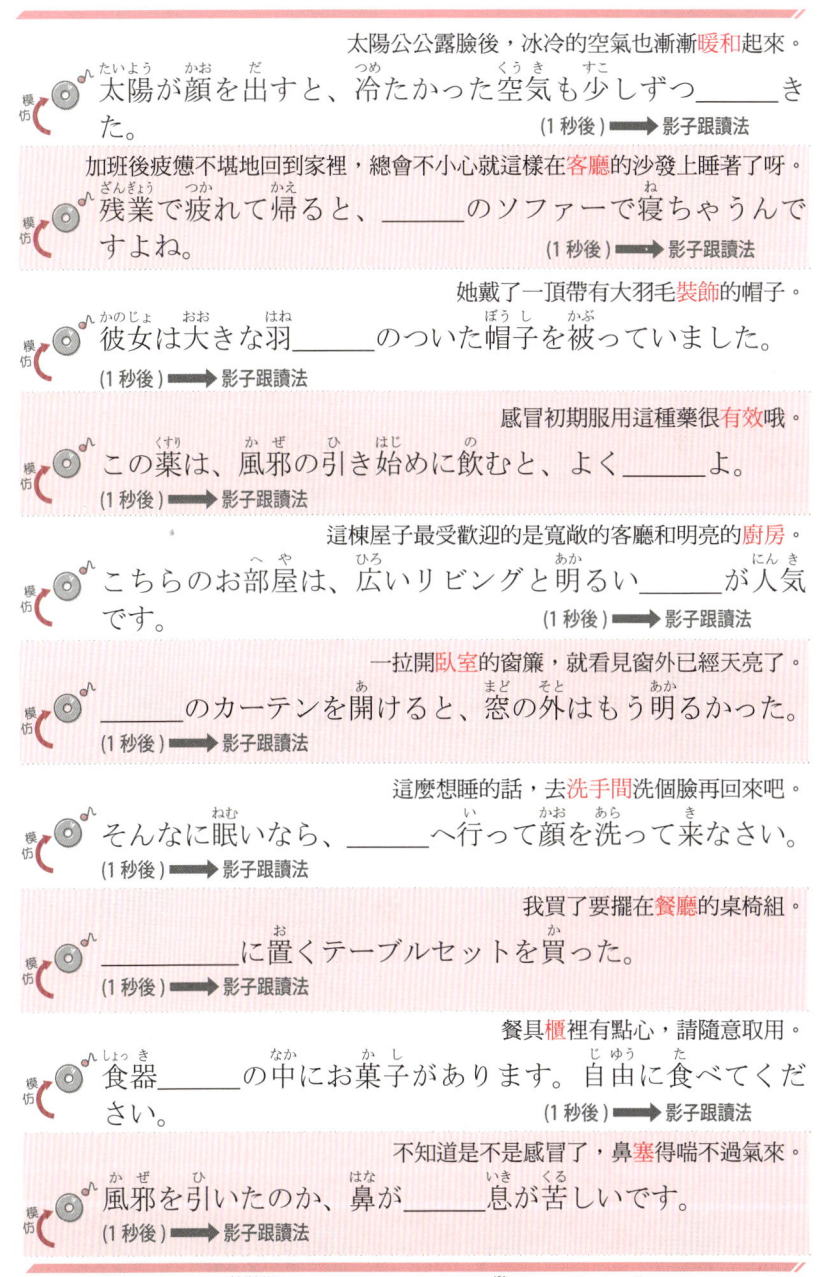

太陽公公露臉後，冰冷的空氣也漸漸暖和起來。
太陽(たいよう)が顔(かお)を出(だ)すと、冷(つめ)たかった空気(くうき)も少(すこ)しずつ_____きた。

加班後疲憊不堪地回到家裡，總會不小心就這樣在客廳的沙發上睡著了呀。
残業(ざんぎょう)で疲(つか)れて帰(かえ)ると、_____のソファーで寝(ね)ちゃうんですよね。

她戴了一頂帶有大羽毛裝飾的帽子。
彼女(かのじょ)は大(おお)きな羽(はね)_____のついた帽子(ぼうし)を被(かぶ)っていました。

感冒初期服用這種藥很有效哦。
この薬(くすり)は、風邪(かぜ)の引(ひ)き始(はじ)めに飲(の)むと、よく_____よ。

這棟屋子最受歡迎的是寬敞的客廳和明亮的廚房。
こちらのお部屋(へや)は、広(ひろ)いリビングと明(あか)るい_____が人気(にんき)です。

一拉開臥室的窗簾，就看見窗外已經天亮了。
_____のカーテンを開(あ)けると、窓(まど)の外(そと)はもう明(あか)るかった。

這麼想睡的話，去洗手間洗個臉再回來吧。
そんなに眠(ねむ)いなら、_____へ行(い)って顔(かお)を洗(あら)って来(き)なさい。

我買了要擺在餐廳的桌椅組。
_____に置(お)くテーブルセットを買(か)った。

餐具櫃裡有點心，請隨意取用。
食器(しょっき)_____の中(なか)にお菓子(かし)があります。自由(じゆう)に食(た)べてください。

不知道是不是感冒了，鼻塞得喘不過氣來。
風邪(かぜ)を引(ひ)いたのか、鼻(はな)が_____息(いき)が苦(くる)しいです。

⑥ 寝室(しんしつ)　⑦ 洗面所(せんめんじょ)　⑧ ダイニング　⑨ 棚(たな)　⑩ 詰(つ)まって

37

単語帳

11 天井（てんじょう）
- 名 天花板
- 天井の高い家がいい。
- 我要天花板高的房子。

12 柱（はしら）
- 名・接尾 （建）柱子；支柱；（轉）靠山
- 柱が倒れた。
- 柱子倒下。

13 ブラインド
- 名 blind，百葉窗，窗簾，遮光物
- ブラインドを下ろす。
- 拉下百葉窗。

14 風呂（場）（ふろば）
- 名 浴室，洗澡間，浴池
- 風呂に入る。
- 泡澡。

15 間取り（まどり）
- 名 （房子的）房間佈局，採間，平面佈局
- 間取りがいい。
- 隔間還不錯。

16 毛布（もうふ）
- 名 毛毯，毯子
- 毛布をかける。
- 蓋上毛毯。

17 床（ゆか）
- 名 地板
- 床を拭く。
- 擦地板。

18 弱める（よわめる）
- 他下一 減弱，削弱
- 冷房を少し弱められますか。
- 冷氣可以稍微轉弱嗎？

19 リビング
- 名 living，起居間，生活間
- リビングには家具が並んでいる。
- 客廳擺放著家具。

参考答案：① 天井　② 柱　③ ブラインド　④ 風呂場　⑤ 間取り

02 住房

當我抬頭望向教堂高聳的天花板時，才發現上面畫了一幅令人驚嘆的美麗圖畫。
教会の高い＿＿＿＿＿を見上げると、驚くほど美しい絵が描かれていた。

因為我家是單親家庭，所以身為母親的我就是孩子們的支柱。
うちは母子家庭なので、母親の私が子どもたちを支える＿＿＿＿＿なんです。

已經天亮了哦。百葉窗關著，所以沒察覺。
もう朝か。＿＿＿＿＿が閉まっていて、気がつかなかった。

弄髒的腳請先在浴室清洗乾淨。
その汚れた足を、まずお＿＿＿＿＿で洗ってきなさい。

101號房和102號房雖然大小相同，但房間格局不同。
101号室と102号室は、広さは同じですが＿＿＿＿＿が違います。

百分之百的羊毛毯果然很暖和啊！
やっぱりウール100パーセントの＿＿＿＿＿は暖かいな。

上一次打掃是什麼時候？地板上到處都是灰塵耶。
最後に掃除をしたのはいつ？＿＿＿＿＿の上がほこりだらけよ。

有點冷耶。冷氣可以稍微調弱一點嗎？
ちょっと寒いですね。冷房を少し＿＿＿＿＿もらえますか。

對我而言，幸福就是在陽光明媚的客廳裡閱讀。
日の当たる＿＿＿＿＿で読書をするのが私の幸せです。

❻ 毛布　❼ 床　❽ 弱めて　❾ リビング

パート3 第三章 食事 用餐

3-1 食事、味／用餐、味道

01 脂（あぶら）
（名）脂肪，油脂；（喻）活動力，幹勁
脂が乗っているからおいしい。
富含油質所以好吃。

02 うまい
（形）味道好，好吃；想法或做法巧妙，擅於；非常適宜，順利
空気がうまい。
空氣新鮮。

03 下げる（さげる）
（他下一）向下；掛；收走
コップを下げる。
收走杯子。

04 冷める（さめる）
（自下一）（熱的東西）變冷，涼；（熱情、興趣等）降低，減退
スープが冷めてしまった。
湯冷掉了。

05 食後（しょくご）
（名）飯後，食後
食後に薬を飲む。
藥必須在飯後服用。

06 食前（しょくぜん）
（名）飯前
食前にちゃんと手を洗う。
飯前把手洗乾淨。

07 酸っぱい（すっぱい）
（形）酸，酸的
梅干しはすっぱいに決まっている。
梅乾當然是酸的。

08 マナー
（名）manner，禮貌，規矩；態度舉止，風格
食事のマナーが悪い。
用餐禮儀不好。

09 メニュー
（名）menu，菜單
ディナーのメニューをご覧ください。
這是晚餐的菜單，您請過目。

10 ランチ
（名）lunch，午餐
ランチタイムにラーメンを食べる。
午餐時間吃拉麵。

參考答案：①脂 ②うまい ③下げて ④冷めない ⑤食後

40

03 用餐

為了健康著想，盡量攝取低油脂飲食。
健康のために、＿＿＿の少ない料理を食べるようにしています。

附近有一家很好吃的拉麵店。下次帶你一起去吃吧！
近所に＿＿＿ラーメン屋があるんだ。今度連れてってやるよ。

有點熱耶。可以把冷氣的溫度調低嗎？
ちょっと暑いな。エアコンの温度を＿＿＿くれる？

好了，不要聊天了，趁還沒冷掉前趕快吃。
ほら、しゃべってないで、＿＿＿うちに食べなさい。

飯後要不要來點冰淇淋呢？
＿＿＿にアイスクリームはいかがですか。

這種藥在飯前服用比較有效哦！
この薬は、＿＿＿に飲んだほうがよく効きます。

總覺得有股酸味。這瓶牛奶是不是壞了啊？
なんか＿＿＿ぞ。この牛乳腐ってるんじゃないかな。

雖說他的用餐禮儀良好，但吃飯時聊的內容很無趣。
彼は食事の＿＿＿はいいんですが、食事中の会話がつまらないんです。

「不好意思，可以給我飲料的選單嗎？」「好的，請稍等。」
「すみません、飲み物の＿＿＿を頂けますか」「はい、お待ちください」

雖然便當也很好吃，但偶爾在華麗的餐廳裡享用午餐也很不錯啊！
お弁当もいいけど、たまにはおしゃれなお店で＿＿＿もいいな。

⑥食前　⑦酸っぱい　⑧マナー　⑨メニュー　⑩ランチ

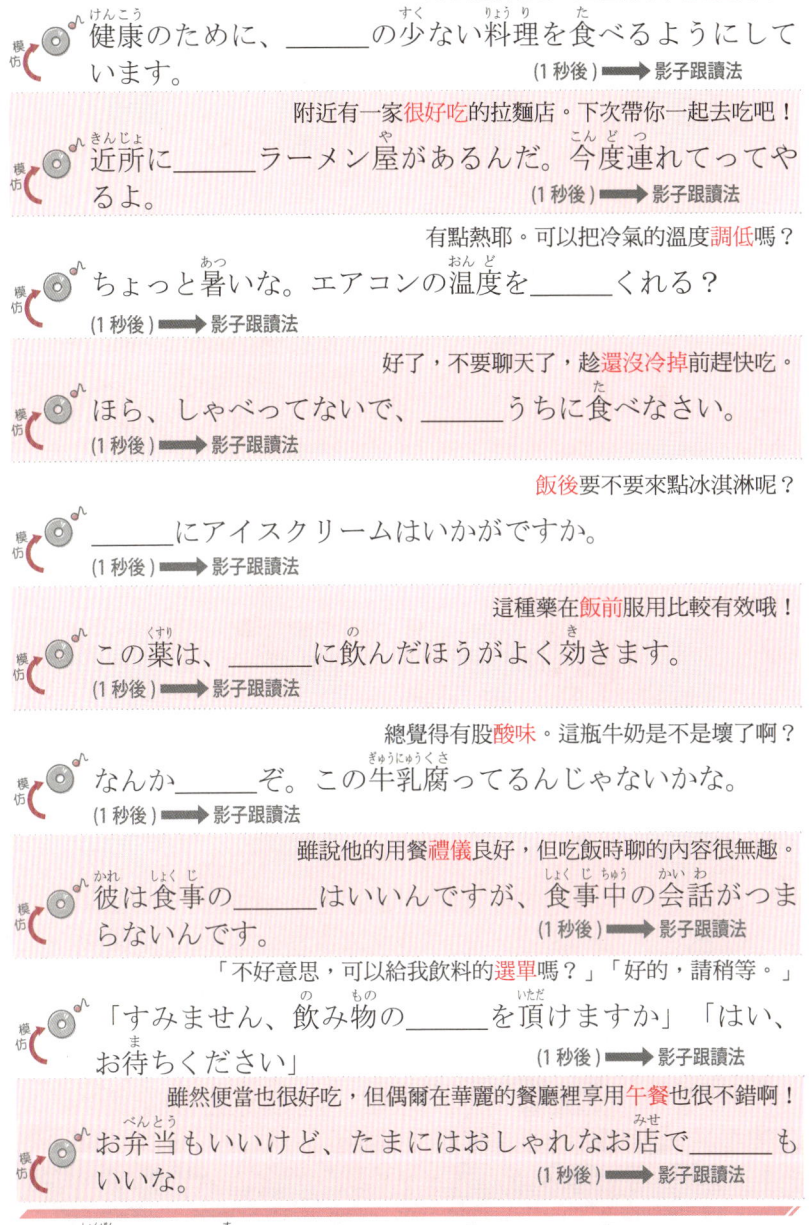

3-2 食べ物／食物

01 アイスクリーム
名 ice cream，冰淇淋
アイスクリームを食べる。
吃冰淇淋。

02 油（あぶら）
名 脂肪，油脂
魚を油で揚げる。
用油炸魚。

03 インスタント
名・形動 instant，即席，稍加工即可的，速成
インスタントコーヒーを飲む。
喝即溶咖啡。

04 饂飩（うどん）
名 烏龍麵條，烏龍麵
うどんをゆでて食べる。
煮烏龍麵吃。

05 オレンジ
名 orange，柳橙，柳丁；橙色
オレンジは全部食べた。
橘子全都吃光了。

06 ガム
名 （英）gum，口香糖；樹膠
ガムを噛む。
嚼口香糖。

07 粥（かゆ）
名 粥，稀飯
粥を炊く。
煮粥。

08 皮（かわ）
名 皮，表皮；皮革
皮をむく。
剝皮。

09 腐る（くさる）
自五 腐臭，腐爛；金屬鏽，爛；墮落，腐敗；消沉，氣餒
味噌が腐る。
味噌發臭。

10 ケチャップ
名 ketchup，蕃茄醬
ケチャップをつける。
沾蕃茄醬。

参考答案 ①アイスクリーム ②油 ③インスタント ④うどん ⑤オレンジ

03 用餐

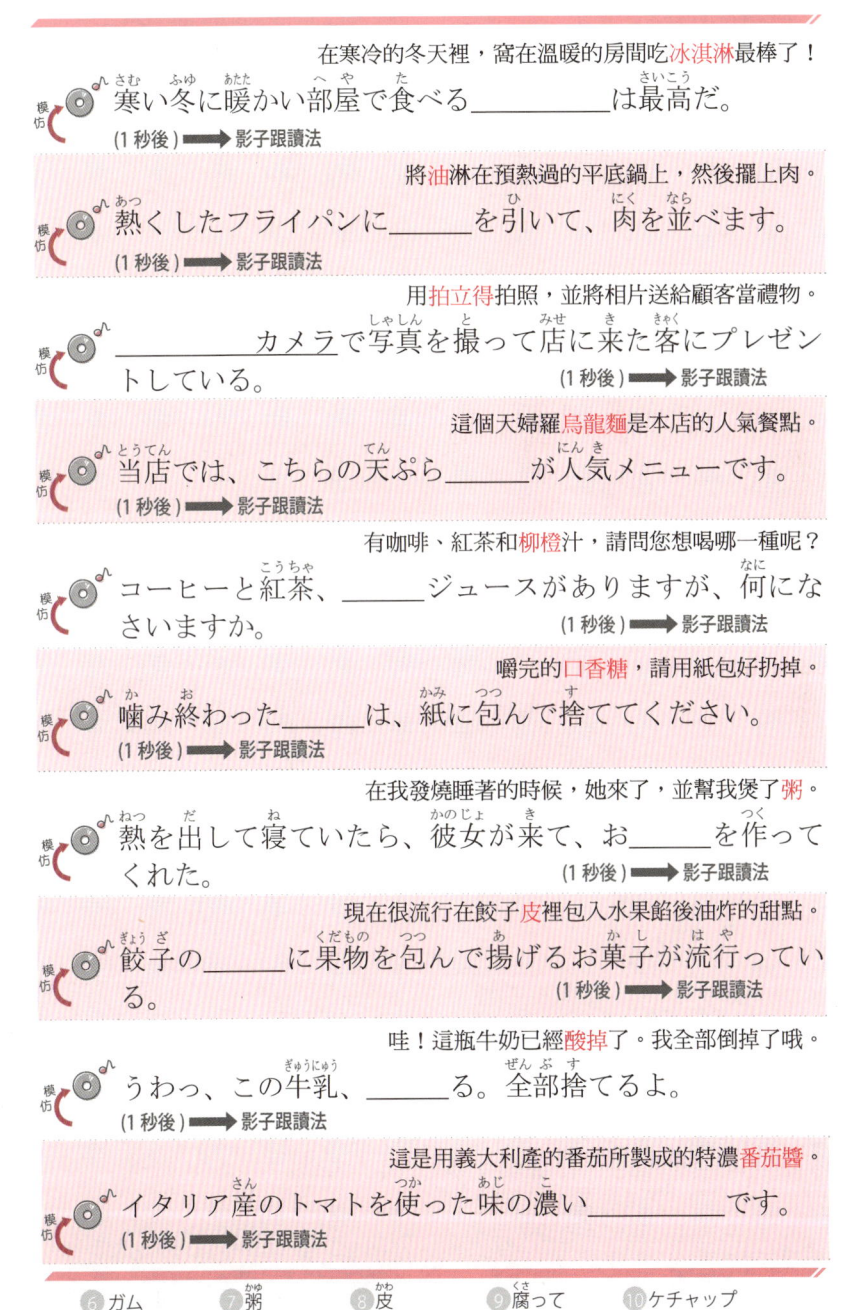

在寒冷的冬天裡，窩在溫暖的房間吃冰淇淋最棒了！
寒い冬に暖かい部屋で食べる＿＿＿＿は最高だ。

將油淋在預熱過的平底鍋上，然後擺上肉。
熱くしたフライパンに＿＿＿を引いて、肉を並べます。

用拍立得拍照，並將相片送給顧客當禮物。
＿＿＿＿＿カメラで写真を撮って店に来た客にプレゼントしている。

這個天婦羅烏龍麵是本店的人氣餐點。
当店では、こちらの天ぷら＿＿＿が人気メニューです。

有咖啡、紅茶和柳橙汁，請問您想喝哪一種呢？
コーヒーと紅茶、＿＿＿ジュースがありますが、何になさいますか。

嚼完的口香糖，請用紙包好扔掉。
噛み終わった＿＿＿は、紙に包んで捨ててください。

在我發燒睡著的時候，她來了，並幫我煲了粥。
熱を出して寝ていたら、彼女が来て、お＿＿＿を作ってくれた。

現在很流行在餃子皮裡包入水果餡後油炸的甜點。
餃子の＿＿＿に果物を包んで揚げるお菓子が流行っている。

哇！這瓶牛奶已經酸掉了。我全部倒掉了哦。
うわっ、この牛乳、＿＿＿る。全部捨てるよ。

這是用義大利產的番茄所製成的特濃番茄醬。
イタリア産のトマトを使った味の濃い＿＿＿＿です。

⑥ガム　⑦粥　⑧皮　⑨腐って　⑩ケチャップ

43

単語帳

11 ☐☐☐
こしょう
胡椒
- 名 胡椒
- 胡椒を入れる。
- 灑上胡椒粉。

12 ☐☐☐
さけ
酒
- 名 酒（的總稱），日本酒，清酒
- 酒を杯に入れる。
- 將酒倒入杯子裡。

13 ☐☐☐
しゅ
酒
- 漢造 酒
- 葡萄酒を飲む。
- 喝葡萄酒。

14 ☐☐☐
ジュース
- 名 juice，果汁，汁液，糖汁，肉汁
- ジュースを飲む。
- 喝果汁。

15 ☐☐☐
しょくりょう
食料
- 名 食品，食物
- 食料を保存する。
- 保存食物。

16 ☐☐☐
しょくりょう
食糧
- 名 食糧，糧食
- 食糧を輸入する。
- 輸入糧食。

17 ☐☐☐
しんせん
新鮮
- 名・形動（食物）新鮮；清新乾淨；新穎，全新
- 新鮮な果物を食べる。
- 吃新鮮的水果。

18 ☐☐☐
す
酢
- 名 醋
- 酢を入れる。
- 加入醋。

19 ☐☐☐
スープ
- 名 soup，湯（多指西餐的湯）
- スープを飲む。
- 喝湯。

20 ☐☐☐
ソース
- 名 sauce，（西餐用）調味醬
- ソースを作る。
- 調製醬料。

参考答案　①胡椒　②酒　③酒　④ジュース　⑤食料

03 用餐

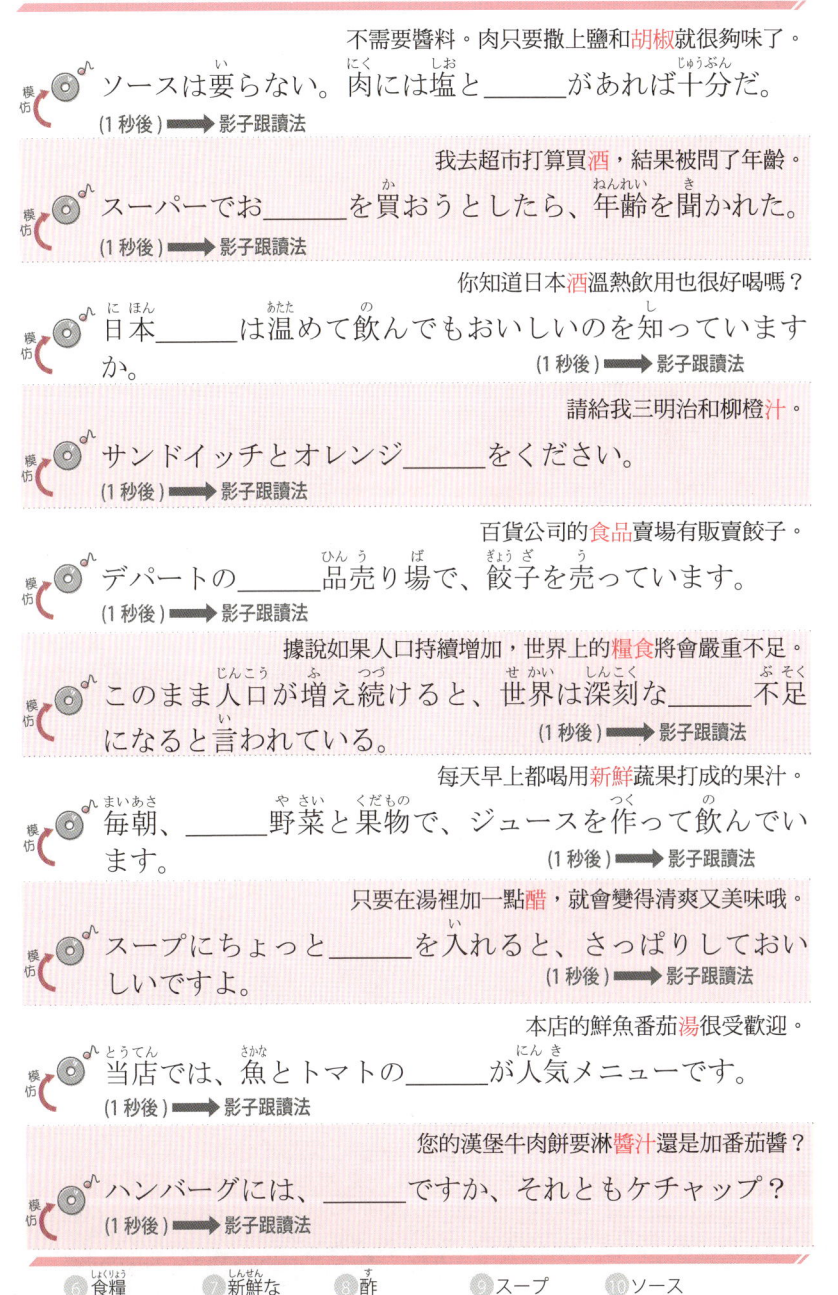

不需要醬料。肉只要撒上鹽和胡椒就很夠味了。
ソースは要らない。肉には塩と_____があれば十分だ。
(1秒後) ➡ 影子跟讀法

我去超市打算買酒，結果被問了年齡。
スーパーでお_____を買おうとしたら、年齢を聞かれた。
(1秒後) ➡ 影子跟讀法

你知道日本酒溫熱飲用也很好喝嗎？
日本_____は温めて飲んでもおいしいのを知っていますか。
(1秒後) ➡ 影子跟讀法

請給我三明治和柳橙汁。
サンドイッチとオレンジ_____をください。
(1秒後) ➡ 影子跟讀法

百貨公司的食品賣場有販賣餃子。
デパートの_____品売り場で、餃子を売っています。
(1秒後) ➡ 影子跟讀法

據說如果人口持續增加，世界上的糧食將會嚴重不足。
このまま人口が増え続けると、世界は深刻な_____不足になると言われている。
(1秒後) ➡ 影子跟讀法

每天早上都喝用新鮮蔬果打成的果汁。
毎朝、_____野菜と果物で、ジュースを作って飲んでいます。
(1秒後) ➡ 影子跟讀法

只要在湯裡加一點醋，就會變得清爽又美味哦。
スープにちょっと_____を入れると、さっぱりしておいしいですよ。
(1秒後) ➡ 影子跟讀法

本店的鮮魚番茄湯很受歡迎。
当店では、魚とトマトの_____が人気メニューです。
(1秒後) ➡ 影子跟讀法

您的漢堡牛肉餅要淋醬汁還是加番茄醬？
ハンバーグには、_____ですか、それともケチャップ？
(1秒後) ➡ 影子跟讀法

⑥ 食糧　⑦ 新鮮な　⑧ 酢　⑨ スープ　⑩ ソース

単語帳

21 □□□
チーズ
名 cheese，起司，乳酪
チーズを買う。
買起司。

22 □□□
チップ
名 chip，（削木所留下的）片削；洋芋片
ポテトチップスを食べる。
吃洋芋片。

23 □□□
茶（ちゃ）
名・漢造 茶；茶樹；茶葉；茶水
茶を入れる。
泡茶。

24 □□□
デザート
名 dessert，餐後點心，甜點（大多泛指較西式的甜點）
デザートを食べる。
吃甜點。

25 □□□
ドレッシング
名 dressing，調味料，醬汁；服裝，裝飾
サラダにドレッシングをかける。
把醬汁淋到沙拉上。

26 □□□
丼（どんぶり）
名 大碗公；大碗蓋飯
500円で鰻丼が食べられる。
500圓就可以吃到鰻魚蓋飯。

27 □□□
生（なま）
名・形動（食物沒有煮過、烤過）生的；直接的，不加修飾的；不熟練，不到火候
生で食べる。
生吃。

28 □□□
ビール
名 （荷）bier，啤酒
ビールを飲む。
喝啤酒。

29 □□□
ファストフード
名 fast food，速食
ファストフードを食べすぎた。
吃太多速食。

30 □□□
弁当（べんとう）
名 便當，飯盒
弁当を作る。
做便當。

参考答案 ①チーズ ②チップ ③茶 ④デザート ⑤ドレッシング

03 用餐

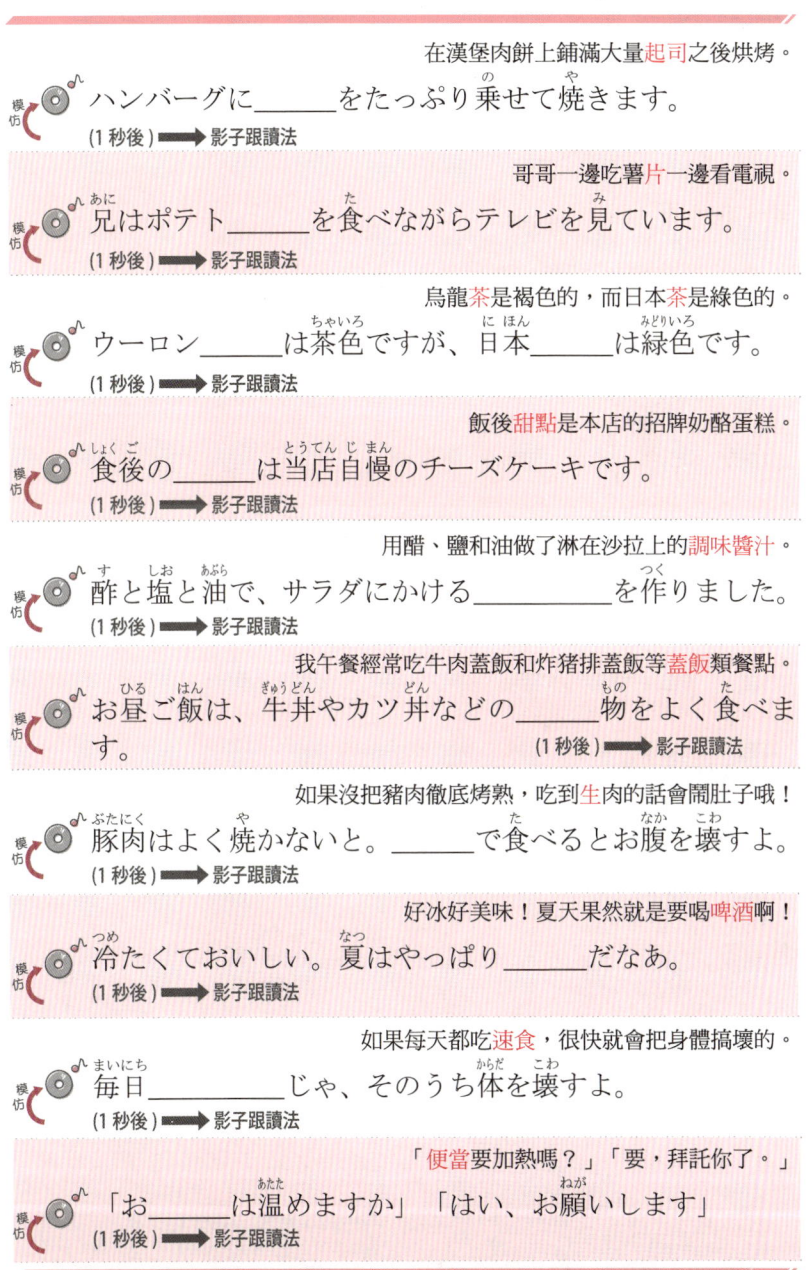

在漢堡肉餅上鋪滿大量起司之後烘烤。
ハンバーグに＿＿＿＿をたっぷり乗せて焼きます。

哥哥一邊吃薯片一邊看電視。
兄はポテト＿＿＿＿を食べながらテレビを見ています。

烏龍茶是褐色的，而日本茶是綠色的。
ウーロン＿＿＿＿は茶色ですが、日本＿＿＿＿は緑色です。

飯後甜點是本店的招牌奶酪蛋糕。
食後の＿＿＿＿は当店自慢のチーズケーキです。

用醋、鹽和油做了淋在沙拉上的調味醬汁。
酢と塩と油で、サラダにかける＿＿＿＿を作りました。

我午餐經常吃牛肉蓋飯和炸豬排蓋飯等蓋飯類餐點。
お昼ご飯は、牛丼やカツ丼などの＿＿＿＿物をよく食べます。

如果沒把豬肉徹底烤熟，吃到生肉的話會鬧肚子哦！
豚肉はよく焼かないと。＿＿＿＿で食べるとお腹を壊すよ。

好冰好美味！夏天果然就是要喝啤酒啊！
冷たくておいしい。夏はやっぱり＿＿＿＿だなあ。

如果每天都吃速食，很快就會把身體搞壞的。
毎日＿＿＿＿じゃ、そのうち体を壊すよ。

「便當要加熱嗎？」「要，拜託你了。」
「お＿＿＿＿は温めますか」「はい、お願いします」

⑥丼　⑦生　⑧ビール　⑨ファストフード　⑩弁当

47

単語帳

31 混ぜる
(他下一) 混入；加上，加進；攪，攪拌
ビールとジュースを混ぜる。
將啤酒和果汁加在一起。

32 マヨネーズ
(名) mayonnaise，美乃滋，蛋黃醬
パンにマヨネーズを塗る。
在土司上塗抹美奶滋。

33 味噌汁
(名) 味噌湯
私の母は毎朝味噌汁を作る。
我母親每天早上煮味噌湯。

34 ミルク
(名) milk，牛奶；煉乳
紅茶にはミルクを入れる。
在紅茶裡加上牛奶。

35 ワイン
(名) wine，葡萄酒；水果酒；洋酒
白ワインが合います。
白酒很搭。

3-3 調理、料理、クッキング／調理、菜餚、烹調

01 揚げる
(他下一) 炸，油炸；舉，抬；提高；進步
天ぷらを揚げる。
炸天婦羅。

02 温める
(他下一) 溫，熱；擱置不發表
ご飯を温める。
熱飯菜。

03 溢す
(他五) 灑，漏，溢（液體），落（粉末）；發牢騷，抱怨
コーヒーを溢す。
咖啡溢出來了。

04 炊く
(他五) 點火，燒著；燃燒；煮飯，燒菜
ご飯を炊く。
煮飯。

參考答案　①混ぜて　②マヨネーズ　③味噌汁　④ミルク　⑤ワイン

03 用餐

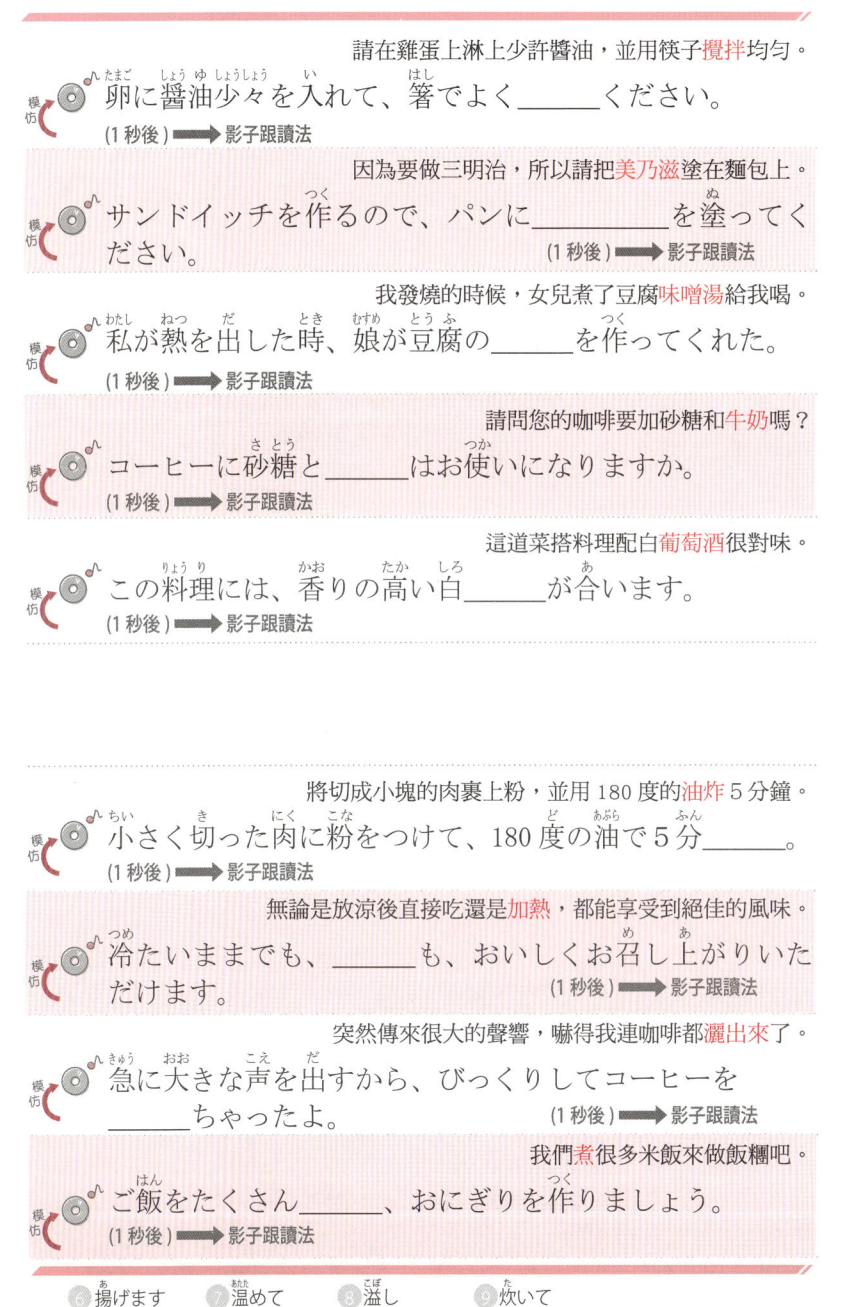

請在雞蛋上淋上少許醬油，並用筷子攪拌均勻。
卵に醬油少々を入れて、箸でよく_____ください。

因為要做三明治，所以請把美乃滋塗在麵包上。
サンドイッチを作るので、パンに_____を塗ってください。

我發燒的時候，女兒煮了豆腐味噌湯給我喝。
私が熱を出した時、娘が豆腐の_____を作ってくれた。

請問您的咖啡要加砂糖和牛奶嗎？
コーヒーに砂糖と_____はお使いになりますか。

這道菜搭料理配白葡萄酒很對味。
この料理には、香りの高い白_____が合います。

將切成小塊的肉裹上粉，並用180度的油炸5分鐘。
小さく切った肉に粉をつけて、180度の油で5分_____。

無論是放涼後直接吃還是加熱，都能享受到絕佳的風味。
冷たいままでも、_____も、おいしくお召し上がりいただけます。

突然傳來很大的聲響，嚇得我連咖啡都灑出來了。
急に大きな声を出すから、びっくりしてコーヒーを_____ちゃったよ。

我們煮很多米飯來做飯糰吧。
ご飯をたくさん_____、おにぎりを作りましょう。

⑥揚げます ⑦温めて ⑧溢し ⑨炊いて

単語帳

05 炊(た)ける
【自下一】燒成飯，做成飯
ご飯が炊けた。
飯已經煮熟了。

06 強(つよ)める
【他下一】加強，增強
火を強める。
把火力調大。

07 低(てい)
【名・漢造】（位置）低；（價格等）低；變低
低温でゆっくり焼く。
用低溫慢烤。

08 煮(に)える
【自下一】煮熟，煮爛；水燒開；固體融化（成泥狀）；發怒，非常氣憤
芋は煮えました。
芋頭已經煮熟了。

09 煮(に)る
【自五】煮，燉，熬
豆を煮る。
煮豆子。

10 冷(ひ)やす
【他五】使變涼，冰鎮；（喻）使冷靜
冷蔵庫で冷やす。
放在冰箱冷藏。

11 剥(む)く
【他五】剝，削
りんごを剥く。
削蘋果皮。

12 蒸(む)す
【他五・自五】蒸，熱（涼的食品）；（天氣）悶熱
肉まんを蒸す。
蒸肉包。

13 茹(ゆ)でる
【他下一】（用開水）煮，燙
よく茹でる。
煮熟。

14 沸(わ)く
【自五】煮沸，煮開；興奮
お湯が沸く。
開水滾開。

15 割(わ)る
【他五】打，劈開；用除法計算
卵を割る。
打破蛋。

参考答案 ❶炊(た)ける ❷強(つよ)める ❸低(てい) ❹煮(に)えた ❺煮(に)て

03 用餐

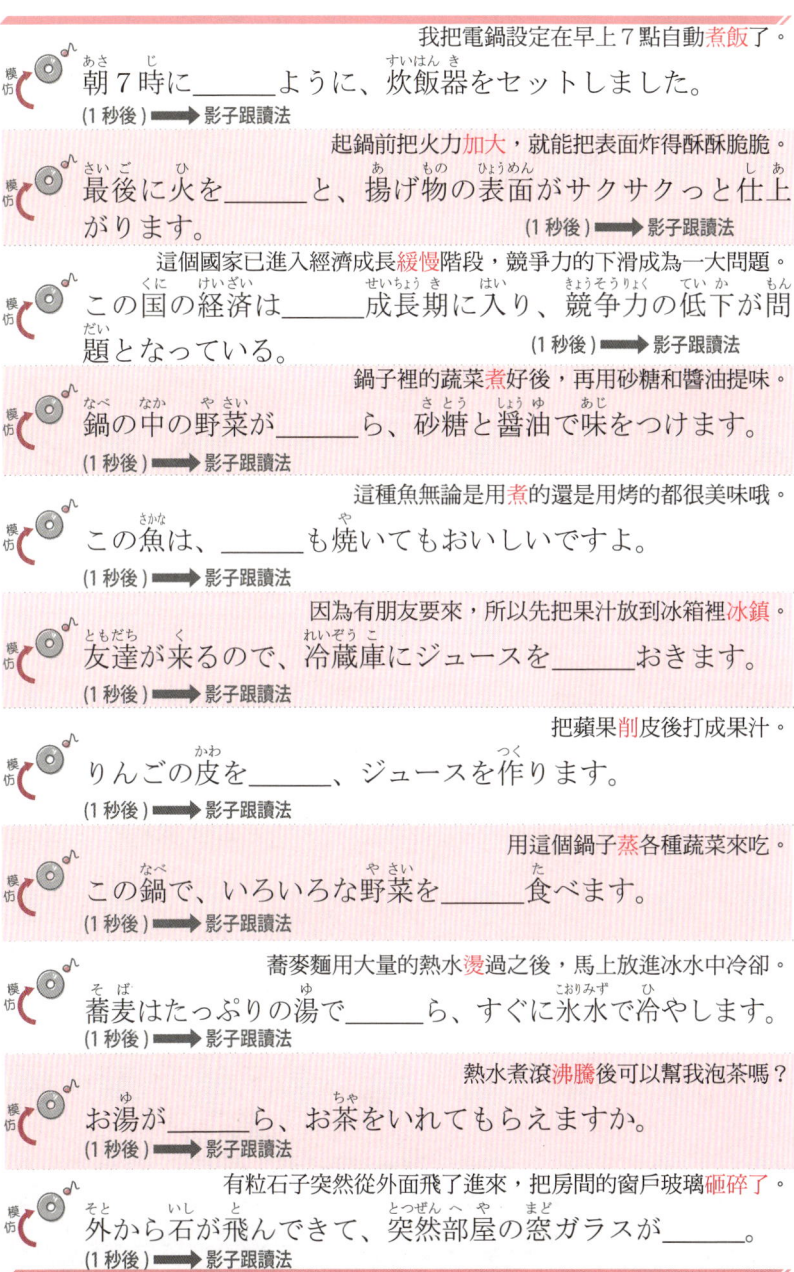

我把電鍋設定在早上7點自動煮飯了。
朝7時に_____ように、炊飯器をセットしました。
(1秒後) ➡ 影子跟讀法

起鍋前把火力加大,就能把表面炸得酥酥脆脆。
最後に火を_____と、揚げ物の表面がサクサクっと仕上がります。
(1秒後) ➡ 影子跟讀法

這個國家已進入經濟成長緩慢階段,競爭力的下滑成為一大問題。
この国の経済は_____成長期に入り、競争力の低下が問題となっている。
(1秒後) ➡ 影子跟讀法

鍋子裡的蔬菜煮好後,再用砂糖和醬油提味。
鍋の中の野菜が_____ら、砂糖と醤油で味をつけます。
(1秒後) ➡ 影子跟讀法

這種魚無論是用煮的還是用烤的都很美味哦。
この魚は、_____も焼いてもおいしいですよ。
(1秒後) ➡ 影子跟讀法

因為有朋友要來,所以先把果汁放到冰箱裡冰鎮。
友達が来るので、冷蔵庫にジュースを_____おきます。
(1秒後) ➡ 影子跟讀法

把蘋果削皮後打成果汁。
りんごの皮を_____、ジュースを作ります。
(1秒後) ➡ 影子跟讀法

用這個鍋子蒸各種蔬菜來吃。
この鍋で、いろいろな野菜を_____食べます。
(1秒後) ➡ 影子跟讀法

蕎麥麵用大量的熱水燙過之後,馬上放進冰水中冷卻。
蕎麦はたっぷりの湯で_____ら、すぐに氷水で冷やします。
(1秒後) ➡ 影子跟讀法

熱水煮滾沸騰後可以幫我泡茶嗎?
お湯が_____ら、お茶をいれてもらえますか。
(1秒後) ➡ 影子跟讀法

有粒石子突然從外面飛了進來,把房間的窗戶玻璃砸碎了。
外から石が飛んできて、突然部屋の窓ガラスが_____。
(1秒後) ➡ 影子跟讀法

⑥冷やして ⑦剝いて ⑧蒸して ⑨茹でた ⑩沸いた ⑪割れた

51

パート4 第四章 衣服

4-1 衣服、洋服、和服／衣服、西服、和服

01 襟（えり）
名 （衣服的）領子；脖頸，後頸；（西裝的）硬領
襟を立てる。
立起領子。

02 オーバー（コート）
名 overcoat，大衣，外套，外衣
オーバーを着る。
穿大衣。

03 ジーンズ
名 jeans，牛仔褲
ジーンズをはく。
穿牛仔褲。

04 ジャケット
名 jacket，外套，短上衣；唱片封面
ジャケットを着る。
穿外套。

05 裾（すそ）
名 下擺，下襟；山腳；（靠近頸部的）頭髮
ジーンズの裾が汚れた。
牛仔褲的褲腳髒了。

06 制服（せいふく）
名 制服
制服を着る。
穿制服。

07 袖（そで）
名 衣袖；（桌子）兩側抽屜，（大門）兩側的廳房，舞台的兩側，飛機（兩翼）
半袖（はんそで）を着る。
穿短袖。

08 タイプ
名・他サ type，形式，類型；典型，樣本，標本；（印）鉛字，活字；打字（機）
このタイプの服にする。
決定穿這種樣式的服裝。

09 ティーシャツ
名 T-shirt，圓領衫，T恤
ティーシャツを着る。
穿T恤。

10 パンツ
名 pants，內褲；短褲；運動短褲
パンツをはく。
穿褲子。

参考答案 ①襟 ②オーバー ③ジーンズ ④ジャケット ⑤裾

04 衣服

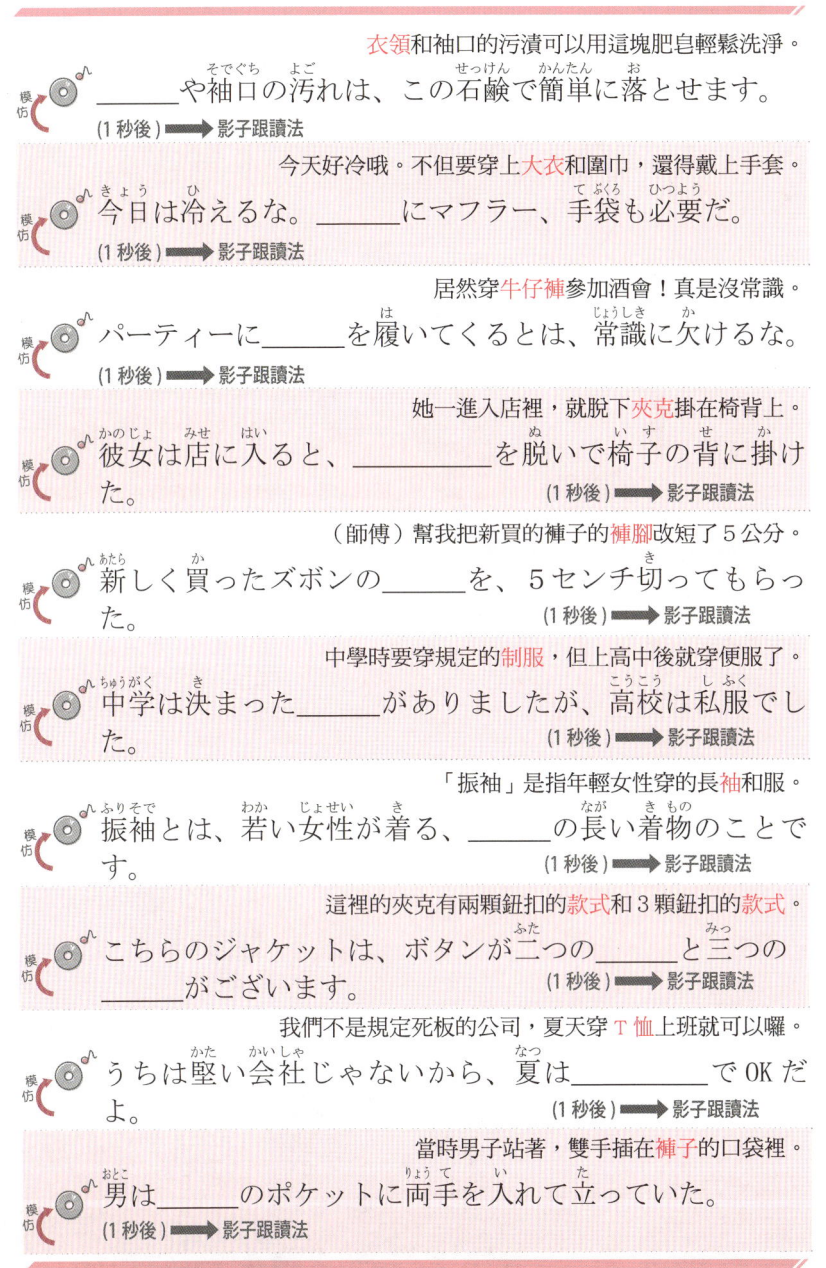

衣領和袖口的污漬可以用這塊肥皂輕鬆洗淨。
_____や袖口の汚れは、この石鹸で簡単に落とせます。

今天好冷哦。不但要穿上大衣和圍巾，還得戴上手套。
今日は冷えるな。_____にマフラー、手袋も必要だ。

居然穿牛仔褲參加酒會！真是沒常識。
パーティーに_____を履いてくるとは、常識に欠けるな。

她一進入店裡，就脫下夾克掛在椅背上。
彼女は店に入ると、_____を脱いで椅子の背に掛けた。

（師傅）幫我把新買的褲子的褲腳改短了5公分。
新しく買ったズボンの_____を、5センチ切ってもらった。

中學時要穿規定的制服，但上高中後就穿便服了。
中学は決まった_____がありましたが、高校は私服でした。

「振袖」是指年輕女性穿的長袖和服。
振袖とは、若い女性が着る、_____の長い着物のことです。

這裡的夾克有兩顆鈕扣的款式和3顆鈕扣的款式。
こちらのジャケットは、ボタンが二つの_____と三つの_____がございます。

我們不是規定死板的公司，夏天穿T恤上班就可以囉。
うちは堅い会社じゃないから、夏は_____でOKだよ。

當時男子站著，雙手插在褲子的口袋裡。
男は_____のポケットに両手を入れて立っていた。

⑥制服　⑦袖　⑧タイプ　⑨ティーシャツ　⑩パンツ

53

11	パンプス	(名) pumps，女用的高跟皮鞋，淑女包鞋	パンプスをはく。 穿淑女包鞋。
12	ぴったり	(副・自サ) 緊緊地，嚴實地；恰好，正適合；說中，猜中	体にぴったりした背広をつくる。 製作合身的西裝。
13	ブラウス	(名) blouse，（多半為女性穿的）罩衫，襯衫	ブラウスを洗濯する。 洗襯衫。
14	ぼろぼろ	(名・副・形動) 破爛不堪（衣服等）；（粒狀物）散落貌	今でもぼろぼろの洋服を着ている。 破破爛爛的衣服現在還在穿。

4-2 着る、装身具／穿戴、服飾用品

01	着替え	(名・自サ) 換衣服；換洗衣物	急いで着替えを済ませる。 急急忙忙地換好衣服。
02	着替える・着替える	(他下一) 換衣服	着物を着替える。 換衣服。
03	スカーフ	(名) scarf，圍巾，披肩；領結	スカーフを巻く。 圍上圍巾。
04	ストッキング	(名) stocking，褲襪；長筒襪	ナイロンのストッキングを履く。 穿尼龍絲襪。
05	スニーカー	(名) sneakers，球鞋，運動鞋	スニーカーで通勤する。 穿球鞋上下班。

参考答案 ①パンプス ②ぴったり ③ブラウス ④ぼろぼろ ⑤着替え

04 衣服

我想買一雙工作用的輕便包鞋。
仕事で履くので、歩き易い_____を探しています。

佐藤每天早上都準時在8點45分到公司。
佐藤さんは毎朝8時45分_____に会社に来ます。

母親節時送了媽媽印花罩衫。
母の日に、花柄の_____をプレゼントしました。

被她甩了的時候，身心都嚴重受創了。
彼女に振られたときは、身も心も_____になったよ。

換好衣服後，請把您隨身攜帶的物品放入置物櫃裡。
_____が終わったら、荷物はロッカーに入れてください。

不要一直睡，趕快換衣服上學了！
いつまでも寝てないで、早く_____学校に行きなさい。

戴上帽子，並把絲質圍巾牢牢繫在脖子上。
帽子をかぶり、シルクの_____を首にしっかり結びます。

我覺得這雙高跟鞋適合顏色淺一點的絲襪。
このハイヒールには、もっと色の薄い_____が合うと思う。

因為我要去山上健行，所以買了運動鞋。
山へハイキングに行くので、_____を買った。

⑥ 着替えて　⑦ スカーフ　⑧ ストッキング　⑨ スニーカー

単語帳

06 草履（ぞうり）
▶ 名 草履，草鞋
▶ 草履を履く。
穿草鞋。

07 ソックス
▶ 名 socks，短襪
▶ ソックスを履く。
穿襪子。

08 通す（とおす）
▶ 他五・接尾 貫穿；滲透；貫徹；（把客人）讓到裡邊；一直，連續，…到底
▶ そでに手を通す。
把手伸進袖筒。

09 ネックレス
▶ 名 necklace，項鍊
▶ ネックレスをつける。
戴上項鍊。

10 ハイヒール
▶ 名 high heel，高跟鞋
▶ ハイヒールをはく。
穿高跟鞋。

11 バッグ
▶ 名 bag，手提包
▶ バッグに財布を入れる。
把錢包放入包包裡。

12 ベルト
▶ 名 belt，皮帶；（機）傳送帶；（地）地帶
▶ ベルトの締め方を動画で解説する。
以動畫解說繫皮帶的方式。

13 ヘルメット
▶ 名 helmet，安全帽；頭盔，鋼盔
▶ ヘルメットをかぶる。
戴安全帽。

14 マフラー
▶ 名 muffler，圍巾；（汽車等的）滅音器
▶ 暖かいマフラーをくれた。
人家送了我暖和的圍巾。

參考答案　❶草履　❷ソックス　❸通さない、通します　❹ネックレス　❺ハイヒール

04 衣服

買了一雙<u>草履</u>來搭配新年要穿的和服。
お正月に着る着物に合わせて、＿＿＿＿を買った。

制服的<u>襪子</u>必須是白色或黑色。
制服の＿＿＿＿は、白か黒に決まっています。

空氣<u>無法穿透</u>玻璃，但光和聲音可以（<u>穿透</u>）。
ガラスは空気は＿＿＿＿が、光や音は＿＿＿＿。

我想要一條可以搭配這件禮服的<u>項鍊</u>。
このドレスに合う＿＿＿＿がほしいのですが。

因為我今天穿<u>高跟鞋</u>，沒辦法跑太遠。
今日は＿＿＿＿を履いているので、そんなに走れません。

大家對這款<u>手提包</u>的評價是「使用方便，而且設計也很可愛」。
この＿＿＿＿は、使い易い上にデザインもかわいいと評判です。

因為褲子很鬆，所以如果沒繫<u>腰帶</u>就會掉下來。
ズボンが緩いので、＿＿＿＿を締めないと落ちてきちゃうんだ。

我騎機車載你吧！反正我多帶了一頂<u>安全帽</u>。
バイクの後ろに乗せてあげるよ。君の分の＿＿＿＿もあるから。

今天很冷，別忘了戴<u>圍巾</u>和手套啊。
今日は寒いから、＿＿＿＿、手袋を忘れずにね。

⑥ バッグ　⑦ ベルト　⑧ ヘルメット　⑨ マフラー

パート5 人体

5-1 身体、体／胴體、身體

01 温（あたた）まる （自五）暖，暖和；感到心情溫暖
体が温まる。
身體暖和。

02 暖（あたた）める （他下一）使溫暖；重溫，恢復
手を暖める。
焐手取暖。

03 動（うご）かす （他五）移動，挪動，活動；搖撼；給予影響，使其變化，感動
体を動かす。
活動身體。

04 掛（か）ける （他下一・接尾）坐；懸掛；蓋上，放上；提交；澆；開動；花費；寄託；鎖上；（數學）乘
椅子に掛ける。
坐下。

05 肩（かた） （名）肩，肩膀；（衣服的）肩
肩を揉む。
按摩肩膀。

06 腰（こし） （名・接尾）腰；（衣服、裙子等的）腰身
腰が痛い。
腰痛。

07 尻（しり） （名）屁股，臀部；（移動物體的）後方，後面；末尾，最後；（長物的）末端
しりが痛くなった。
屁股痛了起來。

08 バランス （名）balance，平衡，均衡，均等
バランスを取る。
保持平衡。

09 皮膚（ひふ） （名）皮膚
冬は皮膚が弱くなる。
皮膚在冬天比較脆弱。

10 臍（へそ） （名）肚臍；物體中心突起部分
へそを曲げる。
不聽話。

参考答案　①温まる　②暖めて　③動かし　④掛けて　⑤肩

58

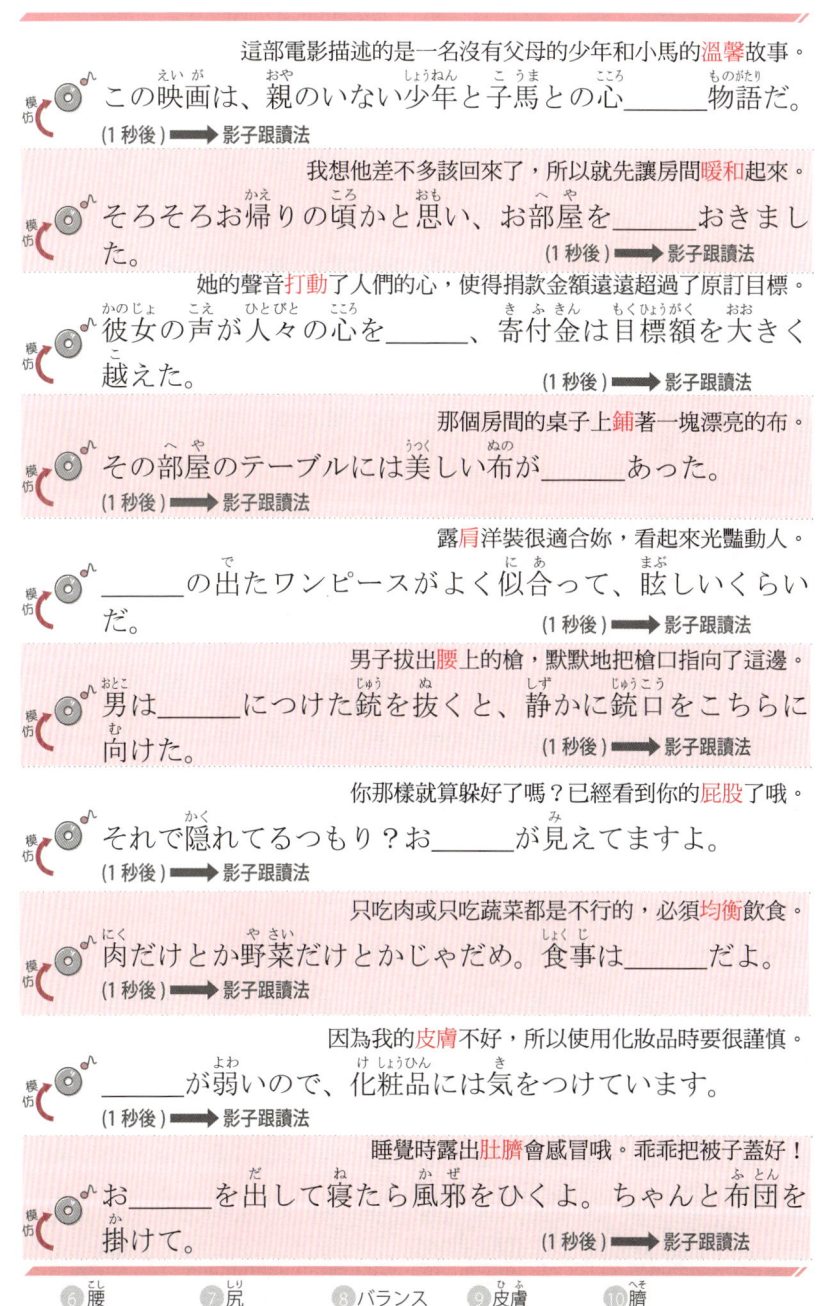

這部電影描述的是一名沒有父母的少年和小馬的溫馨故事。
この映画は、親のいない少年と子馬との心＿＿＿＿物語だ。
(1秒後) ➡ 影子跟讀法

我想他差不多該回來了，所以就先讓房間暖和起來。
そろそろお帰りの頃かと思い、お部屋を＿＿＿＿おきました。
(1秒後) ➡ 影子跟讀法

她的聲音打動了人們的心，使得捐款金額遠遠超過了原訂目標。
彼女の声が人々の心を＿＿＿＿、寄付金は目標額を大きく越えた。
(1秒後) ➡ 影子跟讀法

那個房間的桌子上鋪著一塊漂亮的布。
その部屋のテーブルには美しい布が＿＿＿＿あった。
(1秒後) ➡ 影子跟讀法

露肩洋裝很適合妳，看起來光豔動人。
＿＿＿＿の出たワンピースがよく似合って、眩しいくらいだ。
(1秒後) ➡ 影子跟讀法

男子拔出腰上的槍，默默地把槍口指向了這邊。
男は＿＿＿＿につけた銃を抜くと、静かに銃口をこちらに向けた。
(1秒後) ➡ 影子跟讀法

你那樣就算躲好了嗎？已經看到你的屁股了哦。
それで隠れてるつもり？お＿＿＿＿が見えてますよ。
(1秒後) ➡ 影子跟讀法

只吃肉或只吃蔬菜都是不行的，必須均衡飲食。
肉だけとか野菜だけとかじゃだめ。食事は＿＿＿＿だよ。
(1秒後) ➡ 影子跟讀法

因為我的皮膚不好，所以使用化妝品時要很謹慎。
＿＿＿＿が弱いので、化粧品には気をつけています。
(1秒後) ➡ 影子跟讀法

睡覺時露出肚臍會感冒哦。乖乖把被子蓋好！
お＿＿＿＿を出して寝たら風邪をひくよ。ちゃんと布団を掛けて。
(1秒後) ➡ 影子跟讀法

⑥腰　⑦尻　⑧バランス　⑨皮膚　⑩臍

単語帳

11 骨（ほね）
- 名　骨頭；費力氣的事
- 骨が折れる。
- 費力氣。

12 剥ける（むける）
- 自下一　剝落，脫落
- 鼻の皮がむけた。
- 鼻子的皮脫落了。

13 胸（むね）
- 名　胸部；內心
- 胸が痛む。
- 胸痛；痛心。

14 揉む（もむ）
- 他五　搓，揉；捏，按摩；（多人）互相推擠；爭辯；（被動式型態），受磨練
- 肩をもんであげる。
- 我幫你按摩肩膀。

5-2 顔／臉

01 顎（あご）
- 名　（上、下）顎；下巴
- 二重あごになる。
- 長出雙下巴。

02 映る（うつる）
- 自五　映，照；顯得，映入；相配，相稱；照相，映現
- 目に映る。
- 映入眼簾。

03 おでこ
- 名　凸額，額頭突出（的人）；額頭，額骨
- おでこを出す。
- 露出額頭。

04 嗅ぐ（かぐ）
- 他五　（用鼻子）聞，嗅
- 花の香りをかぐ。
- 聞花香。

05 髪の毛（かみのけ）
- 名　頭髮
- 髪の毛を切る。
- 剪髮。

參考答案　①骨　②剥けて　③胸　④揉んで　⑤顎

05 人體

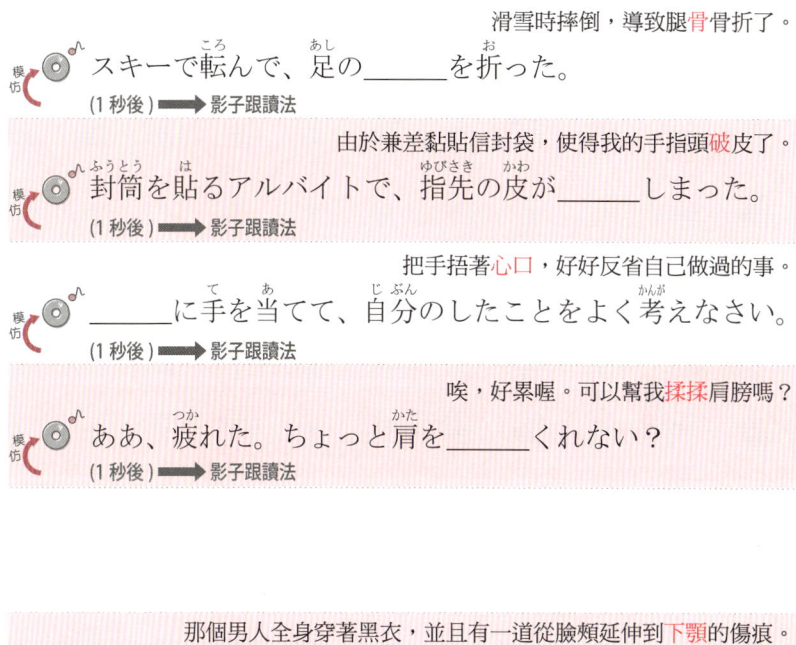

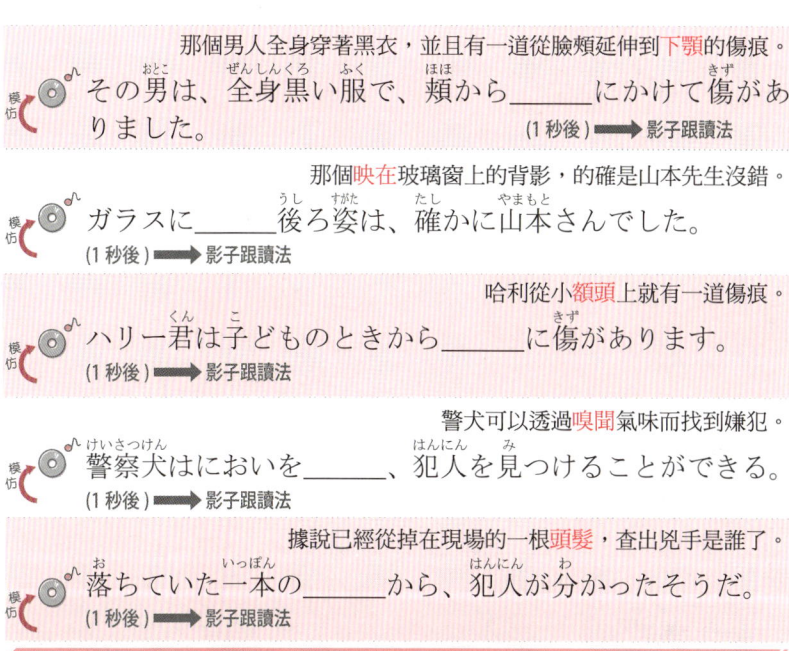

滑雪時摔倒，導致腿骨骨折了。
スキーで転んで、足の_____を折った。

由於兼差黏貼信封袋，使得我的手指頭破皮了。
封筒を貼るアルバイトで、指先の皮が_____しまった。

把手捂著心口，好好反省自己做過的事。
_____に手を当てて、自分のしたことをよく考えなさい。

唉，好累喔。可以幫我揉揉肩膀嗎？
ああ、疲れた。ちょっと肩を_____くれない？

那個男人全身穿著黑衣，並且有一道從臉頰延伸到下顎的傷痕。
その男は、全身黒い服で、頬から_____にかけて傷がありました。

那個映在玻璃窗上的背影，的確是山本先生沒錯。
ガラスに_____後ろ姿は、確かに山本さんでした。

哈利從小額頭上就有一道傷痕。
ハリー君は子どものときから_____に傷があります。

警犬可以透過嗅聞氣味而找到嫌犯。
警察犬はにおいを_____、犯人を見つけることができる。

據說已經從掉在現場的一根頭髮，查出兇手是誰了。
落ちていた一本の_____から、犯人が分かったそうだ。

⑥ 映った　⑦ おでこ　⑧ 嗅いで　⑨ 髪の毛

単語帳

06 　□□□
くちびる
唇 ▶ 名 嘴唇 ▶ 唇(くちびる)が青(あお)い。
嘴唇發青。

07 　□□□
くび
首 ▶ 名 頸部 ▶ 首(くび)が痛(いた)い。
脖子痛。

08 　□□□
した
舌 ▶ 名 舌頭；說話；舌狀物 ▶ 舌(した)が長(なが)い。
愛說話。

09 　□□□
だま
黙る ▶ 自五 沉默，不說話；不理，不聞不問 ▶ 黙(だま)って命令(めいれい)に従(したが)う。
默默地服從命令。

10 　□□□
はな
離す ▶ 他五 使…離開，使…分開；隔開，拉開距離 ▶ 目(め)を離(はな)す。
轉移視線。

11 　□□□
ひたい
額 ▶ 名 前額，額頭；物體突出部分 ▶ 額(ひたい)に汗(あせ)して働(はたら)く。
汗流滿面地工作。

12 　□□□
ひょうじょう
表情 ▶ 名 表情 ▶ 表情(ひょうじょう)が暗(くら)い。
神情陰鬱。

13 　□□□
ほお
頰 ▶ 名 頰，臉蛋 ▶ ほおが赤(あか)い。
臉蛋紅通通的。

14 　□□□
まつ毛(げ) ▶ 名 睫毛 ▶ まつ毛(げ)が抜(ぬ)ける。
掉睫毛。

15 　□□□
まぶた
瞼 ▶ 名 眼瞼，眼皮 ▶ 瞼(まぶた)を閉(と)じる。
闔上眼瞼。

参考答案　①唇　②首　③舌　④黙って　⑤離さない

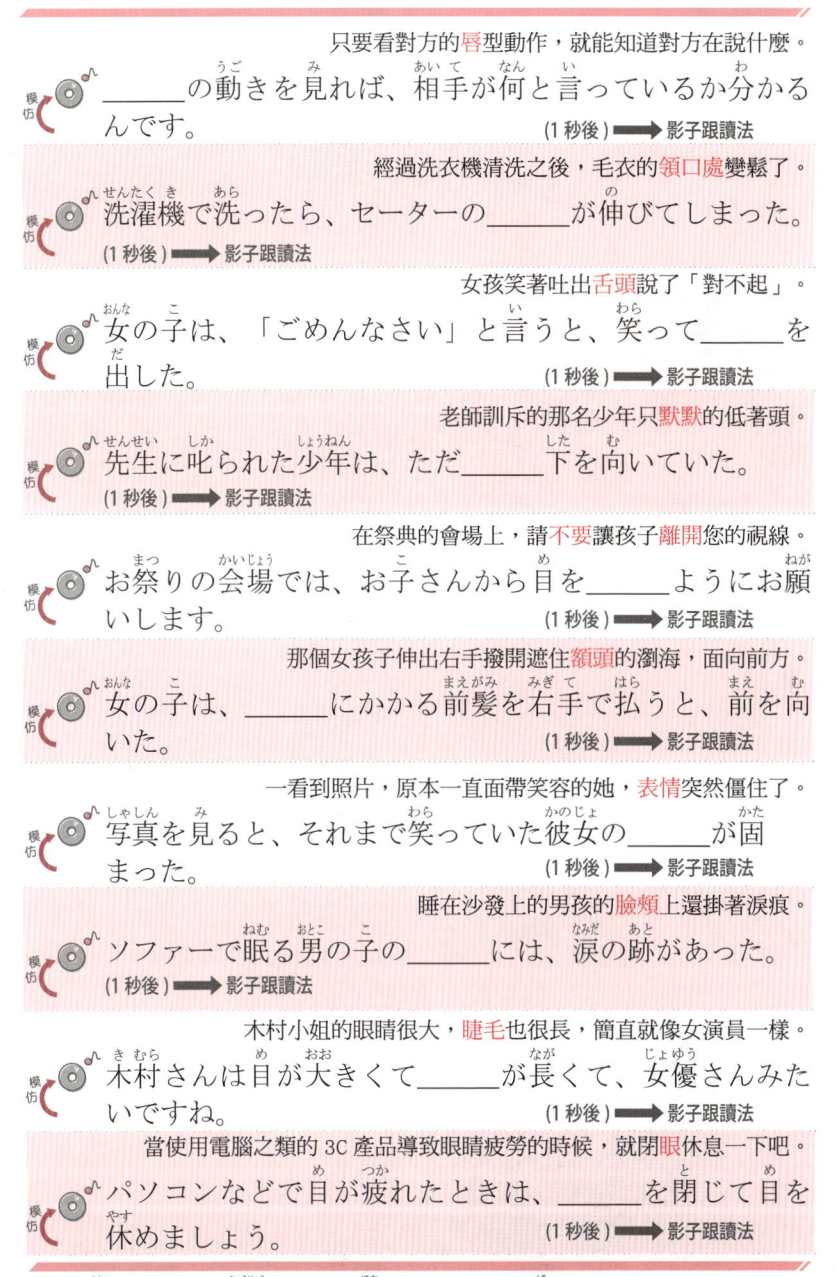

只要看對方的唇型動作，就能知道對方在說什麼。
_____の動きを見れば、相手が何と言っているか分かるんです。

經過洗衣機清洗之後，毛衣的領口處變鬆了。
洗濯機で洗ったら、セーターの_____が伸びてしまった。

女孩笑著吐出舌頭說了「對不起」。
女の子は、「ごめんなさい」と言うと、笑って_____を出した。

老師訓斥的那名少年只默默的低著頭。
先生に叱られた少年は、ただ_____下を向いていた。

在祭典的會場上，請不要讓孩子離開您的視線。
お祭りの会場では、お子さんから目を_____ようにお願いします。

那個女孩子伸出右手撥開遮住額頭的瀏海，面向前方。
女の子は、_____にかかる前髪を右手で払うと、前を向いた。

一看到照片，原本一直面帶笑容的她，表情突然僵住了。
写真を見ると、それまで笑っていた彼女の_____が固まった。

睡在沙發上的男孩的臉頰上還掛著淚痕。
ソファーで眠る男の子の_____には、涙の跡があった。

木村小姐的眼睛很大，睫毛也很長，簡直就像女演員一樣。
木村さんは目が大きくて_____が長くて、女優さんみたいですね。

當使用電腦之類的3C產品導致眼睛疲勞的時候，就閉眼休息一下吧。
パソコンなどで目が疲れたときは、_____を閉じて目を休めましょう。

⑥額　⑦表情　⑧頬　⑨まつ毛　⑩まぶた

63

16 眉毛(まゆげ) ▸ 名 眉毛 ▸ まゆげが長(なが)い。眉毛很長。

17 見掛(みか)ける ▸ 他下一 看到，看出，看見；開始看 ▸ 彼女(かのじょ)をよく駅(えき)で見(み)かけます。經常在車站看到她。

5-3 手足／手腳

01 握手(あくしゅ) ▸ 名・自サ 握手；和解，言和；合作，妥協；會師，會合 ▸ 握手(あくしゅ)をする。握手合作。

02 足首(あしくび) ▸ 名 腳踝 ▸ 足首(あしくび)を温(あたた)める。暖和腳踝。

03 埋(う)める ▸ 他下一 埋，掩埋；填補，彌補；佔滿 ▸ 金(かね)を埋(う)める。把錢埋起來。

04 押(お)さえる ▸ 他下一 按，壓；扣住，勒住；控制，阻止；捉住；扣留；超群出眾 ▸ 耳(みみ)を押(お)さえる。搗住耳朵。

05 親指(おやゆび) ▸ 名 （手腳的）的拇指 ▸ 手(て)の親指(おやゆび)が痛(いた)い。手的大拇指會痛。

06 踵(かかと) ▸ 名 腳後跟 ▸ 踵(かかと)の高(たか)い靴(くつ)を履(は)く。穿高跟鞋。

07 掻(か)く ▸ 他五 搔（用手或爪），撥；拔，推；攪拌，攪和 ▸ 頭(あたま)を掻(か)く。搔起頭來。

参考答案 ❶眉毛(まゆげ) ❷見掛(みか)けた ❸握手(あくしゅ) ❹足首(あしくび) ❺埋(う)めて

05 人體

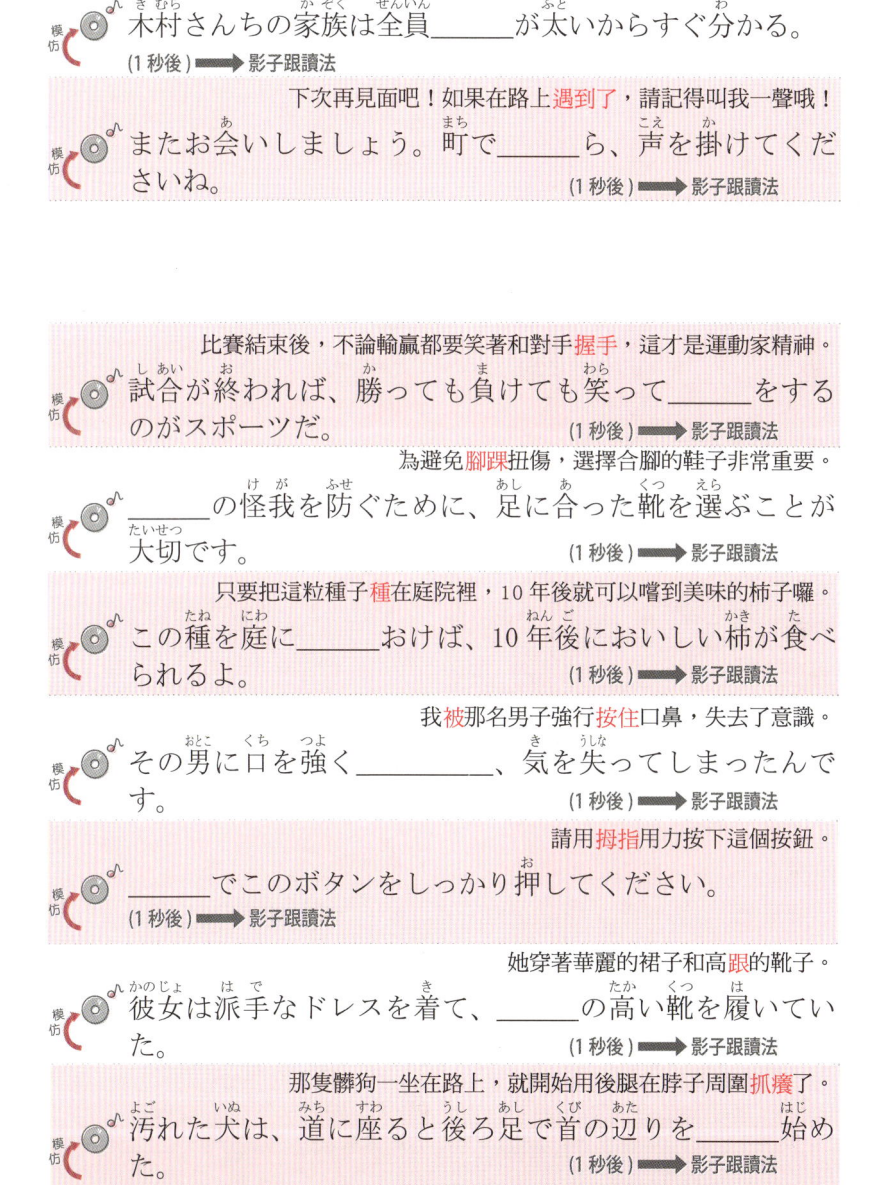

影子跟讀法請看 P5

木村先生全家都是粗眉毛，所以馬上就能認出來了。
木村さんちの家族は全員＿＿＿＿が太いからすぐ分かる。

下次再見面吧！如果在路上遇到了，請記得叫我一聲哦！
またお会いしましょう。町で＿＿＿＿ら、声を掛けてくださいね。

比賽結束後，不論輸贏都要笑著和對手握手，這才是運動家精神。
試合が終われば、勝っても負けても笑って＿＿＿＿をするのがスポーツだ。

為避免腳踝扭傷，選擇合腳的鞋子非常重要。
＿＿＿＿の怪我を防ぐために、足に合った靴を選ぶことが大切です。

只要把這粒種子種在庭院裡，10年後就可以嚐到美味的柿子囉。
この種を庭に＿＿＿＿おけば、10年後においしい柿が食べられるよ。

我被那名男子強行按住口鼻，失去了意識。
その男に口を強く＿＿＿＿、気を失ってしまったんです。

請用拇指用力按下這個按鈕。
＿＿＿＿でこのボタンをしっかり押してください。

她穿著華麗的裙子和高跟的靴子。
彼女は派手なドレスを着て、＿＿＿＿の高い靴を履いていた。

那隻髒狗一坐在路上，就開始用後腿在脖子周圍抓癢了。
汚れた犬は、道に座ると後ろ足で首の辺りを＿＿＿＿始めた。

❻押さえられて　❼親指　❽かかと　❾掻き

65

#	単語	品詞・意味	例文
08	薬指（くすりゆび）	名 無名指	薬指に指輪をしている。在無名指上戴戒指。
09	小指（こゆび）	名 小指頭	小指に指輪をつける。小指戴上戒指。
10	抱く（だく）	他五 抱；孵卵；心懷，懷抱	赤ちゃんを抱く。抱小嬰兒。
11	叩く（たたく）	他五 敲，叩；打；詢問，徵求；拍，鼓掌；攻擊，駁斥；花完，用光	ドアをたたく。敲打門。
12	掴む（つかむ）	他五 抓，抓住，揪住，握住；掌握到，瞭解到	手首を掴んだ。抓住了手腕。
13	包む（つつむ）	他五 包裹，打包，包上；蒙蔽，遮蔽，籠罩；藏在心中，隱瞞；包圍	プレゼントを包む。包裝禮物。
14	繋ぐ（つなぐ）	他五 拴結，繫；連起，接上；延續，維繫（生命等）	手を繋ぐ。手牽手。
15	爪先（つまさき）	名 腳指甲尖端	爪先で立つ。用腳尖站立。
16	爪（つめ）	名 （人的）指甲，腳指甲；（動物的）爪；爪尖；（用具的）鉤子	爪を伸ばす。指甲長長。
17	手首（てくび）	名 手腕	手首を怪我した。手腕受傷了。

參考答案：① 薬指（くすりゆび） ② 小指（こゆび） ③ 抱いた（だいた） ④ 叩いて（たたいて） ⑤ 掴む（つかむ）

05 人體

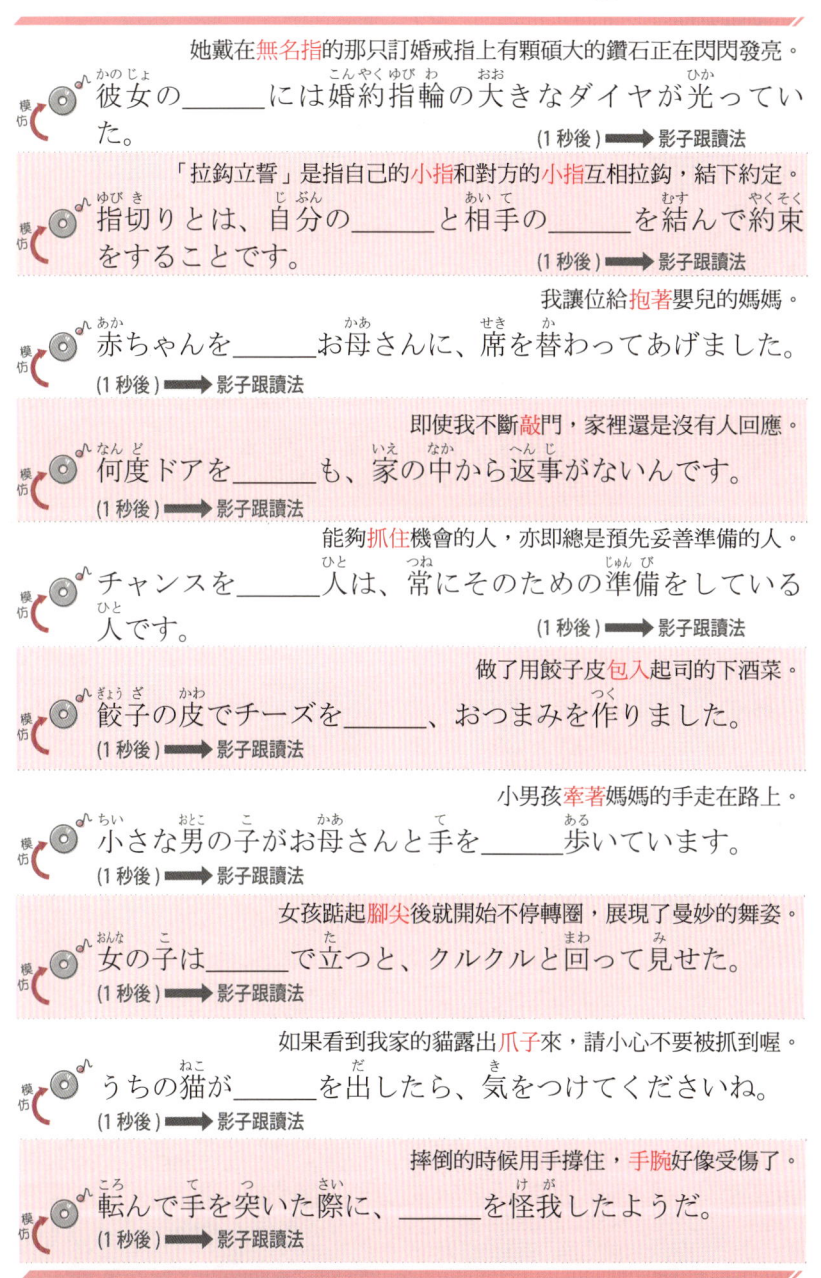

她戴在無名指的那只訂婚戒指上有顆碩大的鑽石正在閃閃發亮。
彼女の_____には婚約指輪の大きなダイヤが光っていた。

「拉鉤立誓」是指自己的小指和對方的小指互相拉鉤，結下約定。
指切りとは、自分の_____と相手の_____を結んで約束をすることです。

我讓位給抱著嬰兒的媽媽。
赤ちゃんを_____お母さんに、席を替わってあげました。

即使我不斷敲門，家裡還是沒有人回應。
何度ドアを_____も、家の中から返事がないんです。

能夠抓住機會的人，亦即總是預先妥善準備的人。
チャンスを_____人は、常にそのための準備をしている人です。

做了用餃子皮包入起司的下酒菜。
餃子の皮でチーズを_____、おつまみを作りました。

小男孩牽著媽媽的手走在路上。
小さな男の子がお母さんと手を_____歩いています。

女孩踮起腳尖後就開始不停轉圈，展現了曼妙的舞姿。
女の子は_____で立つと、クルクルと回って見せた。

如果看到我家的貓露出爪子來，請小心不要被抓到喔。
うちの猫が_____を出したら、気をつけてくださいね。

摔倒的時候用手撐住，手腕好像受傷了。
転んで手を突いた際に、_____を怪我したようだ。

⑥包んで ⑦繋いで ⑧つま先 ⑨爪 ⑩手首

67

#	単語	品詞・意味	例文
18	手の甲（てのこう）	(名) 手背	手の甲にキスする。 在手背上親吻。
19	手の平・掌（てのひら・てのひら）	(名) 手掌	掌に載せて持つ。 放在手掌上托著。
20	直す（なおす）	(他五) 修理；改正；治療	自転車を直す。 修理腳踏車。
21	中指（なかゆび）	(名) 中指	中指でさすな。 別用中指指人。
22	殴る（なぐる）	(他五) 毆打，揍；草草了事	人を殴る。 打人。
23	鳴らす（ならす）	(他五) 鳴，啼，叫；（使）出名；嘮叨；放響屁	鐘を鳴らす。 敲鐘。
24	握る（にぎる）	(他五) 握，抓；握飯團或壽司；掌握，抓住；（圍棋中決定誰先下）抓棋子	手を握る。 握拳。
25	抜く（ぬく）	(自他五・接尾) 抽出，拔去；選出，摘引；消除，排除；省去，減少；超越	空気を抜いた。 放了氣。
26	濡らす（ぬらす）	(他五) 浸濕，淋濕，沾濕	濡らすと壊れる。 碰到水，就會故障。
27	伸ばす（のばす）	(他五) 伸展，擴展；延緩（日期），推遲；發展，發揮；擴大，增加；稀釋；打倒	手を伸ばす。 伸手。

參考答案　①手の甲　②掌　③直した　④中指　⑤殴る

05 人體

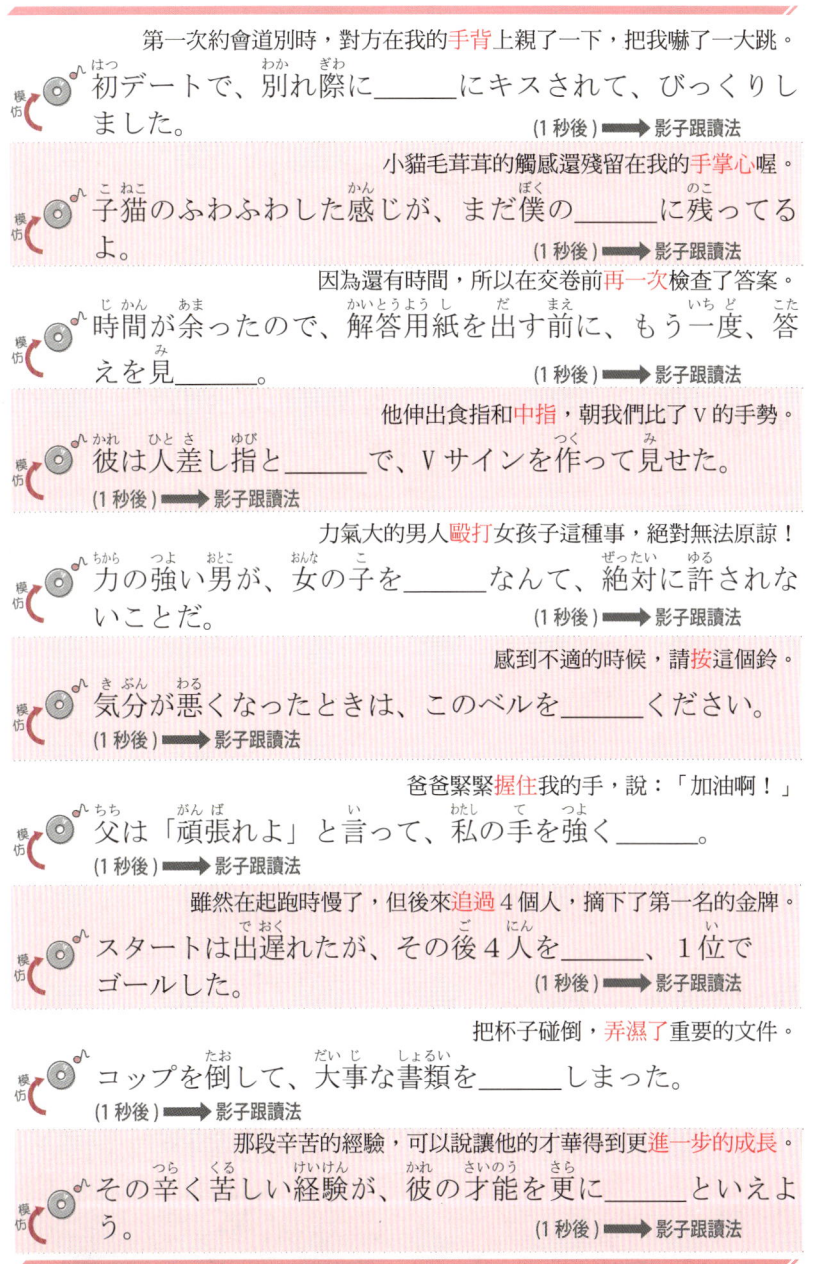

こんにちは。
(1秒後)こんにちは。
影子跟讀法請看 P5

第一次約會道別時，對方在我的手背上親了一下，把我嚇了一大跳。
初デートで、別れ際に_____にキスされて、びっくりしました。
(1秒後) ➡ 影子跟讀法

小貓毛茸茸的觸感還殘留在我的手掌心喔。
子猫のふわふわした感じが、まだ僕の_____に残ってるよ。
(1秒後) ➡ 影子跟讀法

因為還有時間，所以在交卷前再一次檢查了答案。
時間が余ったので、解答用紙を出す前に、もう一度、答えを見_____。
(1秒後) ➡ 影子跟讀法

他伸出食指和中指，朝我們比了Ｖ的手勢。
彼は人差し指と_____で、Ｖサインを作って見せた。
(1秒後) ➡ 影子跟讀法

力氣大的男人毆打女孩子這種事，絕對無法原諒！
力の強い男が、女の子を_____なんて、絶対に許されないことだ。
(1秒後) ➡ 影子跟讀法

感到不適的時候，請按這個鈴。
気分が悪くなったときは、このベルを_____ください。
(1秒後) ➡ 影子跟讀法

爸爸緊緊握住我的手，說：「加油啊！」
父は「頑張れよ」と言って、私の手を強く_____。
(1秒後) ➡ 影子跟讀法

雖然在起跑時慢了，但後來追過4個人，摘下了第一名的金牌。
スタートは出遅れたが、その後４人を_____、１位でゴールした。
(1秒後) ➡ 影子跟讀法

把杯子碰倒，弄濕了重要的文件。
コップを倒して、大事な書類を_____しまった。
(1秒後) ➡ 影子跟讀法

那段辛苦的經驗，可以說讓他的才華得到更進一步的成長。
その辛く苦しい経験が、彼の才能を更に_____といえよう。
(1秒後) ➡ 影子跟讀法

---

⑥鳴らして　⑦握った　⑧抜いて　⑨濡らして　⑩伸ばした

単語帳

28 拍手（はくしゅ）
(名・自サ) 拍手，鼓掌
拍手を送った。
一起報以掌聲。

29 外す（はずす）
(他五) 摘下，解開，取下；錯過，錯開；落後，失掉；避開，躲過
眼鏡を外す。
摘下眼鏡。

30 腹（はら）
(名) 肚子；心思，內心活動；心情，情緒；心胸，度量；胎內，母體內
腹がいっぱい。
肚子很飽。

31 ばらばら（な）
(副) 分散貌；凌亂，支離破碎的
時計をばらばらにする。
把錶拆開。

32 膝（ひざ）
(名) 膝，膝蓋
膝を曲げる。
曲膝。

33 肘（ひじ）
(名) 肘，手肘
肘つきのいす。
帶扶手的椅子。

34 人差し指（ひとさしゆび）
(名) 食指
人差し指を立てる。
豎起食指。

35 振る（ふる）
(他五) 揮，搖；撒，丟；（俗）放棄，犧牲（地位等）；謝絕；派分；在漢字上註假名；（使方向）偏於
手を振る。
揮手。

36 歩・歩（ほ・ぽ）
(名・漢造) 步，步行；（距離單位）步
前へ、一歩進む。
往前一步。

37 曲げる（まげる）
(他下一) 彎，曲；歪，傾斜；扭曲，歪曲；改變，放棄；（當舖裡的）典當；偷，竊
腰を曲げる。
彎腰。

38 股・腿（もも・もも）
(名) 股，大腿
腿の裏側が痛い。
腿部內側會痛。

参考答案 ①拍手 ②外して ③腹 ④ばらばらだった ⑤膝

70

05 人體

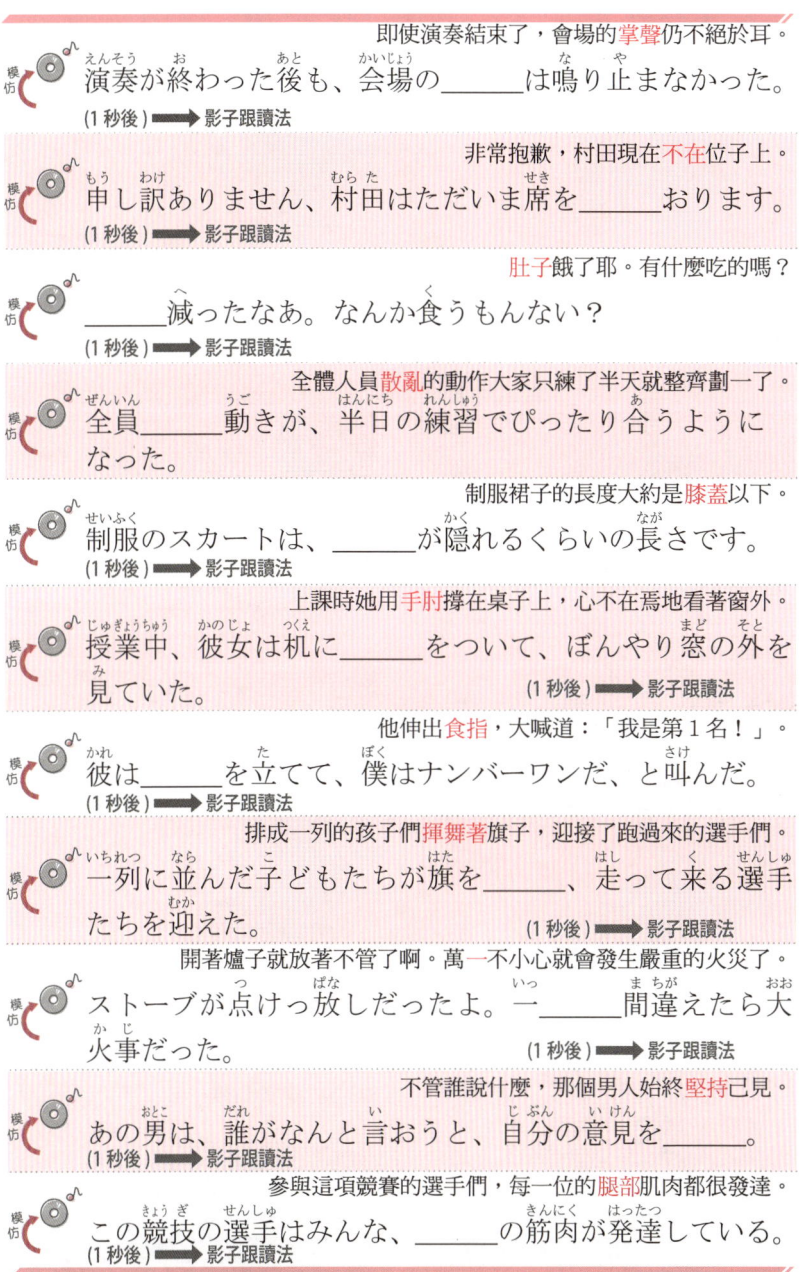

即使演奏結束了，會場的掌聲仍不絕於耳。
演奏が終わった後も、会場の_____は鳴り止まなかった。

非常抱歉，村田現在不在位子上。
申し訳ありません、村田はただいま席を_____おります。

肚子餓了耶。有什麼吃的嗎？
_____減ったなあ。なんか食うもんない？

全體人員散亂的動作大家只練了半天就整齊劃一了。
全員_____動きが、半日の練習でぴったり合うようになった。

制服裙子的長度大約是膝蓋以下。
制服のスカートは、_____が隠れるくらいの長さです。

上課時她用手肘撐在桌子上，心不在焉地看著窗外。
授業中、彼女は机に_____をついて、ぼんやり窓の外を見ていた。

他伸出食指，大喊道：「我是第1名！」。
彼は_____を立てて、僕はナンバーワンだ、と叫んだ。

排成一列的孩子們揮舞著旗子，迎接了跑過來的選手們。
一列に並んだ子どもたちが旗を_____、走って来る選手たちを迎えた。

開著爐子就放著不管了啊。萬一不小心就會發生嚴重的火災了。
ストーブが点けっ放しだったよ。一_____間違えたら大火事だった。

不管誰說什麼，那個男人始終堅持己見。
あの男は、誰がなんと言おうと、自分の意見を_____。

參與這項競賽的選手們，每一位的腿部肌肉都很發達。
この競技の選手はみんな、_____の筋肉が発達している。

⑥肘　⑦人差し指　⑧振って　⑨歩　⑩曲げない　⑪腿

パート6 第六章 生理（現象）

6-1 誕生、生命／誕生、生命

01 一生（いっしょう）
（名）一生，終生，一輩子
私は一生結婚しません。
終生不結婚。

02 命（いのち）
（名）生命，命；壽命
命が危ない。
性命垂危。

03 産む（うむ）
（他五）生，產
女の子を産む。
生女兒。

04 性（せい）
（名・漢造）性別；性慾；本性
性に目覚める。
情竇初開。

05 生年月日（せいねんがっぴ）
（名）出生年月日，生日
生年月日を書く。
填上出生年月日。

06 誕生（たんじょう）
（名・自サ）誕生，出生；成立，創立，創辦
誕生日のお祝いをする。
慶祝生日。

6-2 老い、死／老年、死亡

01 老い（おい）
（名）老；老人
体の老いを感じる。
感到身體衰老。

02 高齢（こうれい）
（名）高齢
彼は百歳の高齢まで生きた。
他活到百歲的高齡。

03 死後（しご）
（名）死後；後事
死後の世界を見た。
看到冥界。

参考答案　❶一生　❷命　❸産み　❹性　❺生年月日

06 生理（現象）

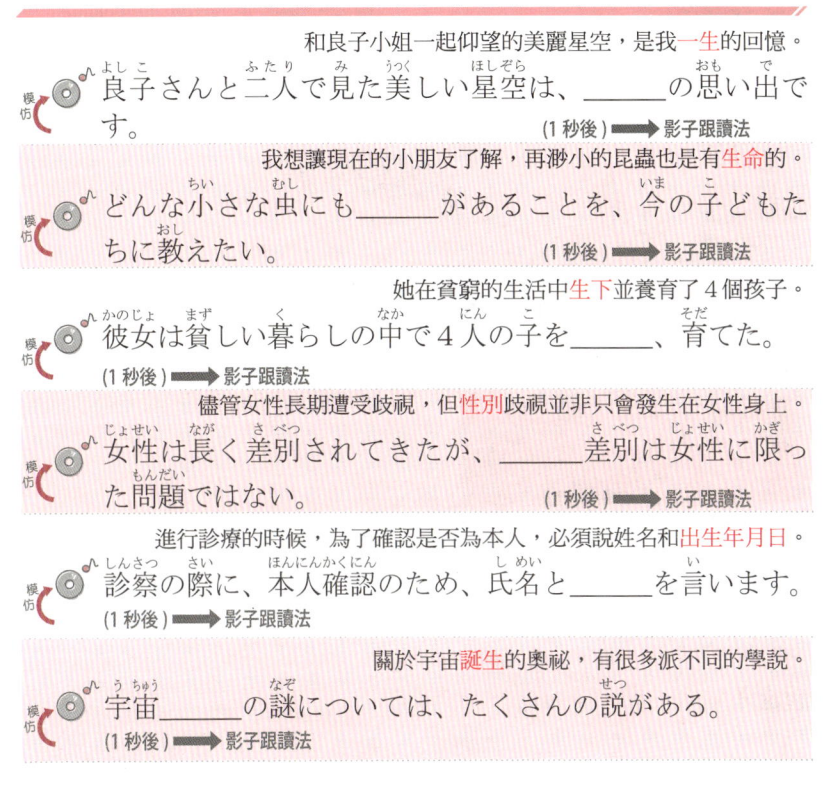

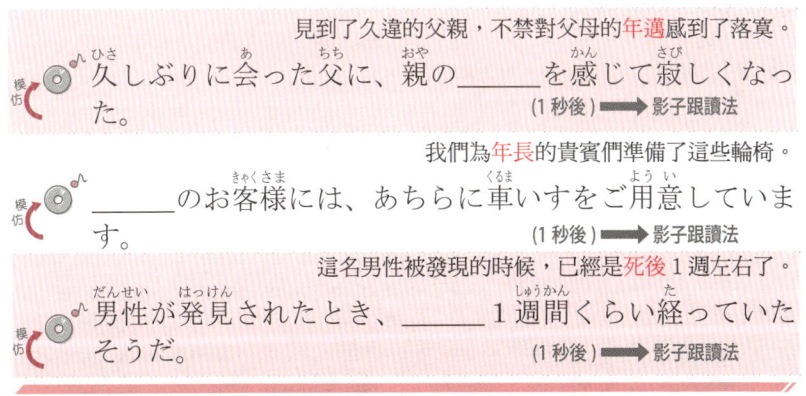

こんにちは。
(1秒後)こんにちは。
影子跟讀法請看 P5

和良子小姐一起仰望的美麗星空，是我一生的回憶。
良子さんと二人で見た美しい星空は、＿＿＿の思い出です。
(1秒後) ➡ 影子跟讀法

我想讓現在的小朋友了解，再渺小的昆蟲也是有生命的。
どんな小さな虫にも＿＿＿があることを、今の子どもたちに教えたい。
(1秒後) ➡ 影子跟讀法

她在貧窮的生活中生下並養育了4個孩子。
彼女は貧しい暮らしの中で4人の子を＿＿＿、育てた。
(1秒後) ➡ 影子跟讀法

儘管女性長期遭受歧視，但性別歧視並非只會發生在女性身上。
女性は長く差別されてきたが、＿＿＿差別は女性に限った問題ではない。
(1秒後) ➡ 影子跟讀法

進行診療的時候，為了確認是否為本人，必須說姓名和出生年月日。
診察の際に、本人確認のため、氏名と＿＿＿を言います。
(1秒後) ➡ 影子跟讀法

關於宇宙誕生的奧祕，有很多派不同的學說。
宇宙＿＿＿の謎については、たくさんの説がある。
(1秒後) ➡ 影子跟讀法

見到了久違的父親，不禁對父母的年邁感到了落寞。
久しぶりに会った父に、親の＿＿＿を感じて寂しくなった。
(1秒後) ➡ 影子跟讀法

我們為年長的貴賓們準備了這些輪椅。
＿＿＿のお客様には、あちらに車いすをご用意しています。
(1秒後) ➡ 影子跟讀法

這名男性被發現的時候，已經是死後1週左右了。
男性が発見されたとき、＿＿＿1週間くらい経っていたそうだ。
(1秒後) ➡ 影子跟讀法

⑥ 誕生　⑦ 老い　⑧ 高齢　⑨ 死後

04 □□□ し ぼう 死亡	名・他サ 死亡	じ こ し ぼう 事故で死亡する。 死於意外事故。
05 □□□ せいぜん 生前	名 生前	ちち せいぜん かわい ねこ 父が生前可愛がっていた猫がいる。 有一隻貓是父親生前最喜歡的。
06 □□□ な 亡くなる	自五 去世，死亡	おじいさんが亡くなった。 爺爺過世了。

6-3 発育、健康／發育、健康

01 □□□ えいよう 栄養	名 營養	えいよう た 栄養が足りない。 營養不足。
02 □□□ お 起きる	自上一 （倒著的東西）起來，立起來；起床；不睡；發生	お ずっと起きている。 一直都是醒著。
03 □□□ お 起こす	他五 扶起；叫醒；引起	こ お 子どもを起こす。 把小孩叫醒。
04 □□□ けんこう 健康	形動 健康的，健全的	けんこう やく だ 健康に役立つ。 有益健康。
05 □□□ しんちょう 身長	名 身高	しんちょう の 身長が伸びる。 長高。
06 □□□ せいちょう 成長	名・自サ （經濟、生產）成長，增長，發展；（人、動物）生長，發育	こ せいちょう 子どもが成長した。 孩子長大成人了。

参考答案 ①死亡 ②生前 ③亡くなりました ④栄養 ⑤起きて

06 生理（現象）

由救護車送到醫院的患者已經證實死亡了。
救急車で病院に運ばれた人の_____が確認された。

這是我獨居的父親生前最疼愛的貓。
これは、一人暮らしだった父が_____かわいがっていた猫です。

雖然父母親去世了，但是我們兄弟姐妹仍和睦地生活在一起。
両親は_____が、兄弟仲良く暮らしています。

這是今天早上剛採收的番茄，所以含有豐富的營養哦！
今朝採れたばかりのトマトだから、_____がたっぷりですよ。

今天早上比平常早起，還做了便當。
今朝はいつもより早く_____、お弁当を作ってきました。

不管叫醒這個孩子多少次，他馬上又睡著了。
この子は何度_____も、またすぐに寝てしまうんです。

為了健康而每天花1小時騎自行車通勤。
_____のために、1時間かけて自転車で通勤しています。

昨天量了身高後發現居然矮了兩公分！為什麼啊？
昨日計ったら、_____が2センチも縮んでいた。なぜだ。

在日本，有所謂「七五三」的慶祝孩子成長的傳統活動。
日本には、七五三という子どもの_____を祝う伝統行事がある。

⑥ 起こして　⑦ 健康　⑧ 身長　⑨ 成長

単語帳

07 世話 (せわ)
[名・他サ] 援助，幫助；介紹，推薦；照顧，照料；俗語，常言
子どもの世話をする。
照顧小孩。

08 育つ (そだつ)
[自五] 成長，長大，發育
元気に育っている。
健康地成長著。

09 体重 (たいじゅう)
[名] 體重
体重が落ちる。
體重減輕。

10 伸びる (のびる)
[自上一] （長度等）變長；（皺摺等）伸展；擴展，到達；（勢力、才能等）擴大，發展
背が伸びる。
長高了。

11 歯磨き (はみがき)
[名] 刷牙；牙膏，牙膏粉；牙刷
食後に歯みがきをする。
每餐飯後刷牙。

12 生やす (はやす)
[他五] 使生長；留（鬍子）
髭を生やす。
留鬍鬚。

6-4 体調、体質／身體狀況、體質

01 可笑しい (おかしい)
[形] 奇怪，可笑；不正常
胃の調子がおかしい。
胃不太舒服。

02 痒い (かゆい)
[形] 癢的
頭が痒い。
頭部發癢。

03 渇く (かわく)
[自五] 渴，乾渴；渴望，內心的要求
のどが渇く。
口渴。

參考答案　❶世話　❷育って　❸体重　❹伸びた　❺歯磨き

06 生理（現象）

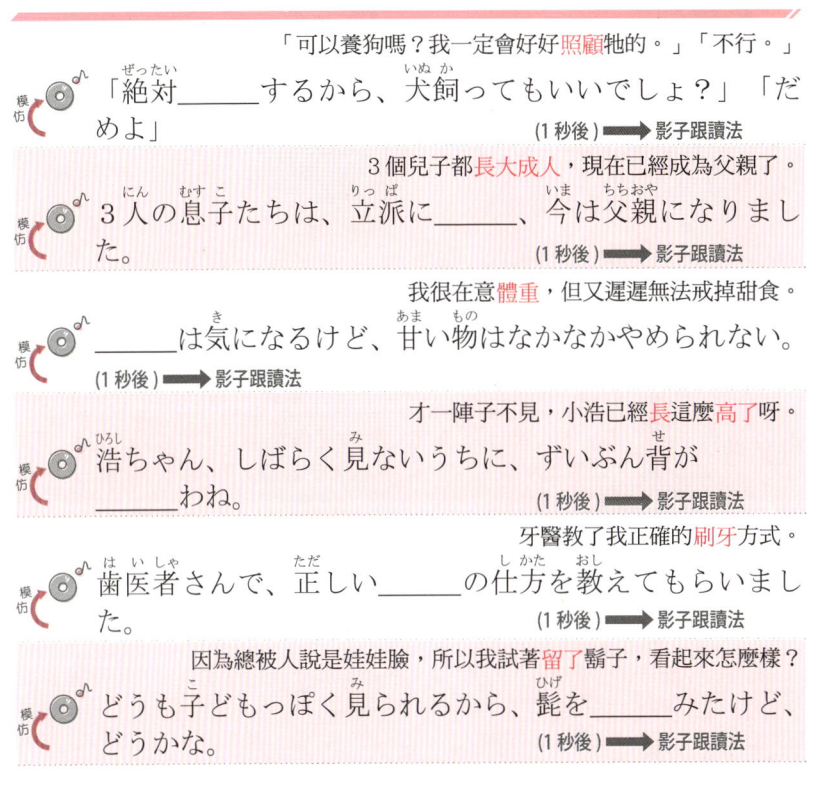

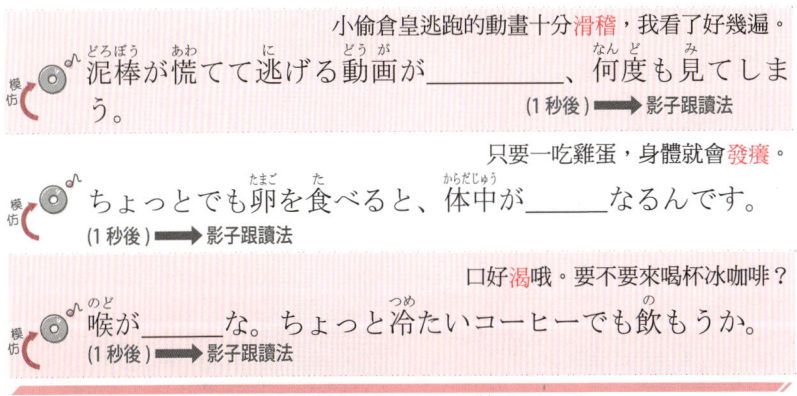

影子跟讀法請看 P5

「可以養狗嗎？我一定會好好照顧牠的。」「不行。」
「絶対_____するから、犬飼ってもいいでしょ？」「だめよ」

3個兒子都長大成人，現在已經成為父親了。
3人の息子たちは、立派に_____、今は父親になりました。

我很在意體重，但又遲遲無法戒掉甜食。
_____は気になるけど、甘い物はなかなかやめられない。

才一陣子不見，小浩已經長這麼高了呀。
浩ちゃん、しばらく見ないうちに、ずいぶん背が_____わね。

牙醫教了我正確的刷牙方式。
歯医者さんで、正しい_____の仕方を教えてもらいました。

因為總被人說是娃娃臉，所以我試著留了鬍子，看起來怎麼樣？
どうも子どもっぽく見られるから、髭を_____みたけど、どうかな。

小偷倉皇逃跑的動畫十分滑稽，我看了好幾遍。
泥棒が慌てて逃げる動画が_____、何度も見てしまう。

只要一吃雞蛋，身體就會發癢。
ちょっとでも卵を食べると、体中が_____なるんです。

口好渴哦。要不要來喝杯冰咖啡？
喉が_____な。ちょっと冷たいコーヒーでも飲もうか。

⑥ 生やして　⑦ おかしくて　⑧ 痒く　⑨ 渇いた

04 ぐっすり
- 副 熟睡，酣睡
- ぐっすり寝る。
- 睡得很熟。

05 検査(けんさ)
- 名・他サ 檢查，檢驗
- 検査に通る。
- 通過檢查。

06 覚(さ)ます
- 他五 （從睡夢中）弄醒，喚醒；（從迷惑、錯誤中）清醒，醒酒；使清醒，使覺醒
- 目を覚ました。
- 醒了。

07 覚(さ)める
- 自下一 （從睡夢中）醒，醒過來；（從迷惑、錯誤、沉醉中）醒悟，清醒
- 目が覚めた。
- 醒過來了。

08 しゃっくり
- 名・自サ 打嗝
- しゃっくりが出る。
- 打嗝。

09 体力(たいりょく)
- 名 體力
- 体力がない。
- 沒有體力。

10 調子(ちょうし)
- 名 （音樂）調子，音調；語調，聲調；口氣；格調，風格；情況，狀況
- 体の調子が悪い。
- 身體情況不好。

11 疲(つか)れ
- 名 疲勞，疲乏，疲倦
- 疲れが出る。
- 感到疲勞。

12 どきどき
- 副・自サ （心臟）撲通撲通地跳，七上八下
- 心臓がどきどきする。
- 心臟撲通撲通地跳。

13 抜(ぬ)ける
- 自下一 脫落，掉落；遺漏；脫；離，離開；消失，散掉；溜走，逃脫
- 髪がよく抜ける。
- 髮絲經常掉落。

参考答案 ❶ぐっすり ❷検査する ❸覚ました ❹覚めた ❺しゃっくり

06 生理（現象）

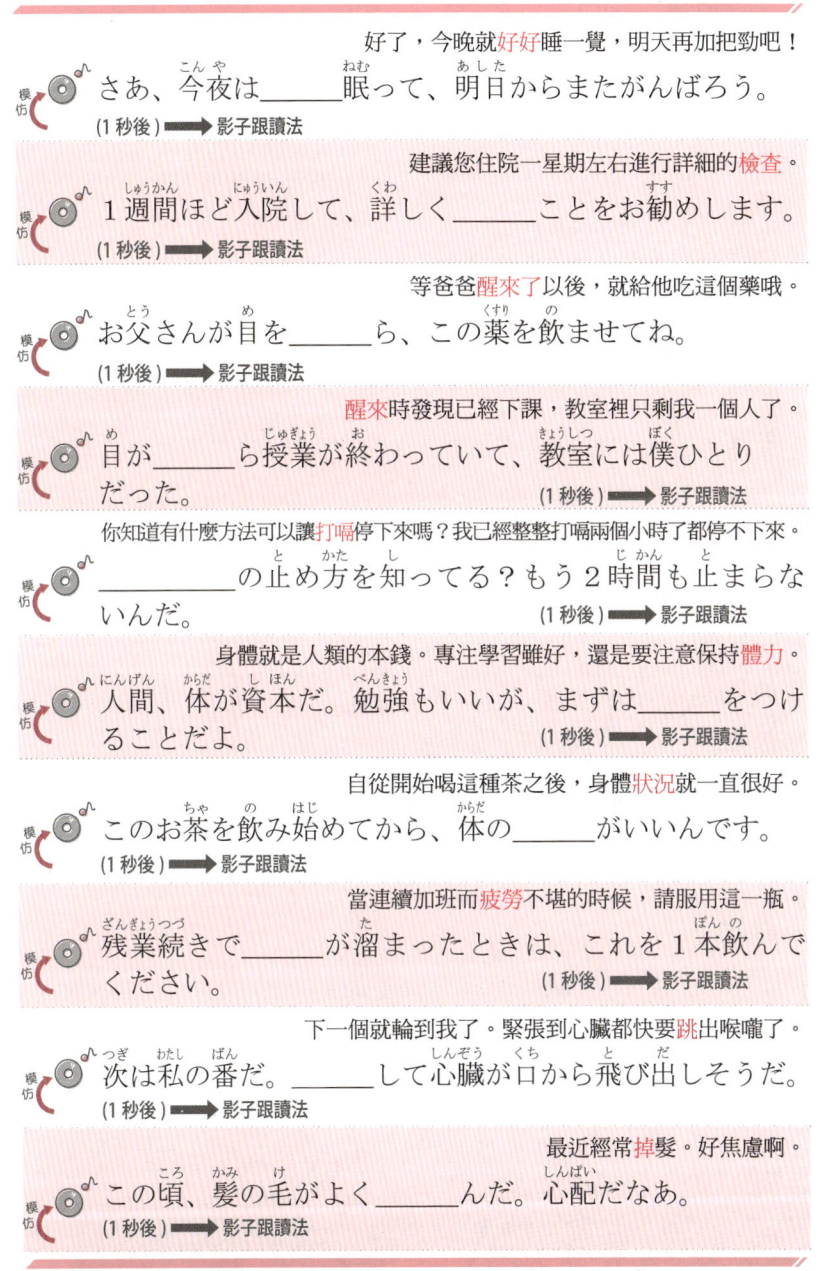

好了，今晚就好好睡一覺，明天再加把勁吧！
さあ、今夜は＿＿＿＿眠って、明日からまたがんばろう。
(1秒後) ➡ 影子跟讀法

建議您住院一星期左右進行詳細的檢查。
1週間ほど入院して、詳しく＿＿＿＿ことをお勧めします。
(1秒後) ➡ 影子跟讀法

等爸爸醒來了以後，就給他吃這個藥哦。
お父さんが目を＿＿＿＿ら、この薬を飲ませてね。
(1秒後) ➡ 影子跟讀法

醒來時發現已經下課，教室裡只剩我一個人了。
目が＿＿＿＿ら授業が終わっていて、教室には僕ひとりだった。
(1秒後) ➡ 影子跟讀法

你知道有什麼方法可以讓打嗝停下來嗎？我已經整整打嗝兩個小時了都停不下來。
＿＿＿＿の止め方を知ってる？もう2時間も止まらないんだ。
(1秒後) ➡ 影子跟讀法

身體就是人類的本錢。專注學習雖好，還是要注意保持體力。
人間、体が資本だ。勉強もいいが、まずは＿＿＿＿をつけることだよ。
(1秒後) ➡ 影子跟讀法

自從開始喝這種茶之後，身體狀況就一直很好。
このお茶を飲み始めてから、体の＿＿＿＿がいいんです。
(1秒後) ➡ 影子跟讀法

當連續加班而疲勞不堪的時候，請服用這一瓶。
残業続きで＿＿＿＿が溜まったときは、これを1本飲んでください。
(1秒後) ➡ 影子跟讀法

下一個就輪到我了。緊張到心臟都快要跳出喉嚨了。
次は私の番だ。＿＿＿＿して心臓が口から飛び出しそうだ。
(1秒後) ➡ 影子跟讀法

最近經常掉髮。好焦慮啊。
この頃、髪の毛がよく＿＿＿＿んだ。心配だなあ。
(1秒後) ➡ 影子跟讀法

❻ 体力　❼ 調子　❽ 疲れ　❾ どきどき　❿ 抜ける

14 眠る(ねむる)
▶ 〈自五〉睡覺；埋藏
▶ 薬(くすり)で眠(ねむ)らせた。
用藥讓他入睡。

15 発達(はったつ)
▶ 〈名・自サ〉（身心）成熟，發達；擴展，進步；（機能）發達，發展
▶ 全身(ぜんしん)の筋肉(きんにく)が発達(はったつ)している。
全身肌肉發達。

16 変化(へんか)
▶ 〈名・自サ〉變化，改變；（語法）變形，活用
▶ 変化(へんか)に強(つよ)い。
很善於應變。

17 弱まる(よわまる)
▶ 〈自五〉變弱，衰弱
▶ 体(からだ)が弱(よわ)まっている。
身體變弱。

6-5 病気、治療／疾病、治療 ♪

01 傷める・痛める(いためる)
▶ 〈他下一〉使（身體）疼痛，損傷；使（心裡）痛苦
▶ 足(あし)を痛(いた)める。
把腳弄痛。

02 ウイルス
▶ 〈名〉virus，病毒，濾過性病毒
▶ ウイルスに感染(かんせん)する。
被病毒感染。

03 かかる
▶ 〈自五〉生病；遭受災難
▶ 病気(びょうき)にかかる。
生病。

04 冷ます(さます)
▶ 〈他五〉冷卻，弄涼；（使熱情、興趣）降低，減低
▶ 熱(ねつ)を冷(さ)ます。
退燒。

05 手術(しゅじゅつ)
▶ 〈名・他サ〉手術
▶ 手術(しゅじゅつ)して治(なお)す。
進行手術治療。

參考答案 ①眠る ②発達して ③変化して ④弱まった ⑤痛めて

80

06 生理（現象）

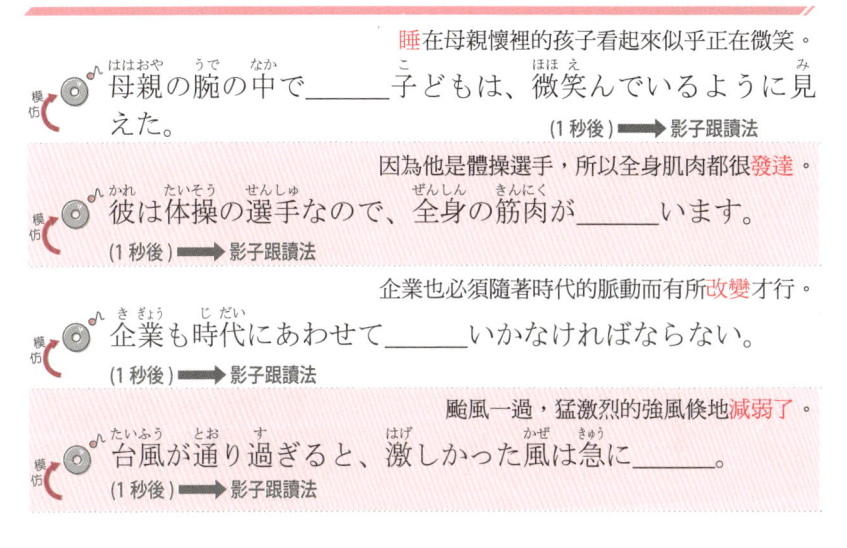

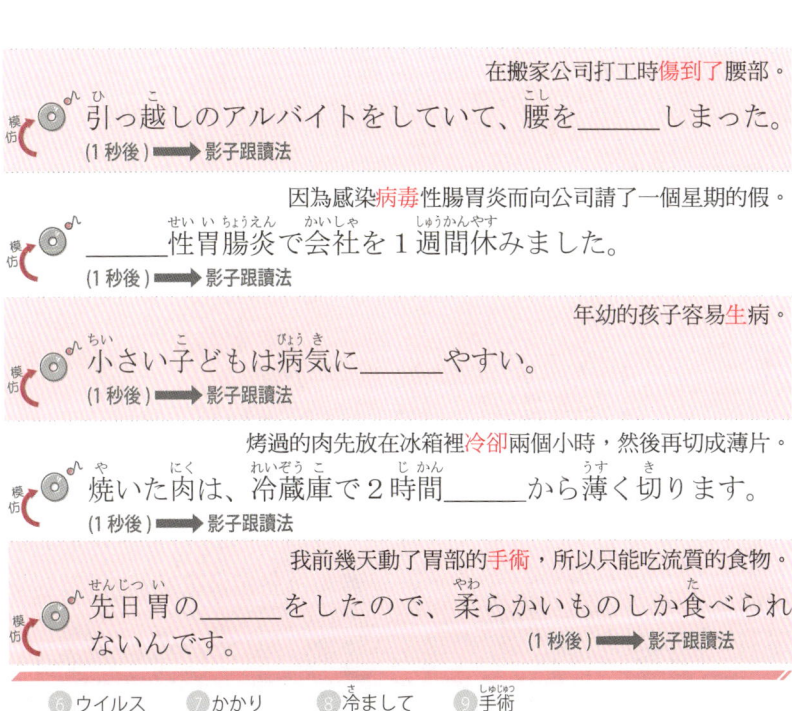

こんにちは。
(1秒後) こんにちは。
影子跟讀法請看 P5

睡在母親懷裡的孩子看起來似乎正在微笑。
母親の腕の中で_____子どもは、微笑んでいるように見えた。
(1秒後) ➡ 影子跟讀法

因為他是體操選手，所以全身肌肉都很發達。
彼は体操の選手なので、全身の筋肉が_____います。
(1秒後) ➡ 影子跟讀法

企業也必須隨著時代的脈動而有所改變才行。
企業も時代にあわせて_____いかなければならない。
(1秒後) ➡ 影子跟讀法

颱風一過，猛激烈的強風條地減弱了。
台風が通り過ぎると、激しかった風は急に_____。
(1秒後) ➡ 影子跟讀法

在搬家公司打工時傷到了腰部。
引っ越しのアルバイトをしていて、腰を_____しまった。
(1秒後) ➡ 影子跟讀法

因為感染病毒性腸胃炎而向公司請了一個星期的假。
_____性胃腸炎で会社を1週間休みました。
(1秒後) ➡ 影子跟讀法

年幼的孩子容易生病。
小さい子どもは病気に_____やすい。
(1秒後) ➡ 影子跟讀法

烤過的肉先放在冰箱裡冷卻兩個小時，然後再切成薄片。
焼いた肉は、冷蔵庫で2時間_____から薄く切ります。
(1秒後) ➡ 影子跟讀法

我前幾天動了胃部的手術，所以只能吃流質的食物。
先日胃の_____をしたので、柔らかいものしか食べられないんです。
(1秒後) ➡ 影子跟讀法

❻ ウイルス　❼ かかり　❽ 冷まして　❾ 手術

81

単語帳

06 症状 (しょうじょう)
- 名 症狀
- どんな症状か医者に説明する。
- 告訴醫師有哪些症狀。

07 状態 (じょうたい)
- 名 狀態，情況
- 手術後の状態はとてもいいです。
- 手術後狀況良好。

08 ダウン
- 名・自他サ down，下，倒下，向下，落下；下降，減退；（棒）出局；（拳撃）撃倒
- 風邪でダウンする。
- 因感冒而倒下。

09 治療 (ちりょう)
- 名・他サ 治療，醫療，醫治
- 治療計画が決まった。
- 決定治療計畫。

10 治す (なおす)
- 他五 醫治，治療
- 虫歯を治す。
- 治療蛀牙。

11 防 (ぼう)
- 漢造 防備，防止；堤防
- 予防は治療に勝つ。
- 預防勝於治療。

12 包帯 (ほうたい)
- 名・他サ （醫）繃帶
- 包帯を換える。
- 更換包紮帶。

13 巻く (まく)
- 自五・他五 形成漩渦；喘不過來；纏繞；上發條；捲起；包圍；（登山）繞過險處；（連歌，俳諧）連吟
- 足に包帯を巻く。
- 腳用繃帶包紮。

14 診る (みる)
- 他上一 診察
- 患者を診る。
- 看診。

15 予防 (よぼう)
- 名・他サ 預防
- 病気は予防が大切だ。
- 預防疾病非常重要。

参考答案 ❶症状 ❷状態 ❸ダウンした ❹治療 ❺治して

06 生理（現象）

這種藥對發燒和頭痛等症狀很有效。
この薬は、熱や頭痛などの_____によく効きます。

有一種快遞可以在冷凍狀態下運送食品。
食品などを冷やした_____で運んでくれる宅配便があります。

即使有點感冒症狀還是沒休息拚命工作，直到發燒之後終於撐不住倒下了。
風邪気味でも休まずに頑張っていたが、熱が出て、とうとう_____。

為了治療疾病，我向公司請了1年的假。
病気の_____のために、1年間会社を休職しています。

請不要掛心工作，好好休養，把病治好。
仕事のことは心配せず、ゆっくり体を_____ください。

為了預防感冒，洗手是非常重要的。
風邪の予_____のためには、手を洗うことが大切です。

動了手術的右腳用白色的繃帶包紮起來了。
手術をした右足には、白い_____が巻かれていた。

爸爸一洗完澡，身上只裹著浴巾就開始喝起啤酒了。
父はお風呂から出ると、体にタオルを_____まま、ビールを飲み始めた。

不舒服的話最好不要忍耐，早點去看醫生比較好喔。
具合が悪いなら我慢せずに、早めに_____もらったほうがいいよ。

洗手和漱口能有效預防感冒。
風邪の_____には、手洗い、うがいが有効です。

⑥防　⑦包帯　⑧巻いた　⑨診て　⑩予防

6-6 体の器官の働き／身體器官功能

01 臭い（くさい） ▶ 形 臭
臭い匂いがする。
有臭味。

02 血液（けつえき） ▶ 名 血，血液
血液を採る。
抽血。

03 零れる（こぼれる） ▶ 自下一 灑落，流出；溢出，漾出；（花）掉落
涙が零れる。
灑淚。

04 誘う（さそう） ▶ 他五 約，邀請；勸誘；會同；誘惑，勾引；引誘，引起
涙を誘う。
引人落淚。

05 涙（なみだ） ▶ 名 涙，眼淚；哭泣；同情
涙があふれる。
淚如泉湧。

06 含む（ふくむ） ▶ 他五・自四 含（在嘴裡）；帶有，包含；瞭解，知道；含蓄；懷（恨）；鼓起；（花）含苞
目に涙を含む。
眼裡含淚。

参考答案 ①臭い ②血液 ③零れた ④誘って ⑤涙

06 生理（現象）

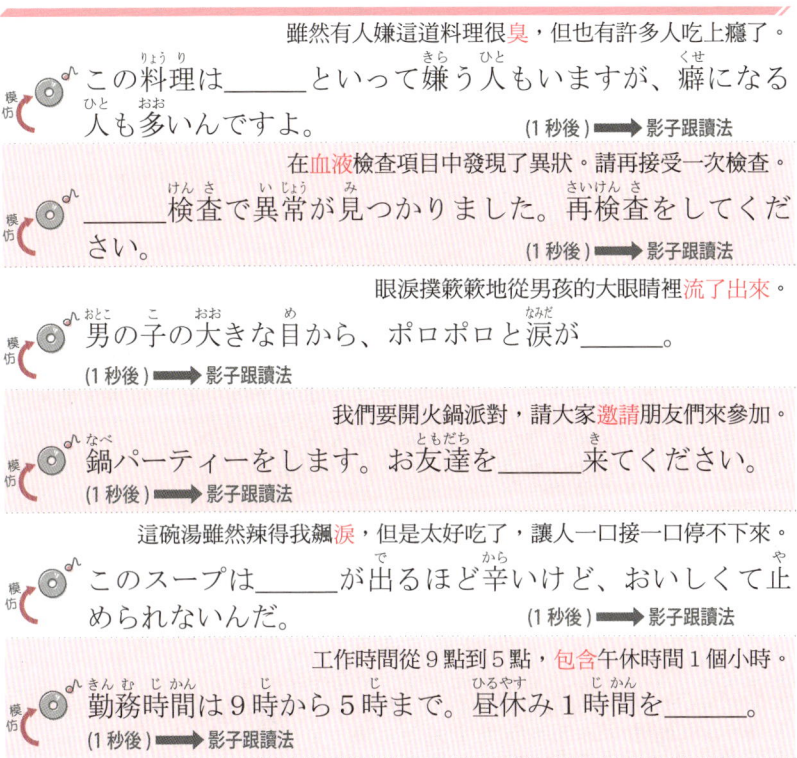

雖然有人嫌這道料理很臭，但也有許多人吃上癮了。
この料理は＿＿＿＿といって嫌う人もいますが、癖になる人も多いんですよ。

在血液檢查項目中發現了異狀。請再接受一次檢查。
＿＿＿＿検査で異常が見つかりました。再検査をしてください。

眼淚撲簌簌地從男孩的大眼睛裡流了出來。
男の子の大きな目から、ポロポロと涙が＿＿＿＿。

我們要開火鍋派對，請大家邀請朋友們來參加。
鍋パーティーをします。お友達を＿＿＿＿来てください。

這碗湯雖然辣得我飆淚，但是太好吃了，讓人一口接一口停不下來。
このスープは＿＿＿＿が出るほど辛いけど、おいしくて止められないんだ。

工作時間從9點到5點，包含午休時間1個小時。
勤務時間は9時から5時まで。昼休み1時間を＿＿＿＿。

⑥ 含みます

パート7 人物

7-1 人物、老若男女／人物、男女老少

01 現す あらわす
- 〔他五〕現，顯現，顯露
- 彼が姿を現す。
- 他露了臉。

02 少女 しょうじょ
- 〔名〕少女，小姑娘
- 少女のころは漫画家を目指していた。
- 少女時代曾以當漫畫家為目標。

03 少年 しょうねん
- 〔名〕少年
- 少年の頃に戻る。
- 回到年少時期。

04 成人 せいじん
- 〔名・自サ〕成年人；成長，（長大）成人
- 成人して働きに出る。
- 長大後外出工作。

05 青年 せいねん
- 〔名〕青年，年輕人
- 息子は立派な青年になった。
- 兒子成為一個優秀的好青年了。

06 中高年 ちゅうこうねん
- 〔名〕中年和老年，中老年
- 中高年に人気だ。
- 受到中高年齡層觀眾的喜愛。

07 中年 ちゅうねん
- 〔名〕中年
- 中年になった。
- 已經是中年人了。

08 年上 としうえ
- 〔名〕年長，年歲大（的人）
- 年上の人に敬語を使う。
- 對長輩要使用敬語。

09 年寄り としより
- 〔名〕老人；（史）重臣、家老；（史）村長；（史）女管家；（相撲）退休的力士，顧問
- お年寄りに席を譲った。
- 讓了座給長輩。

10 ミス
- 〔名〕Miss，小姐，姑娘
- ミス日本に輝いた。
- 榮獲為日本小姐。

參考答案 ①現した ②少女 ③少年 ④成人 ⑤青年

07 人物

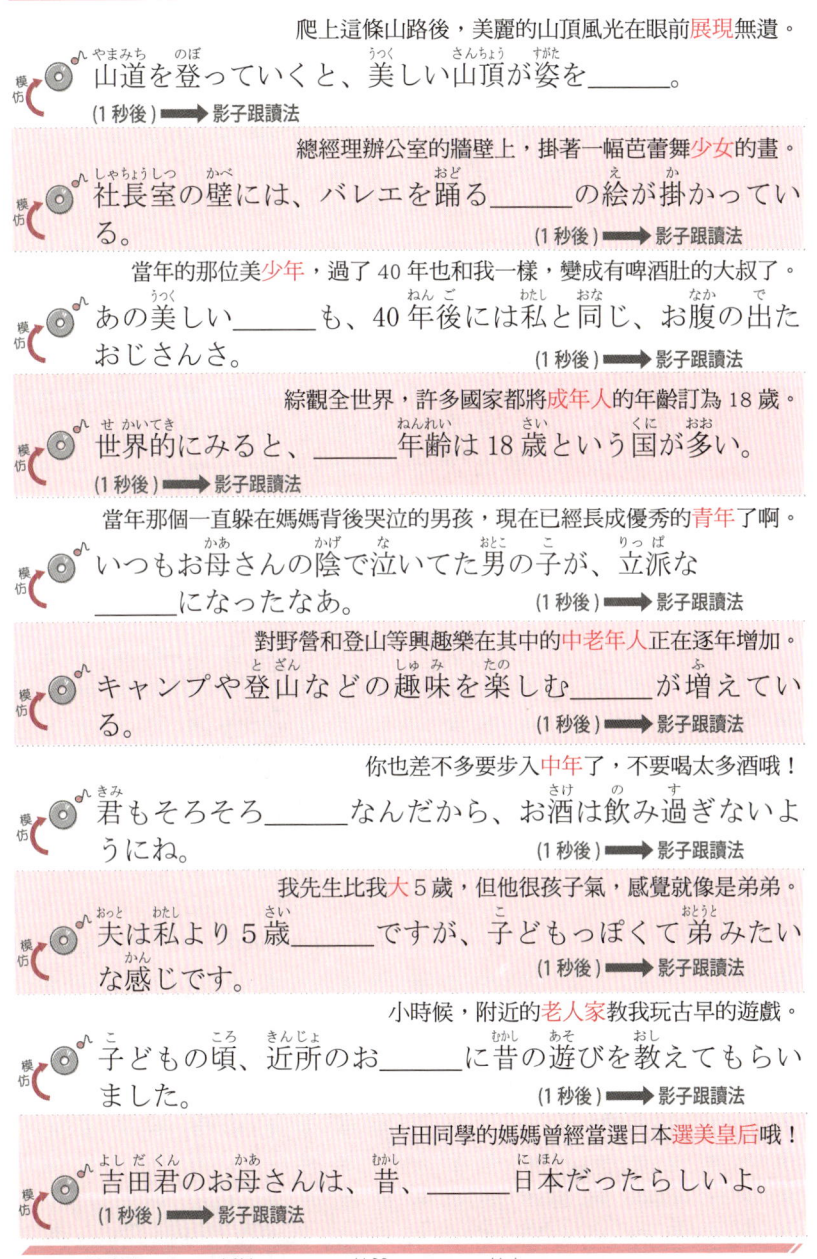

爬上這條山路後，美麗的山頂風光在眼前展現無遺。
山道を登っていくと、美しい山頂が姿を_____。

總經理辦公室的牆壁上，掛著一幅芭蕾舞少女的畫。
社長室の壁には、バレエを踊る_____の絵が掛かっている。

當年的那位美少年，過了40年也和我一樣，變成有啤酒肚的大叔了。
あの美しい_____も、40年後には私と同じ、お腹の出たおじさんさ。

綜觀全世界，許多國家都將成年人的年齡訂為18歲。
世界的にみると、_____年齢は18歳という国が多い。

當年那個一直躲在媽媽背後哭泣的男孩，現在已經長成優秀的青年了啊。
いつもお母さんの陰で泣いてた男の子が、立派な_____になったなあ。

對野營和登山等興趣樂在其中的中老年人正在逐年增加。
キャンプや登山などの趣味を楽しむ_____が増えている。

你也差不多要步入中年了，不要喝太多酒哦！
君もそろそろ_____なんだから、お酒は飲み過ぎないようにね。

我先生比我大5歲，但他很孩子氣，感覺就像是弟弟。
夫は私より5歳_____ですが、子どもっぽくて弟みたいな感じです。

小時候，附近的老人家教我玩古早的遊戲。
子どもの頃、近所のお_____に昔の遊びを教えてもらいました。

吉田同學的媽媽曾經當選日本選美皇后哦！
吉田君のお母さんは、昔、_____日本だったらしいよ。

⑥ 中高年　⑦ 中年　⑧ 年上　⑨ 年寄り　⑩ ミス

11 目上（めうえ）
- 名 上司；長輩
- 目上の人を立てる。
- 尊敬長輩。

12 老人（ろうじん）
- 名 老人，老年人
- 老人になる。
- 老了。

13 若者（わかもの）
- 名 年輕人，青年
- 若者たちの間で有名になった。
- 在年輕人間頗負盛名。

7-2 いろいろな人を表すことば／各種人物的稱呼

01 アマチュア
- 名 amateur，業餘愛好者；外行
- アマチュア選手もレベルが高い。
- 業餘選手的水準也很高。

02 妹（いもうと）さん
- 名 妹妹，令妹（「妹」的鄭重說法）
- 妹さんはおいくつですか。
- 你妹妹多大年紀？

03 お孫（まご）さん
- 名 孫子，孫女，令孫（「孫」的鄭重說法）
- お孫さんは何人いますか。
- 您孫子（女）有幾位？

04 家（か）
- 漢造 家庭；家族；專家
- 芸術家になって食べていく。
- 當藝術家餬口過日。

05 グループ
- 名 group，（共同行動的）集團，夥伴；組，幫，群
- グループを作る。
- 分組。

06 恋人（こいびと）
- 名 情人，意中人
- 恋人ができた。
- 有了情人。

07 人物

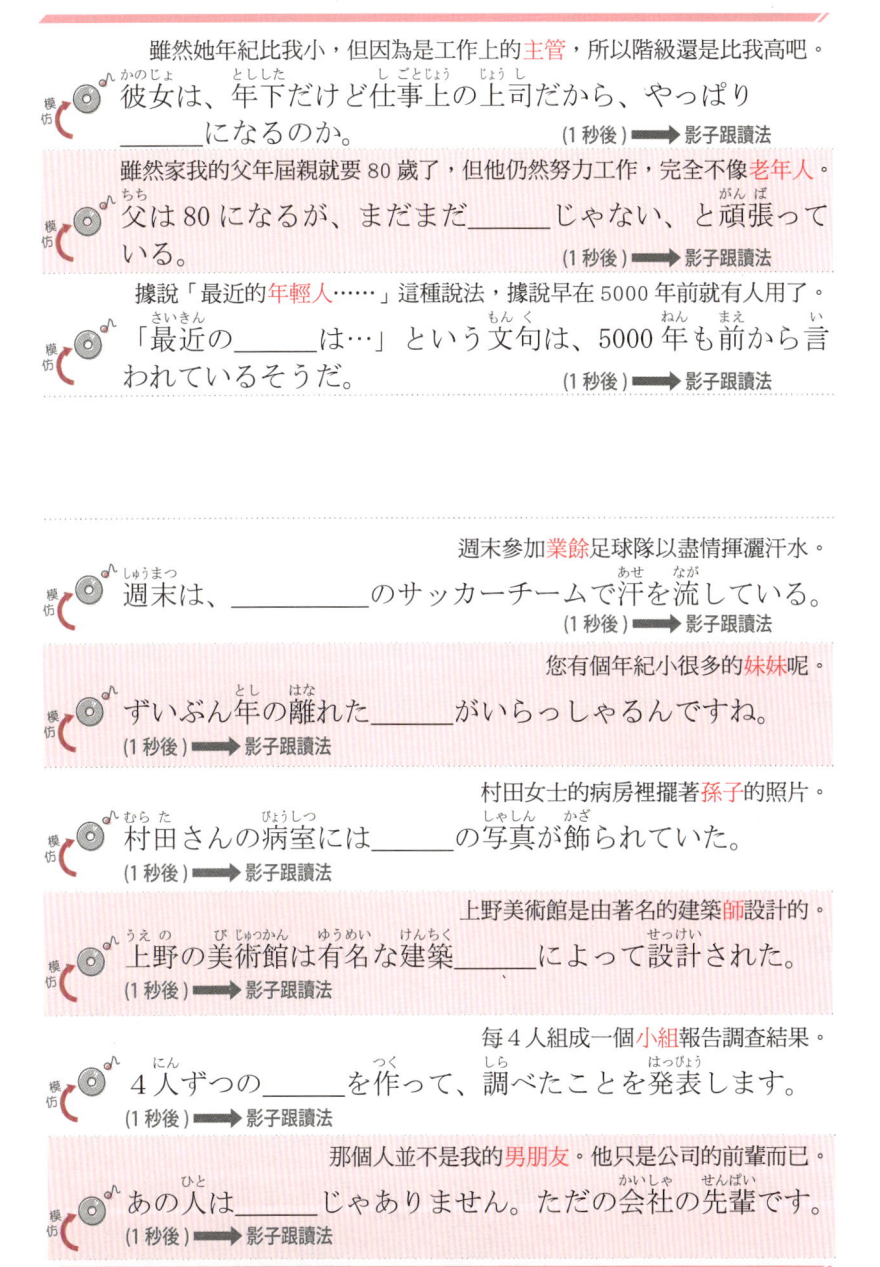

こんにちは。
(1秒後) こんにちは。
影子跟讀法請看 P5

雖然她年紀比我小，但因為是工作上的主管，所以階級還是比我高吧。

彼女は、年下だけど仕事上の上司だから、やっぱり_____になるのか。　(1秒後) ➡ 影子跟讀法

雖然家我的父年屆親就要 80 歲了，但他仍然努力工作，完全不像老年人。

父は 80 になるが、まだまだ_____じゃない、と頑張っている。　(1秒後) ➡ 影子跟讀法

據說「最近的年輕人……」這種說法，據說早在 5000 年前就有人用了。

「最近の_____は…」という文句は、5000 年も前から言われているそうだ。　(1秒後) ➡ 影子跟讀法

週末參加業餘足球隊以盡情揮灑汗水。

週末は、_____のサッカーチームで汗を流している。　(1秒後) ➡ 影子跟讀法

您有個年紀小很多的妹妹呢。

ずいぶん年の離れた_____がいらっしゃるんですね。
(1秒後) ➡ 影子跟讀法

村田女士的病房裡擺著孫子的照片。

村田さんの病室には_____の写真が飾られていた。
(1秒後) ➡ 影子跟讀法

上野美術館是由著名的建築師設計的。

上野の美術館は有名な建築_____によって設計された。
(1秒後) ➡ 影子跟讀法

每 4 人組成一個小組報告調查結果。

4 人ずつの_____を作って、調べたことを発表します。
(1秒後) ➡ 影子跟讀法

那個人並不是我的男朋友。他只是公司的前輩而已。

あの人は_____じゃありません。ただの会社の先輩です。
(1秒後) ➡ 影子跟讀法

⑥ お孫さん　⑦ 家　⑧ グループ　⑨ 恋人

単語帳

07 後輩 こうはい
(名) 後來的同事，(同一學校) 後班生；晚輩，後生
後輩を叱る。
責罵後生晚輩。

08 高齢者 こうれいしゃ
(名) 高齡者，年高者
高齢者の人数が増える。
高齡人口不斷增加。

09 個人 こじん
(名) 個人
個人的な問題になる。
成為私人的問題。

10 詩人 しじん
(名) 詩人
詩人になる。
成為詩人。

11 者 しゃ
(漢造) 者，人；(特定的) 事物，場所
けが人はいるが、死亡者はいない。
雖然有人受傷，但沒有人死亡。

12 手 しゅ
(漢造) 手；親手；專家；有技藝或資格的人
助手を呼んでくる。
請助手過來。

13 主人 しゅじん
(名) 家長，一家之主；丈夫，外子；主人，東家，老闆，店主
お隣のご主人はよく手伝ってくれる。
鄰居的男主人經常幫我忙。

14 女 じょ
(名・漢造) (文) 女兒；女人，婦女
かわいい少女を見た。
看見一位可愛的少女。

15 職人 しょくにん
(名) 工匠
職人になる。
成為工匠。

16 知り合い しりあい
(名) 熟人，朋友
知り合いになる。
相識。

参考答案 ①後輩 ②高齢者 ③個人 ④詩人 ⑤者

07 人物

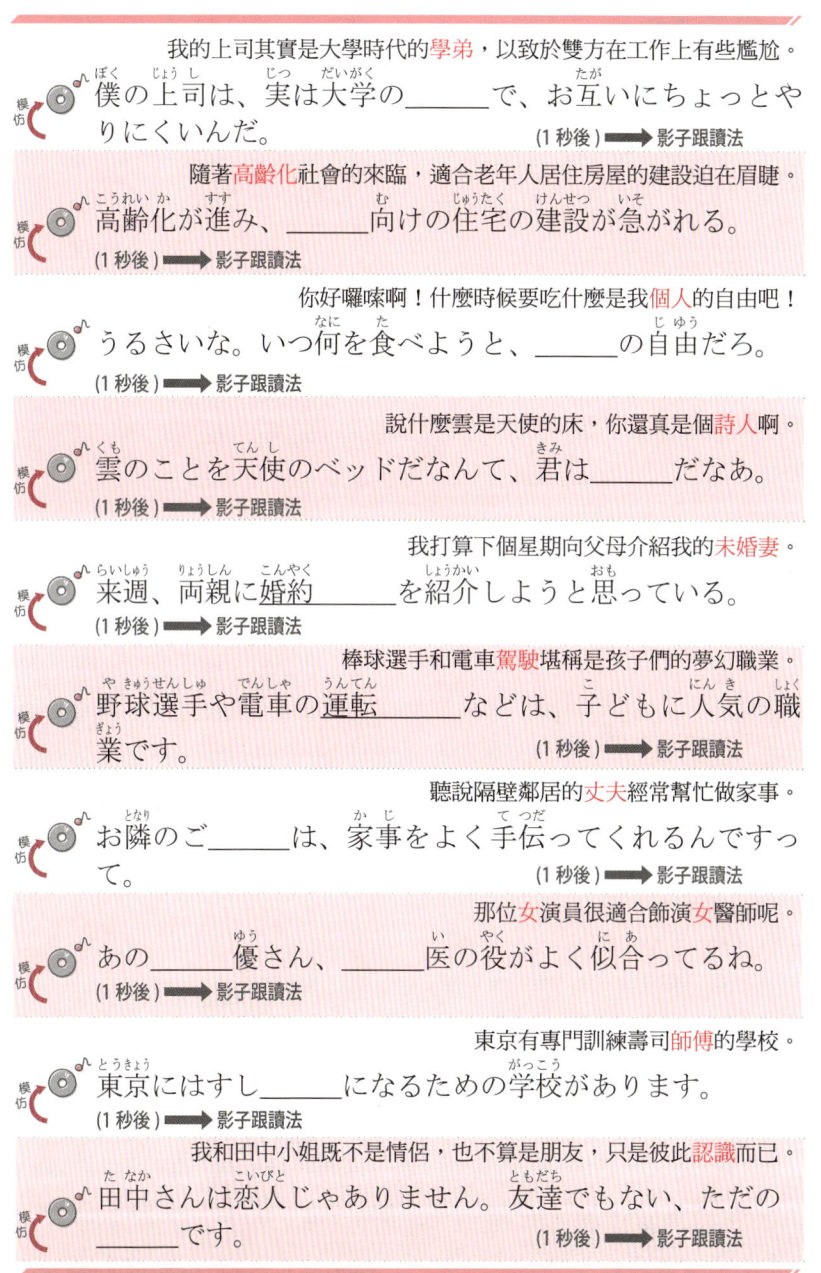

我的上司其實是大學時代的學弟，以致於雙方在工作上有些尷尬。
僕の上司は、実は大学の_____で、お互いにちょっとやりにくいんだ。
(1秒後) ➡ 影子跟讀法

隨著高齡化社會的來臨，適合老年人居住房屋的建設迫在眉睫。
高齢化が進み、_____向けの住宅の建設が急がれる。
(1秒後) ➡ 影子跟讀法

你好囉嗦啊！什麼時候要吃什麼是我個人的自由吧！
うるさいな。いつ何を食べようと、_____の自由だろ。
(1秒後) ➡ 影子跟讀法

說什麼雲是天使的床，你還真是個詩人啊。
雲のことを天使のベッドだなんて、君は_____だなあ。
(1秒後) ➡ 影子跟讀法

我打算下個星期向父母介紹我的未婚妻。
来週、両親に婚約_____を紹介しようと思っている。
(1秒後) ➡ 影子跟讀法

棒球選手和電車駕駛堪稱是孩子們的夢幻職業。
野球選手や電車の運転_____などは、子どもに人気の職業です。
(1秒後) ➡ 影子跟讀法

聽說隔壁鄰居的丈夫經常幫忙做家事。
お隣のご_____は、家事をよく手伝ってくれるんですって。
(1秒後) ➡ 影子跟讀法

那位女演員很適合飾演女醫師呢。
あの_____優さん、_____医の役がよく似合ってるね。
(1秒後) ➡ 影子跟讀法

東京有專門訓練壽司師傅的學校。
東京にはすし_____になるための学校があります。
(1秒後) ➡ 影子跟讀法

我和田中小姐既不是情侶，也不算是朋友，只是彼此認識而已。
田中さんは恋人じゃありません。友達でもない、ただの_____です。
(1秒後) ➡ 影子跟讀法

⑥手 ⑦主人 ⑧女 ⑨職人 ⑩知り合い

単語帳

17 スター
名 star，（影劇）明星，主角；星狀物，星
スーパースターになる。
成為超級巨星。

18 団 (だん)
漢造 團，圓團；團體
団体で旅行へ行く。
跟團旅行。

19 団体 (だんたい)
名 團體，集體
団体で動く。
團體行動。

20 長 (ちょう)
名・漢造 長，首領；長輩；長處
一家の長として頑張る。
以身為一家之主而努力。

21 独身 (どくしん)
名 單身
独身の生活を楽しむ。
享受單身生活。

22 殿 (どの)
接尾 （前接姓名等）表示尊重（書信用，多用於公文）
PTA会長殿がお見えになりました。
家長教師會會長蒞臨了。

23 ベテラン
名 veteran，老手，內行
ベテラン選手がやめる。
老將辭去了。

24 ボランティア
名 volunteer，志願者，志工
ボランティアで道路のごみ拾いをしている。
義務撿拾馬路上的垃圾。

25 本人 (ほんにん)
名 本人
本人が現れた。
當事人現身了。

26 息子さん (むすこさん)
名 （尊稱他人的）令郎
息子さんのお名前は。
請教令郎的大名是？

参考答案 ①スター ②団 ③団体 ④長 ⑤独身

92

07 人物

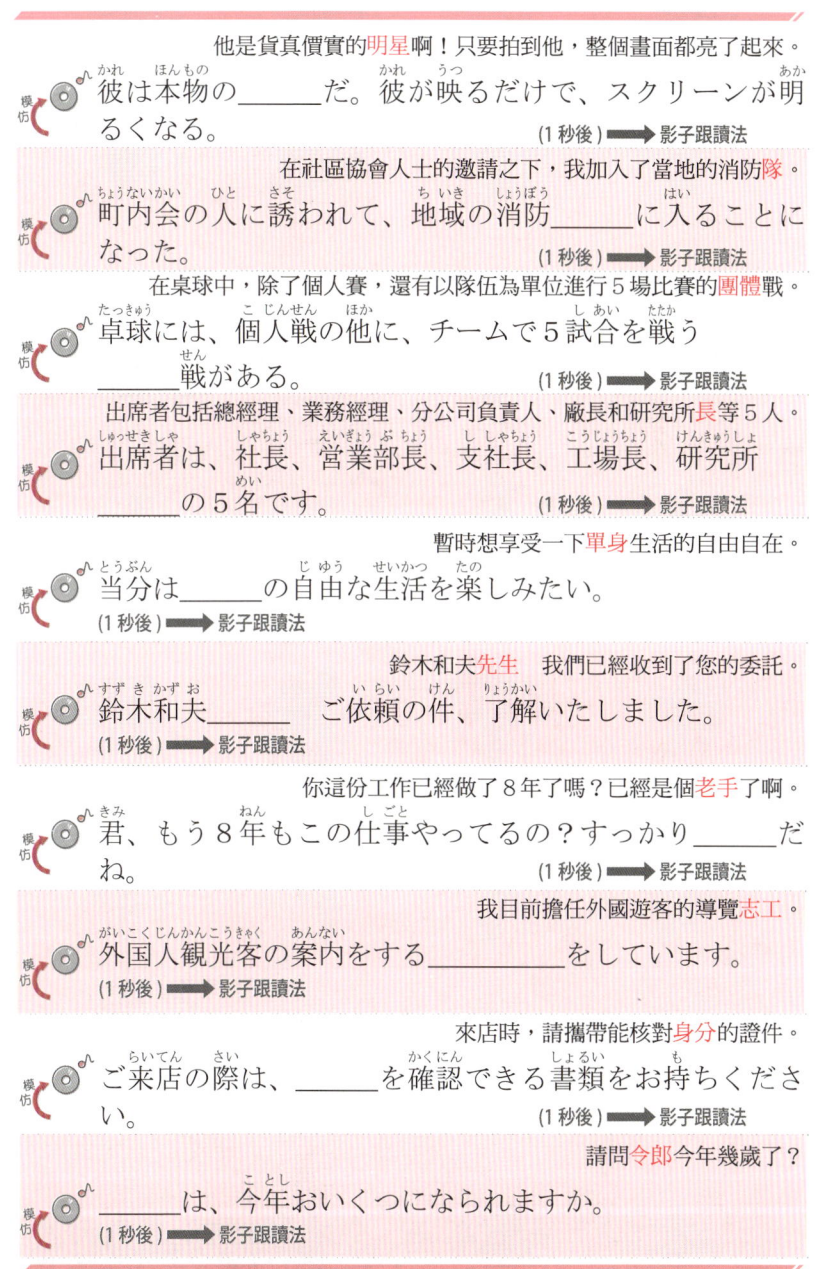

他是貨真價實的明星啊！只要拍到他，整個畫面都亮了起來。
彼は本物の＿＿＿＿＿だ。彼が映るだけで、スクリーンが明るくなる。

在社區協會人士的邀請之下，我加入了當地的消防隊。
町内会の人に誘われて、地域の消防＿＿＿＿＿に入ることになった。

在桌球中，除了個人賽，還有以隊伍為單位進行5場比賽的團體戰。
卓球には、個人戦の他に、チームで5試合を戦う＿＿＿＿＿戦がある。

出席者包括總經理、業務經理、分公司負責人、廠長和研究所長等5人。
出席者は、社長、営業部長、支社長、工場長、研究所＿＿＿＿＿の5名です。

暫時想享受一下單身生活的自由自在。
当分は＿＿＿＿＿の自由な生活を楽しみたい。

鈴木和夫先生　我們已經收到了您的委託。
鈴木和夫＿＿＿＿＿　ご依頼の件、了解いたしました。

你這份工作已經做了8年了嗎？已經是個老手了啊。
君、もう8年もこの仕事やってるの？すっかり＿＿＿＿＿だね。

我目前擔任外國遊客的導覽志工。
外国人観光客の案内をする＿＿＿＿＿をしています。

來店時，請攜帶能核對身分的證件。
ご来店の際は、＿＿＿＿＿を確認できる書類をお持ちください。

請問令郎今年幾歲了？
＿＿＿＿＿は、今年おいくつになられますか。

⑥殿　⑦ベテラン　⑧ボランティア　⑨本人　⑩息子さん

93

単語帳

27 家主（やぬし）
名 房東，房主；戶主
家主に家賃を払う。
付房東房租。

28 友人（ゆうじん）
名 友人，朋友
友人と付き合う。
和友人交往。

29 幼児（ようじ）
名 學齡前兒童，幼兒
幼児教育を研究する。
研究幼兒教育。

30 等（ら）
接尾 （表示複數）們；（同類型的人或物）等
君らは何年生。
你們是幾年級？

31 リーダー
名 leader，領袖，指導者，隊長
登山隊のリーダーになる。
成為登山隊的領隊。

7-3 容姿／姿容

01 イメージ
名 image，影像，形象，印象
イメージが変わった。
變得跟印象中不同了。

02 お洒落（おしゃれ）
名・形動 打扮漂亮，愛漂亮的人
お洒落をする。
打扮。

03 格好いい（かっこう いい）
連語・形 （俗）真棒，真帥，酷（口語用「かっこいい」）
かっこういい人が苦手だ。
在帥哥面前我往往會不知所措。

04 化粧（けしょう）
名・自サ 化妝，打扮；修飾，裝飾，裝潢
化粧を直す。
補妝。

参考答案 ①家主 ②友人 ③幼児 ④ら ⑤リーダー

07 人物

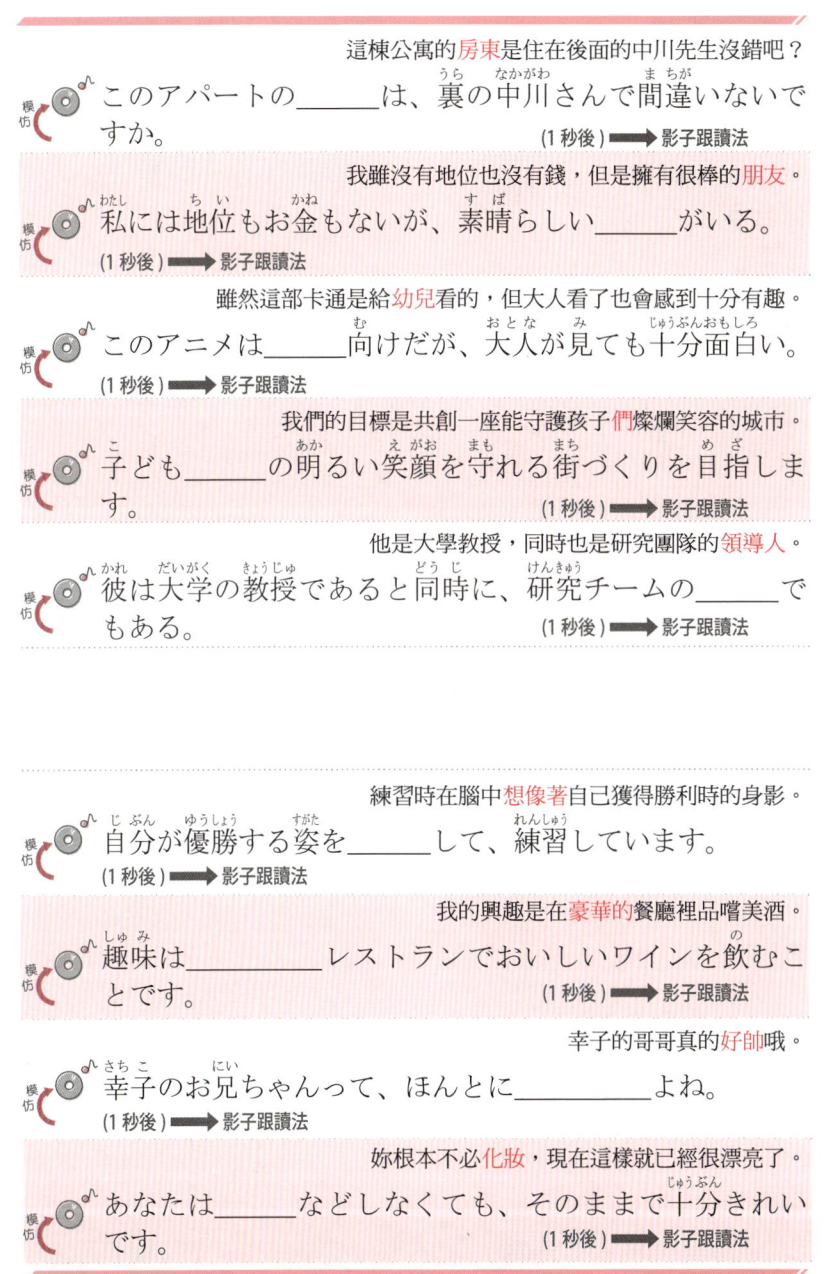

- このアパートの＿＿＿は、裏の中川さんで間違いないですか。
  這棟公寓的房東是住在後面的中川先生沒錯吧？

- 私には地位もお金もないが、素晴らしい＿＿＿がいる。
  我雖沒有地位也沒有錢，但是擁有很棒的朋友。

- このアニメは＿＿＿向けだが、大人が見ても十分面白い。
  雖然這部卡通是給幼兒看的，但大人看了也會感到十分有趣。

- 子ども＿＿＿の明るい笑顔を守れる街づくりを目指します。
  我們的目標是共創一座能守護孩子們燦爛笑容的城市。

- 彼は大学の教授であると同時に、研究チームの＿＿＿でもある。
  他是大學教授，同時也是研究團隊的領導人。

- 自分が優勝する姿を＿＿＿して、練習しています。
  練習時在腦中想像著自己獲得勝利時的身影。

- 趣味は＿＿＿レストランでおいしいワインを飲むことです。
  我的興趣是在豪華的餐廳裡品嚐美酒。

- 幸子のお兄ちゃんって、ほんとに＿＿＿よね。
  幸子的哥哥真的好帥哦。

- あなたは＿＿＿などしなくても、そのままで十分きれいです。
  妳根本不必化妝，現在這樣就已經很漂亮了。

❻ イメージ　❼ おしゃれな　❽ かっこういい　❾ 化粧

05 そっくり
(形動・副) 一模一樣，極其相似；全部，完全，原封不動

私と母はそっくりだ。
我和媽媽長得幾乎一模一樣。

06 似合う（にあう）
(自五) 合適，相稱，調和

君によく似合う。
很適合你。

07 派手（はで）
(名・形動)（服裝等）鮮艷的，華麗的；（為引人注目而動作）誇張，做作

派手な服を着る。
穿華麗的衣服。

08 美人（びじん）
(名) 美人，美女

やっぱり美人は得だね。
果然美女就是佔便宜。

7-4 態度、性格／態度、性格

01 慌てる（あわてる）
(自下一) 驚慌，急急忙忙，匆忙，不穩定

慌てて逃げる。
驚慌逃走。

02 意地悪（いじわる）
(名・形動) 使壞，刁難，作弄

意地悪な人に苦しめられている。
被壞心眼的人刁難。

03 悪戯（いたずら）
(名・形動) 淘氣，惡作劇；玩笑，消遣

いたずらがすぎる。
惡作劇過度。

04 苛々（いらいら）
(名・副・他サ) 情緒急躁、不安；焦急，急躁

連絡がとれずいらいらする。
聯絡不到對方焦躁不安。

05 うっかり
(副・自サ) 不注意，不留神；發呆，茫然

うっかりと秘密をしゃべる。
不小心把秘密說出來。

參考答案 ①そっくり ②似合って ③派手な ④美人 ⑤慌てて

07 人物

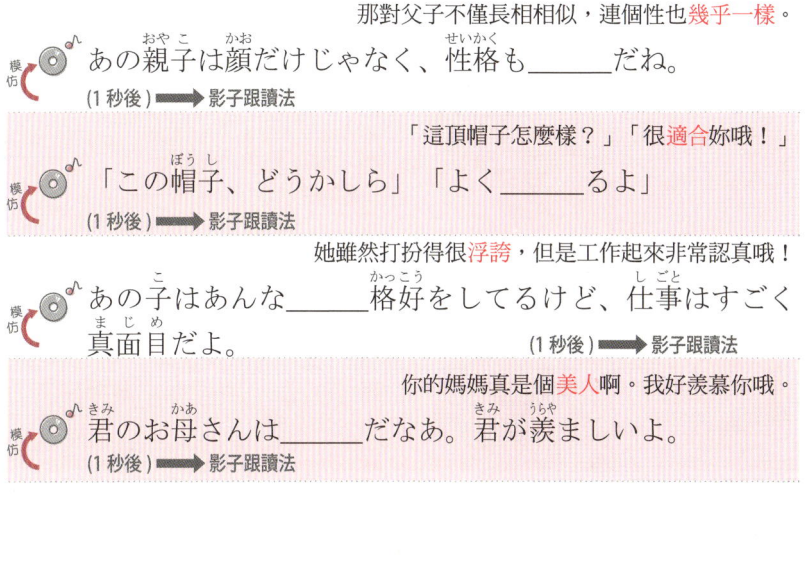

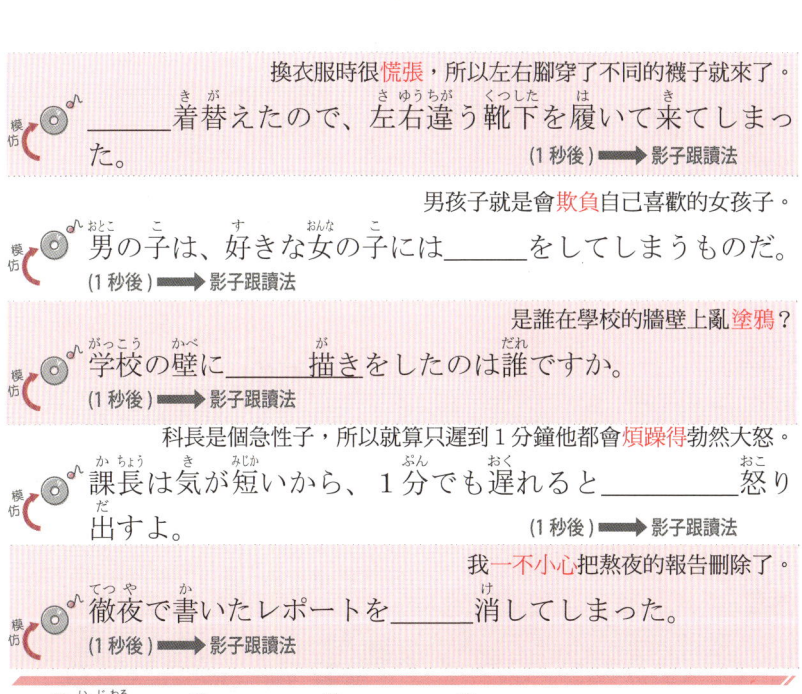

那對父子不僅長相相似，連個性也幾乎一樣。
あの親子は顔だけじゃなく、性格も_____だね。

「這頂帽子怎麼樣？」「很適合妳哦！」
「この帽子、どうかしら」「よく_____るよ」

她雖然打扮得很浮誇，但是工作起來非常認真哦！
あの子はあんな_____格好をしてるけど、仕事はすごく真面目だよ。

你的媽媽真是個美人啊。我好羨慕你哦。
君のお母さんは_____だなあ。君が羨ましいよ。

換衣服時很慌張，所以左右腳穿了不同的襪子就來了。
_____着替えたので、左右違う靴下を履いて来てしまった。

男孩子就是會欺負自己喜歡的女孩子。
男の子は、好きな女の子には_____をしてしまうものだ。

是誰在學校的牆壁上亂塗鴉？
学校の壁に_____描きをしたのは誰ですか。

科長是個急性子，所以就算只遲到1分鐘他都會煩躁得勃然大怒。
課長は気が短いから、1分でも遅れると_____怒り出すよ。

我一不小心把熬夜的報告刪除了。
徹夜で書いたレポートを_____消してしまった。

⑥意地悪 ⑦いたずら ⑧イライラして ⑨うっかり

97

単語帳

06 お辞儀（じぎ）
〘名・自サ〙行禮，鞠躬，敬禮；客氣
お辞儀をする。
行禮。

07 大人しい（おとなしい）
〘形〙老實，溫順；（顏色等）樸素，雅致
おとなしい娘がいい。
我喜歡溫順的女孩。

08 固い・硬い・堅い（かたい）
〘形〙硬的，堅固的；堅決的；生硬的；嚴謹的，頑固的；一定，包准；可靠的
頭が固い。
死腦筋。

09 きちんと
〘副〙整齊，乾乾淨淨；恰好，洽當；如期，準時；好好地，牢牢地
沢山の本をきちんと片付けた。
把一堆書收拾得整整齊齊的。

10 敬意（けいい）
〘名〙尊敬對方的心情，敬意
敬意を表する。
表達敬意。

11 けち
〘名・形動〙吝嗇、小氣（的人）；卑賤，簡陋，心胸狹窄，不值錢
けちな性格になる。
變成小氣的人。

12 消極的（しょうきょくてき）
〘形動〙消極的
消極的な態度をとる。
採取消極的態度。

13 正直（しょうじき）
〘名・形動・副〙正直，老實
正直な人が得をする。
正直的人好處多多。

14 性格（せいかく）
〘名〙（人的）性格，性情；（事物的）性質，特性
性格が悪い。
性格惡劣。

15 性質（せいしつ）
〘名〙性格，性情；（事物）性質，特性
性質がよい。
性質很好。

参考答案　①お辞儀　②大人しい　③硬かった　④きちんと　⑤敬意

07 人物

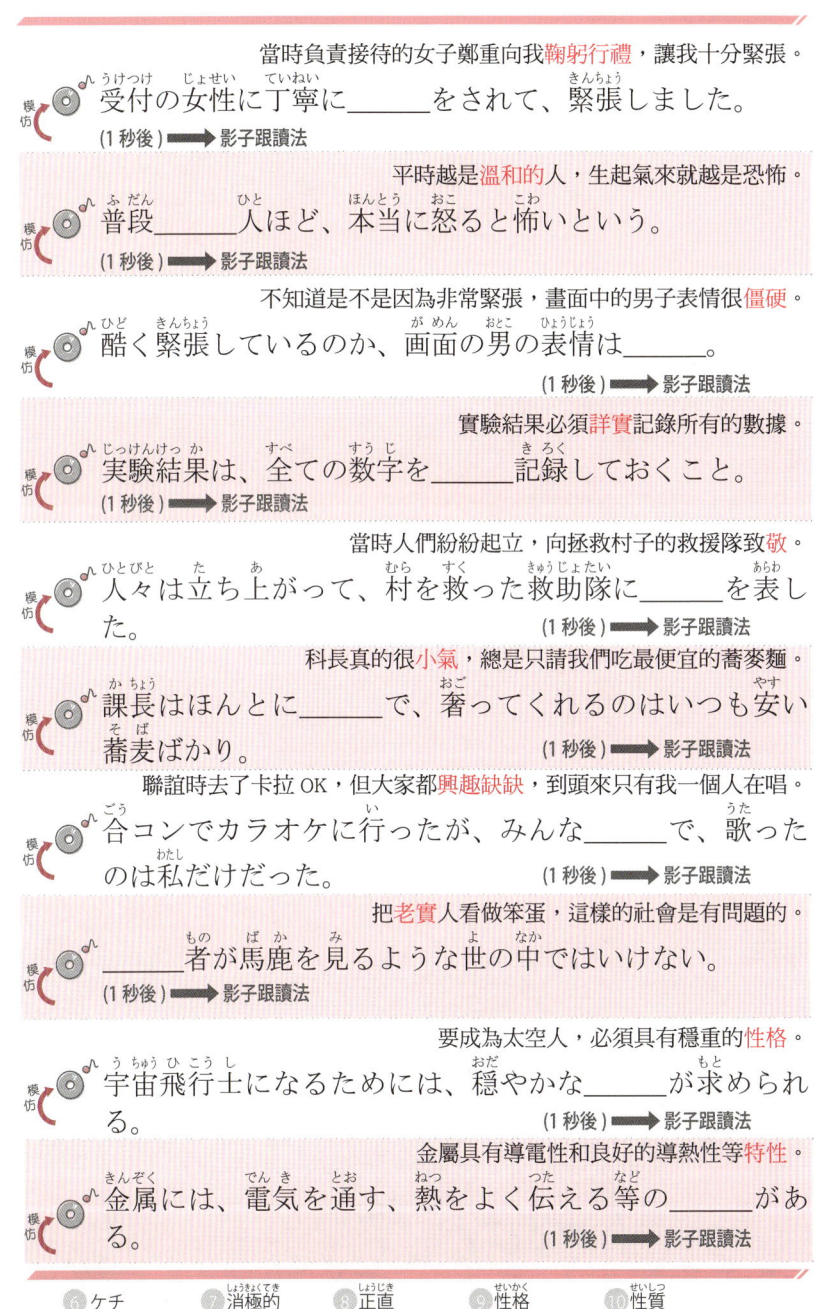

當時負責接待的女子鄭重向我鞠躬行禮，讓我十分緊張。
受付の女性に丁寧に_____をされて、緊張しました。

平時越是溫和的人，生起氣來就越是恐怖。
普段_____人ほど、本当に怒ると怖いという。

不知道是不是因為非常緊張，畫面中的男子表情很僵硬。
酷く緊張しているのか、画面の男の表情は_____。

實驗結果必須詳實記錄所有的數據。
実験結果は、全ての数字を_____記録しておくこと。

當時人們紛紛起立，向拯救村子的救援隊致敬。
人々は立ち上がって、村を救った救助隊に_____を表した。

科長真的很小氣，總是只請我們吃最便宜的蕎麥麵。
課長はほんとに_____で、奢ってくれるのはいつも安い蕎麦ばかり。

聯誼時去了卡拉OK，但大家都興趣缺缺，到頭來只有我一個人在唱。
合コンでカラオケに行ったが、みんな_____で、歌ったのは私だけだった。

把老實人看做笨蛋，這樣的社會是有問題的。
_____者が馬鹿を見るような世の中ではいけない。

要成為太空人，必須具有穩重的性格。
宇宙飛行士になるためには、穏やかな_____が求められる。

金屬具有導電性和良好的導熱性等特性。
金属には、電気を通す、熱をよく伝える等の_____がある。

⑥ ケチ　⑦ 消極的　⑧ 正直　⑨ 性格　⑩ 性質

単語帳

16 ☐☐☐
せっきょくてき
積極的
▶ 形動 積極的
▶ 積極的に仕事を探す。
積極地找工作。 ▶

17 ☐☐☐
そっと
▶ 副 悄悄地，安靜的；輕輕的；偷偷地；照原樣不動的
▶ そっと教えてくれた。
偷偷地告訴了我。 ▶

18 ☐☐☐
たいど
態度
▶ 名 態度，表現；舉止，神情，作風
▶ 態度が悪い。
態度惡劣。 ▶

19 ☐☐☐
つう
通
▶ 名・形動・接尾・漢造 精通，專家；通情達理；暢通；（助數詞）封，件，紙；穿過；往返；告知；貫徹始終
▶ 彼は日本通だ。
他是個日本通。 ▶

20 ☐☐☐
どりょく
努力
▶ 名・自サ 努力
▶ 努力が結果につながる。
因努力而取得成果。 ▶

21 ☐☐☐
なや
悩む
▶ 自五 煩惱，苦惱，憂愁；感到痛苦
▶ 進路のことで悩んでいる。
煩惱不知道以後做什麼好。 ▶

22 ☐☐☐
にがて
苦手
▶ 名・形動 棘手的人或事；不擅長的事物
▶ 勉強が苦手だ。
不喜歡讀書。 ▶

23 ☐☐☐
のうりょく
能力
▶ 名 能力；（法）行為能力
▶ 能力を伸ばす。
施展才能。 ▶

24 ☐☐☐
ばか
馬鹿
▶ 名・接頭 愚蠢，糊塗
▶ ばかなまねはするな。
別做傻事。 ▶

25 ☐☐☐
はっきり
▶ 副・自サ 清楚；直接了當
▶ はっきり言いすぎた。
說得太露骨了。 ▶

参考答案　❶積極的な　❷そっと　❸態度　❹通　❺努力

07 人物

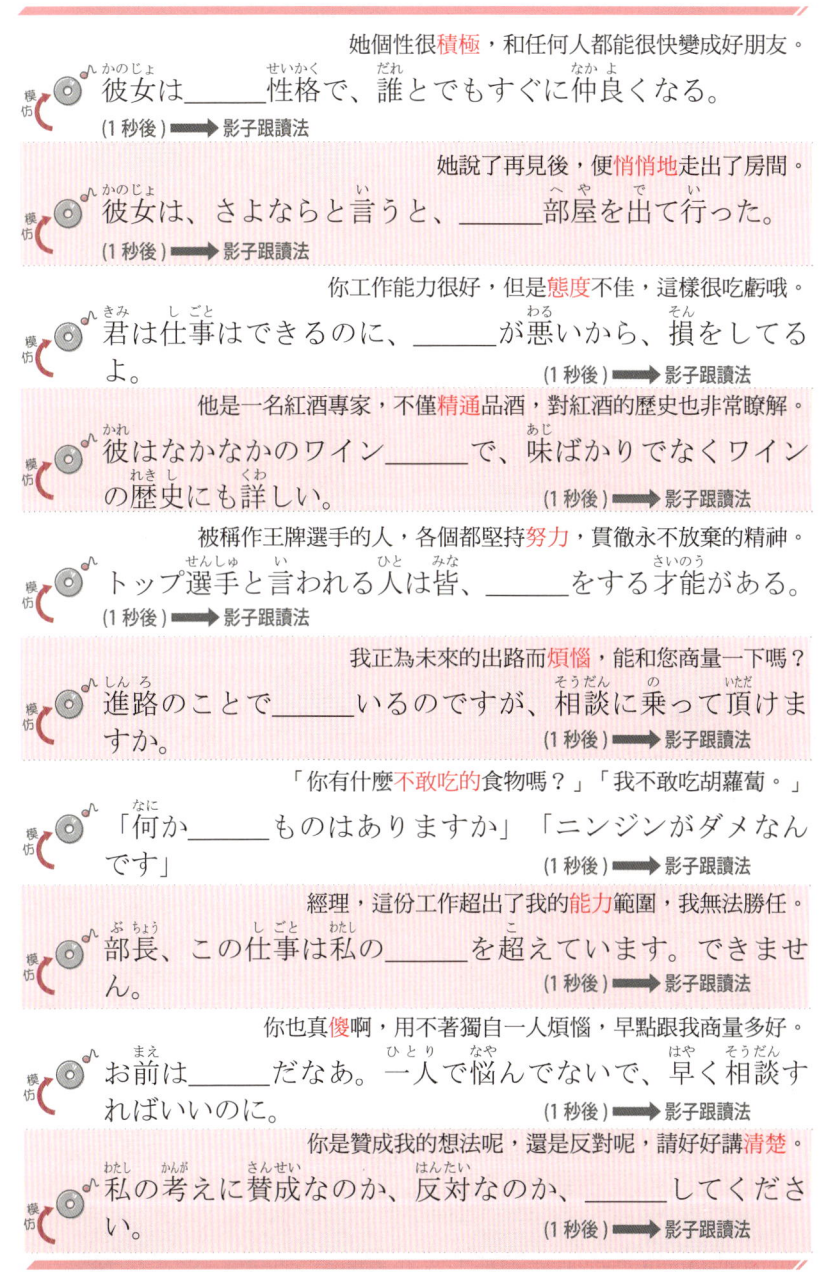

她個性很積極，和任何人都能很快變成好朋友。
彼女は_____性格で、誰とでもすぐに仲良くなる。

她說了再見後，便悄悄地走出了房間。
彼女は、さよならと言うと、_____部屋を出て行った。

你工作能力很好，但是態度不佳，這樣很吃虧哦。
君は仕事はできるのに、_____が悪いから、損をしてるよ。

他是一名紅酒專家，不僅精通品酒，對紅酒的歷史也非常瞭解。
彼はなかなかのワイン_____で、味ばかりでなくワインの歴史にも詳しい。

被稱作王牌選手的人，各個都堅持努力，貫徹永不放棄的精神。
トップ選手と言われる人は皆、_____をする才能がある。

我正為未來的出路而煩惱，能和您商量一下嗎？
進路のことで_____いるのですが、相談に乗って頂けますか。

「你有什麼不敢吃的食物嗎？」「我不敢吃胡蘿蔔。」
「何か_____ものはありますか」「ニンジンがダメなんです」

經理，這份工作超出了我的能力範圍，我無法勝任。
部長、この仕事は私の_____を超えています。できません。

你也真傻啊，用不著獨自一人煩惱，早點跟我商量多好。
お前は_____だなあ。一人で悩んでないで、早く相談すればいいのに。

你是贊成我的想法呢，還是反對呢，請好好講清楚。
私の考えに賛成なのか、反対なのか、_____してください。

⑥悩んで ⑦苦手な ⑧能力 ⑨馬鹿 ⑩はっきり

26 振り

- (造語) 樣子，狀態

勉強振りを評価する。
對學習狀況給予評價。

27 やる気

- (名) 幹勁，想做的念頭

やる気はある。
幹勁十足。

28 優秀

- (名・形動) 優秀

優秀な人材を得る。
獲得優秀的人才。

29 様

- (造語・漢造) 樣子，方式；風格；形狀

彼の様子がおかしい。
他的樣子有些怪異。

30 乱暴

- (名・形動・自サ) 粗暴，粗魯；蠻橫，不講理；胡來，胡亂，亂打人

言い方が乱暴だ。
說話方式很粗魯。

31 わがまま

- (名・形動) 任性，放肆，肆意

わがままを言う。
說任性的話。

7-5 人間関係／人際關係

01 相手

- (名) 夥伴，共事者；對方，敵手；對象

テニスの相手をする。
做打網球的對手。

02 合わせる

- (他下一) 合併；核對，對照；加在一起，混合；配合，調合

力を合わせる。
聯手，合力。

03 お互い

- (名) 彼此，互相

お互いに頑張ろう。
彼此加油吧！

07 人物

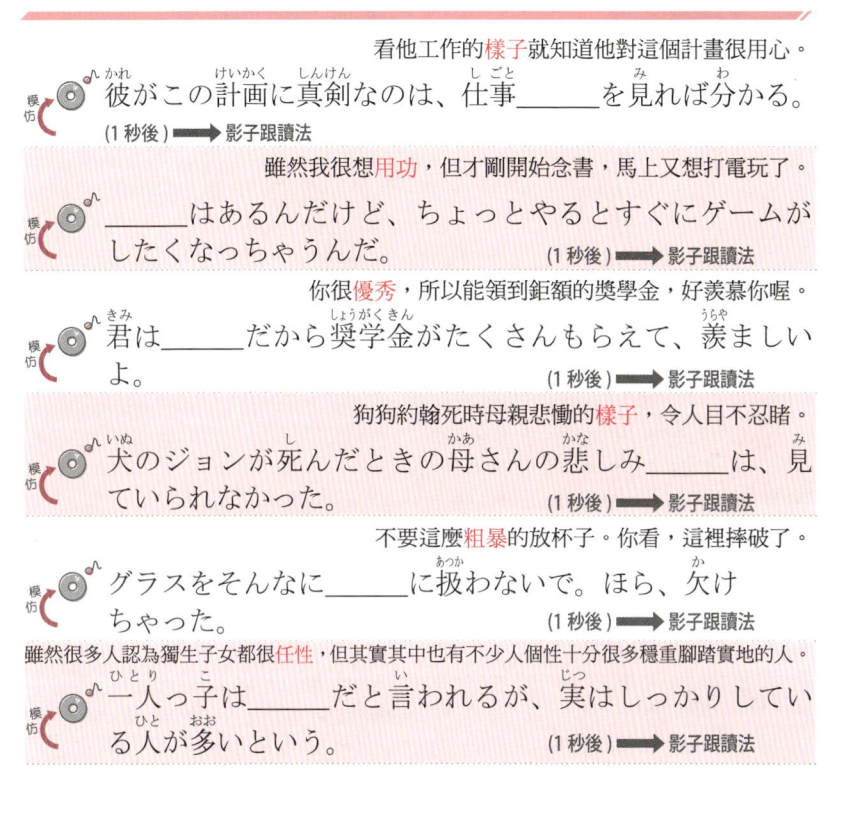

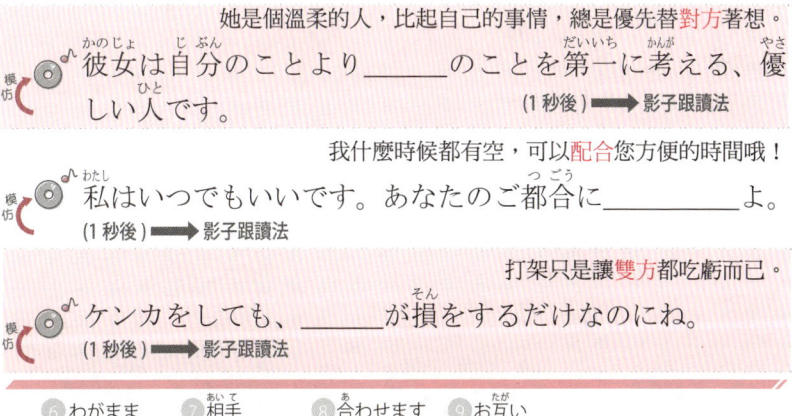

影子跟讀法請看 P5

看他工作的樣子就知道他對這個計畫很用心。
彼がこの計画に真剣なのは、仕事_____を見れば分かる。

雖然我很想用功，但才剛開始念書，馬上又想打電玩了。
_____はあるんだけど、ちょっとやるとすぐにゲームがしたくなっちゃうんだ。

你很優秀，所以能領到鉅額的獎學金，好羨慕你喔。
君は_____だから奨学金がたくさんもらえて、羨ましいよ。

狗狗約翰死時母親悲慟的樣子，令人目不忍睹。
犬のジョンが死んだときの母さんの悲しみ_____は、見ていられなかった。

不要這麼粗暴的放杯子。你看，這裡摔破了。
グラスをそんなに_____に扱わないで。ほら、欠けちゃった。

雖然很多人認為獨生子女都很任性，但其實其中也有不少個性十分很多穩重腳踏實地的人。
一人っ子は_____だと言われるが、実はしっかりしている人が多いという。

她是個溫柔的人，比起自己的事情，總是優先替對方著想。
彼女は自分のことより_____のことを第一に考える、優しい人です。

我什麼時候都有空，可以配合您方便的時間哦！
私はいつでもいいです。あなたのご都合に_____よ。

打架只是讓雙方都吃虧而已。
ケンカをしても、_____が損をするだけなのにね。

⑥ わがまま　⑦ 相手　⑧ 合わせます　⑨ お互い

103

単語帳

04 カップル
名 couple，一對，一對男女，一對情人，一對夫婦
お似合いなカップルですね。
真是相配的一對啊！

05 共通（きょうつう）
名・形動・自サ 共同，通用
共通の趣味がある。
有同樣的嗜好。

06 協力（きょうりょく）
名・自サ 協力，合作，共同努力，配合
みんなで協力する。
大家通力合作。

07 コミュニケーション
名 communication，（語言、思想、精神上的）交流、溝通；通訊，報導，信息
コミュニケーションを大切にする。
注重溝通。

08 親（した）しい
形 （血緣）近；親近，親密；不稀奇
親しい友達になる。
成為密友。

09 擦（す）れ違（ちが）う
自五 交錯，錯過去；不一致，不吻合，互相分歧；錯車
彼女と擦れ違った。
與她擦身而過。

10 互（たが）い
名・形動 互相，彼此；雙方；彼此相同
互いに協力する。
互相協助。

11 助（たす）ける
他下一 幫助，援助；救，救助；輔佐；救濟，資助
命を助ける。
救人一命。

12 近付（ちかづ）ける
他五 使…接近，使…靠近
人との関係を近づける。
與人的關係更緊密。

13 直接（ちょくせつ）
名・副・自サ 直接
会って直接話す。
見面直談。

参考答案 ①カップル ②共通 ③協力 ④コミュニケーション ⑤親しい

影子跟讀法請看 P5

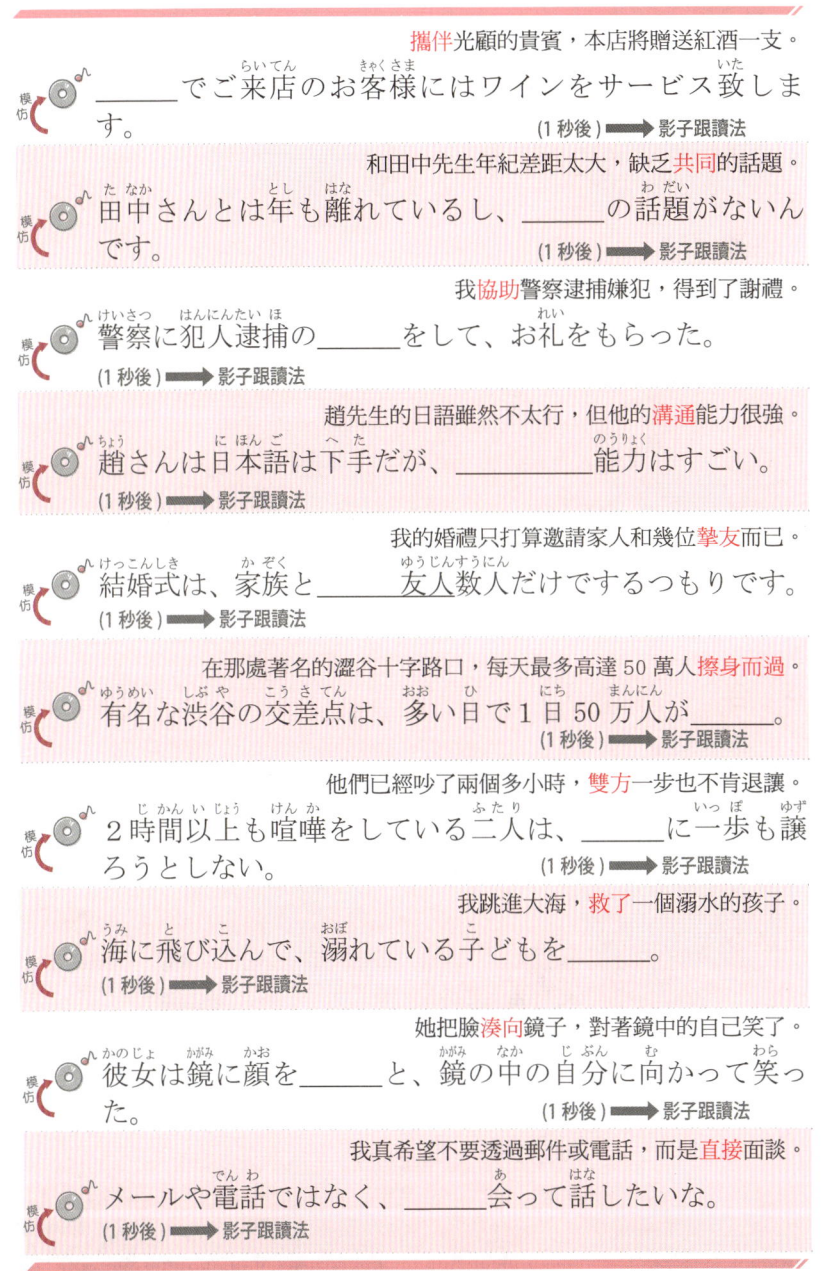

07 人物

攜伴光顧的貴賓，本店將贈送紅酒一支。
_____でご来店のお客様にはワインをサービス致します。

和田中先生年紀差距太大，缺乏共同的話題。
田中さんとは年も離れているし、_____の話題がないんです。

我協助警察逮捕嫌犯，得到了謝禮。
警察に犯人逮捕の_____をして、お礼をもらった。

趙先生的日語雖然不太行，但他的溝通能力很強。
趙さんは日本語は下手だが、_____能力はすごい。

我的婚禮只打算邀請家人和幾位摯友而已。
結婚式は、家族と_____友人数人だけでするつもりです。

在那處著名的澀谷十字路口，每天最多高達50萬人擦身而過。
有名な渋谷の交差点は、多い日で1日50万人が_____。

他們已經吵了兩個多小時，雙方一步也不肯退讓。
2時間以上も喧嘩をしている二人は、_____に一歩も譲ろうとしない。

我跳進大海，救了一個溺水的孩子。
海に飛び込んで、溺れている子どもを_____。

她把臉湊向鏡子，對著鏡中的自己笑了。
彼女は鏡に顔を_____と、鏡の中の自分に向かって笑った。

我真希望不要透過郵件或電話，而是直接面談。
メールや電話ではなく、_____会って話したいな。

⑥ 擦れ違う　⑦ 互い　⑧ 助けました　⑨ 近づける　⑩ 直接

105

単語帳

14 付き合う (つきあう)
【自五】交際，往來；陪伴，奉陪，應酬
彼女(かのじょ)と付(つ)き合(あ)う。
與她交往。

15 デート
【名・自サ】date，日期，年月日；約會，幽會
私(わたし)とデートする。
跟我約會。

16 出会う (であう)
【自五】遇見，碰見，偶遇；約會，幽會；（顏色等）協調，相稱
彼女(かのじょ)に出会(であ)った。
與她相遇了。

17 仲 (なか)
【名】交情；（人和人之間的）聯繫
あの二人(ふたり)は仲(なか)がいい。
那兩位交情很好。

18 パートナー
【名】partner，伙伴，合作者，合夥人；舞伴
いいパートナーになる。
成為很好的工作伙伴。

19 話し合う (はなしあう)
【自五】對話，談話；商量，協商，談判
楽(たの)しく話(はな)し合(あ)う。
相談甚歡。

20 見送り (みおくり)
【名】送行；靜觀，觀望；（棒球）放著好球不打
盛大(せいだい)な見送(みおく)りを受(う)けた。
獲得盛大的送行。

21 見送る (みおくる)
【他五】目送；送行，送別；送終；觀望，等待（機會）
姉(あね)を見送(みおく)る。
目送姐姐。

22 味方 (みかた)
【名・自サ】我方，自己的這一方；夥伴
いつも君(きみ)の味方(みかた)だ。
我永遠站在你這邊。

參考答案　①付(つ)き合(あ)って　②デート　③出会(であ)った　④仲(なか)　⑤パートナー

07 人物

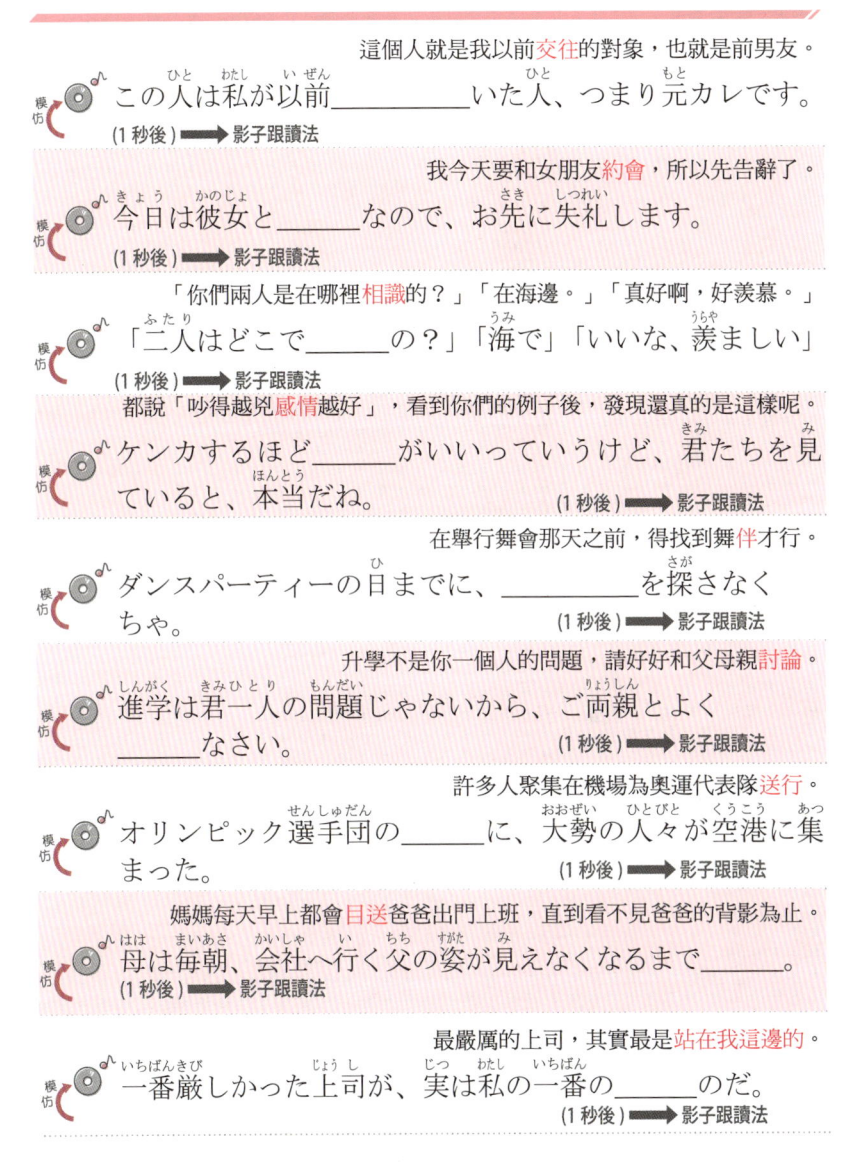

這個人就是我以前交往的對象，也就是前男友。
この人は私が以前＿＿＿＿いた人、つまり元カレです。

我今天要和女朋友約會，所以先告辭了。
今日は彼女と＿＿＿＿なので、お先に失礼します。

「你們兩人是在哪裡相識的？」「在海邊。」「真好啊，好羨慕。」
「二人はどこで＿＿＿＿の？」「海で」「いいな、羨ましい」

都說「吵得越兇感情越好」，看到你們的例子後，發現還真的是這樣呢。
ケンカするほど＿＿＿＿がいいっていうけど、君たちを見ていると、本当だね。

在舉行舞會那天之前，得找到舞伴才行。
ダンスパーティーの日までに、＿＿＿＿を探さなくちゃ。

升學不是你一個人的問題，請好好和父母親討論。
進学は君一人の問題じゃないから、ご両親とよく＿＿＿＿なさい。

許多人聚集在機場為奧運代表隊送行。
オリンピック選手団の＿＿＿＿に、大勢の人々が空港に集まった。

媽媽每天早上都會目送爸爸出門上班，直到看不見爸爸的背影為止。
母は毎朝、会社へ行く父の姿が見えなくなるまで＿＿＿＿。

最嚴厲的上司，其實最是站在我這邊的。
一番厳しかった上司が、実は私の一番の＿＿＿＿のだ。

⑥話し合い ⑦見送り ⑧見送る ⑨味方だった

パート8 親族

親屬

01 一体 いったい
(名・副) 一體，同心合力；一種體裁；根本，本來；大致上；到底，究竟
夫婦一体となって働く。
夫妻同心協力工作。

02 従兄弟・従姉妹 いとこ
(名) 堂表兄弟姉妹
従兄弟同士仲がいい。
堂表兄弟姉妹感情良好。

03 家 け
(接尾) 家，家族
将軍家の生活を紹介する。
介紹將軍一家（普通指德川一家）的生活狀況。

04 代 だい
(名・漢造) 代，輩；一生，一世；代價
代がかわる。
世代交替。

05 長女 ちょうじょ
(名) 長女，大女兒
長女が生まれる。
長女出生。

06 長男 ちょうなん
(名) 長子，大兒子
長男が生まれる。
長男出生。

07 夫婦 ふうふ
(名) 夫婦，夫妻
夫婦になる。
成為夫妻。

08 孫 まご
(名・造語) 孫子；隔代，間接
孫ができた。
抱孫子了。

09 名字・苗字 みょうじ
(名) 姓，姓氏
結婚して名字が変わる。
結婚後更改姓氏。

10 姪 めい
(名) 姪女，外甥女
今日は姪の誕生日だ。
今天是姪子的生日。

参考答案 ①一体 ②いとこ ③家 ④代 ⑤長女

08 親屬

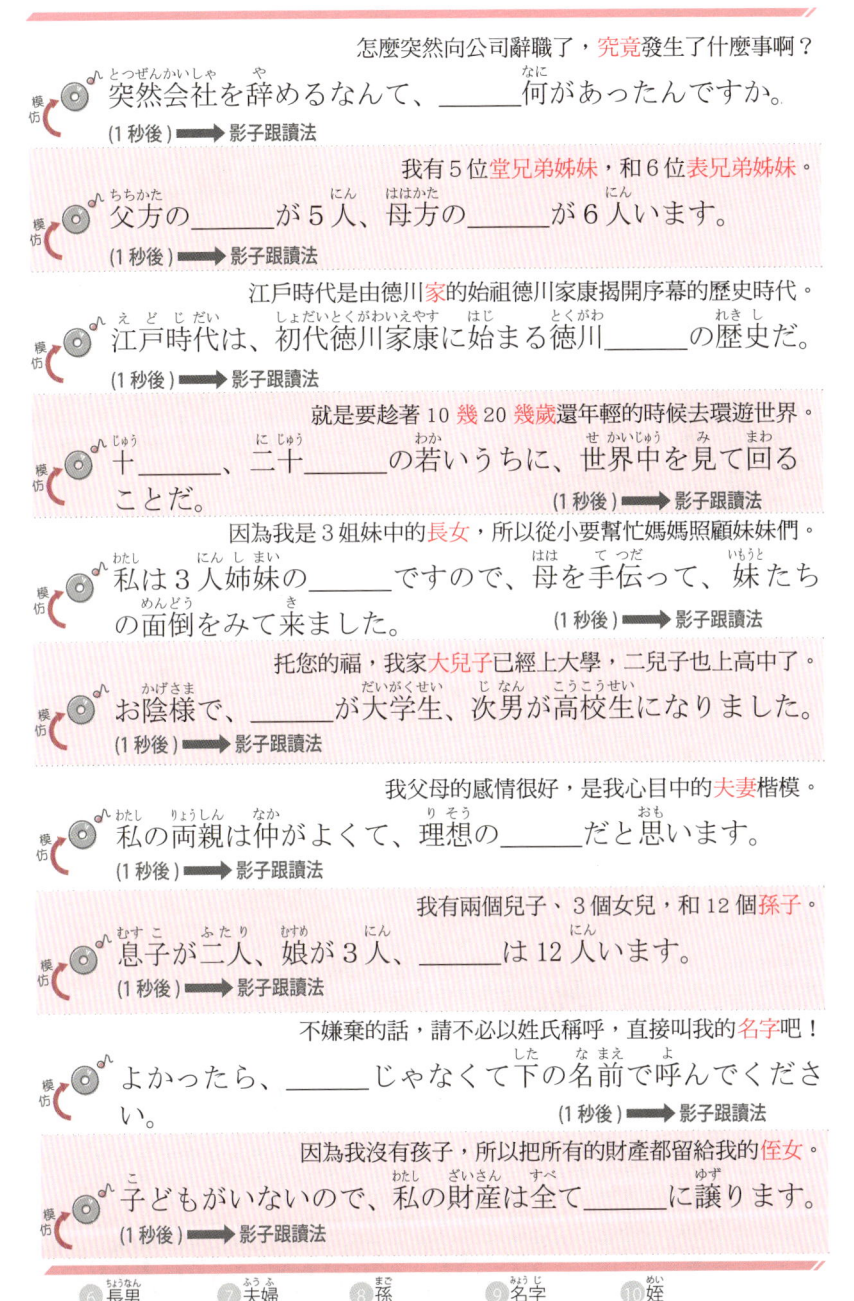

怎麼突然向公司辭職了，究竟發生了什麼事啊？
突然会社を辞めるなんて、＿＿＿＿何があったんですか。

我有5位堂兄弟姊妹，和6位表兄弟姊妹。
父方の＿＿＿＿が5人、母方の＿＿＿＿が6人います。

江戶時代是由德川家的始祖德川家康揭開序幕的歷史時代。
江戸時代は、初代徳川家康に始まる徳川＿＿＿＿の歴史だ。

就是要趁著10幾20幾歲還年輕的時候去環遊世界。
十＿＿＿＿、二十＿＿＿＿の若いうちに、世界中を見て回ることだ。

因為我是3姐妹中的長女，所以從小要幫忙媽媽照顧妹妹們。
私は3人姉妹の＿＿＿＿ですので、母を手伝って、妹たちの面倒をみて来ました。

托您的福，我家大兒子已經上大學，二兒子也上高中了。
お陰様で、＿＿＿＿が大学生、次男が高校生になりました。

我父母的感情很好，是我心目中的夫妻楷模。
私の両親は仲がよくて、理想の＿＿＿＿だと思います。

我有兩個兒子、3個女兒，和12個孫子。
息子が二人、娘が3人、＿＿＿＿は12人います。

不嫌棄的話，請不必以姓氏稱呼，直接叫我的名字吧！
よかったら、＿＿＿＿じゃなくて下の名前で呼んでください。

因為我沒有孩子，所以把所有的財產都留給我的姪女。
子どもがいないので、私の財産は全て＿＿＿＿に譲ります。

⑥長男　⑦夫婦　⑧孫　⑨名字　⑩姪

11 持ち(も)
(接尾) 負擔，持有，持久性
彼(かれ)は妻子(さいし)持(も)ちだ。
他有家室。

12 揺らす(ゆ)
(他五) 搖擺，搖動
揺(ゆ)りかごを揺(ゆ)らす。
推晃搖籃。

13 離婚(りこん)
(名・自サ) （法）離婚
二人(ふたり)は離婚(りこん)した。
兩個人離婚了。

パート 9 第九章 動物
動物

01 牛(うし)
(名) 牛
牛(うし)を飼(か)う。
養牛。

02 馬(うま)
(名) 馬
馬(うま)に乗(の)る。
騎馬。

03 飼う(か)
(他五) 飼養（動物等）
豚(ぶた)を飼(か)う。
養豬。

04 生物(せいぶつ)
(名) 生物
生物(せいぶつ)がいる。
有生物生存。

05 頭(とう)
(接尾) （牛、馬等）頭
動物園(どうぶつえん)には牛(うし)が一頭(いっとう)いる。
動物園有一隻牛。

06 羽(わ)
(接尾) （數鳥或兔子）隻
鶏(にわとり)が一羽(いちわ)いる。
有一隻雞。

參考答案 ①持(も)ち ②揺(ゆ)らして ③離婚(りこん)して ④牛(うし) ⑤馬(うま)

09 動物

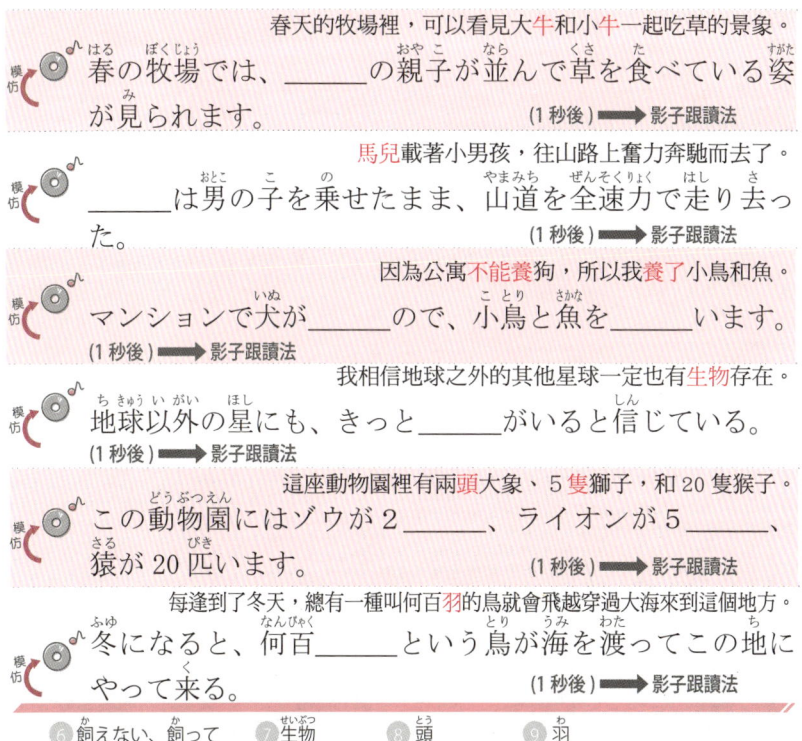

「我很有力氣哦！」「我比較喜歡有錢的耶。」
「僕は力_____だよ」「私はお金_____の方が好きだわ」

春風輕輕拂過，公園裡綻放的花朵隨之搖曳。
春の風が、公園に咲く花を_____、通り過ぎて行った。

我從來沒結過婚，但我朋友已經離兩次婚了。
私は一度も結婚したことがないのに、友人はもう２回も_____いる。

春天的牧場裡，可以看見大牛和小牛一起吃草的景象。
春の牧場では、_____の親子が並んで草を食べている姿が見られます。

馬兒載著小男孩，往山路上奮力奔馳而去了。
_____は男の子を乗せたまま、山道を全速力で走り去った。

因為公寓不能養狗，所以我養了小鳥和魚。
マンションで犬が_____ので、小鳥と魚を_____います。

我相信地球之外的其他星球一定也有生物存在。
地球以外の星にも、きっと_____がいると信じている。

這座動物園裡有兩頭大象、5隻獅子，和20隻猴子。
この動物園にはゾウが２_____、ライオンが５_____、猿が20匹います。

每逢到了冬天，總有一種叫何百羽的鳥就會飛越穿過大海來到這個地方。
冬になると、何百_____という鳥が海を渡ってこの地にやって来る。

⑥ 飼えない、飼って　⑦ 生物　⑧ 頭　⑨ 羽

パート 10 植物
第十章 植物

01 桜 (さくら)
名（植）櫻花，櫻花樹；淡紅色
桜が咲く。
櫻花開了。

02 蕎麦 (そば)
名 蕎麥；蕎麥麵
蕎麦を植える。
種植蕎麥。

03 生える (はえる)
自下一（草，木）等生長
雑草が生えてきた。
雜草長出來了。

04 標本 (ひょうほん)
名 標本；（統計）樣本；典型
植物の標本を作る。
製作植物的標本。

05 開く (ひらく)
自五・他五 綻放；開，拉開
花が開く。
花兒綻放開來。

06 フルーツ
名 fruits，水果
フルーツジュースをよく飲んでいる。
我常喝果汁。

参考答案 ①桜 ②そば ③生えて ④標本 ⑤開いた

影子跟讀法請看 P5

10 植物

畢業典禮那天,大家在校園裡的櫻花樹下一起拍了照。
卒業式(そつぎょうしき)の日(ひ)、校庭(こうてい)の_____の木(き)の下(した)で、みんなで写真(しゃしん)を撮(と)った。
(1秒後) ➡ 影子跟讀法

您點的是天婦羅蕎麥麵和咖哩飯對吧,我知道了。
天(てん)ぷら_____とカレーライスですね。かしこまりました。
(1秒後) ➡ 影子跟讀法

你瞧,可以看到我兒子嘴裡有兩顆剛長出來的門牙吧?
ほら、息子(むすこ)の口(くち)に、前歯(まえば)が2本(ほん)_____きたのが見(み)えるでしょう。
(1秒後) ➡ 影子跟讀法

我做了一個昆蟲標本作為暑假作業。
夏休(なつやす)みの宿題(しゅくだい)で、虫(むし)の_____を作(つく)りました。
(1秒後) ➡ 影子跟讀法

她把筆記本拿出來後,翻到之前抄了筆記的那一頁。
彼女(かのじょ)は手帳(てちょう)を取(と)り出(だ)すと、メモをしたページを_____。
(1秒後) ➡ 影子跟讀法

這個豪華蛋糕用了大量的新鮮水果。
新鮮(しんせん)な_____をたっぷり使(つか)った贅沢(ぜいたく)なケーキです。
(1秒後) ➡ 影子跟讀法

❻ フルーツ

113

パート11 物質

11-1 物、物質／物、物質

01 化学反応 (かがくはんのう) — 名 化學反應
化学反応が起こる。
起化學反應。

02 氷 (こおり) — 名 冰
氷が溶ける。
冰融化。

03 ダイヤモンド — 名 diamond，鑽石
ダイヤモンドを買う。
買鑽石。

04 溶かす (とかす) — 他五 溶解，化開，溶入
完全に溶かす。
完全溶解。

05 灰 (はい) — 名 灰
タバコの灰が飛んできた。
煙灰飄過來了。

06 リサイクル — 名・サ変 recycle，回收，（廢物）再利用
牛乳パックをリサイクルする。
回收牛奶盒。

11-2 エネルギー、燃料／能源、燃料

01 エネルギー — 名 （德）energie，能量，能源，精力，氣力
エネルギーが不足する。
能源不足。

02 替わる (かわる) — 自五 更換，交替
石油に替わる燃料を作る。
製作替代石油的燃料。

03 煙 (けむり) — 名 煙
工場から煙が出ている。
煙正從工廠冒出來。

參考答案 ❶化学反応 ❷氷 ❸ダイヤモンド ❹溶かして ❺灰

11 物質

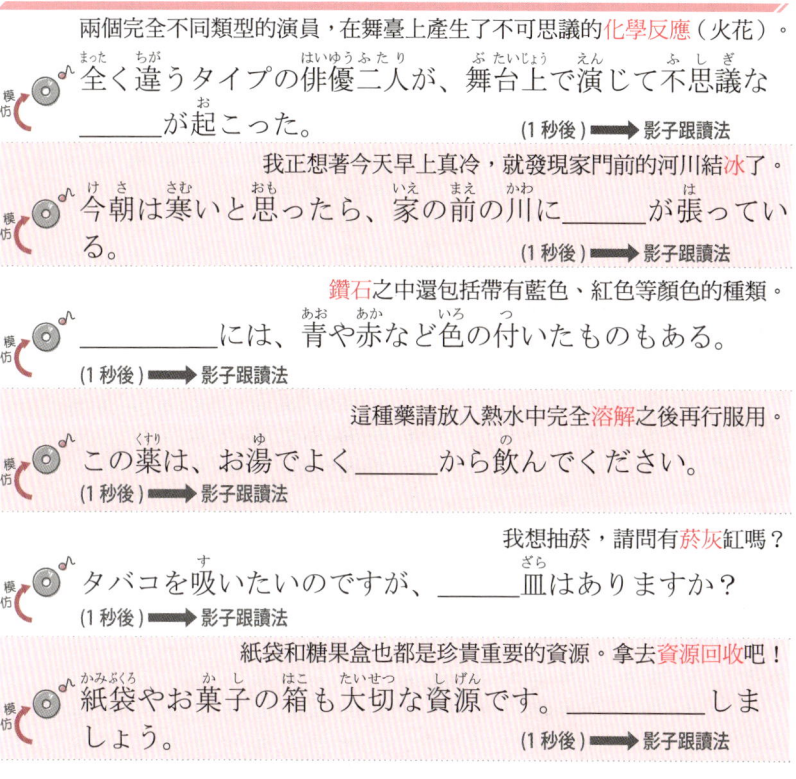

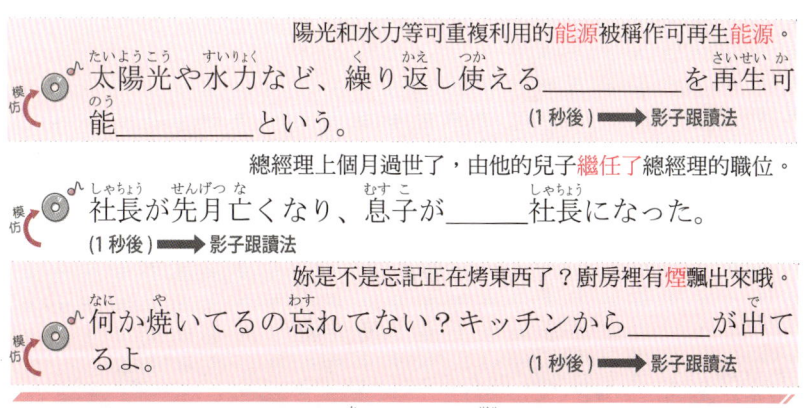

兩個完全不同類型的演員，在舞臺上產生了不可思議的化學反應（火花）。
全く違うタイプの俳優二人が、舞台上で演じて不思議な＿＿＿＿＿＿が起こった。

我正想著今天早上真冷，就發現家門前的河川結冰了。
今朝は寒いと思ったら、家の前の川に＿＿＿＿＿＿が張っている。

鑽石之中還包括帶有藍色、紅色等顏色的種類。
＿＿＿＿＿＿＿＿には、青や赤など色の付いたものもある。

這種藥請放入熱水中完全溶解之後再行服用。
この薬は、お湯でよく＿＿＿＿＿＿から飲んでください。

我想抽菸，請問有菸灰缸嗎？
タバコを吸いたいのですが、＿＿＿＿＿＿皿はありますか？

紙袋和糖果盒也都是珍貴重要的資源。拿去資源回收吧！
紙袋やお菓子の箱も大切な資源です。＿＿＿＿＿＿しましょう。

陽光和水力等可重複利用的能源被稱作可再生能源。
太陽光や水力など、繰り返し使える＿＿＿＿＿＿＿を再生可能＿＿＿＿＿＿という。

總經理上個月過世了，由他的兒子繼任了總經理的職位。
社長が先月亡くなり、息子が＿＿＿＿＿＿社長になった。

妳是不是忘記正在烤東西了？廚房裡有煙飄出來哦。
何か焼いてるの忘れてない？キッチンから＿＿＿＿＿＿が出てるよ。

⑥ リサイクル ⑦ エネルギー ⑧ 替わって ⑨ 煙

04 資源
- 名 資源
- 資源が少ない。
- 資源不足。

05 燃やす
- 他五 燃燒；（把某種情感）燃燒起來，激起
- 落ち葉を燃やす。
- 燒落葉。

11-3 原料、材料／原料、材料

01 麻
- 名 （植物）麻，大麻；麻紗，麻布，麻織維
- 麻の布で拭く。
- 用麻布擦拭。

02 ウール
- 名 wool，羊毛，毛線；毛織品
- ウールのセーターを出す。
- 取出毛料的毛衣。

03 切れる
- 自下一 斷；用盡
- 糸が切れる。
- 線斷掉。

04 コットン
- 名 cotton，棉，棉花；木棉，棉織品
- 下着はコットンしか着られない。
- 內衣只能穿純棉製品。

05 質
- 名 質量；品質，素質；質地，實質；抵押品；真誠，樸實
- 質がいい。
- 品質良好。

06 シルク
- 名 silk，絲，絲綢；生絲
- シルクのドレスを買った。
- 買了一件絲綢的洋裝。

07 鉄鋼
- 名 鋼鐵
- 鉄鋼業が盛んだ。
- 鋼鐵業興盛。

參考答案：① 資源　② 燃やして　③ 麻　④ ウール　⑤ 切れた

11 物質

不只是瓶罐，點心盒和麵包袋等等物品也屬於資源垃圾，要拿去回收。
瓶や缶だけでなく、お菓子の箱やパンの袋なども_____ごみとして回収します。

媽媽年輕時把父親寄來的信都燒掉了。
母は、若い頃に父からもらった手紙を全て_____しまった。

這件洋裝的棉料含有 20% 的麻纖維。
このワンピースは、綿に_____が 20 パーセント入っています。

果然還是 100% 純羊毛的毛衣溫暖啊！
やっぱり_____100 パーセントのセーターは暖かいなあ。

因為浴室用的燈泡壞了，所以我買來新的。
お風呂の電球が_____から、新しいのを買っておいて。

表面的布料是絲綢，會接觸到皮膚的內裏是百分百的棉質。
表の生地はシルク、肌に触れる裏は_____100 パーセントです。

不管什麼都好，拜託賞我一些食物。不求美味，只求越多越好。
なんでもいいから食べる物をちょうだい。_____より量だよ。

為了慶祝表弟找到工作，我送了他一條絲質的領帶。
いとこの就職祝いに_____のネクタイを贈りました。

舉凡有助於我們生活便利的汽車等交通工具，如果缺少鋼鐵，什麼都做不出來了。
私たちの生活を支える車や交通機関はどれも_____がなくては作れない。

⑤ コットン　⑦ 質　⑧ シルク　⑨ 鉄鋼

08 ビニール
名 vinyl，（化）乙烯基；乙烯基樹脂；塑膠

野菜をビニール袋に入れた。
把蔬菜放進了塑膠袋裡。

09 プラスチック
名 plastic(s)，（化）塑膠，塑料

プラスチック製の車を発表する。
發表塑膠製的車子。

10 ポリエステル
名 polyethylene，（化學）聚乙稀，人工纖維

ポリエステルの服を洗濯機に入れる。
把人造纖維的衣服放入洗衣機。

11 綿（めん）
名・漢造 棉，棉線；棉織品；綿長；詳盡；棉，棉花

綿のシャツを着る。
穿棉襯衫。

パート 12 第十二章 天体、気象
天體、氣象

12-1 天体、気象、気候／天體、氣象、氣候

01 当たる（あたる）
自五・他五 碰撞；擊中；合適；太陽照射；取暖，吹（風）；接觸；（大致）位於；當…時候；（粗暴）對待

日が当たる。
陽光照射。

02 異常気象（いじょうきしょう）
名 氣候異常

異常気象が続いている。
氣候異常正持續著。

03 引力（いんりょく）
名 物體互相吸引的力量

引力が働く。
引力產生作用。

04 温度（おんど）
名 （空氣等）溫度，熱度

温度が下がる。
溫度下降。

參考答案 ①ビニール ②プラスチック ③ポリエステル ④綿 ⑤当たって

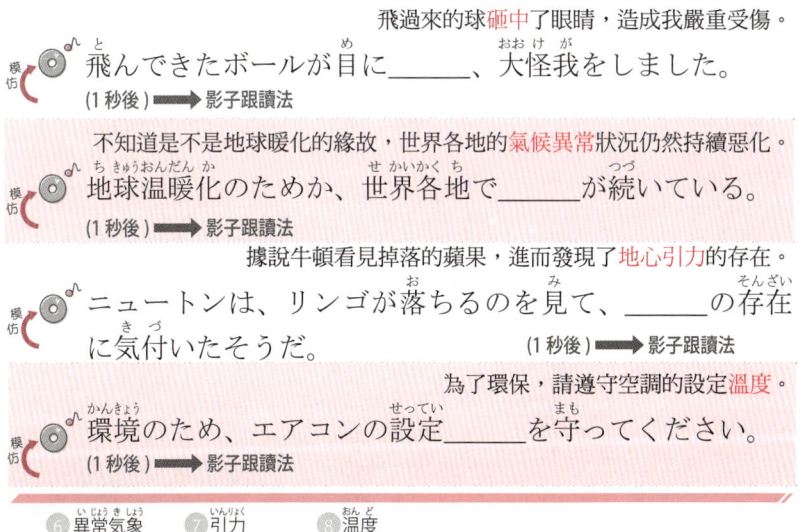

因為突然下雨了，所以我在便利商店買了把塑膠傘。

急に降って来たので、コンビニで_____傘を買った。

我買了野餐用的塑料盤子。

ピクニック用に、_____の食器を買った。

因為這件襯衫含有5%的人造纖維，所以很容易乾。

このシャツは_____が5％入っているので、乾き易いです。

這裡的T恤是百分百純棉的，十分親膚。

こちらのティーシャツは_____100パーセントで、肌に優しいです。

飛過來的球砸中了眼睛，造成我嚴重受傷。

飛んできたボールが目に_____、大怪我をしました。

不知道是不是地球暖化的緣故，世界各地氣候異常狀況仍然持續惡化。

地球温暖化のためか、世界各地で_____が続いている。

據說牛頓看見掉落的蘋果，進而發現了地心引力的存在。

ニュートンは、リンゴが落ちるのを見て、_____の存在に気付いたそうだ。

為了環保，請遵守空調的設定溫度。

環境のため、エアコンの設定_____を守ってください。

❻異常気象　❼引力　❽温度

05 暮れ（く）

名 日暮，傍晚；季末，年末

日の暮れが早くなる。
日落得早。

06 湿気（しっけ）

名 濕氣

部屋の湿気が酷い。
房間濕氣非常嚴重。

07 湿度（しつど）

名 濕度

湿度が高い。
濕度很高。

08 太陽（たいよう）

名 太陽

太陽の光を浴びる。
沐浴在陽光下。

09 地球（ちきゅう）

名 地球

地球は46億年前に誕生した。
地球誕生於46億年前。

10 梅雨（つゆ）

名 梅雨；梅雨季

梅雨が明ける。
梅雨期結束。

11 昇る（のぼる）

自五 上升

太陽が昇る。
太陽升起。

12 深まる（ふかまる）

自五 加深，變深

秋が深まる。
秋深。

13 真っ暗（まっくら）

名・形動 漆黑；(前途)黯淡

真っ暗になる。
變得漆黑。

14 眩しい（まぶしい）

形 耀眼，刺眼的；華麗奪目的，鮮豔的，刺目

太陽が眩しかった。
太陽很刺眼。

參考答案 ①暮れ ②湿気 ③湿度 ④太陽 ⑤地球

12 天體、氣象

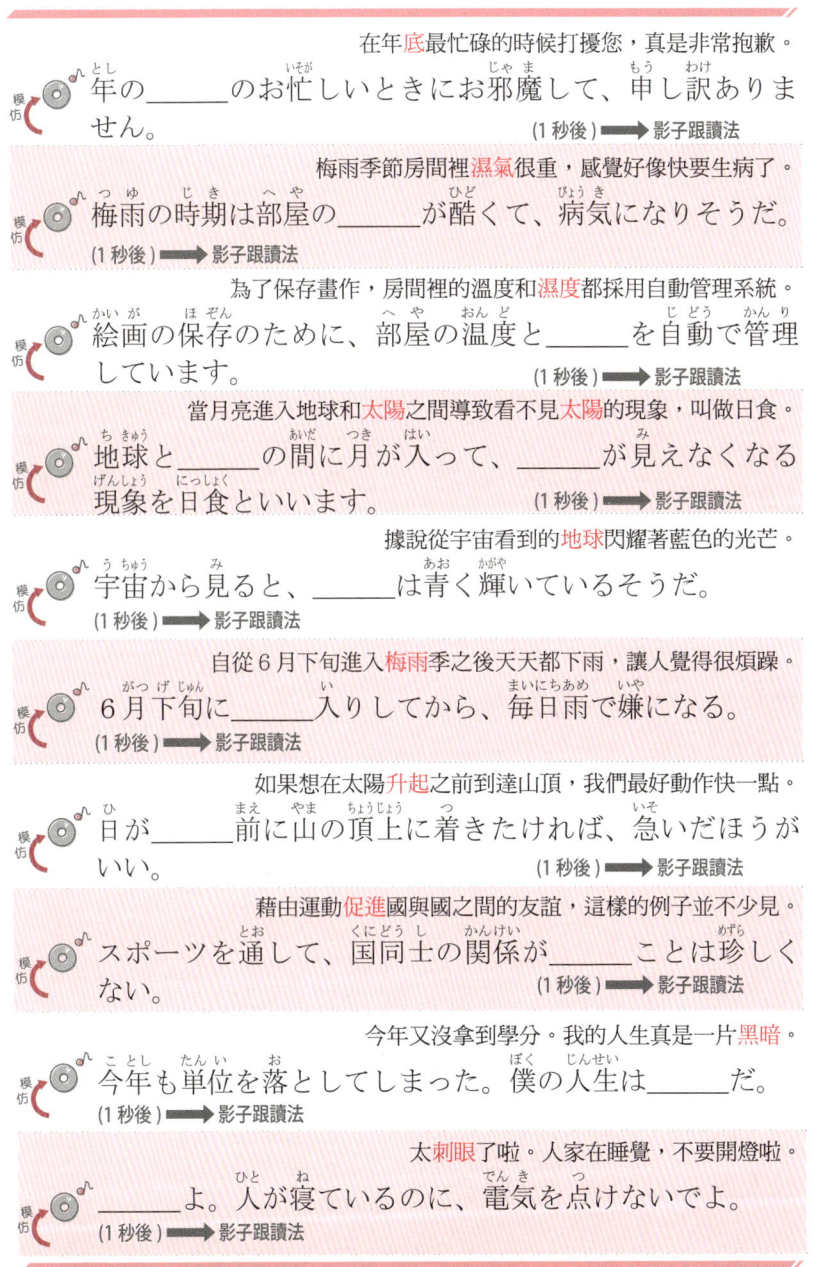

在年底最忙碌的時候打擾您，真是非常抱歉。
年の_____のお忙しいときにお邪魔して、申し訳ありません。

梅雨季節房間裡濕氣很重，感覺好像快要生病了。
梅雨の時期は部屋の_____が酷くて、病気になりそうだ。

為了保存畫作，房間裡的溫度和濕度都採用自動管理系統。
絵画の保存のために、部屋の温度と_____を自動で管理しています。

當月亮進入地球和太陽之間導致看不見太陽的現象，叫做日食。
地球と_____の間に月が入って、_____が見えなくなる現象を日食といいます。

據說從宇宙看到的地球閃耀著藍色的光芒。
宇宙から見ると、_____は青く輝いているそうだ。

自從6月下旬進入梅雨季之後天天都下雨，讓人覺得很煩躁。
6月下旬に_____入りしてから、毎日雨で嫌になる。

如果想在太陽升起之前到達山頂，我們最好動作快一點。
日が_____前に山の頂上に着きたければ、急いだほうがいい。

藉由運動促進國與國之間的友誼，這樣的例子並不少見。
スポーツを通して、国同士の関係が_____ことは珍しくない。

今年又沒拿到學分。我的人生真是一片黑暗。
今年も単位を落としてしまった。僕の人生は_____だ。

太刺眼了啦。人家在睡覺，不要開燈啦。
_____よ。人が寝ているのに、電気を点けないでよ。

⑥ 梅雨　　⑦ 昇る　　⑧ 深まる　　⑨ 真っ暗　　⑩ 眩しい

121

15 蒸し暑い(む あつ)
形 悶熱的
昼間(ひるま)は蒸(む)し暑(あつ)い。
白天很悶熱。

16 夜(よ)
名 夜，夜晚
夏(なつ)の夜(よ)は短(みじか)い。
夏夜很短。

12-2 さまざまな自然現象／各種自然現象

01 埋まる(う)
自五 被埋上；填滿；堵住；彌補，補齊
雪(ゆき)に埋(う)まる。
被雪覆蓋住。

02 かび
名 霉
かびが生(は)える。
發霉。

03 乾く(かわ)
自五 乾，乾燥
土(つち)が乾(かわ)く。
地面乾。

04 水滴(すいてき)
名 水滴；（注水研墨用的）硯水壺
水滴(すいてき)が落(お)ちた。
水滴落下來。

05 絶えず(た)
副 不斷地，經常地，不停地，連續
絶(た)えず水(みず)が流(なが)れる。
水源源不絕流出。

06 散らす(ち)
他五・接尾 把…分散開，驅散；吹散；灑散；散佈；傳播；消腫
火花(ひばな)を散(ち)らす。
吹散煙火。

07 散る(ち)
自五 凋謝，散漫，落；離散，分散，遍佈；消腫；渙散
桜(さくら)が散(ち)った。
櫻花飄落了。

參考答案　❶蒸(む)し暑(あつ)くて　❷夜(よ)　❸埋(う)まって　❹かび　❺乾(かわ)いて

12 天體、氣象

こんにちは。
(1秒後) こんにちは。
影子跟讀法請看 P5

東京的夏天很悶熱，沒有空調就活不下去。
東京の夏は_____、エアコンがないと過ごせない。
(1秒後) ➡ 影子跟讀法

道路修繕工程持續進行一整晚，等到完工時天都已經亮了。
道路工事は_____中じゅう続けられ、終わったときには夜が明けていた。
(1秒後) ➡ 影子跟讀法

在雪鄉只要一個晚上，房子就可能會被埋進雪堆裡了。
雪国では、たった一晩で家が雪に_____しまうこともある。
(1秒後) ➡ 影子跟讀法

從冰箱最裡面挖出了發霉的麵包。
冷蔵庫の奥から_____の生えたパンが出てきた。
(1秒後) ➡ 影子跟讀法

今年冬天幾乎沒有下雨，空氣十分乾燥。
今年の冬はほとんど雨が降らず、空気が_____いる。
(1秒後) ➡ 影子跟讀法

她拿出手帕，擦掉了附著在玻璃杯上的水滴。
彼女はハンカチを出すと、グラスに付いた_____を拭いた。
(1秒後) ➡ 影子跟讀法

對面大樓施工的噪音不斷傳來，害我無法好好工作了。
向かいのビルの工事の音が_____聞こえてきて、仕事にならない。
(1秒後) ➡ 影子跟讀法

每逢秋天，紅黃相間的樹葉總被從山裡來的風吹落。
秋になると、山からの風が、赤や黄色の木の葉を_____。
(1秒後) ➡ 影子跟讀法

直到昨天還絢爛地綻放的櫻花，一夕之間就落英遍地了。
昨日まで美しく咲いていた桜が、一夜のうちに_____しまった。
(1秒後) ➡ 影子跟讀法

⑥水滴　⑦絶えず　⑧散らす　⑨散って

08 積もる
つ
【自五・他五】積，堆積；累積；估計；計算；推測

雪が積もる。
積雪。

09 強まる
つよ
【自五】強起來，加強，增強

風が強まった。
風勢逐漸增強。

10 溶く
と
【他五】溶解，化開，溶入

お湯に溶く。
用熱開水沖泡。

11 溶ける
と
【自下一】溶解，融化

水に溶けません。
不溶於水。

12 流す
なが
【他五】使流動，沖走；使漂走；流（出）；放逐；使流產；傳播；洗掉（汙垢）；不放在心上

水を流す。
沖水。

13 流れる
なが
【自下一】流動；漂流；傳布；流逝；流浪；（壞的）傾向；流產；作罷；偏離目標；瀰漫；降落

汗が流れる。
流汗。

14 鳴る
な
【自五】響，叫；聞名

ベルが鳴る。
鈴聲響起。

15 外れる
はず
【自下一】脫落，掉下；（希望）落空，不合（道理）；離開（某一範圍）

ボタンが外れる。
鈕釦脫落。

16 張る
は
【自五・他五】延伸，伸展；覆蓋；膨脹，負擔過重；展平，擴張；設置，布置

池に氷が張る。
池塘都結了一層薄冰。

17 被害
ひがい
【名】受害，損失

被害がひどい。
受災嚴重。

參考答案 ①積もった ②強まる ③溶いて ④溶け ⑤流された

12 天體、氣象

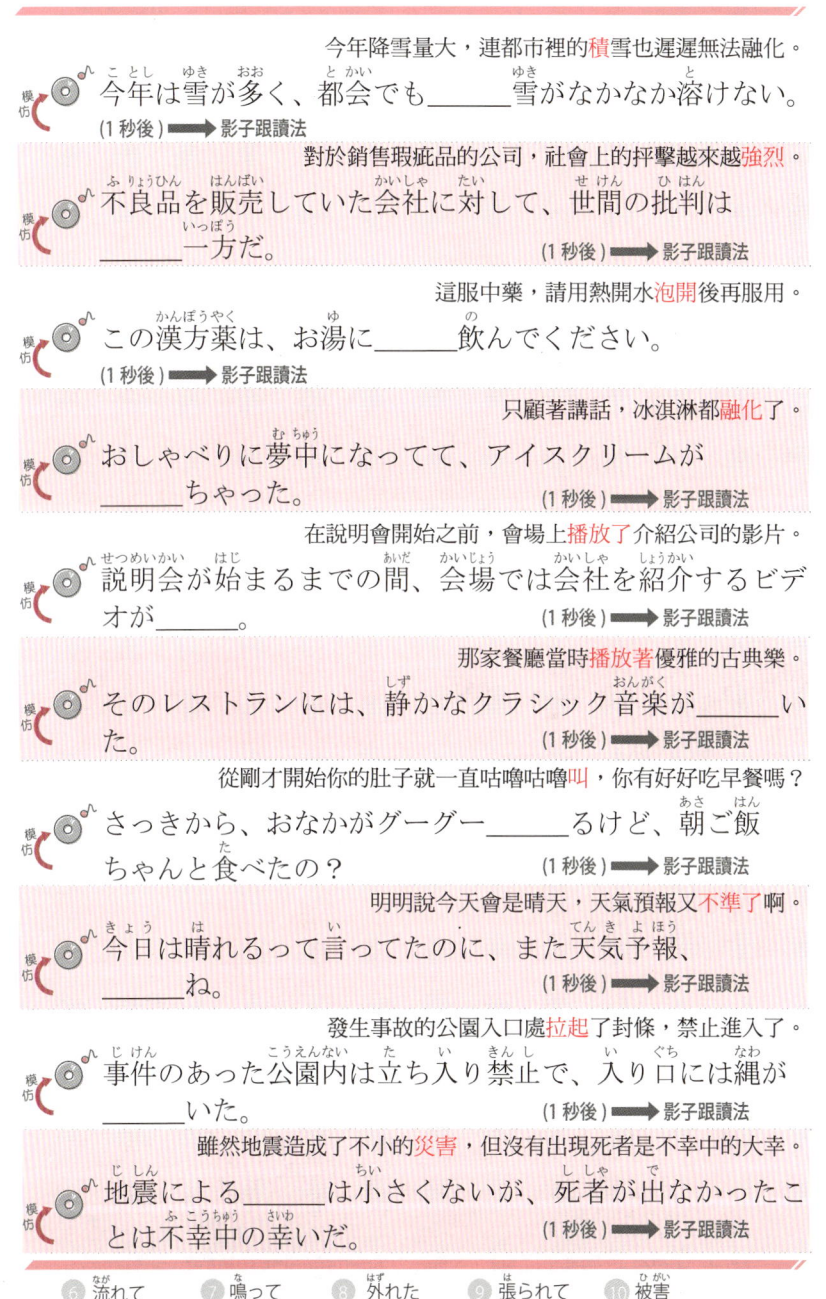

今年降雪量大,連都市裡的積雪也遲遲無法融化。
今年は雪が多く、都会でも_____雪がなかなか溶けない。

對於銷售瑕疵品的公司,社會上的抨擊越來越強烈。
不良品を販売していた会社に対して、世間の批判は_____一方だ。

這服中藥,請用熱開水泡開後再服用。
この漢方薬は、お湯に_____飲んでください。

只顧著講話,冰淇淋都融化了。
おしゃべりに夢中になってて、アイスクリームが_____ちゃった。

在說明會開始之前,會場上播放了介紹公司的影片。
説明会が始まるまでの間、会場では会社を紹介するビデオが_____。

那家餐廳當時播放著優雅的古典樂。
そのレストランには、静かなクラシック音楽が_____いた。

從剛才開始你的肚子就一直咕嚕咕嚕叫,你有好好吃早餐嗎?
さっきから、おなかがグーグー_____るけど、朝ご飯ちゃんと食べたの?

明明說今天會是晴天,天氣預報又不準了啊。
今日は晴れるって言ってたのに、また天気予報、_____ね。

發生事故的公園入口處拉起了封條,禁止進入了。
事件のあった公園内は立ち入り禁止で、入り口には縄が_____いた。

雖然地震造成了不小的災害,但沒有出現死者是不幸中的大幸。
地震による_____は小さくないが、死者が出なかったことは不幸中の幸いだ。

⑥ 流れて　⑦ 鳴って　⑧ 外れた　⑨ 張られて　⑩ 被害

パート 13 地理、場所
地理、地方

13-1 地理／地理

18 回り（まわり）
(名・接尾) 轉動；走訪；巡迴；周圍；周，圈
火の回りが速い。
火蔓延得快。

19 燃える（もえる）
(自下一) 燃燒，起火；(轉) 熱情洋溢，滿懷希望；(轉) 顏色鮮明
怒りに燃える。
怒火中燒。

20 破れる（やぶれる）
(自下一) 破損，損傷；破壞，破裂，被打破；失敗
紙が破れる。
紙破了。

21 揺れる（ゆれる）
(自下一) 搖晃，搖動；躊躇
船が揺れる。
船在搖晃。

01 穴（あな）
(名) 孔，洞，窟窿；坑，穴，窩，礦井；藏匿處；缺點；虧空
穴に入る。
鑽進洞裡。

02 丘陵（きゅうりょう）
(名) 丘陵
丘陵を歩く。
走在山岡上。

03 湖（こ）
(接尾) 湖
琵琶湖に張っていた氷が溶けた。
在琵琶湖面上凍結的冰層融解了。

04 港（こう）
(漢造) 港口
神戸港まで30分で着く。
30分鐘就可以抵達神戸港。

参考答案 ①回り ②燃えて ③破れて ④揺れた ⑤穴

13 地理、地方

不知道是不是因為今天特別累，所以一下子就醉了。
今日は疲れているのか、お酒の_____が速い。

能看見夜空中的星星之所以閃閃發光，是因為瓦斯進行核融合反應而發光發熱的。
夜空の星が光って見えるのは、ガスが核融合反応を起こしてガスが_____いるからだ。

紙袋的底部破裂，掉了重要的筆記本。
紙袋の底が_____いて、大事な手帳を落としてしまった。

位於50樓的辦公室在地震時劇烈地搖晃。
地震で、ビルの50階にあるオフィスが大きく_____。

覺得很難為情的時候，會說：「真想找個地洞鑽進去。」
とても恥ずかしいとき、「_____があったら入りたい」といいます。

你知道東京也有廣闊的丘陵地帶嗎？
東京にも広大な_____地帯があるのを知っていますか。

富士山的周圍有被譽為「富士五湖」的5座湖泊。
富士山の周りには、富士五_____といって、五つの湖があります。

我拍攝了豪華客船駛進神戶港時的照片。
神戸_____に入港して来る豪華客船の写真を撮った。

⑥ 丘陵　　⑦ 湖　　⑧ 港

単語帳

05 □□□
こきょう
故郷
名 故鄉，家鄉，出生地
故郷を離れる。
離開故鄉。

06 □□□
さか
坂
名 斜面，坡道；（比喻人生或工作的關鍵時刻）大關，陡坡
坂を上る。
爬上坡。

07 □□□
さん
山
接尾 山；寺院，寺院的山號
富士山に登る。
爬富士山。

08 □□□
しぜん
自然
名・形動・副 自然，天然；大自然，自然界；自然地
自然が豊かだ。
擁有豐富的自然資源。

09 □□□
じばん
地盤
名 地基，地面；地盤，勢力範圍
地盤が強い。
地基強固。

10 □□□
わん
湾
名 灣，海灣
東京湾にもたくさんの魚がいる。
東京灣也有很多魚。

13-2 場所、空間／地方、空間

01 □□□
あ
空ける
他下一 倒出，空出；騰出（時間）
会議室を空ける。
空出會議室。

02 □□□
くう
空
名・形動・漢造 空中，空間；空虛
空に消える。
消失在空中。

03 □□□
そこ
底
名 底，底子；最低處，限度；底層，深處；邊際，極限
海の底に沈んだ。
沉入海底。

參考答案 ①故郷 ②坂 ③山 ④自然 ⑤地盤

13 地理、地方

影子跟讀法請看 P5

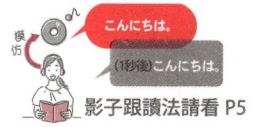

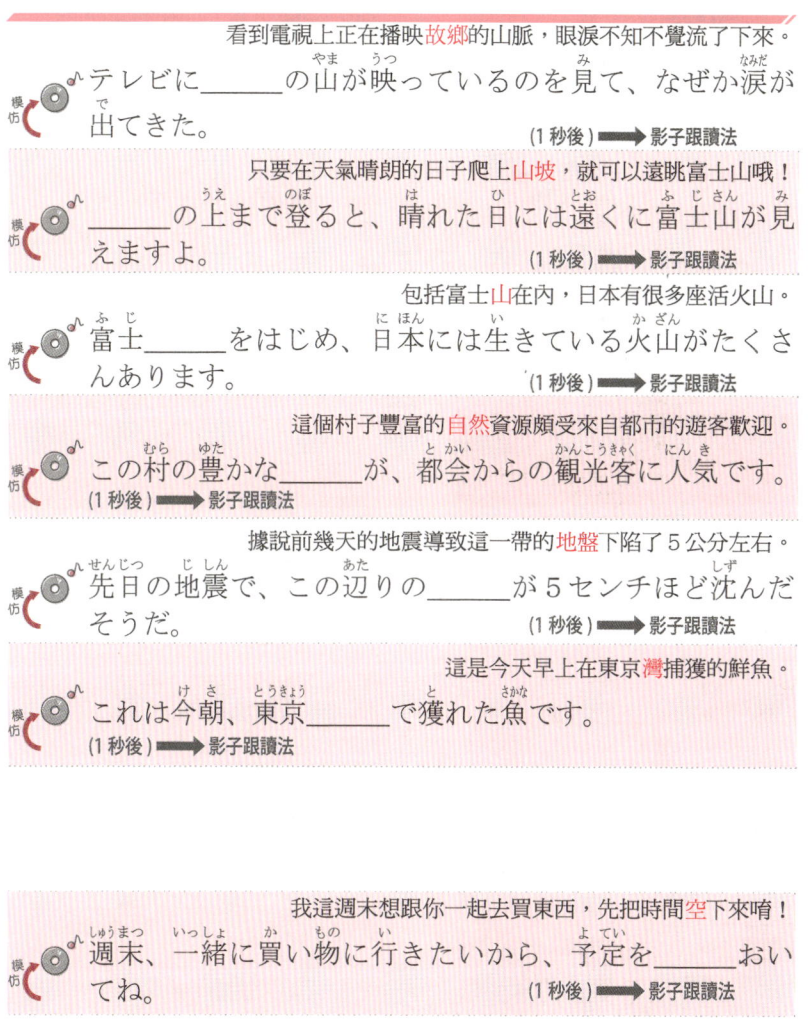

看到電視上正在播映故鄉的山脈，眼淚不知不覺流了下來。
テレビに_____の山が映っているのを見て、なぜか涙が出てきた。
（1秒後）➡ 影子跟讀法

只要在天氣晴朗的日子爬上山坡，就可以遠眺富士山哦！
_____の上まで登ると、晴れた日には遠くに富士山が見えますよ。
（1秒後）➡ 影子跟讀法

包括富士山在內，日本有很多座活火山。
富士_____をはじめ、日本には生きている火山がたくさんあります。
（1秒後）➡ 影子跟讀法

這個村子豐富的自然資源頗受來自都市的遊客歡迎。
この村の豊かな_____が、都会からの観光客に人気です。
（1秒後）➡ 影子跟讀法

據說前幾天的地震導致這一帶的地盤下陷了5公分左右。
先日の地震で、この辺りの_____が5センチほど沈んだそうだ。
（1秒後）➡ 影子跟讀法

這是今天早上在東京灣捕獲的鮮魚。
これは今朝、東京_____で獲れた魚です。
（1秒後）➡ 影子跟讀法

我這週末想跟你一起去買東西，先把時間空下來唷！
週末、一緒に買い物に行きたいから、予定を_____おいてね。
（1秒後）➡ 影子跟讀法

他伸長了手抓向天空，終究沉入了海底。
伸ばした手は_____を掴み、彼は海へ落ちて行った。
（1秒後）➡ 影子跟讀法

據說，100年前的沉船上的寶藏，就在這片海底長眠。
この海の_____には、100年前に沈んだ船の宝物が眠っているという。
（1秒後）➡ 影子跟讀法

⑥ 湾　　⑦ 空けて　　⑧ 空　　⑨ 底

129

04 地方 (ちほう)
(名) 地方，地區；（相對首都與大城市而言的）地方，外地

地方から全国へ広がる。
從地方蔓延到全國。

05 どこか
(連語) 哪裡是，豈止，非但

どこか暖かい国へ行きたい。
想去暖和的國家。

06 畑 (はたけ)
(名) 田地，旱田；專業的領域

畑の野菜を採る。
採收田裡的蔬菜。

13-3 地域、範囲／地域、範圍

01 辺り (あたり)
(名・造語) 附近，一帶；之類，左右

あたりを見回す。
環視周圍。

02 囲む (かこむ)
(他五) 圍上，包圍；圍攻

自然に囲まれる。
沐浴在大自然之中。

03 環境 (かんきょう)
(名) 環境

環境が変わる。
環境改變。

04 帰国 (きこく)
(名・自サ) 回國，歸國；回到家鄉

夏に帰国する。
夏天回國。

05 近所 (きんじょ)
(名) 附近，左近，近郊

近所で工事が行われる。
這附近將會施工。

06 コース
(名) course，路線，（前進的）路徑；跑道；課程，學程；程序；套餐

コースを変える。
改變路線。

参考答案　①地方　②どこか　③畑　④辺り　⑤囲まれて

13 地理、地方

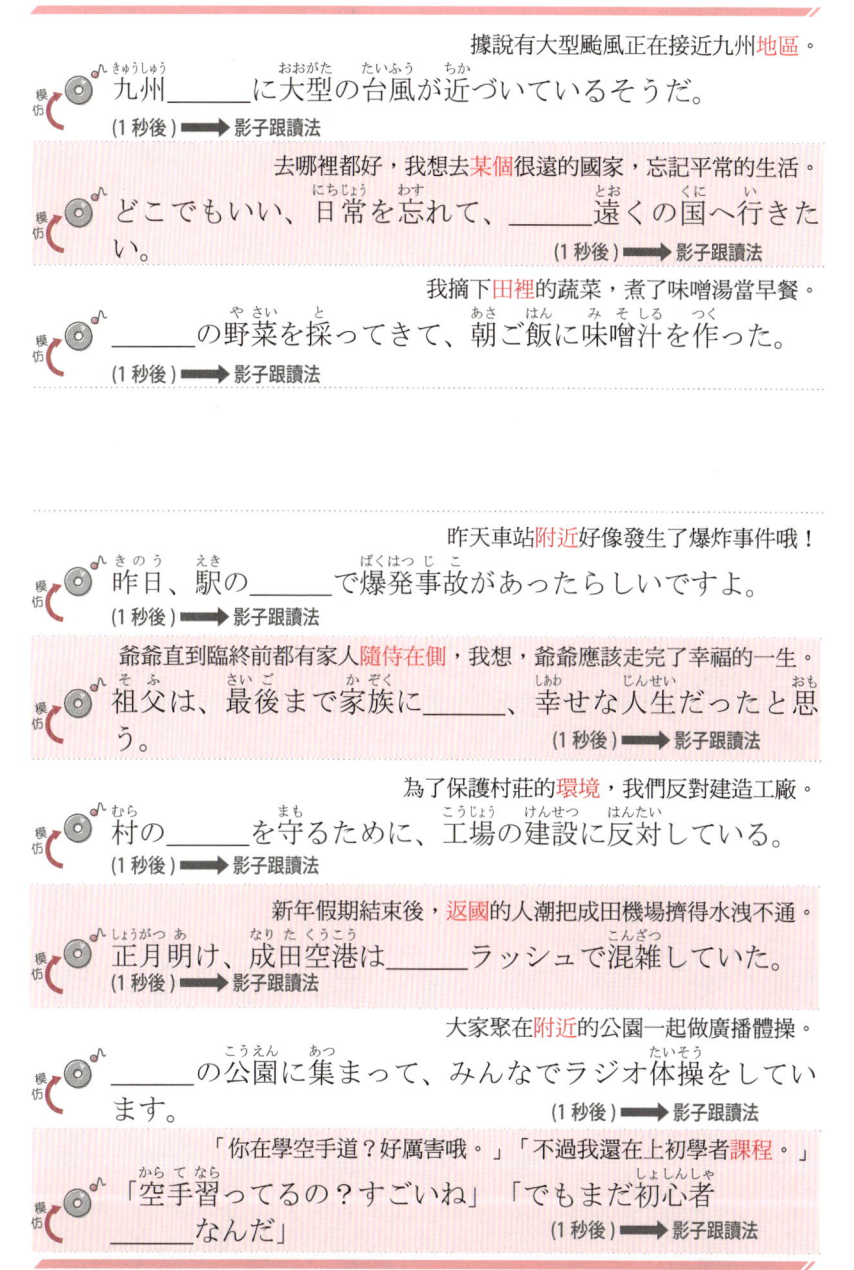

據說有大型颱風正在接近九州地區。
九州_____に大型の台風が近づいているそうだ。

去哪裡都好，我想去某個很遠的國家，忘記平常的生活。
どこでもいい、日常を忘れて、_____遠くの国へ行きたい。

我摘下田裡的蔬菜，煮了味噌湯當早餐。
_____の野菜を採ってきて、朝ご飯に味噌汁を作った。

昨天車站附近好像發生了爆炸事件哦！
昨日、駅の_____で爆発事故があったらしいですよ。

爺爺直到臨終前都有家人隨侍在側，我想，爺爺應該走完了幸福的一生。
祖父は、最後まで家族に_____、幸せな人生だったと思う。

為了保護村莊的環境，我們反對建造工廠。
村の_____を守るために、工場の建設に反対している。

新年假期結束後，返國的人潮把成田機場擠得水洩不通。
正月明け、成田空港は_____ラッシュで混雑していた。

大家聚在附近的公園一起做廣播體操。
_____の公園に集まって、みんなでラジオ体操をしています。

「你在學空手道？好厲害哦。」「不過我還在上初學者課程。」
「空手習ってるの？すごいね」「でもまだ初心者_____なんだ」

⑥ 環境　⑦ 帰国　⑧ 近所　⑨ コース

131

単語帳

07 州 (しゅう)
(名) 大陸,州
州によって法律が違う。
每一州的法律各自不同。

08 出身 (しゅっしん)
(名) 出生(地),籍貫;出身;畢業於…
彼女は東京の出身だ。
她出生於東京。

09 所 (しょ)
(漢造) 處所,地點;特定地
次の場所へ行く。
前往到下一個地方。

10 諸 (しょ)
(漢造) 諸
欧米諸国を旅行する。
旅行歐美各國。

11 世間 (せけん)
(名) 世上,社會上;世人;社會輿論;(交際活動的)範圍
世間を広げる。
交友廣闊。

12 地下 (ちか)
(名) 地下;陰間;(政府或組織)地下,秘密(組織)
地下に眠る。
沉睡在地底下。

13 地区 (ちく)
(名) 地區
この地区は古い家が残っている。
此地區留存著許多老房子。

14 中心 (ちゅうしん)
(名) 中心,當中;中心,重點,焦點;中心地,中心人物
Aを中心とする。
以A為中心。

15 東洋 (とうよう)
(名) (地)亞洲;東洋,東方(亞洲東部和東南部的總稱)
東洋文化を研究する。
研究東洋文化。

16 所々 (ところどころ)
(名) 處處,各處,到處都是
所々に間違いがある。
有些地方錯了。

参考答案 ①州 ②出身 ③所 ④諸 ⑤世間

13 地理、地方

影子跟讀法請看 P5

我的父母住在美國加州。
両親はアメリカのカリフォルニア_____に住んでいます。

請問您是京都人嗎？我也來自關西哦！
京都の方なんですか？僕も関西_____なんですよ。

我在巴士公司的營業據點負責行政事物。
バス会社の営業_____で事務の仕事をしています。

ASEAN用日語來說就是「東南アジア諸国連合」（東南亞國家協會）。
ASEANは日本語で、東南アジア_____国連合といいます。

世上的男人總說自己比女人強，但我認為事實是相反的。
_____では、男は女より強いと言われているが、実際は逆だと思う。

迎新會設宴於A飯店地下一樓的日本料理店。
歓迎会の会場は、Aホテルの_____1階にある日本料理店です。

這個地區為了保育動植物而被劃為保護區。
この_____は、動物や植物を守るために保護されている。

坂本同學一直是班上的風雲人物，很受大家歡迎。
坂本さんはいつもクラスの_____にいる人気者です。

據說沖繩縣宮古島的海岸是東洋最美麗的地方。
沖縄県の宮古島の海岸は、_____一美しいと言われています。

看到公園裡盛開的花朵，感受到春天就要來臨了。
公園の_____に咲く花を見て、春が近いことを感じた。

⑥ 地下　⑦ 地区　⑧ 中心　⑨ 東洋　⑩ 所々

133

単語帳

17 □□□
都市（とし）
▶ 名 都市，城市
▶ 東京は日本で一番大きい都市だ。
東京是日本最大的都市。

18 □□□
内（ない）
▶ 漢造 內，裡頭；家裡；內部
▶ 校内で走るな。
校內嚴禁奔跑。

19 □□□
離れる（はなれる）
▶ 自下一 離開，分開；離去；距離，相隔；脫離（關係），背離
▶ 故郷を離れる。
離開家鄉。

20 □□□
範囲（はんい）
▶ 名 範圍，界線
▶ 広い範囲に渡る。
範圍遍佈極廣。

21 □□□
広まる（ひろまる）
▶ 自五 （範圍）擴大；傳播，遍及
▶ 話が広まる。
事情漸漸傳開。

22 □□□
広める（ひろめる）
▶ 他下一 擴大，增廣；普及，推廣；披漏，宣揚
▶ 知識を広める。
普及知識。

23 □□□
部（ぶ）
▶ 名・漢造 部分；部門；冊
▶ 一部の人だけが悩んでいる。
只有部分的人在煩惱。

24 □□□
風俗（ふうぞく）
▶ 名 風俗；服裝，打扮；社會道德
▶ 地方の風俗を紹介する。
介紹地方的風俗。

25 □□□
麓（ふもと）
▶ 名 山腳
▶ 富士山の麓に広がる。
蔓延到富士山下。

26 □□□
周り（まわり）
▶ 名 周圍，周邊
▶ 周りの人が驚いた。
周圍的人嚇了一跳。

參考答案　❶ 都市　❷ 内　❸ 離れて　❹ 範囲　❺ 広まらなかった

13 地理、地方

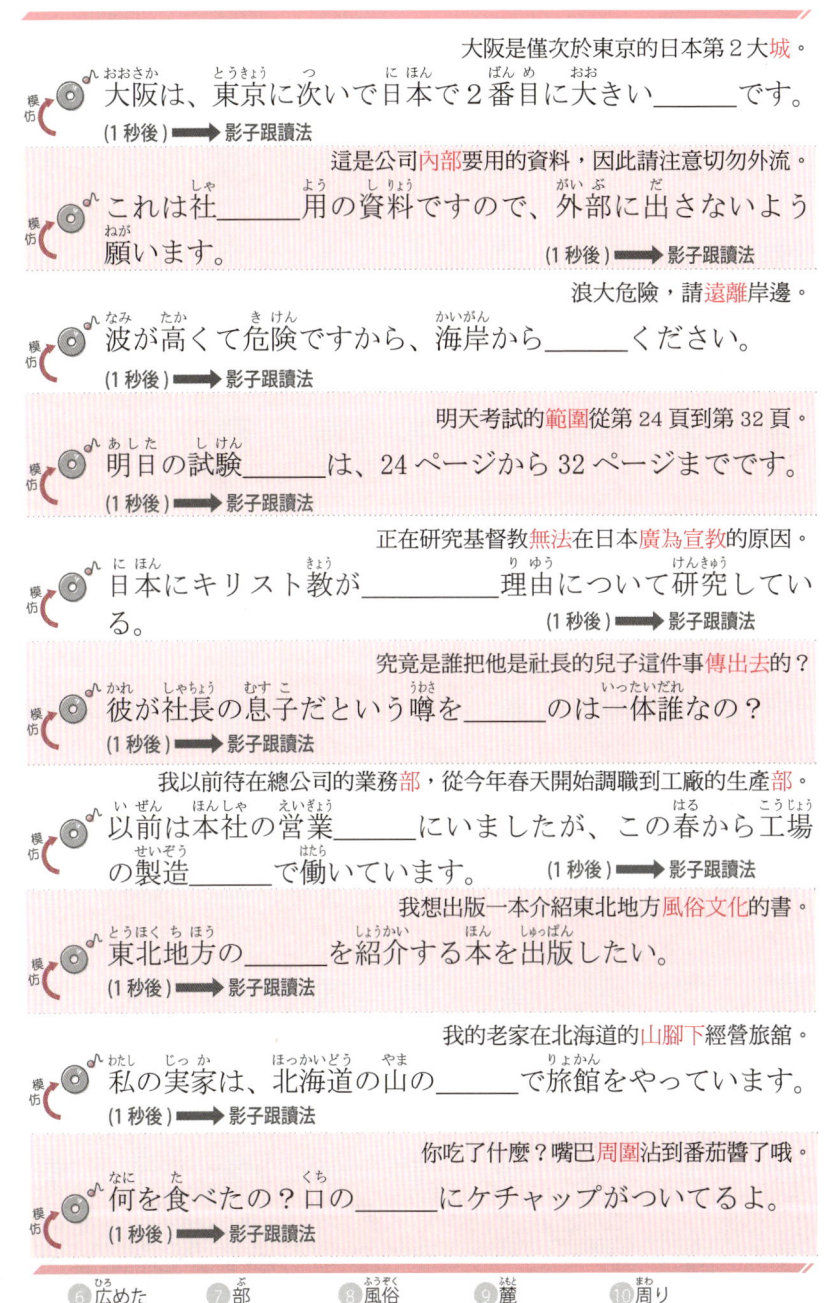

大阪是僅次於東京的日本第2大城。
大阪は、東京に次いで日本で2番目に大きい_____です。

這是公司內部要用的資料，因此請注意切勿外流。
これは社_____用の資料ですので、外部に出さないよう願います。

浪大危險，請遠離岸邊。
波が高くて危険ですから、海岸から_____ください。

明天考試的範圍從第24頁到第32頁。
明日の試験_____は、24ページから32ページまでです。

正在研究基督教無法在日本廣為宣教的原因。
日本にキリスト教が_____理由について研究している。

究竟是誰把他是社長的兒子這件事傳出去的？
彼が社長の息子だという噂を_____のは一体誰なの？

我以前待在總公司的業務部，從今年春天開始調職到工廠的生產部。
以前は本社の営業_____にいましたが、この春から工場の製造_____で働いています。

我想出版一本介紹東北地方風俗文化的書。
東北地方の_____を紹介する本を出版したい。

我的老家在北海道的山腳下經營旅館。
私の実家は、北海道の山の_____で旅館をやっています。

你吃了什麼？嘴巴周圍沾到番茄醬了哦。
何を食べたの？口の_____にケチャップがついてるよ。

⑥ 広めた　⑦ 部　⑧ 風俗　⑨ 麓　⑩ 周り

135

27 ☐☐☐
よ なか
世の中
(名) 人世間，社會；時代，時期；男女之情
世の中の動きを知る。
知曉社會的變化。

28 ☐☐☐
りょう
領
(名・接尾・漢造) 領土；脖領；首領
日本領を犯す。
侵犯日本領土。

13-4 方向、位置／方向、位置

01 ☐☐☐
か
下
(漢造) 下面；屬下；低下；下，降
上学年と下学年に分ける。
分為高年級跟低年級。

02 ☐☐☐
かしょ
箇所
(名・接尾) （特定的）地方；（助數詞）處
一箇所間違える。
一個地方錯了。

03 ☐☐☐
くだ
下り
(名) 下降的；東京往各地的列車
下りの列車に乗る。
搭乘南下列車。

04 ☐☐☐
くだ
下る
(自五) 下降，下去；下野，脫離公職；由中央到地方；下達；往河的下游去
川を下る。
順流而下。

05 ☐☐☐
しょうめん
正面
(名) 正面；對面；直接，面對面
建物の正面から入る。
從建築物的正面進入。

06 ☐☐☐
しるし
印
(名) 記號，符號；象徵（物），標記；徽章；（心意的）表示；紀念（品）；商標
大事な所に印をつける。
重要處蓋上印章。

07 ☐☐☐
すす
進む
(自五・接尾) 進，前進；進步，先進；進展；升級，進級；升入，進入，到達；繼續下去
ゆっくりと進んだ。
緩慢地前進。

雖說這個世界不好混，但是對努力的人也會展現溫柔的一面喔。

_____は甘くないというが、頑張っている人には優しい面もあるよ。 (1秒後) ➡ 影子跟讀法

加勒比海域有很多地區是屬於英國、荷蘭等歐美國家的海外領土。

カリブ海には、イギリス_____、オランダ_____など欧米の海外領土がたくさんある。 (1秒後) ➡ 影子跟讀法

18世紀的巴西隸屬於葡萄牙的統治。

18世紀のブラジルはポルトガルの支配_____にあった。
(1秒後) ➡ 影子跟讀法

請在以下文章的錯誤處畫底線。

次の文の間違っている_____に下線を引きなさい。
(1秒後) ➡ 影子跟讀法

新年假期開車回老家的路上，被塞在南下的車道上龜速前進。

正月休みに帰省する車で、_____車線が渋滞している。
(1秒後) ➡ 影子跟讀法

因為入夜後山裡面很危險，最好趁天還亮著的時候下山。

夜の山は危険だから、明るいうちに_____方がいいですよ。 (1秒後) ➡ 影子跟讀法

請準備正面的照片一張、側面的照片一張。

_____を向いた写真を1枚、横顔を1枚、用意してください。 (1秒後) ➡ 影子跟讀法

為了避免遺失，我在雨傘上貼了紅色膠帶做為記號。

なくならないように、傘に赤いテープで_____をつけた。
(1秒後) ➡ 影子跟讀法

就算再怎麼辛苦，只要一步一步向前邁進，未來的大門一定會為你敞開。

辛くても、前を向いて一歩一歩_____行けば、必ず未来は開ける。 (1秒後) ➡ 影子跟讀法

❻ 下った　❼ 正面　❽ 印　❾ 進んで

単語帳

08 進める すすめる
(他下一) 使向前推進，使前進；推進，發展，開展；進行，舉行；提升，晉級；增進，使旺盛
計画を進める。
進行計畫。

09 近づく ちかづく
(自五) 臨近，靠近；接近，交往；幾乎，近似
目的地に近付く。
接近目的地。

10 突き当たり つきあたり
(名)（道路的）盡頭
廊下の突き当たりまで歩く。
走到走廊的盡頭。

11 点 てん
(名) 點；方面；（得）分
その点について説明する。
關於那一點容我進行說明。

12 途上 とじょう
(名)（文）路上；中途
通学の途上、祖母に会った。
去學校的途中遇到奶奶。

13 斜め ななめ
(名・形動) 斜，傾斜；不一般，不同往常
斜めになっていた。
歪了。

14 上る のぼる
(自五) 進京；晉級，高昇；（數量）達到，高達
階段を上る。
爬樓梯。

15 端 はし
(名) 開端，開始；邊緣；零頭，片段；開始，盡頭
道の端を歩く。
走在路的兩旁。

16 二手 ふたて
(名) 兩路
二手に分かれる。
兵分兩路。

17 向かい むかい
(名) 正對面
駅の向かいにある。
在車站的對面。

參考答案 ❶進めて ❷近づいて ❸突き当たり ❹点 ❺途上

13 地理、地方

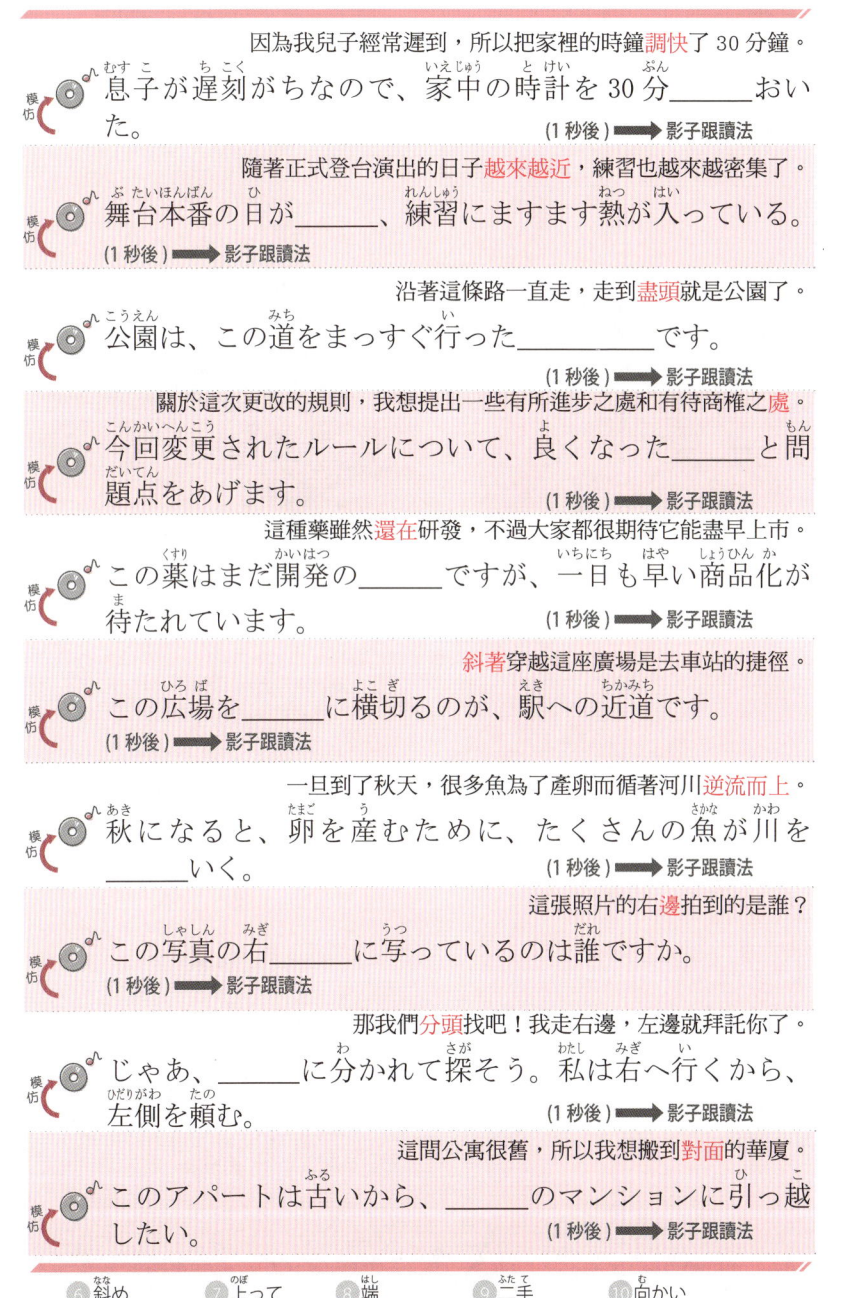

因為我兒子經常遲到，所以把家裡的時鐘調快了30分鐘。
息子が遅刻がちなので、家中の時計を30分＿＿＿＿おいた。

隨著正式登台演出的日子越來越近，練習也越來越密集了。
舞台本番の日が＿＿＿＿、練習にますます熱が入っている。

沿著這條路一直走，走到盡頭就是公園了。
公園は、この道をまっすぐ行った＿＿＿＿です。

關於這次更改的規則，我想提出一些有所進步之處和有待商榷之處。
今回変更されたルールについて、良くなった＿＿＿＿と問題点をあげます。

這種藥雖然還在研發，不過大家都很期待它能盡早上市。
この薬はまだ開発の＿＿＿＿ですが、一日も早い商品化が待たれています。

斜著穿越這座廣場是去車站的捷徑。
この広場を＿＿＿＿に横切るのが、駅への近道です。

一旦到了秋天，很多魚為了產卵而循著河川逆流而上。
秋になると、卵を産むために、たくさんの魚が川を＿＿＿＿いく。

這張照片的右邊拍到的是誰？
この写真の右＿＿＿＿に写っているのは誰ですか。

那我們分頭找吧！我走右邊，左邊就拜託你了。
じゃあ、＿＿＿＿に分かれて探そう。私は右へ行くから、左側を頼む。

這間公寓很舊，所以我想搬到對面的華廈。
このアパートは古いから、＿＿＿＿のマンションに引っ越したい。

⑥斜め　⑦上って　⑧端　⑨二手　⑩向かい

139

18 向き（むき）
(名) 方向；適合，合乎；認真，慎重其事；傾向，趨向；（該方面的）人，人們

向きが変わる。
轉變方向。

19 向く（むく）
(自五・他五) 朝，向，面；傾向，趨向；適合；面向，著

気の向くままにやる。
隨心所欲地做。

20 向ける（むける）
(自他下一) 向，朝，對；差遣，派遣；撥用，用在

銃を男に向けた。
槍指向男人。

21 目的地（もくてきち）
(名) 目的地

目的地に着く。
抵達目的地。

22 寄る（よる）
(自五) 順道去…；接近

喫茶店に寄る。
順道去咖啡店。

23 両（りょう）
(漢造) 雙，兩

川の両岸に桜が咲く。
河川的兩岸櫻花綻放著。

24 両側（りょうがわ）
(名) 兩邊，兩側，兩方面

道の両側に寄せる。
使靠道路兩旁。

パート 14 第十四章 施設、機関
設施、機關單位

14-1 施設、機関／設施、機關單位

01 館（かん）
(漢造) 旅館；大建築物或商店

博物館を見学する。
參觀博物館。

參考答案：①向き ②向いて ③向けた ④目的地 ⑤寄る

14 設施、機關單位

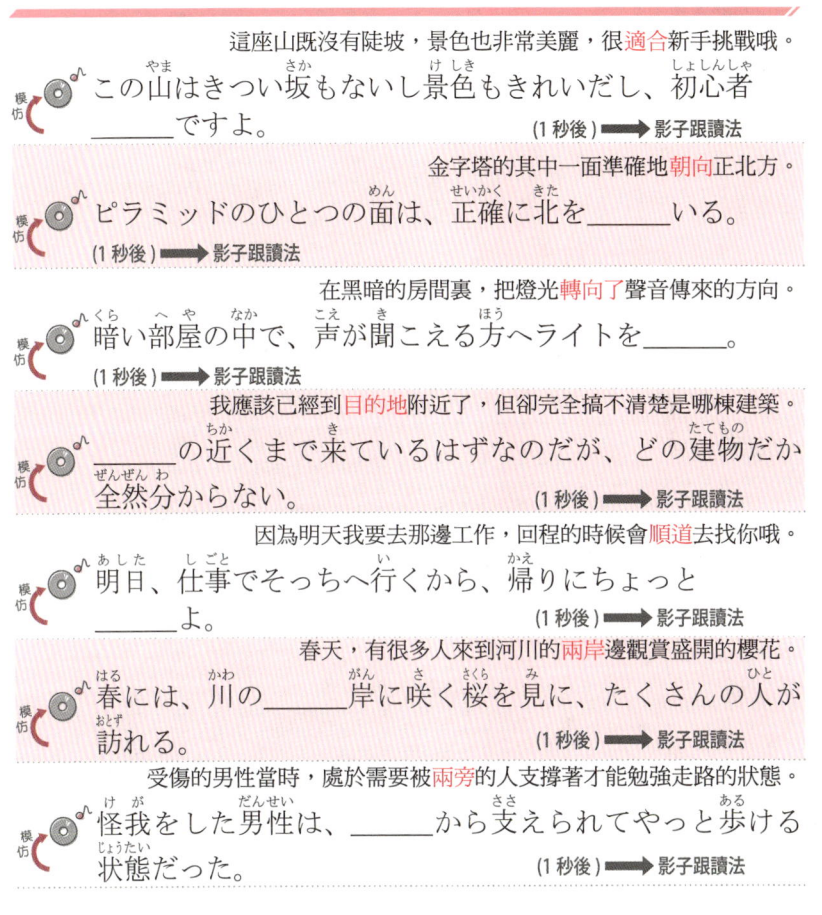

這座山既沒有陡坡，景色也非常美麗，很適合新手挑戰哦。
この山はきつい坂もないし景色もきれいだし、初心者_____ですよ。

金字塔的其中一面準確地朝向正北方。
ピラミッドのひとつの面は、正確に北を_____いる。

在黑暗的房間裏，把燈光轉向了聲音傳來的方向。
暗い部屋の中で、声が聞こえる方へライトを_____。

我應該已經到目的地附近了，但卻完全搞不清楚是哪棟建築。
_____の近くまで来ているはずなのだが、どの建物だか全然分からない。

因為明天我要去那邊工作，回程的時候會順道去找你哦。
明日、仕事でそっちへ行くから、帰りにちょっと_____よ。

春天，有很多人來到河川的兩岸邊觀賞盛開的櫻花。
春には、川の_____岸に咲く桜を見に、たくさんの人が訪れる。

受傷的男性當時，處於需要被兩旁的人支撐著才能勉強走路的狀態。
怪我をした男性は、_____から支えられてやっと歩ける状態だった。

假日我經常去美術館或博物館。
休みの日は、美術_____や博物_____を回ることが多いです。

⑥ 両　　⑦ 両側　　⑧ 館

141

単語帳

02 区役所（くやくしょ）
名（東京都特別區與政令指定都市所屬的）區公所
区役所で働く。
在區公所工作。

03 警察署（けいさつしょ）
名 警察署
警察署に連れて行かれる。
被帶去警局。

04 公民館（こうみんかん）
名（市町村等的）文化館，活動中心
公民館で茶道の教室がある。
公民活動中心裡設有茶道的課程。

05 市役所（しやくしょ）
名 市政府，市政廳
市役所に勤めている。
在市公所工作。

06 場（じょう）
名・漢造 場，場所；場面
会場を片付ける。
整理會場。

07 消防署（しょうぼうしょ）
名 消防局，消防署
消防署に連絡する。
聯絡消防局。

08 入国管理局（にゅうこくかんりきょく）
名 入國管理局
入国管理局にビザを申請する。
在入國管理局申請了簽證。

09 保健所（ほけんじょ）
名 保健所，衛生所
保健所で健康診断を受ける。
在衛生所做健康檢查。

14-2 いろいろな施設／各種設施

01 園（えん）
接尾 園
弟は幼稚園に通っている。
弟弟上幼稚園。

參考答案 ①区役所 ②警察署 ③公民館 ④市役所 ⑤場

14 設施、機關單位

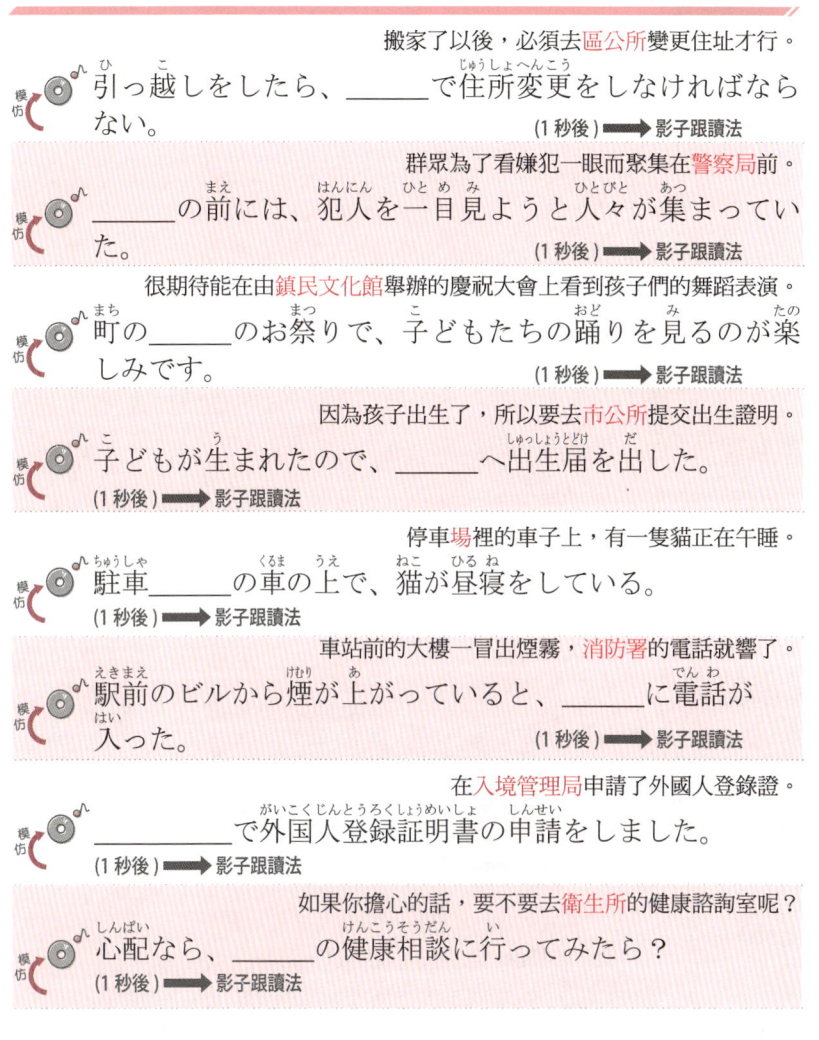

搬家了以後，必須去<u>區公所</u>變更住址才行。
引っ越しをしたら、_____で住所変更をしなければならない。

群眾為了看嫌犯一眼而聚集在<u>警察局</u>前。
_____の前には、犯人を一目見ようと人々が集まっていた。

很期待能在由<u>鎮民文化館</u>舉辦的慶祝大會上看到孩子們的舞蹈表演。
町の_____のお祭りで、子どもたちの踊りを見るのが楽しみです。

因為孩子出生了，所以要去<u>市公所</u>提交出生證明。
子どもが生まれたので、_____へ出生届を出した。

停車場裡的車子上，有一隻貓正在午睡。
駐車_____の車の上で、猫が昼寝をしている。

車站前的大樓一冒出煙霧，<u>消防署</u>的電話就響了。
駅前のビルから煙が上がっていると、_____に電話が入った。

在<u>入境管理局</u>申請了外國人登錄證。
_____で外国人登録証明書の申請をしました。

如果你擔心的話，要不要去<u>衛生所</u>的健康諮詢室呢？
心配なら、_____の健康相談に行ってみたら？

明天托兒<u>所</u>的遠足預定要去動物<u>園</u>。
明日は保育_____の遠足で、動物_____に行く予定です。

⑥ 消防署　⑦ 入国管理局　⑧ 保健所　⑨ 園

02 劇場 (げきじょう)
【名】劇院，劇場，電影院
劇場へ行く。
去劇場。

03 寺 (じ)
【漢造】寺
金閣寺には金閣、銀閣寺には銀閣がある。
金閣寺有金閣，銀閣寺有銀閣。

04 博物館 (はくぶつかん)
【名】博物館，博物院
博物館を楽しむ。
到博物館欣賞。

05 風呂屋 (ふろや)
【名】浴池，澡堂
風呂屋に行く。
去澡堂。

06 ホール
【名】hall，大廳；舞廳；（有舞台與觀眾席的）會場
新しいホールをオープンする。
新的禮堂開幕了。

07 保育園 (ほいくえん)
【名】托兒所，保育園
2歳から保育園に行く。
從兩歲起就讀育幼園。

14-3 店／商店

01 集まり (あつまり)
【名】集會，會合；收集（的情況）
客の集まりが悪い。
上門顧客不多。

02 オープン
【名・自他サ・形動】open，開放，公開；無蓋，敞篷；露天，野外
3月にオープンする。
於3月開幕。

03 コンビニ（エンスストア）
【名】convenience store，便利商店
コンビニで買う。
在便利商店買。

參考答案　①劇場　②寺　③博物館　④風呂屋　⑤ホール

14 設施、機關單位

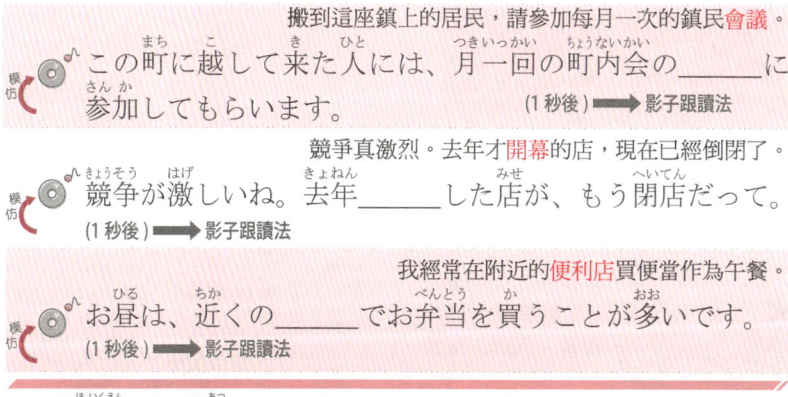

我在巴黎時，去**劇院**觀賞了歌劇和芭蕾舞。
パリにいた頃は、オペラやバレエを観に_____に通ったものだ。　(1秒後) ➡ 影子跟讀法

京都鹿苑**寺**的建築物牆體貼著金箔，所以又被稱為金閣**寺**。
京都の鹿苑_____は、建物の壁に金が貼られていることから金閣_____と呼ばれている。　(1秒後) ➡ 影子跟讀法

入夜後，娃娃們會在閉館後的**博物館**裡開派對唷。
閉館後の夜の_____では、人形たちがパーティーをしているんだよ。　(1秒後) ➡ 影子跟讀法

因為有朋友來家裡住，所以我們去了附近的**澡堂**。
友達が泊まりに来たので、近所の_____に行った。　(1秒後) ➡ 影子跟讀法

研究成果發表會在文化會館的小**禮堂**舉行。
研究発表会は、公民館の小_____で行います。　(1秒後) ➡ 影子跟讀法

因為我想去工作，所以在找能托育1歲女兒的**托兒所**。
働きたいので、１歳の娘を預かってくれる_____を探している。　(1秒後) ➡ 影子跟讀法

搬到這座鎮上的居民，請參加每月一次的鎮民**會議**。
この町に越して来た人には、月一回の町内会の_____に参加してもらいます。　(1秒後) ➡ 影子跟讀法

競爭真激烈。去年才**開幕**的店，現在已經倒閉了。
競争が激しいね。去年_____した店が、もう閉店だって。　(1秒後) ➡ 影子跟讀法

我經常在附近的**便利店**買便當作為午餐。
お昼は、近くの_____でお弁当を買うことが多いです。　(1秒後) ➡ 影子跟讀法

⑥保育園　⑦集まり　⑧オープン　⑨コンビニ

04 (自)動券売機

名（門票、車票等）自動售票機

自動券売機で買う。
於自動販賣機購買。

05 商売

名・自サ 經商，買賣，生意；職業，行業

商売がうまくいく。
生意順利。

06 チケット

名 ticket，票，券；車票；入場券；機票

コンサートのチケットを買う。
買演唱會的票。

07 注文

名・他サ 點餐，訂貨，訂購；希望，要求，願望

パスタを注文した。
點了義大利麵。

08 バーゲンセール

名 bargain sale，廉價出售，大拍賣

バーゲンセールが始まった。
開始大拍賣囉。

09 売店

名（車站等）小賣店

駅の売店で新聞を買う。
在車站的小賣店買報紙。

10 番

名・接尾・漢造 輪班；看守，守衛；（表順序與號碼）第…號；（交替）順序，次序

店の番をする。
照看店鋪。

14-4 団体、会社／團體、公司行號

01 会

名 會，會議，集會

会に入る。
入會。

02 社

名・漢造 公司，報社（的簡稱）；社會團體；組織；寺院

新聞社に就職する。
在報社上班。

参考答案 ①券売機 ②商売して ③チケット ④注文して ⑤バーゲンセール

14 設施、機關單位

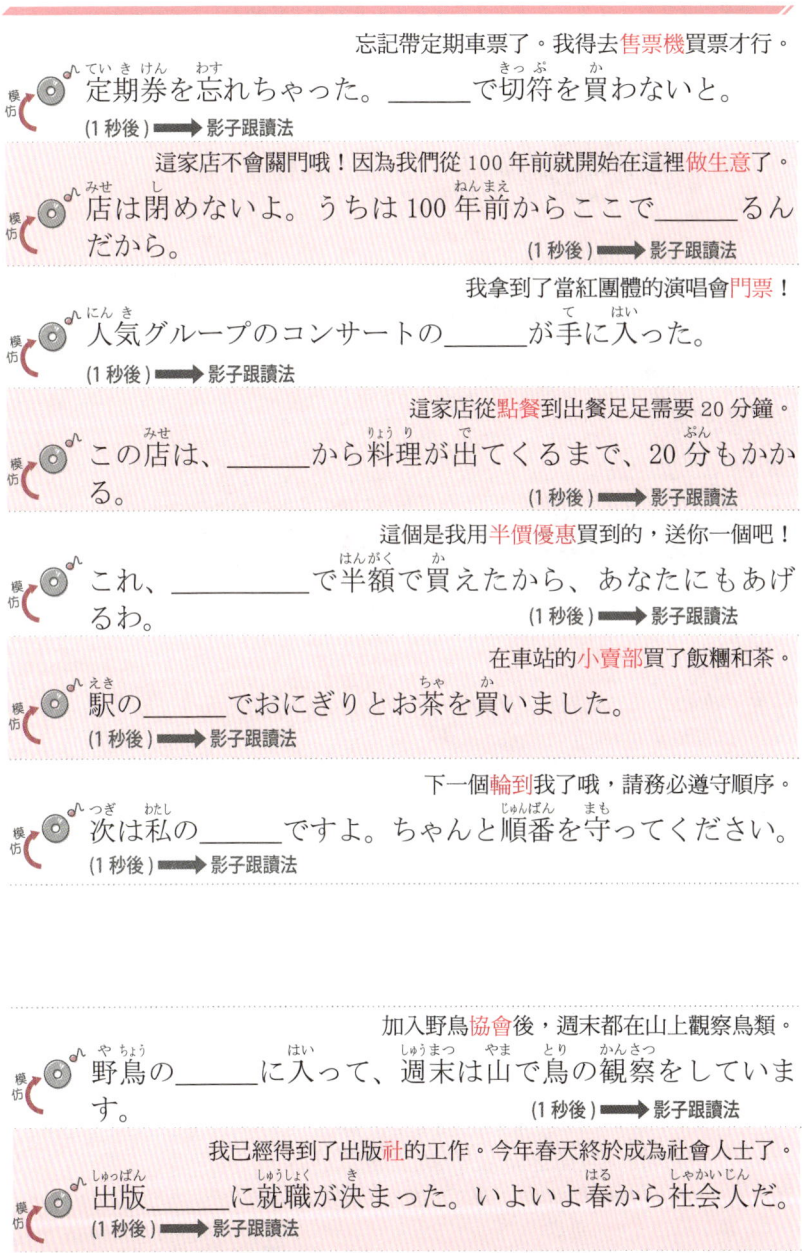

影子跟讀法請看 P5

忘記帶定期車票了。我得去售票機買票才行。
定期券を忘れちゃった。＿＿＿＿で切符を買わないと。
(1秒後) ➡ 影子跟讀法

這家店不會關門哦！因為我們從100年前就開始在這裡做生意了。
店は閉めないよ。うちは100年前からここで＿＿＿＿るんだから。
(1秒後) ➡ 影子跟讀法

我拿到了當紅團體的演唱會門票！
人気グループのコンサートの＿＿＿＿が手に入った。
(1秒後) ➡ 影子跟讀法

這家店從點餐到出餐足足需要20分鐘。
この店は、＿＿＿＿から料理が出てくるまで、20分もかかる。
(1秒後) ➡ 影子跟讀法

這個是我用半價優惠買到的，送你一個吧！
これ、＿＿＿＿で半額で買えたから、あなたにもあげるわ。
(1秒後) ➡ 影子跟讀法

在車站的小賣部買了飯糰和茶。
駅の＿＿＿＿でおにぎりとお茶を買いました。
(1秒後) ➡ 影子跟讀法

下一個輪到我了哦，請務必遵守順序。
次は私の＿＿＿＿ですよ。ちゃんと順番を守ってください。
(1秒後) ➡ 影子跟讀法

加入野鳥協會後，週末都在山上觀察鳥類。
野鳥の＿＿＿＿に入って、週末は山で鳥の観察をしています。
(1秒後) ➡ 影子跟讀法

我已經得到了出版社的工作。今年春天終於成為社會人士了。
出版＿＿＿＿に就職が決まった。いよいよ春から社会人だ。
(1秒後) ➡ 影子跟讀法

⑥ 売店　⑦ 番　⑧ 会　⑨ 社

03 潰す（つぶす）
(他五) 毀壞，弄碎；熔毀，熔化；消磨，消耗；宰殺；填滿

会社を潰す。
讓公司倒閉。

04 倒産（とうさん）
(名・自サ) 破產，倒閉

激しい競争に負けて倒産した。
在激烈競爭裡落敗而倒閉了。

05 訪問（ほうもん）
(名・他サ) 訪問，拜訪

会社を訪問する。
訪問公司。

パート 15 交通
第十五章 交通

15-1 交通、運輸／交通、運輸

01 行き・行き（いき・ゆき）
(名) 去，往

東京行きの列車が来た。
開往東京的列車進站了。

02 下ろす・降ろす（おろす）
(他五)（從高處）取下，拿下，降下，弄下；開始使用（新東西）；砍下

車から荷物を降ろす。
從卡車上卸下貨。

03 片道（かたみち）
(名) 單程，單方面

片道の電車賃をもらう。
取得單程的電車費。

04 経由（けいゆ）
(名・自サ) 經過，經由

新宿経由で東京へ行く。
經新宿到東京。

05 車（しゃ）
(名・接尾・漢造) 車；（助數詞）車，輛，車廂

電車に乗る。
搭電車。

参考答案 ①潰して ②倒産し ③訪問して ④行き ⑤下ろ

15 交通

昨天在卡拉OK唱過頭，聲音都啞了。
昨日カラオケで歌い過ぎて、声を_____しまった。

上個月好不容易才二度就業，可是據說這家公司快要倒閉了。
先月やっと再就職できた会社が、_____そうだ。

我的工作是去老年人家裡訪視，以及幫忙購物等等。
お年寄りのお宅を_____、買い物などのお手伝いをする仕事です。

我買了兩張從東京開往大阪的新幹線車票。
東京発大阪_____の新幹線のチケットを2枚買いました。

為了買電腦而從銀行領了20萬圓。
パソコンを買うために、銀行から20万円_____した。

前往丈夫的老家，光是單趟車程就要花上4個小時了。
夫の実家までは車で_____4時間もかかるんです。

途經泰國曼谷，最後抵達了印度。
タイのバンコクを_____、インドに入った。

好像是失火了。馬路上有好幾輛消防車飛快地開過去了。
火事のようだ。大通りを消防_____が何台も走って行った。

⑥ 片道   ⑦ 経由して   ⑧ 車

単語帳

06 渋滞（じゅうたい）
(名・自サ) 停滞不前，遲滯，阻塞
道が渋滞している。
路上塞車。

07 衝突（しょうとつ）
(名・自サ) 撞，衝撞，碰上；矛盾，不一致；衝突
車が壁に衝突した。
車子撞上了牆壁。

08 信号（しんごう）
(名・自サ) 信號，燈號；（鐵路、道路等的）號誌；暗號
信号が変わる。
燈號改變。

09 スピード
(名) speed，快速，迅速；速度
スピードを上げる。
加速，加快。

10 速度（そくど）
(名) 速度
速度を上げる。
加快速度。

11 ダイヤ
(名) diamond・diagram之略，鑽石（「ダイヤモンド」之略稱）；列車時刻表；圖表（「ダイヤグラム」之略稱）
大雪でダイヤが乱れる。
交通因大雪而陷入混亂。

12 高める（たかめる）
(他下一) 提高，抬高，加高
安全性を高める。
加強安全性。

13 発つ（たつ）
(自五) 立，站；冒，升；離開；出發；奮起；飛，飛走
9時の列車で発つ。
坐9點的火車離開。

14 近道（ちかみち）
(名) 捷徑，近路
学問に近道はない。
學問沒有捷徑。

15 定期券（ていきけん）
(名) 定期車票；月票
定期券を申し込む。
申請定期車票。

参考答案
① 渋滞して ② 衝突する ③ 信号 ④ スピード ⑤ 速度

15 交通

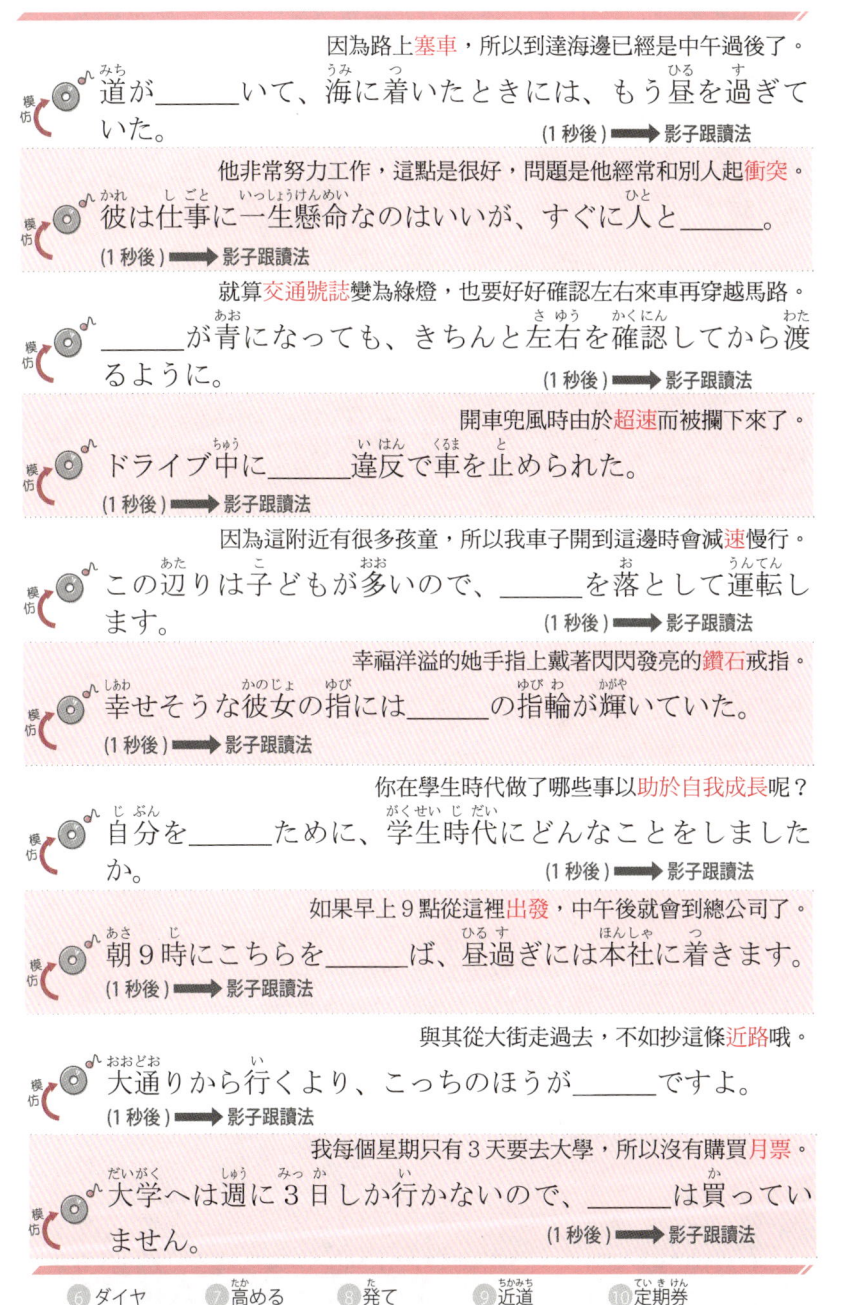

因為路上塞車,所以到達海邊已經是中午過後了。
道が_____いて、海に着いたときには、もう昼を過ぎていた。

他非常努力工作,這點是很好,問題是他經常和別人起衝突。
彼は仕事に一生懸命なのはいいが、すぐに人と_____。

就算交通號誌變為綠燈,也要好好確認左右來車再穿越馬路。
_____が青になっても、きちんと左右を確認してから渡るように。

開車兜風時由於超速而被攔下來了。
ドライブ中に_____違反で車を止められた。

因為這附近有很多孩童,所以我車子開到這邊時會減速慢行。
この辺りは子どもが多いので、_____を落として運転します。

幸福洋溢的她手指上戴著閃閃發亮的鑽石戒指。
幸せそうな彼女の指には_____の指輪が輝いていた。

你在學生時代做了哪些事以助於自我成長呢?
自分を_____ために、学生時代にどんなことをしましたか。

如果早上9點從這裡出發,中午後就會到總公司了。
朝9時にこちらを_____ば、昼過ぎには本社に着きます。

與其從大街走過去,不如抄這條近路哦。
大通りから行くより、こっちのほうが_____ですよ。

我每個星期只有3天要去大學,所以沒有購買月票。
大学へは週に3日しか行かないので、_____は買っていません。

⑥ ダイヤ　⑦ 高める　⑧ 発て　⑨ 近道　⑩ 定期券

151

単語帳

16 　□□□
停留所（ていりゅうじょ）
- 名　公車站；電車站
- バスの停留所で待つ。
  在公車站等車。

17 　□□□
通り越す（とおこす）
- 自五　通過，越過
- バス停を通り越す。
  錯過了下車的公車站牌。

18 　□□□
通る（とおる）
- 自五　經過；穿過；合格
- 左側を通る。
  走左側的路。

19 　□□□
特急（とっきゅう）
- 名　火速；特急列車（「特別急行」之略稱）
- 特急で東京へたつ。
  坐特快車前往東京。

20 　□□□
飛ばす（とばす）
- 他五・接尾　使…飛，使飛起；（風等）吹起，吹跑；飛濺，濺起
- バイクを飛ばす。
  飆摩托車。

21 　□□□
ドライブ
- 名・自サ　drive，開車遊玩；兜風
- ドライブに出かける。
  開車出去兜風。

22 　□□□
乗せる（のせる）
- 他下一　放在高處，放到；裝載；使搭乘；使參加；誘拐；記載，刊登；合著的拍子或節奏
- 子どもを車に乗せる。
  讓小孩上車。

23 　□□□
ブレーキ
- 名　brake，煞車；制止，控制，潑冷水
- ブレーキをかける。
  踩煞車。

24 　□□□
免許（めんきょ）
- 名・他サ　（政府機關）批准，許可；許可證，執照；傳授秘訣
- 車の免許を取る。
  考到汽車駕照。

25 　□□□
ラッシュ
- 名　rush，（眾人往同一處）湧現；蜂擁，熱潮
- 帰省ラッシュで込んでいる。
  因返鄉人潮而擁擠。

参考答案　①停留所　②通り越して　③通った　④特急　⑤飛ばされた

15 交通

請搭乘開往中村橋的巴士，並在北6丁目這一站下車。
中村橋行きのバスに乗って、北6丁目という_____で降りてください。

出車站後請向左走，經過電器行，然後在十字路口處右轉。
駅を出て左、電気屋の前を_____、交差点を右に曲がってください。

錄用考試考差了，我正要放棄時卻收到了錄取通知。
採用試験で失敗したと思って諦めていた会社に_____。

好期待週末搭特快車去山上滑雪哦。
週末は_____に乗って、山へスキーに行くのが楽しみです。

這場颱風帶來極大的災害，很多房子的屋頂都被吹走了。
今回の台風は被害が大きく、屋根を_____家も多い。

我買了一輛車，於是鼓起勇氣，試著邀請和子小姐去兜風。
車を買ったので、勇気を出して、和子さんを_____に誘ってみた。

真希望載個女孩子在自行車後座一路騎下坡道啊！
女の子を自転車の後ろに_____、下り坂を走りたいな。

貓從路邊衝了出來，我連忙踩了剎車。
道路に猫が飛び出してきて、慌てて_____を踏んだ。

雖然我有駕照，但已經10年以上沒開過車了。
車の_____は持っていますが、もう10年以上運転していません。

想體驗看看日本上下班尖峰時段的電車？我勸你還是不要吧！
日本の_____の電車に乗ってみたい？やめた方がいいよ。

⑥ ドライブ　⑦ 乗せて　⑧ ブレーキ　⑨ 免許　⑩ ラッシュ

153

単語帳

26 ラッシュアワー
(名) rushhour，尖峰時刻，擁擠時段
ラッシュアワーに遇う。
遇上交通尖峰。

27 ロケット
(名) rocket，火箭發動機；（軍）火箭彈；狼煙火箭
ロケットで飛ぶ。
乘火箭飛行。

15-2 鉄道、船、飛行機／鐵路、船隻、飛機

01 改札口（かいさつぐち）
(名)（火車站等）剪票口
改札口を出る。
出剪票口。

02 快速（かいそく）
(名・形動) 快速，高速度
快速電車に乗る。
搭乘快速電車。

03 各駅停車（かくえきていしゃ）
(名) 指電車各站都停車，普通車
各駅停車の電車に乗る。
搭乘各站停車的列車。

04 急行（きゅうこう）
(名・自サ) 急忙前往，急趕；急行列車
急行に乗る。
搭急行電車。

05 込む・混む（こむ）
(自五・接尾) 擁擠，混雜；費事，精緻，複雜；表進入的意思；表深入或持續到極限
電車が込む。
電車擁擠。

06 混雑（こんざつ）
(名・自サ) 混亂，混雜，混染
混雑を避ける。
避免混亂。

07 ジェット機（ジェットき）
(名) jet機，噴氣式飛機，噴射機
ジェット機に乗る。
乘坐噴射機。

参考答案 ①ラッシュアワー ②ロケット ③改札口 ④快速 ⑤各駅停車

15 交通

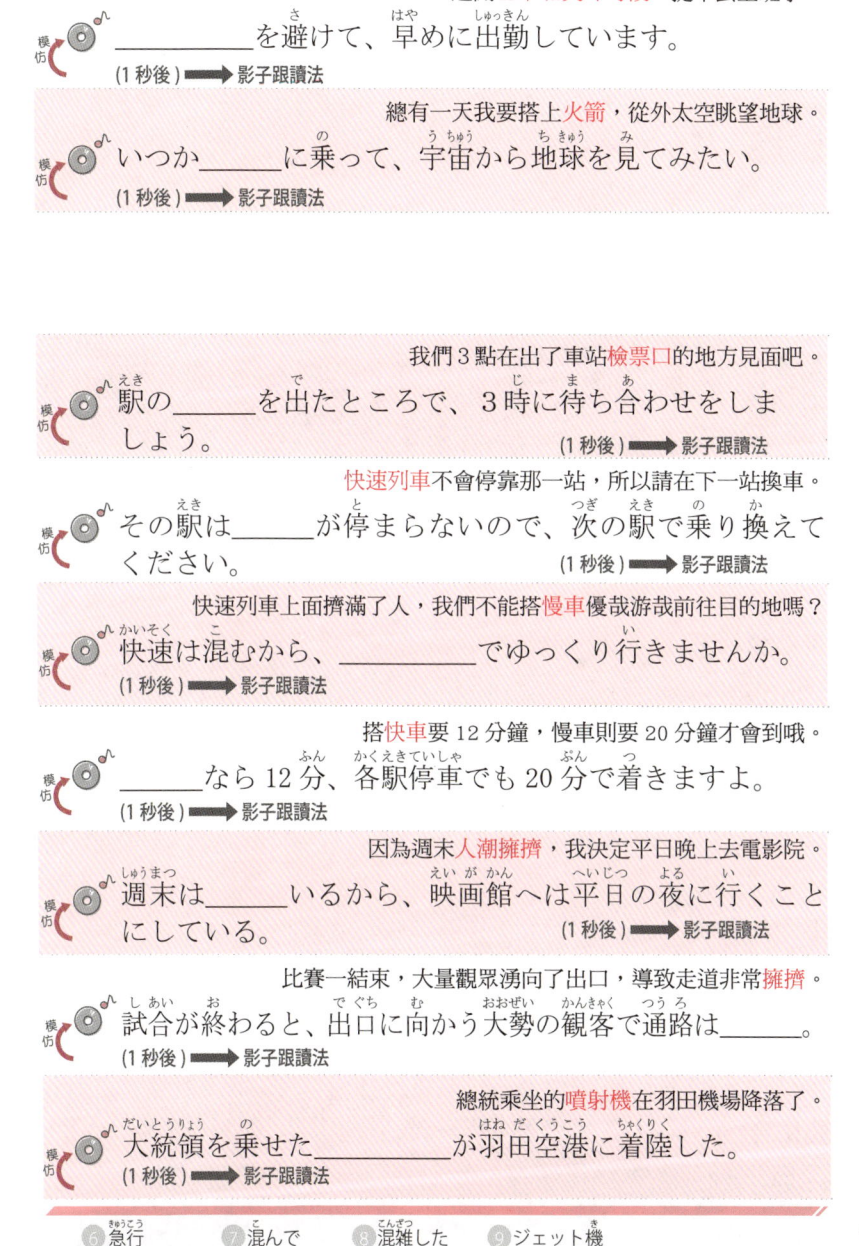

避開<u>上下班尖峰時段</u>，提早去上班了。
_____を避けて、早めに出勤しています。

總有一天我要搭上<u>火箭</u>，從外太空眺望地球。
いつか_____に乗って、宇宙から地球を見てみたい。

我們3點在出了車站<u>檢票口</u>的地方見面吧。
駅の_____を出たところで、3時に待ち合わせをしましょう。

<u>快速列車</u>不會停靠那一站，所以請在下一站換車。
その駅は_____が停まらないので、次の駅で乗り換えてください。

快速列車上面擠滿了人，我們不能搭<u>慢車</u>優哉游哉前往目的地嗎？
快速は混むから、_____でゆっくり行きませんか。

搭<u>快車</u>要12分鐘，慢車則要20分鐘才會到哦。
_____なら12分、各駅停車でも20分で着きますよ。

因為週末<u>人潮擁擠</u>，我決定平日晚上去電影院。
週末は_____いるから、映画館へは平日の夜に行くことにしている。

比賽一結束，大量觀眾湧向了出口，導致走道非常<u>擁擠</u>。
試合が終わると、出口に向かう大勢の観客で通路は_____。

總統乘坐的<u>噴射機</u>在羽田機場降落了。
大統領を乗せた_____が羽田空港に着陸した。

⑥ 急行　⑦ 混んで　⑧ 混雑した　⑨ ジェット機

155

単語帳

08 　□□□
しんかんせん
新幹線 ▶ ㊂ 日本鐵道新幹線 ▶ 新幹線に乗る。
　　　　　　　　　　　　　　　　搭新幹線。

09 　□□□
つな
繋げる ▶ ㊃五 連接，維繫 ▶ 船を港に繋げる。
　　　　　　　　　　　　　　　　把船綁在港口。

10 　□□□
とくべつきゅうこう
特別急行 ▶ ㊂ 特別快車，特快車 ▶ 特別急行が遅れた。
　　　　　　　　　　　　　　　　　特快車誤點了。

11 　□□□
のぼ
上り ▶ ㊂（「のぼる」的名詞形）登上；上坡（路）；上行列車（從地方開往首都的列車）；進京 ▶ 上り電車が到着した。
　　　　　　　　　　　　　　　上行的電車已抵達。

12 　□□□
の　　か
乗り換え ▶ ㊂ 換乘，改乘，改搭 ▶ 次の駅で乗り換える。
　　　　　　　　　　　　　　　　在下一站轉乘。

13 　□□□
の　　こ
乗り越し ▶ ㊂・自サ （車）坐過站 ▶ 乗り越した分を払う。
　　　　　　　　　　　　　　　　支付坐過站的份。

14 　□□□
ふみきり
踏切 ▶ ㊂（鐵路的）平交道，道口；（轉）決心 ▶ 踏切を渡る。
　　　　　　　　　　　　　　　　過平交道。

15 　□□□
プラットホーム ▶ ㊂ platform，月台 ▶ プラットホームを出る。
　　　　　　　　　　　　　　　　走出月台。

16 　□□□
ホーム ▶ ㊂ platform 之略，月台 ▶ ホームから手を振る。
　　　　　　　　　　　　　　　　在月台招手。

17 　□□□
ま　あ
間に合う ▶ 自五 來得及，趕得上；夠用 ▶ 終電に間に合う。
　　　　　　　　　　　　　　　　趕上末班車。

參考答案　❶新幹線　❷繋げた　❸特別急行　❹上り　❺乗り換え

15 交通

從大阪搭新幹線到九州時會經過海底隧道。
大阪から九州へ行くとき、_____は海底トンネルを通ります。

用錄好的影片剪接，完成了一部微電影。
録画したものを切ったり_____りして、短い映画を作った。

日本第一輛特快車「富士號」是一輛歷史悠久的列車。
日本初の_____「富士」は、歴史ある列車です。

咦，這裡的手扶梯是下樓的？那上樓的電扶梯在哪裡呀？
あれ、これは下りだ。_____のエスカレーターはどこかな？

電車的轉乘很順利，比預定的時間早到了30分鐘。
電車の_____がうまくいって、予定より30分も早く着いた。

因為我有到新宿的月票，所以只要付後續路段的車費就可以了。
新宿までは定期があるから、その先の_____料金を払えば済む。

在早晚通勤的交通尖峰期間，鐵路平交道的柵欄有時超過10分鐘都沒有升起。
朝夕のラッシュの時は、_____が10分以上開かないこともある。

特快車開進了4號月台。
4番線の_____に特急列車が入って来た。

我到車站了。我在5號月臺的長椅上等你。
駅に着きました。5番線の_____のベンチで待ってます。

如果明天早上7點前不離開飯店的話，就趕不上會議了。
明朝は7時にホテルを出ないと会議に_____。

⑥乗り越し ⑦踏切 ⑧プラットホーム ⑨ホーム ⑩間に合いません

18 むかえ
迎え
(名) 迎接；去迎接的人；接，請
空港まで迎えに行く。
到機場接機。

19 れっしゃ
列車
(名) 列車，火車
列車が着く。
列車到站。

15-3 自動車、道路／汽車、道路

01 か
代わる
(自五) 代替，代理，代理
運転を代わる。
交替駕駛。

02 つ
積む
(自五・他五) 累積，堆積；裝載；積蓄，積累
トラックに積んだ。
裝到卡車上。

03 どうろ
道路
(名) 道路
道路が混雑する。
道路擁擠。

04 とお
通り
(名) 大街，馬路；通行，流通
広い通りに出る。
走到大馬路。

05
バイク
(名) bike，腳踏車；摩托車（「モーターバイク」之略稱）
バイクで旅行したい。
想騎機車旅行。

06
バン
(名) van，大篷貨車
新型のバンがほしい。
想要有一台新型貨車。

07
ぶつける
(他下一) 扔，投；碰，撞，（偶然）碰上，遇上；正當，恰逢；衝突，矛盾
車をぶつける。
撞上了車。

参考答案 ①迎え ②列車 ③代わり ④積んで ⑤道路

15 交通

こんにちは。
(1秒後) こんにちは。
影子跟讀法請看 P5

雨太大了，你可以開車來車站接我嗎？
雨が酷いから、駅まで車で＿＿＿＿に来てくれない？
(1秒後) ➡ 影子跟讀法

我的老家在鄉下小鎮的村落，搭火車大約要兩個小時。
実家は＿＿＿＿で２時間ほどの田舎町にあります。
(1秒後) ➡ 影子跟讀法

今天可以早點回去。不過明天要繼續加油哦！
今日は早く帰っていいよ。その＿＿＿＿、明日がんばってね。
(1秒後) ➡ 影子跟讀法

這座寺廟是以方形切割的石塊堆砌建造而成的。
このお寺は、四角く切った石を＿＿＿＿造られています。
(1秒後) ➡ 影子跟讀法

由於路上積了很多雪，請小心駕駛。
降った雪が＿＿＿＿に積もっているので、車の運転には気をつけてください。
(1秒後) ➡ 影子跟讀法

只要沿著這條街一直走，區公所就在左邊。
区役所はこの＿＿＿＿をまっすぐ行くと、左側にあります。
(1秒後) ➡ 影子跟讀法

因為開車會被塞在路上，所以都騎機車通勤。
車は渋滞があるので、＿＿＿＿で通勤しています。
(1秒後) ➡ 影子跟讀法

向朋友借了箱型車和家人去露營。
友達の＿＿＿＿を借りて、家族でキャンプに行った。
(1秒後) ➡ 影子跟讀法

腳撞到衣櫃的邊角，痛得跳了起來。
たんすの角に足を＿＿＿＿、痛くて跳び上がった。
(1秒後) ➡ 影子跟讀法

⑥ 通り　　⑦ バイク　　⑧ バン　　⑨ ぶつけて

単語帳

08 □□□
レンタル
（名・サ変）rental，出租，出賃；租金
車をレンタルする。
租車。

パート 16 第十六章 通信、報道
通訊、報導

16-1 通信、電話、郵便／通訊、電話、郵件

01 □□□
宛名（あてな）
（名）收信（件）人的姓名住址
手紙の宛名を書く。
寫收件人姓名。

02 □□□
インターネット
（名）internet，網路
インターネットに繋がる。
連接網路。

03 □□□
書留（かきとめ）
（名）掛號郵件
書留で郵送する。
用掛號信郵寄。

04 □□□
航空便（こうくうびん）
（名）航空郵件；空運
航空便で送る。
用空運運送。

05 □□□
小包（こづつみ）
（名）小包裏；包裏
小包を出す。
寄包裏。

06 □□□
速達（そくたつ）
（名・自他サ）快速信件
速達で送る。
寄快遞。

07 □□□
宅配便（たくはいびん）
（名）宅急便
宅配便が届く。
收到宅配包裹。

参考答案　①レンタル　②宛名　③インターネット　④書留　⑤航空便

16 通訊、報導

滑雪板和滑雪服等全部裝備全都在滑雪區租用就好了啊。
板や服は全部スキー場で_____すればいいよ。
(1秒後) ➡ 影子跟讀法

由於寫錯了收件人的住址，寄出的包裹被退回來了。
_____の住所が間違っていて、出した小包が戻って来た。
(1秒後) ➡ 影子跟讀法

我喜歡在網路上收看國外的電視劇。
_____で海外のドラマを見るのが好きです。
(1秒後) ➡ 影子跟讀法

法院的文件是用掛號信寄來的。
裁判所からの書類が_____郵便で送られて来た。
(1秒後) ➡ 影子跟讀法

麻煩將這份包裹以空運方式寄到新加坡。
この荷物をシンガポールまで_____でお願いします。
(1秒後) ➡ 影子跟讀法

在孫子生日當天，我用包裹寄送了糖果和玩具給他。
孫の誕生日に、お菓子やおもちゃを_____で送った。
(1秒後) ➡ 影子跟讀法

請於今天以限時專送寄件，這樣才來得及在明天之內送達這裡。
明日中にこちらに届くように、今日_____で出してください。
(1秒後) ➡ 影子跟讀法

網購的包包已經宅配到貨了。
通信販売で買ったかばんが、_____で届いた。
(1秒後) ➡ 影子跟讀法

⑥ 小包　⑦ 速達　⑧ 宅配便

単語帳

08 通じる・通ずる (つうじる・つうずる)
自上一・他上一 通到，通往；通曉，精通；明白，理解；使…通；在整個期間內
電話が通じる。
通電話。

09 繋がる (つながる)
自五 相連，連接，聯繫；（人）排隊，排列；有（血緣、親屬）關係，牽連
電話が繋がった。
電話接通了。

10 届く (とどく)
自五 及，達到；（送東西）到達；周到；達到（希望）
手紙が届いた。
收到信。

11 船便 (ふなびん)
名 船運
船便で送る。
用船運過去。

12 やり取り (やりとり)
名・他サ 交換，互換，授受
手紙のやり取りをする。
書信來往。

13 郵送 (ゆうそう)
名・他サ 郵寄
原稿を郵送する。
郵寄稿件。

14 郵便 (ゆうびん)
名 郵政；郵件
郵便が来る。
寄來郵件。

16-2 伝達、通知、情報／傳達、告知、信息

01 アンケート
名 （法）enquête，（以同樣內容對多數人的）問卷調查，民意測驗
アンケートをとる。
問卷調查。

02 広告 (こうこく)
名・他サ 廣告；作廣告，廣告宣傳
広告を出す。
拍廣告。

参考答案 ①通じます ②繋がり ③届く ④船便 ⑤やり取り

16 通訊、報導

雖然我只透過CD學習中文，但是程度很不錯哦！
中国語はCDで勉強しただけですが、けっこう_____よ。
(1秒後) ➡ 影子跟讀法

這個會場的電話收訊很差耶。
この会場は、電話が_____にくいですね。
(1秒後) ➡ 影子跟讀法

昨天在網路上買的書今天下午就會到貨。
昨日インターネットで買った本が今日の午後_____。
(1秒後) ➡ 影子跟讀法

不急著送達，用海運就好了哦。這樣比較便宜。
急ぎませんから_____でいいですよ。安いですから。
(1秒後) ➡ 影子跟讀法

我和她只是每年傳個一兩次訊息的朋友而已。
彼女とは、年に一、二度メールの_____をするだけの仲です。
(1秒後) ➡ 影子跟讀法

「資料要傳真過去，還是郵寄過去？」「那麼，麻煩郵寄。」
「資料はFAXで送りますか、それとも_____か」
「じゃ、郵送してください」
(1秒後) ➡ 影子跟讀法

「郵件還沒送來嗎？」「今天是星期日，不會送信哦！」
「まだ_____が来ないね」「今日は日曜日だから、配達はないよ」
(1秒後) ➡ 影子跟讀法

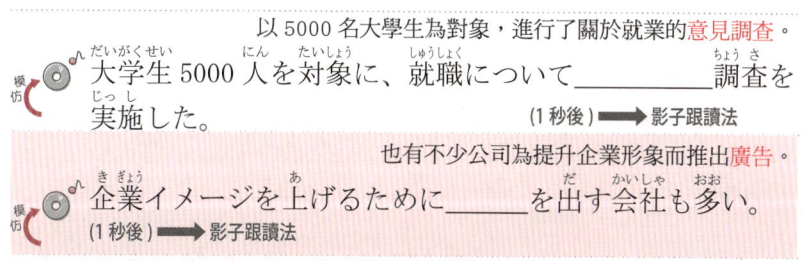

以5000名大學生為對象，進行了關於就業的意見調查。
大学生5000人を対象に、就職について_____調査を実施した。
(1秒後) ➡ 影子跟讀法

也有不少公司為提升企業形象而推出廣告。
企業イメージを上げるために_____を出す会社も多い。
(1秒後) ➡ 影子跟讀法

⑥郵送します ⑦郵便 ⑧アンケート ⑨広告

163

単語帳

03 知らせ
〔名〕通知；預兆，前兆
知らせが来た。
通知送來了。

04 宣伝（せんでん）
〔名・自他サ〕宣傳，廣告；吹噓，鼓吹，誇大其詞
製品を宣伝する。
宣傳產品。

05 載せる（のせる）
〔他下一〕放在…上，放在高處；裝載，裝運，納入，使參加；欺騙；刊登，刊載
新聞に公告を載せる。
在報上刊登廣告。

06 流行る（はやる）
〔自五〕流行，時興；興旺，時運佳
ヨガダイエットが流行っている。
流行瑜伽減肥。

07 普及（ふきゅう）
〔名・自サ〕普及
テレビが普及している。
電視普及。

08 ブログ
〔名〕blog，部落格
ブログを作る。
架設部落格。

09 ホームページ
〔名〕homepage，網站，網站首頁
ホームページを作る。
架設網站。

10 寄せる（よせる）
〔自下一・他下一〕靠近，移近；聚集，匯集，集中加；投靠，寄身
意見をお寄せください。
集中大家的意見。

16-3 報道、放送／報導、廣播 ♪

01 アナウンス
〔名・他サ〕announce，廣播；報告；通知
選手の名前をアナウンスする。
廣播選手的名字。

參考答案 ①知らせ ②宣伝 ③載せる ④流行った ⑤普及

16 通訊、報導

有好消息和壞消息，你要先聽哪個？
いい_____と悪い_____があるけど、どっちから聞きたい？

雖然花了錢宣傳，卻沒什麼效果。
_____にお金をかけたが、あまり効果がなかった。

尚未確認事實與否的報導，還不能在報上刊載。
事実かどうか確認できていない記事を、新聞に_____わけにはいかない。

「流行語獎」就是選出當年度流行用語的獎項。
その年に_____言葉を選ぶ、流行語大賞という賞があります。

隨著網絡的普及，我們又朝資訊化的社會邁進了一步。
インターネットの_____によって、社会の情報化が進んだ。

我開始寫部落格了，請大家要看哦！
_____を始めました。皆さん、読んでください。

看了這家公司的網站後，我想到這裡上班了！
_____を見て、こちらの会社で働きたいと思いました。

對本節目的意見和感想請寄到節目網站。
この番組に対するご意見、ご感想は番組ホームページまでお_____ください。

電車內播放了廣播：「由於發生事故，電車將延後發車。」
事故のため発車時刻が遅れると電車内に_____が流れた。

⑥ ブログ　⑦ ホームページ　⑧ 寄せ　⑨ アナウンス

単語帳

02 インタビュー
(名・自サ) interview，會面，接見；訪問，採訪
インタビューを始める。
開始採訪。

03 記事（きじ）
(名) 報導，記事
新聞記事に載る。
報導刊登在報上。

04 情報（じょうほう）
(名) 情報，信息
情報を得る。
獲得情報。

05 スポーツ中継（ちゅうけい）
(名) 體育（競賽）直播，轉播
スポーツ中継を見た。
看了現場直播的運動比賽。

06 朝刊（ちょうかん）
(名) 早報
毎朝朝刊を読む。
每天早上讀早報。

07 テレビ番組（ばんぐみ）
(名) television 番組，電視節目
テレビ番組を録画する。
錄下電視節目。

08 ドキュメンタリー
(名) documentary，紀錄，紀實；紀錄片
ドキュメンタリー映画が作られていた。
拍攝成紀錄片。

09 マスコミ
(名) 大規模宣傳；媒體（「マスコミュニケーション」mass communication 之略稱）
マスコミに追われている。
蜂擁而上的採訪媒體。

10 夕刊（ゆうかん）
(名) 晚報
夕刊を取る。
訂閱晚報。

参考答案 ①インタビュー ②記事 ③情報 ④スポーツ中継 ⑤朝刊

16 通訊、報導

事件的受害者答應接受採訪了。
事件の被害者が＿＿＿＿に応じてくれた。

我馬上把那天的事件寫成新聞傳到網路上。
その日の事件をすぐに＿＿＿にして、ネットに上げています。

這是顧客的個人資料，恕我無法告知。
お客様の個人＿＿＿になりますので、お教えしかねます。

晚上常在家裡看棒球和足球等運動的電視轉播。
夜は家で野球やサッカーなどの＿＿＿＿を見ます。

空難新聞在各家報社的早報都佔據了相當大的版面。
飛行機事故のニュースは各紙の＿＿＿の一面に大きく載った。

我把喜歡的演員參與演出的節目全都錄製下來了。
好きな俳優の出る＿＿＿＿は全て録画しています。

這是一部講述一個男人從當上太空人到登陸月球的整個過程的紀錄片。
これは、一人の男が宇宙飛行士になって月へ行くまでを記録した＿＿＿＿映画だ。

對於部長的發言，各家媒體的反應各不相同。
大臣の発言に対する＿＿＿の反応は様々だった。

火箭成功發射的新聞佔據了當天晚報的一整個版面。
ロケット打ち上げ成功のニュースは、その日の＿＿＿の一面を飾った。

⑥ テレビ番組　⑦ ドキュメンタリー　⑧ マスコミ　⑨ 夕刊

167

パート 17 スポーツ
第十七章　體育運動

17-1 スポーツ／體育運動

01 オリンピック
(名) Olympics，奥林匹克
オリンピックに出る。
參加奧運。

02 記録（きろく）
(名・他サ) 記錄，記載，（體育比賽的）紀錄
記録をとる。
做記錄。

03 消費（しょうひ）
(名・他サ) 消費，耗費
カロリーを消費する。
消耗卡路里。

04 スキー
(名) ski，滑雪；滑雪橇，滑雪板
スキーに行く。
去滑雪。

05 チーム
(名) team，組，團隊；（體育）隊
チームを作る。
組織團隊。

06 跳ぶ（とぶ）
(自五) 跳，跳起；跳過（順序、號碼等）
跳び箱を跳ぶ。
跳過跳箱。

07 トレーニング
(名・他サ) training，訓練，練習
週二日トレーニングをしている。
每週鍛鍊身體兩次。

08 バレエ
(名) ballet，芭蕾舞
バレエを習う。
學習芭蕾舞。

17-2 試合／比賽

01 争う（あらそう）
(他五) 爭奪；爭辯；奮鬥，對抗，競爭
相手チームと一位を争う。
與競爭隊伍爭奪冠軍。

参考答案：❶オリンピック　❷記録して　❸消費　❹スキー　❺チーム

17 體育運動

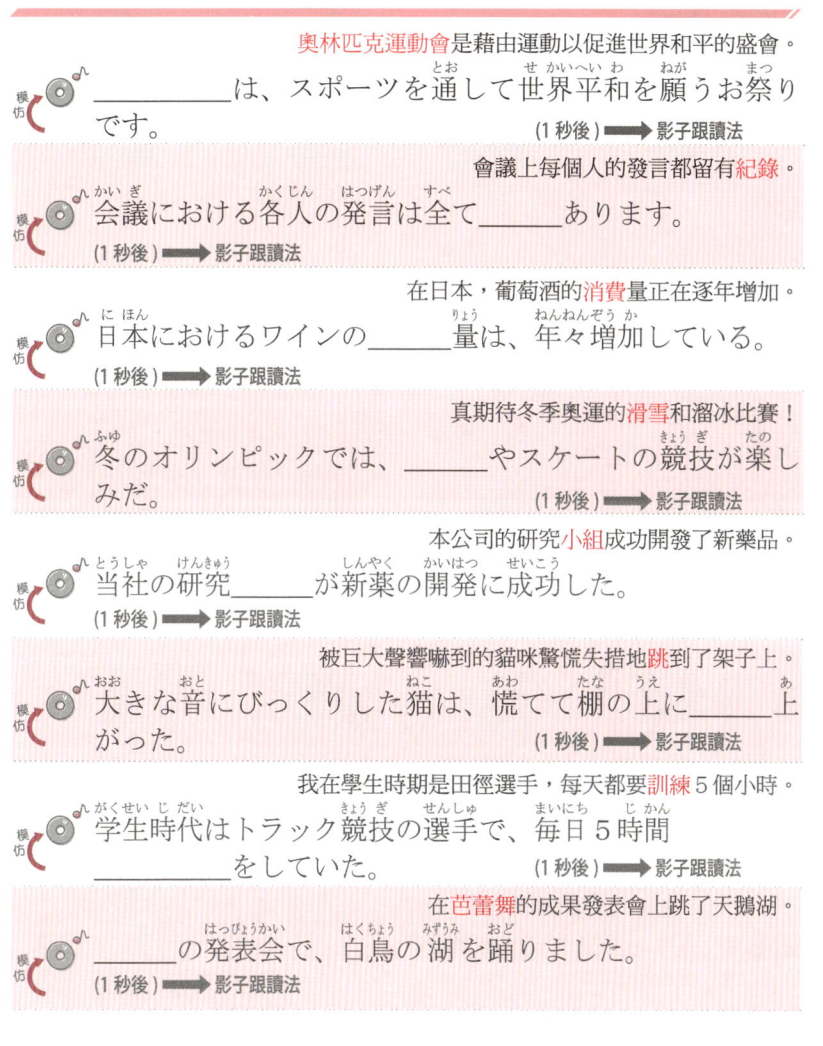

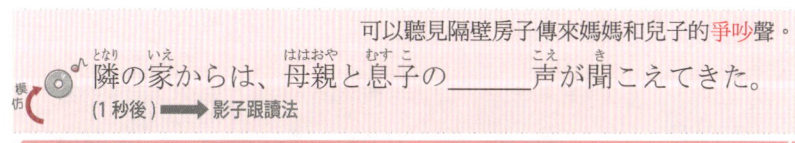

こんにちは。
(1秒後) こんにちは。
影子跟讀法請看 P5

奥林匹克運動會是藉由運動以促進世界和平的盛會。
_____は、スポーツを通して世界平和を願うお祭りです。
(1秒後) ➡ 影子跟讀法

會議上每個人的發言都留有紀錄。
会議における各人の発言は全て_____あります。
(1秒後) ➡ 影子跟讀法

在日本，葡萄酒的消費量正在逐年增加。
日本におけるワインの_____量は、年々増加している。
(1秒後) ➡ 影子跟讀法

真期待冬季奧運的滑雪和溜冰比賽！
冬のオリンピックでは、_____やスケートの競技が楽しみだ。
(1秒後) ➡ 影子跟讀法

本公司的研究小組成功開發了新藥品。
当社の研究_____が新薬の開発に成功した。
(1秒後) ➡ 影子跟讀法

被巨大聲響嚇到的貓咪驚慌失措地跳到了架子上。
大きな音にびっくりした猫は、慌てて棚の上に_____上がった。
(1秒後) ➡ 影子跟讀法

我在學生時期是田徑選手，每天都要訓練5個小時。
学生時代はトラック競技の選手で、毎日5時間_____をしていた。
(1秒後) ➡ 影子跟讀法

在芭蕾舞的成果發表會上跳了天鵝湖。
_____の発表会で、白鳥の湖を踊りました。
(1秒後) ➡ 影子跟讀法

可以聽見隔壁房子傳來媽媽和兒子的爭吵聲。
隣の家からは、母親と息子の_____声が聞こえてきた。
(1秒後) ➡ 影子跟讀法

---

❻ 跳び　❼ トレーニング　❽ バレエ　❾ 争う

169

単語帳

02 ☐☐☐
おうえん
応援
(名・他サ) 援助，支援；聲援，助威
試合を応援する。
為比賽加油。

03 ☐☐☐
か
勝ち
(名) 勝利
勝ちを得る。
獲勝。

04 ☐☐☐
かつやく
活躍
(名・自サ) 活躍
試合で活躍する。
在比賽中很活躍。

05 ☐☐☐
かんぜん
完全
(名・形動) 完全，完整；完美，圓滿
完全な勝利を信じる。
相信將能得到完美的獲勝。

06 ☐☐☐
きん
金
(名・漢造) 黃金，金子；金錢
金メダルを取る。
獲得金牌。

07 ☐☐☐
しょう
勝
(漢造) 勝利；名勝
勝利を得た。
獲勝。

08 ☐☐☐
たい
対
(名・漢造) 對比，對方；同等，對等；相對，相向；（比賽）比；面對
3対1で、白組の勝ちだ。
以3比1的結果由白隊獲勝。

09 ☐☐☐
はげ
激しい
(形) 激烈，劇烈；（程度上）很高，厲害；熱烈
競争が激しい。
競爭激烈。

17-3 球技、陸上競技／球類、田徑賽 ♪

01 ☐☐☐
け
蹴る
(他五) 踢；沖破（浪等）；拒絕，駁回
ボールを蹴る。
踢球。

170　参考答案　①応援　②勝ち　③活躍する　④完全　⑤金

影子跟讀法請看 P5

17 體育運動

從全國各地送來了對代表隊的聲援。
代表チームには全国から_____メッセージが届けられた。
(1秒後) ➡ 影子跟讀法

有時候讓對方贏才是真正的勝利。
相手に_____を譲ることで、本当の勝利を得ることもある。
(1秒後) ➡ 影子跟讀法

這是個身材瘦小的主角成為足球選手並大放異彩的故事。
これは体の小さい主人公がサッカー選手として_____話です。
(1秒後) ➡ 影子跟讀法

我完全失去了過去的記憶。就連自己的名字也想不起來了。
私は過去の記憶を_____に失った。自分の名前さえ思い出せない。
(1秒後) ➡ 影子跟讀法

她是在北京奧運摘下金牌的選手。
彼女は北京オリンピックで_____メダルを取った選手です。
(1秒後) ➡ 影子跟讀法

我們和那支球隊的比分是3勝3負。明天的決賽一定要取得勝利！
あのチームとは3_____3敗だ。明日の決勝は絶対に勝つぞ。
(1秒後) ➡ 影子跟讀法

32比28，台啤隊獲得勝利。
32_____28で、台湾ビールチームの勝利です。
(1秒後) ➡ 影子跟讀法

昨天夜裡，我被突然襲來的劇烈疼痛給痛醒了。
昨日の夜中、突然の_____痛みで、目が覚めました。
(1秒後) ➡ 影子跟讀法

他踢的那一球穿過守門員的腳下，飛進了球門。
彼の_____ボールはキーパーの足の間を抜けてゴールへ飛び込んだ。
(1秒後) ➡ 影子跟讀法

❻勝　❼対　❽激しい　❾蹴った

単語帳

02 球（たま）
- 名 球
- 球を打つ。
- 打球。

03 トラック
- 名 track，（操場、運動場、賽馬場的）跑道
- トラックを一周する。
- 繞跑道跑一圈。

04 ボール
- 名 ball，球；（棒球）壞球
- サッカーボールを追いかける。
- 追足球。

05 ラケット
- 名 racket，（網球、乒乓球等的）球拍
- ラケットを張りかえた。
- 重換網球拍。

パート 18 第十八章　趣味、娯楽
愛好、嗜好、娛樂

01 アニメ
- 名 animation，卡通，動畫片
- アニメが放送される。
- 播映卡通。

02 かるた
- 名 carta，歌留多，紙牌；寫有日本和歌的紙牌
- 歌留多で遊ぶ。
- 玩日本紙牌。

03 観光（かんこう）
- 名・他サ 觀光，遊覽，旅遊
- 観光の名所を紹介する。
- 介紹觀光勝地。

04 クイズ
- 名 quiz，回答比賽，猜謎；考試
- クイズ番組に参加する。
- 參加益智節目。

参考答案 ①球　②トラック　③ボール　④ラケット　⑤アニメ

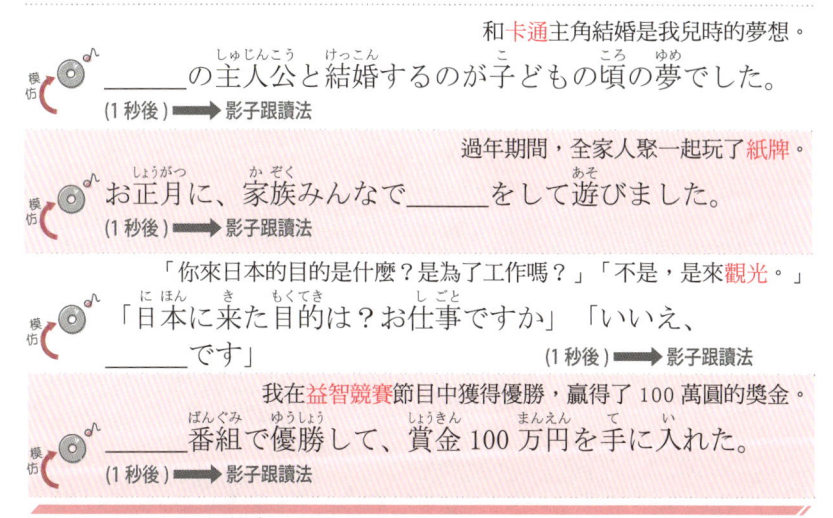

爸爸，如果你投不出像樣一點的球，我就不打了。

お父さん、もっといい＿＿＿を投げてくれないと、打てないよ。

為了鍛鍊而每天沿著大學操場跑道跑10公里。

トレーニングのために、大学の＿＿＿を一日10km走っています。

小時候，每天都踢足球玩到太陽下山。

子どもの頃は、毎日暗くなるまでサッカー＿＿＿を追いかけていた。

輸了比賽的選手憤怒地把球拍丟到地上了。

試合に負けた選手は、怒って＿＿＿を投げ捨てた。

和卡通主角結婚是我兒時的夢想。

＿＿＿の主人公と結婚するのが子どもの頃の夢でした。

過年期間，全家人聚一起玩了紙牌。

お正月に、家族みんなで＿＿＿をして遊びました。

「你來日本的目的是什麼？是為了工作嗎？」「不是，是來觀光。」

「日本に来た目的は？お仕事ですか」「いいえ、＿＿＿です」

我在益智競賽節目中獲得優勝，贏得了100萬圓的獎金。

＿＿＿番組で優勝して、賞金100万円を手に入れた。

❻ かるた　❼ 観光　❽ クイズ

単語帳

05 くじ **籤**
- (名) 籤；抽籤
- 籤で決める。
- 用抽籤方式決定。

06 ゲーム
- (名) game，遊戲，娛樂；比賽
- ゲームで負ける。
- 遊戲比賽比輸。

07 ドラマ
- (名) drama，劇；連續劇；戲劇；劇本；戲劇文學；（轉）戲劇性的事件
- 大河ドラマを放送する。
- 播放大河劇。

08 トランプ
- (名) trump，撲克牌
- トランプを切る。
- 洗牌。

09 ハイキング
- (名) hiking，健行，遠足
- 鎌倉へハイキングに行く。
- 到鎌倉去健行。

10 はく・ぱく **泊・泊**
- (接尾) 宿，過夜；停泊
- 京都に一泊する。
- 在京都住一晚。

11 バラエティー
- (名) variety，多樣化，豐富多變；綜藝節目（「バラエティーショー」之略稱）
- バラエティーに富んだ。
- 豐富多樣。

12 ピクニック
- (名) picnic，郊遊，野餐
- ピクニックに行く。
- 去野餐。

参考答案　①くじ　②ゲーム　③ドラマ　④トランプ　⑤ハイキング

18 愛好、嗜好、娛樂

我的籤運真差，你看啦，又沒中。
僕は_____運が悪いんだ。ほらね、またはずれだ。

這種電腦遊戲好好玩哦，你也玩玩看啊。
このコンピューター_____、面白いよ。君もやってみたら。

這齣戲拍得很好，每一集都要看到最後才會知道兇手是誰。
この_____はよく出来ていて、毎回最後まで犯人が分からない。

朋友用撲克牌表演魔術給我看。
友達が、_____を使った手品を見せてくれた。

星期天，我們帶著便當去後山郊遊吧！
日曜日は、お弁当を持って、裏山へ_____に行こう。

寒假期間，我計劃一趟4天3夜的旅行去北海道滑雪。
冬休みは、3_____4日で北海道へスキーに行く予定です。

中午的綜藝節目都在談論名人離婚的話題。
お昼の_____番組は、有名人の離婚の話ばかりだ。

帶著三明治和咖啡，我們去森林野餐吧！
サンドイッチとコーヒーを持って、森へ_____に行こう。

⑥泊　⑦バラエティー　⑧ピクニック

パート 19 芸術
第十九章 藝術

19-1 芸術、絵画、彫刻／藝術、繪畫、雕刻

01 描く（えがく）
（他五）畫，描繪；以…為形式，描寫；想像
人物を描く。
畫人物。

02 会（かい）
（接尾）…會
展覧会が終わる。
展覽會結束。

03 芸術（げいじゅつ）
（名）藝術
芸術がわからない。
不懂藝術。

04 作品（さくひん）
（名）製成品；（藝術）作品，（特指文藝方面）創作
作品に題をつける。
取作品的名稱。

05 詩（し）
（名・漢造）詩，詩歌
詩を作る。
作詩。

06 出場（しゅつじょう）
（名・自サ）（參加比賽）上場，入場；出站，走出場
コンクールに出場する。
參加比賽。

07 デザイン
（名・自他サ）design，設計（圖）；（製作）圖案
制服をデザインする。
設計制服。

08 美術（びじゅつ）
（名）美術
美術の研究を深める。
深入研究美術。

19-2 音楽／音樂

01 演歌（えんか）
（名）演歌（現多指日本民間特有曲調哀愁的民謠）
演歌歌手になる。
成為演歌歌手。

参考答案　①描かない　②会　③芸術　④作品　⑤詩

176

19 藝術

不要對結婚懷有過度的幻想比較好。
結婚に対して、そんなに理想を_____ほうがいいよ。
(1秒後) ➡ 影子跟讀法

加入野鳥協會後，週末都在山上觀察鳥類。
野鳥の_____に入って、週末は山で鳥の観察をしています。
(1秒後) ➡ 影子跟讀法

我學生時代不會讀書，但擅長音樂和美術等藝術科目。
勉強は苦手で、音楽や美術などの_____科目が得意でした。
(1秒後) ➡ 影子跟讀法

這幅畫是畢卡索14歲時繪製的作品。
この絵は、ピカソが14歳の時に描いた_____です。
(1秒後) ➡ 影子跟讀法

這首高中生寫的歌頌生命珍貴的詩，已經成了熱門話題。
高校生が書いた命の大切さを歌った_____が、話題になっている。
(1秒後) ➡ 影子跟讀法

會場上廣播了即將出賽的選手姓名。
試合に_____選手の名前が会場にアナウンスされた。
(1秒後) ➡ 影子跟讀法

大家對這款手提包的評價是「使用方便，而且設計也很可愛」。
このバッグは、使い易い上に_____もかわいいと評判です。
(1秒後) ➡ 影子跟讀法

雖然我畢業於美術大學，但因為專攻的是美術史，所以不會畫畫。
_____大学を卒業しましたが、_____史が専門なので、絵は描けません。
(1秒後) ➡ 影子跟讀法

因為總經理很喜歡演歌，所以你最好也先練一首哦。
社長は_____が好きだから、君も一曲歌えるように練習しておくといいよ。
(1秒後) ➡ 影子跟讀法

❻ 出場する　❼ デザイン　❽ 美術　❾ 演歌

単語帳

02 演奏（えんそう） ▸ (名・他サ) 演奏
音楽（おんがく）を演奏（えんそう）する。
演奏音樂。

03 歌（か） ▸ (漢造) 唱歌；歌詞
演歌（えんか）を歌（うた）う。
唱傳統歌謠。

04 曲（きょく） ▸ (名・漢造) 曲調；歌曲；彎曲
歌詞（かし）に曲（きょく）をつける。
為歌詞譜曲。

05 クラシック ▸ (名) classic，經典作品，古典作品，古典音樂；古典的
クラシックのレコードを聴（き）く。
聽古典音樂唱片。

06 ジャズ ▸ (名・自サ) jazz，（樂）爵士音樂
ジャズのレコードを集（あつ）める。
收集爵士唱片。

07 バイオリン ▸ (名) violin，（樂）小提琴
バイオリンを弾（ひ）く。
拉小提琴。

08 ポップス ▸ (名) pops，流行歌，通俗的歌曲（「ポピュラーミュージック」之略稱）
80年代（ねんだい）のポップスが懐（なつ）かしい。
80年代的流行歌很叫人懷念。

19-3 演劇、舞踊、映画／戲劇、舞蹈、電影

01 アクション ▸ (名) action，行動，動作；（劇）格鬥等演技
アクションドラマが人気（にんき）だ。
動作片很紅。

02 エスエフ（SF） ▸ (名) science fiction，科學幻想
SF映画（えいが）を見（み）る。
看科幻電影。

参考答案 ①演奏 ②歌 ③曲 ④クラシック ⑤ジャズ

3點開始在中央廣場有小提琴的演奏。
3時から中央広場でバイオリンの_____があります。

胸前掛著金牌時聽到的國歌是最讓人感動的吧！
金メダルを胸にして聴く国_____は最高だろうなあ。

這是爸爸每次去卡拉OK時必唱的曲目哦！
これって、いつもお父さんがカラオケで歌う_____だよ。

專為兒童舉辦的古典音樂會將在暑假拉開序幕。
夏休みに、子ども向けの_____コンサートを開いています。

我在爵士咖啡館裡兼職彈鋼琴。
_____喫茶でピアノを弾くアルバイトをしています。

姐姐彈鋼琴、我拉小提琴，我們一起開了演奏會。
姉のピアノと私の_____で、演奏会を開きます。

在音樂方面，從古典音樂到流行歌曲我全都喜歡。
音楽は、クラシックから_____まで何でも好きです。

據說激烈的動作場面正是這部戲劇受歡迎的原因。
このドラマは、派手な_____が人気の理由だそうだ。

我最喜歡有出現外星人和未來都市的科幻小說了。
宇宙人や未来都市の出てくる_____小説が大好きです。

❻ バイオリン　❼ ポップス　❽ アクション　❾ SF

単語帳

03 □□□
えんげき
演劇 ▶ 名 演劇，戲劇 ▶ 演劇の練習をする。
排演戲劇。

04 □□□
オペラ ▶ 名 opera，歌劇 ▶ 妻とオペラを観る。
與妻子觀看歌劇。

05 □□□
か
化 ▶ 漢造 化學的簡稱；變化 ▶ 小説を映画化する。
把小說改成電影。

06 □□□
かげき
歌劇 ▶ 名 歌劇 ▶ 歌劇に夢中になる。
沉迷於歌劇。

07 □□□
コメディー ▶ 名 comedy，喜劇 ▶ コメディー映画が好きだ。
喜歡看喜劇電影。

08 □□□
ストーリー ▶ 名 story，故事，小說；（小說、劇本等的）劇情，結構 ▶ このドラマは俳優に加えてストーリーもいい。
這部影集不但演員好，故事情節也精彩。

09 □□□
ばめん
場面 ▶ 名 場面，場所；情景，（戲劇、電影等）場景，鏡頭；市場的情況，行情 ▶ 場面が変わる。
轉換場景。

10 □□□
ぶたい
舞台 ▶ 名 舞台；大顯身手的地方 ▶ 舞台に立つ。
站上舞台。

11 □□□
ホラー ▶ 名 horror，恐怖，戰慄 ▶ ホラー映画のせいで眠れなかった。
因為看了恐怖電影而睡不著。

12 □□□
ミュージカル ▶ 名 musical，音樂劇；音樂的，配樂的 ▶ ミュージカルが好きだ。
喜歡看歌舞劇。

參考答案 ①演劇 ②オペラ ③化 ④歌劇 ⑤コメディー

19 藝術

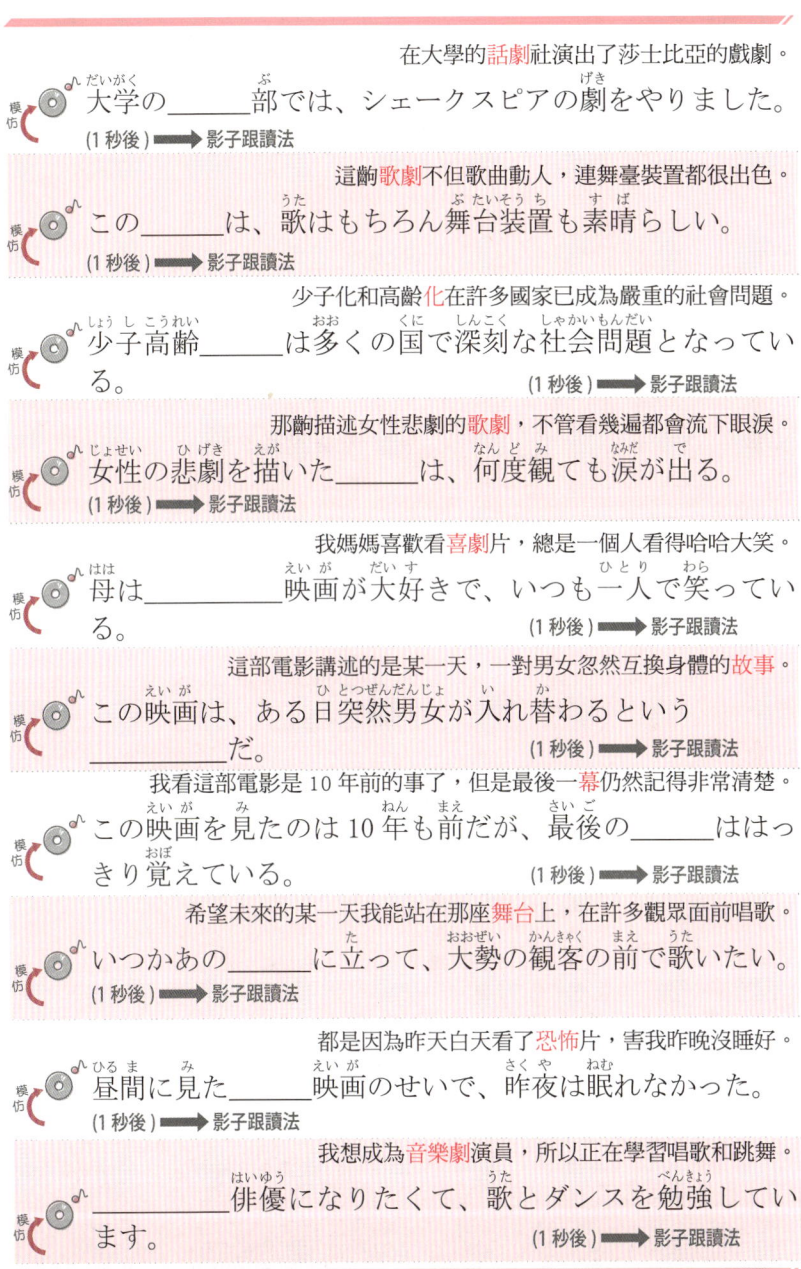

在大學的話劇社演出了莎士比亞的戲劇。
大学の＿＿＿部では、シェークスピアの劇をやりました。

這齣歌劇不但歌曲動人，連舞臺裝置都很出色。
この＿＿＿は、歌はもちろん舞台装置も素晴らしい。

少子化和高齡化在許多國家已成為嚴重的社會問題。
少子高齢＿＿＿は多くの国で深刻な社会問題となっている。

那齣描述女性悲劇的歌劇，不管看幾遍都會流下眼淚。
女性の悲劇を描いた＿＿＿は、何度観ても涙が出る。

我媽媽喜歡看喜劇片，總是一個人看得哈哈大笑。
母は＿＿＿映画が大好きで、いつも一人で笑っている。

這部電影講述的是某一天，一對男女忽然互換身體的故事。
この映画は、ある日突然男女が入れ替わるという＿＿＿だ。

我看這部電影是10年前的事了，但是最後一幕仍然記得非常清楚。
この映画を見たのは10年も前だが、最後の＿＿＿ははっきり覚えている。

希望未來的某一天我能站在那座舞臺上，在許多觀眾面前唱歌。
いつかあの＿＿＿に立って、大勢の観客の前で歌いたい。

都是因為昨天白天看了恐怖片，害我昨晚沒睡好。
昼間に見た＿＿＿映画のせいで、昨夜は眠れなかった。

我想成為音樂劇演員，所以正在學習唱歌和跳舞。
＿＿＿俳優になりたくて、歌とダンスを勉強しています。

⑥ ストーリー　⑦ 場面　⑧ 舞台　⑨ ホラー　⑩ ミュージカル

パート20 第二十章 数量、図形、色彩

數量、圖形、色彩

20-1 数／数目

01 各 かく
(接頭) 各，每人，每個，各個
各クラスから一人出してください。
請每個班級選出一名。

02 数 かず
(名) 數，數目；多數，種種
数が多い。
數目多。

03 奇数 きすう
(名)（數）奇數
奇数を使う。
使用奇數。

04 桁 けた
(名)（房屋、橋樑的）橫樑，桁架；算盤的主柱；數字的位數
桁を間違える。
弄錯位數。

05 数字 すうじ
(名) 數字；各個數字
数字で示す。
用數字表示。

06 整数 せいすう
(名)（數）整數
答えは整数だ。
答案為整數。

07 兆 ちょう
(名・漢造) 徵兆；（數）兆
国の借金は1000兆円だ。
國家的債務有1000兆圓。

08 度 ど
(名・漢造) 尺度；程度；溫度；次數，回數；規則，規定；氣量，氣度
昨日より5度ぐらい高い。
溫度比昨天高5度。

09 ナンバー
(名) number，數字，號碼；（汽車等的）牌照
自動車のナンバーを変更したい。
想換汽車號碼牌。

10 パーセント
(名) percent，百分率
手数料が3パーセントかかる。
手續費要3個百分比。

参考答案　❶各　❷数　❸奇数　❹桁　❺数字

20 數量、圖形、色彩

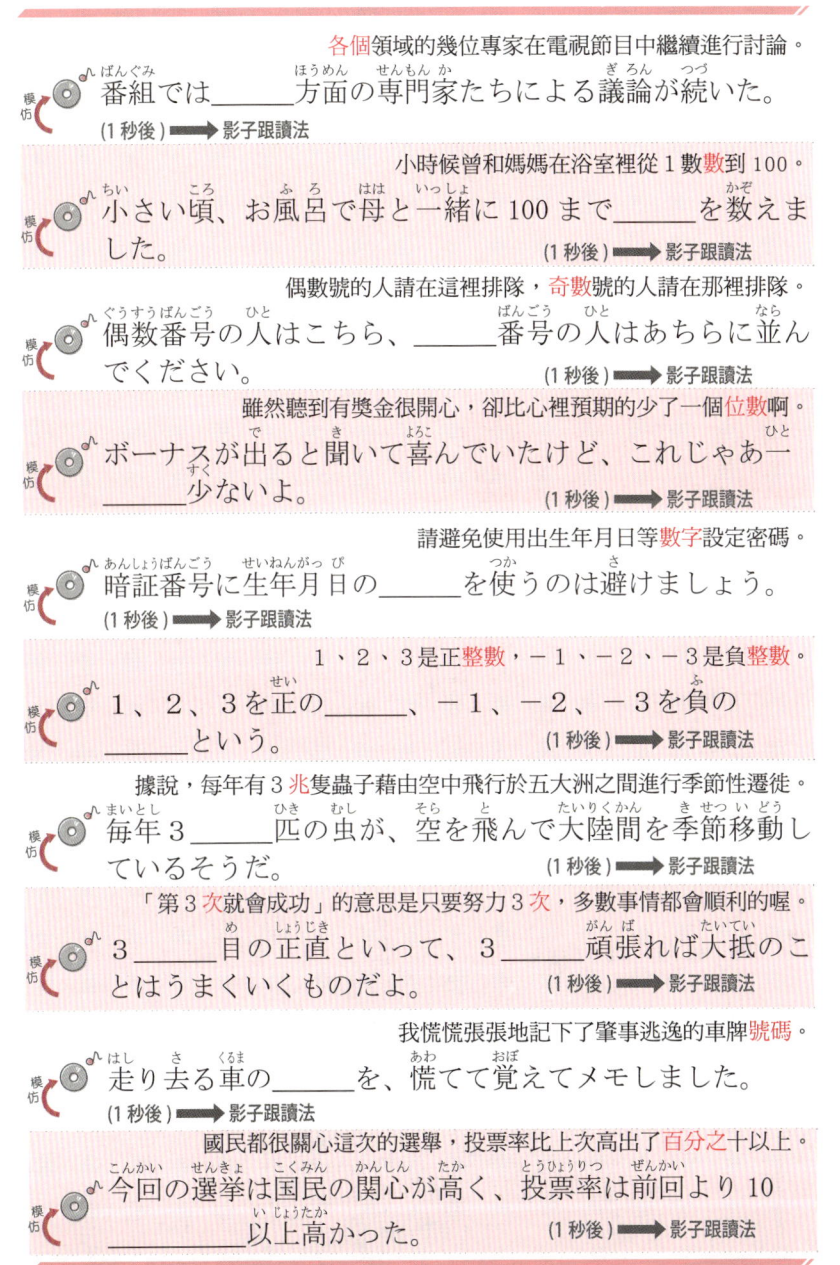

影子跟讀法請看 P5

各個領域的幾位專家在電視節目中繼續進行討論。
番組では_____方面の専門家たちによる議論が続いた。

小時候曾和媽媽在浴室裡從1數到100。
小さい頃、お風呂で母と一緒に100まで_____を数えました。

偶數號的人請在這裡排隊，奇數號的人請在那裡排隊。
偶数番号の人はこちら、_____番号の人はあちらに並んでください。

雖然聽到有獎金很開心，卻比心裡預期的少了一個位數啊。
ボーナスが出ると聞いて喜んでいたけど、これじゃあ一_____少ないよ。

請避免使用出生年月日等數字設定密碼。
暗証番号に生年月日の_____を使うのは避けましょう。

1、2、3是正整數，-1、-2、-3是負整數。
1、2、3を正の_____、-1、-2、-3を負の_____という。

據說，每年有3兆隻蟲子藉由空中飛行於五大洲之間進行季節性遷徙。
毎年3_____匹の虫が、空を飛んで大陸間を季節移動しているそうだ。

「第3次就會成功」的意思是只要努力3次，多數事情都會順利的喔。
「3_____目の正直といって、3_____頑張れば大抵のことはうまくいくものだよ。

我慌慌張張地記下了肇事逃逸的車牌號碼。
走り去る車の_____を、慌てて覚えてメモしました。

國民都很關心這次的選舉，投票率比上次高出了百分之十以上。
今回の選挙は国民の関心が高く、投票率は前回より10_____以上高かった。

⑥整数　⑦兆　⑧度　⑨ナンバー　⑩パーセント

11 秒 (びょう)
名・漢造 （時間單位）秒

タイムを秒まで計る。
以秒計算。

12 プラス
名・他サ plus，（數）加號，正號；正數；有好處，利益；加（法）；陽性

プラスになる。
有好處。

13 マイナス
名・他サ minus，（數）減，減法；減號，負數；負極；（溫度）零下

マイナスになる。
變得不好。

20-2 計算／計算

01 合う (あう)
自五 正確，適合；一致，符合；對，準；合得來；合算

計算が合う。
計算符合。

02 イコール
名 equal，相等；（數學）等號

AイコールBだ。
A等於B。

03 掛け算 (かけざん)
名 乘法

まだ5歳だが掛け算もできる。
雖然才5歲連乘法也會。

04 数える (かぞえる)
他下一 數，計算；列舉，枚舉

羊の数を1,000匹まで数えた。
數羊數到了1000隻。

05 計 (けい)
名 總計，合計；計畫，計

一年の計は春にあり。
一年之計在於春。

06 計算 (けいさん)
名・他サ 計算，演算；估計，算計，考慮

計算が早い。
計算得快。

参考答案　①秒　②プラス　③マイナス　④合った　⑤イコール

假設人可以活到80歲，80年大約是3萬天，也就是25億秒左右。
人の一生を80年とすると、80年は約3万日、約25億＿＿＿＿だ。

對抗病魔的經驗，對你的未來一定有所助益。
病気を克服した経験は、君の今後の人生にきっと＿＿＿＿になる。

就算現在匆忙的做出結論，日後還是會產生負面影響。
今、急いで結論を出しても、長い目で見たら＿＿＿＿になる。

我和妻子初次見面時，雙方眼神交會的瞬間我就墜入愛河了。
妻と初めて会ったとき、目が＿＿＿＿瞬間に好きになってしまったんです。

他雖是我的朋友，但不等於我就會贊同他的意見。
友情と、その友達の意見に賛成することとは＿＿＿＿じゃないよ。

總共7個人，每個人5個？這是使用乘法的問題吧。
7人の人に5個ずつ？それは＿＿＿＿を使う問題でしょ。

計算有意參加者的人數後，準備發邀請函給大家。
参加希望者の人数を＿＿＿＿、全員に招待状を用意します。

您要預約兩位成人、3位兒童，總共5位對吧。
大人2名、子ども3名の＿＿＿＿5名様でご予約ですね。

如果要開店，就必須要好好計算利潤才行呢。
お店をやるなら、ちゃんと利益が出るように＿＿＿＿とね。

⑥ 掛け算　⑦ 数えて　⑧ 計　⑨ 計算しない

単語帳

07 四捨五入（ししゃごにゅう） ▸ 名・他サ 四捨五入
- 小数点第3位を四捨五入する。
- 四捨五入取到小數點後第2位。

08 小数（しょうすう） ▸ 名 (數) 小數
- 小数点以下は、四捨五入する。
- 小數點以下，要四捨五入。

09 小数点（しょうすうてん） ▸ 名 小數點
- 小数点以下は、書かなくてもいい。
- 小數點以下的數字可以不必寫出來。

10 足し算（たしざん） ▸ 名 加法・加算
- 足し算の教材を10冊やる。
- 做了10本加法的教材。

11 電卓（でんたく） ▸ 名 電子計算機（「電子式卓上計算機（でんししきたくじょうけいさんき）」之略稱）
- 電卓で計算する。
- 用計算機計算。

12 引き算（ひきざん） ▸ 名 減法
- 引き算を習う。
- 學習減法。

13 分数（ぶんすう） ▸ 名 (數學的) 分數
- 分数を習う。
- 學分數。

14 割り・割（わり・わり） ▸ 造語 分配；（助數詞用）十分之一、一成；比例；得失
- 4割引きにする。
- 給你打了6折。

15 割合（わりあい） ▸ 名 比例；比較起來
- 空気の成分の割合を求める。
- 算出空氣中的成分的比例。

16 割り算（わりざん） ▸ 名 (算) 除法
- 割り算は難しい。
- 除法很難。

參考答案：①四捨五入する ②小数 ③小数点 ④足し算 ⑤電卓

236 四捨五入至百位數就是 200。

236 を 10 の位で_____と 200 になります。
(1秒後) ➡ 影子跟讀法

資料上的數字請填寫到小數點第 2 位,例如 15.88。

資料の数字は、15.88 のように_____第 2 位まで記入すること。
(1秒後) ➡ 影子跟讀法

23.6 把小數點四捨五入就是 24。

23.6 の_____以下を四捨五入すると、24 になります。
(1秒後) ➡ 影子跟讀法

這題加法算錯了哦!讀小學時沒學過嗎?

この_____、間違ってるよ。小学校で習わなかったの?
(1秒後) ➡ 影子跟讀法

明天的數學考試可以使用計算機。

明日の数学の試験は、_____を使用して構いません。
(1秒後) ➡ 影子跟讀法

原本有 1 萬圓,扣除花掉的錢,就知道還剩多少錢了。

1 万円から、使った分を_____れば、おつりがいくらか分かるよ。
(1秒後) ➡ 影子跟讀法

我很不擅長做分數加減運算的題目。

_____の足し算、引き算の問題が苦手です。
(1秒後) ➡ 影子跟讀法

大特價!全館商品 8 折出售!

バーゲンセールです。店内の商品は全品 2_____引きです。
(1秒後) ➡ 影子跟讀法

傳統上,我們學校的男學生比例較高。

うちの学校は伝統的に、男子生徒の_____が多い。
(1秒後) ➡ 影子跟讀法

12 個蘋果分給 4 個人?這是除法的問題啊。

12 個のりんごを 4 人で分ける?それは_____を使う問題だよ。
(1秒後) ➡ 影子跟讀法

❻ 引き算す ❼ 分数 ❽ 割 ❾ 割合 ❿ 割り算

20-3 量、長さ、広さ、重さなど／量、容量、長度、面積、重量等

01 浅い (あさい)
(形)（水等）淺的；（顏色）淡的；（程度）膚淺的，少的，輕的；（時間）短的
考えが浅い。
思慮不周到。

02 アップ
(名・他サ) up，增高，提高；上傳（檔案至網路）
給料アップを望む。
希望提高薪水。

03 一度に (いちどに)
(副) 同時地，一塊地，一下子
卵と牛乳を一度に入れる。
蛋跟牛奶一齊下鍋。

04 多く (おおく)
(名・副) 多數，許多；多半，大多
人がどんどん多くなる。
愈來愈多人。

05 奥 (おく)
(名) 裡頭，深處；裡院；盡頭
のどの奥に魚の骨が引っかかった。
喉嚨深處鯁到魚刺了。

06 重ねる (かさねる)
(他下一) 重疊堆放；再加上，蓋上；反覆，重複，屢次
本を3冊重ねる。
把3本書疊起來。

07 距離 (きょり)
(名) 距離，間隔，差距
距離が遠い。
距離遙遠。

08 切らす (きらす)
(他五) 用盡，用光
名刺を切らす。
名片用完。

09 小 (こ)
(接頭) 小，少；稍微
小雨が降る。
下小雨。

10 濃い (こい)
(形) 色或味濃深；濃稠，密
化粧が濃い。
化著濃妝。

參考答案　①浅くて　②アップします　③一度に　④多く　⑤奥

188

聽到他菜刀切到手時吃了一驚，幸好傷口不深。
包丁（ほうちょう）で手（て）を切（き）ったと聞（き）いてびっくりしたが、傷（きず）が_____よかったよ。

只要每天確實複習，成績一定會進步哦！
毎日（まいにち）きちんと復習（ふくしゅう）すれば、成績（せいせき）は必（かなら）ず_____よ。

把肉和菜同時放入滾燙的湯裡。
火（ひ）にかけたスープに、肉（にく）と野菜（やさい）を_____入（い）れます。

關於離婚的原因，他並沒有透露太多。
彼（かれ）は離婚（りこん）の理由（りゆう）について、_____を語（かた）らなかった。

爺爺在裡面的房間睡覺，所以請保持安靜。
_____の部屋（へや）で祖父（そふ）が寝（ね）ていますので、お静（しず）かに願（ねが）います。

因為辦公室很冷，所以我穿了好幾件毛衣。
職場（しょくば）が寒（さむ）いので、セーターを何枚（なんまい）も_____着（き）ています。

所謂時速，是指每小時移動距離的速度。
時速（じそく）とは、1時間（じかん）当（あ）たりの移動（いどう）_____を表（あらわ）した速（はや）さのことです。

現在剛好沒有咖啡了……，請問紅茶可以嗎？
ちょっと今（いま）、コーヒーを_____いて…紅茶（こうちゃ）でいいですか。

出現在錄影帶裡的是一位40歲左右的微胖男子。
ビデオに映（うつ）っていたのは、40歳（さい）くらいの_____太（ぶと）りの男（おとこ）でした。

唉，好睏哦。可以幫我泡一杯咖啡嗎？越濃越好。
ああ、眠（ねむ）い。思（おも）い切（き）り_____コーヒーを入（い）れてくれない？

⑥重（かさ）ねて ⑦距離（きょり） ⑧切（き）らして ⑨小（こ） ⑩濃（こ）い

189

単語帳

11 高（こう）
[名・漢造] 高；高處，高度；（地位等）高
高層ビルを建築する。
蓋摩天大樓。

12 越える・超える（こえる）
[自下一] 越過；度過；超出，超過
山を越える。
翻過山頭。

13 ごと
[接尾]（表示包含在內）一共，連同
リンゴを皮ごと食べる。
蘋果帶皮一起吃。

14 毎（ごと）
[接尾] 毎
月ごとの支払いになる。
規定每月支付。

15 最（さい）
[漢造・接頭] 最
学年で最優秀の成績を取った。
得到了全學年第一名的成績。

16 様々（さまざま）
[名・形動] 種種，各式各樣的，形形色色的
様々な原因を考えた。
想到了各種原因。

17 種類（しゅるい）
[名] 種類
種類が多い。
種類繁多。

18 初（しょ）
[漢造] 初，始；首次，最初
初級から上級までレベルが揃っている。
從初級到高級等各種程度都有。

19 少数（しょうすう）
[名] 少數
少数の意見を大事にする。
尊重少數的意見。

20 少なくとも（すくなくとも）
[副] 至少，對低，最低限度
少なくとも3時間はかかる。
至少要花3個小時。

參考答案　❶ 高　❷ 越えた　❸ ごと　❹ ごと　❺ 最

20 數量、圖形、色彩

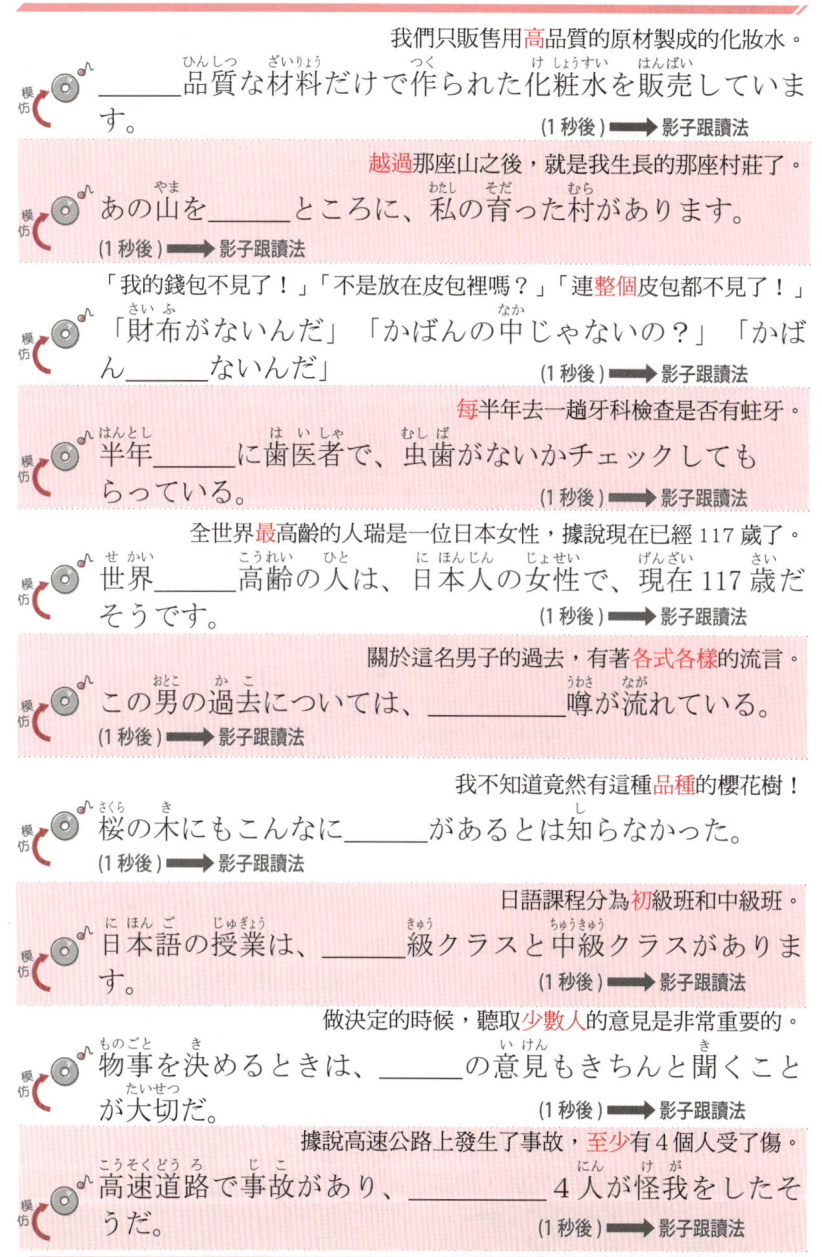

我們只販售用高品質的原材料製成的化妝水。
_____品質な材料だけで作られた化粧水を販売しています。

越過那座山之後，就是我生長的那座村莊了。
あの山を_____ところに、私の育った村があります。

「我的錢包不見了！」「不是放在皮包裡嗎？」「連整個皮包都不見了！」
「財布がないんだ」「かばんの中じゃないの？」「かばん_____ないんだ」

每半年去一趟牙科檢查是否有蛀牙。
半年_____に歯医者で、虫歯がないかチェックしてもらっている。

全世界最高齡的人瑞是一位日本女性，據說現在已經117歲了。
世界_____高齢の人は、日本人の女性で、現在117歳だそうです。

關於這名男子的過去，有著各式各樣的流言。
この男の過去については、_____噂が流れている。

我不知道竟然有這種品種的櫻花樹！
桜の木にもこんなに_____があるとは知らなかった。

日語課程分為初級班和中級班。
日本語の授業は、_____級クラスと中級クラスがあります。

做決定的時候，聽取少數人的意見是非常重要的。
物事を決めるときは、_____の意見もきちんと聞くことが大切だ。

據說高速公路上發生了事故，至少有4個人受了傷。
高速道路で事故があり、_____4人が怪我をしたそうだ。

⑥ さまざまな　⑦ 種類　⑧ 初　⑨ 少数　⑩ 少なくとも

単語帳

21 少しも
- (副)（下接否定）一點也不，絲毫也不
- お金には、少しも興味がない。
- 金錢這東西，我一點都不感興趣。

22 全 (ぜん)
- (漢造) 全部，完全；整個；完整無缺
- 全科目の成績が上がる。
- 全科成績都進步。

23 センチ
- (名) centimeter，厘米，公分
- 1センチ右に動かす。
- 往右移動了1公分。

24 総 (そう)
- (漢造) 總括；總覽；總，全體；全部
- 総員50名だ。
- 總共有50人。

25 足 (そく)
- (接尾・漢造)（助數詞）雙；足；足夠；添
- 靴下を2足買った。
- 買了兩雙襪子。

26 揃う (そろう)
- (自五)（成套的東西）備齊；成套；一致，（全部）一樣，整齊；（人）到齊，齊聚
- 色々な商品が揃った。
- 各種商品一應備齊。

27 揃える (そろえる)
- (他下一) 使…備齊；使…一致；湊齊，弄齊，使成對
- 必要なものを揃える。
- 準備好必需品。

28 縦長 (たてなが)
- (名) 矩形，長形
- 縦長の封筒が多く使われている。
- 有許多人使用長方形的信封。

29 短 (たん)
- (名・漢造) 短；不足，缺點
- LINEとFacebook、それぞれの短所は何ですか。
- LINE和臉書的缺點各是什麼？

30 縮める (ちぢめる)
- (他下一) 縮小，縮短，縮減；縮回，捲縮，起皺紋
- 亀が驚いて首を縮めた。
- 烏龜受了驚嚇把頭縮了起來。

參考答案：① 少しも　② 全　③ センチ　④ 総　⑤ 足

20 數量、圖形、色彩

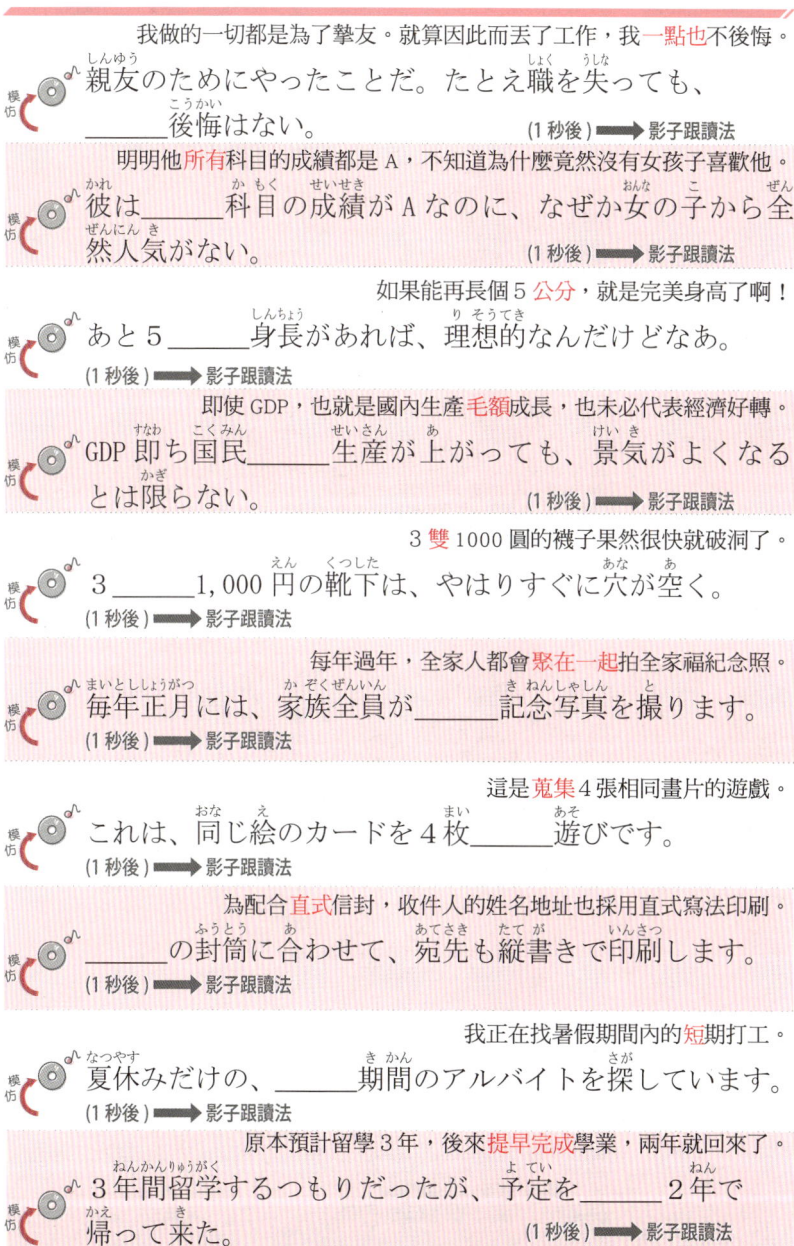

我做的一切都是為了摯友。就算因此而丟了工作，我一點也不後悔。
親友のためにやったことだ。たとえ職を失っても、_____後悔はない。

明明他所有科目的成績都是A，不知道為什麼竟然沒有女孩子喜歡他。
彼は_____科目の成績がAなのに、なぜか女の子から全然人気がない。

如果能再長個5公分，就是完美身高了啊！
あと5_____身長があれば、理想的なんだけどなあ。

即使GDP，也就是國內生產毛額成長，也未必代表經濟好轉。
GDP 即ち国民_____生産が上がっても、景気がよくなるとは限らない。

3雙1000圓的襪子果然很快就破洞了。
3_____1,000円の靴下は、やはりすぐに穴が空く。

每年過年，全家人都會聚在一起拍全家福紀念照。
毎年正月には、家族全員が_____記念写真を撮ります。

這是蒐集4張相同畫片的遊戲。
これは、同じ絵のカードを4枚_____遊びです。

為配合直式信封，收件人的姓名地址也採用直式寫法印刷。
_____の封筒に合わせて、宛先も縦書きで印刷します。

我正在找暑假期間內的短期打工。
夏休みだけの、_____期間のアルバイトを探しています。

原本預計留學3年，後來提早完成學業，兩年就回來了。
3年間留学するつもりだったが、予定を_____2年で帰って来た。

⑥揃って ⑦揃える ⑧縦長 ⑨短 ⑩縮めて

193

#	単語	詞性・意味	例文
31	つき 付き	(接尾)（前接某些名詞）樣子；附屬	デザート付きの定食を注文する。 點附甜點的套餐。
32	つく 付く	(自五) 附著，沾上；長，添增；跟隨，隨從，聽隨；偏袒；設有；連接著	ご飯粒が付く。 沾到飯粒。
33	つづき 続き	(名) 接續，繼續；接續部分，下文；接連不斷	続きがある。 有後續。
34	つづく 続く	(自五) 繼續，延續，連續；接連；隨後發生，接著，連著；接上，夠用；後繼，跟上；居次位	暖かい日が続いた。 一連好幾天都很暖和。
35	とう 等	(接尾) 等等；（助數詞用法，計算階級或順位的單位）等（級）	フランス、ドイツ等のEU諸国が対象になる。 以法、德等歐盟各國為對象。
36	トン	(名) ton，（重量單位）噸，公噸，一千公斤	1万トンの船が入ってきた。 1萬噸的船隻開進來了。
37	なかみ 中身	(名) 裝在容器裡的內容物，內容；刀身	中身がない。 沒有內容。
38	のうど 濃度	(名) 濃度	放射能濃度が高い。 輻射線濃度高。
39	ばい 倍	(名・漢造・接尾) 倍，加倍；（數助詞的用法）倍	賞金を倍にする。 獎金加倍。
40	はば 幅	(名) 寬度，幅面；幅度，範圍；勢力；伸縮空間	幅を広げる。 拓寬。

参考答案 ❶付きだった ❷付いた ❸続き ❹続く ❺等

20 數量、圖形、色彩

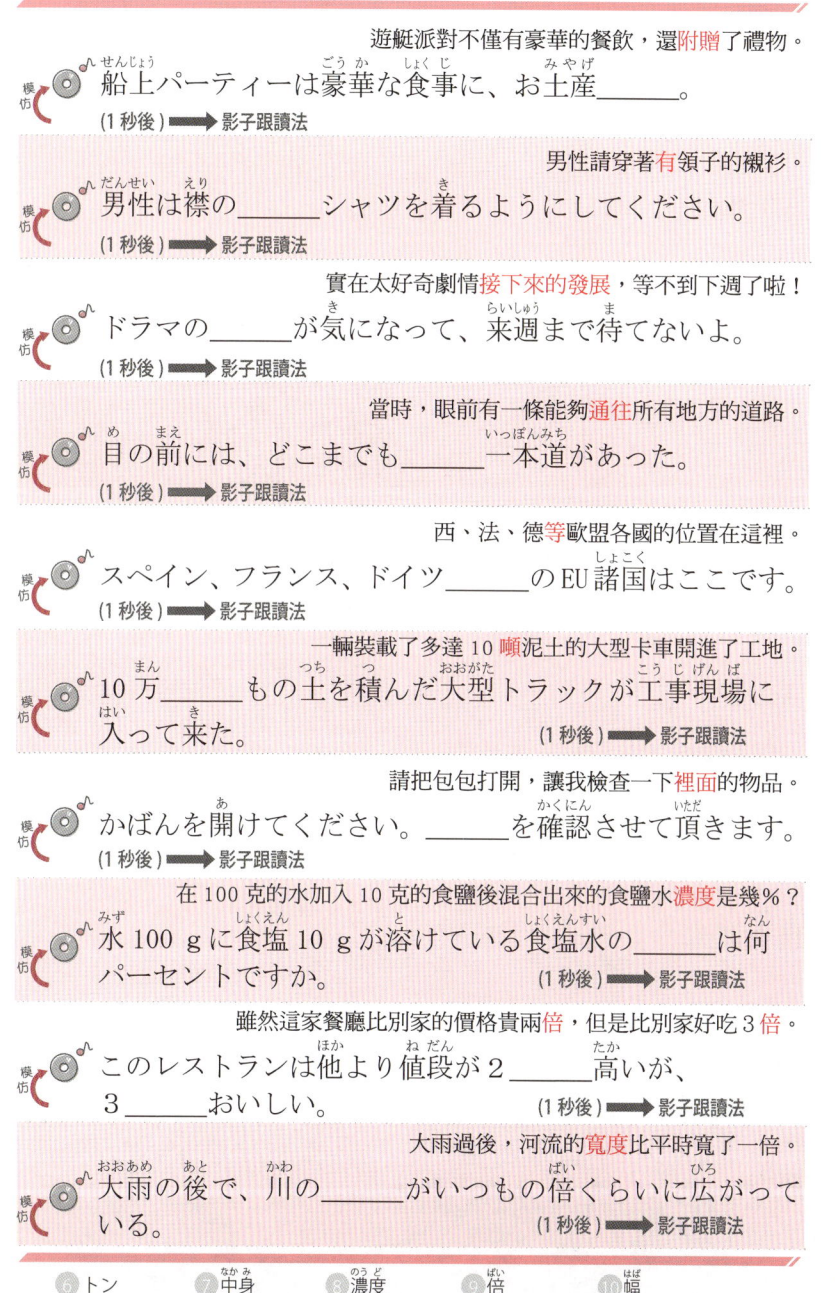

遊艇派對不僅有豪華的餐飲，還附贈了禮物。
船上パーティーは豪華な食事に、お土産_____。

男性請穿著有領子的襯衫。
男性は襟の_____シャツを着るようにしてください。

實在太好奇劇情接下來的發展，等不到下週了啦！
ドラマの_____が気になって、来週まで待てないよ。

當時，眼前有一條能夠通往所有地方的道路。
目の前には、どこまでも_____一本道があった。

西、法、德等歐盟各國的位置在這裡。
スペイン、フランス、ドイツ_____のEU諸国はここです。

一輛裝載了多達10噸泥土的大型卡車開進了工地。
10万_____もの土を積んだ大型トラックが工事現場に入って来た。

請把包包打開，讓我檢查一下裡面的物品。
かばんを開けてください。_____を確認させて頂きます。

在100克的水加入10克的食鹽後混合出來的食鹽水濃度是幾％？
水100gに食塩10gが溶けている食塩水の_____は何パーセントですか。

雖然這家餐廳比別家的價格貴兩倍，但是比別家好吃3倍。
このレストランは他より値段が2_____高いが、3_____おいしい。

大雨過後，河流的寬度比平時寬了一倍。
大雨の後で、川の_____がいつもの倍くらいに広がっている。

⑥ トン　⑦ 中身　⑧ 濃度　⑨ 倍　⑩ 幅

195

単語帳

41 ☐☐☐
ひょうめん
表面 ▶ (名) 表面 ▶ 表面だけ飾る。
只裝飾表面。

42 ☐☐☐
ひろ
広がる ▶ (自五) 開放，展開；（面積、規模、範圍）擴大，蔓延，傳播 ▶ 事業が広がる。
擴大事業。

43 ☐☐☐
ひろ
広げる ▶ (他下一) 打開，展開；（面積、規模、範圍）擴張，發展 ▶ 趣味の範囲を広げる。
擴大嗜好的範圍。

44 ☐☐☐
ひろ
広さ ▶ (名) 寬度，幅度，廣度 ▶ 広さは3万坪ある。
有3萬坪的寬度。

45 ☐☐☐
ぶ
無 ▶ (接頭・漢造) 無，沒有，缺乏 ▶ 店員が無愛想で不親切だ。
店員不和氣又不親切。

46 ☐☐☐
ふく
含める ▶ (他下一) 包含，含括；囑咐，告知，指導 ▶ 子どもを含めて300人だ。
包括小孩在內共300人。

47 ☐☐☐
ふそく
不足 ▶ (名・形動・自サ) 不足，不夠，短缺；缺乏，不充分；不滿意，不平 ▶ 不足を補う。
彌補不足。

48 ☐☐☐
ふ
増やす ▶ (他五) 繁殖；增加，添加 ▶ 人手を増やす。
增加人手。

49 ☐☐☐
ぶん
分 ▶ (名・漢造) 部分；份；本分；地位 ▶ 減った分を補う。
補充減少部分。

50 ☐☐☐
へいきん
平均 ▶ (名・自サ・他サ) 平均；（數）平均值；平衡，均衡 ▶ 1月の平均気温は氷点下だ。
1月的平均氣溫在冰點以下。

参考答案　①表面　②広がって　③広げる　④広さ　⑤無

20 數量、圖形、色彩

一般都說太陽的表面溫度高達 6000 度，但實際上卻只有 27 度的低溫。

太陽の_____温度は 6000 度と言われていたが、実は低温で 27 度だという。

針對總統發言的批判聲浪在網絡上越演越烈。

インターネット上には、大統領の発言を批判する声が_____いた。

父親張開雙臂，抱起了朝他跑來的女兒。

父親は両腕を大きく_____と、走って来る娘を抱き上げた。

雖然這棟大廈的空間很寬敞，但是車輛的噪音卻讓人介意。

このマンションは、_____は十分だが、車の騒音が気になるね。

「那個男人很不拘小節耶。」「他只是笨手笨腳而已啦。」

「あの男はずいぶん_____遠慮だな」「彼は_____器用なだけですよ」

出賽選手為 800 名，加上觀眾共有 2000 多人在會場上齊聚一堂。

大会参加者は 800 人、観客も_____と 2000 人以上が会場に集まった。

或許你具有知識，但是經驗不足啊。

君には知識はあるかもしれないが、経験が_____いるよ。

你是在幫我的忙還是在幫倒忙（增加我的工作）？

君は手伝ってくれてるのか、それとも僕の仕事を_____いるのか。

每人有兩個點心。拿完自己的份後，請到位子坐下。

お菓子は一人二つです。自分の_____を取ったら、席に着いてください。

東京 1 月份的平均溫度，最高為 10 度，最低為 2 度。

東京の 1 月の_____気温は、最高気温が 10 度、最低気温が 2 度です。

⑥含める　⑦不足して　⑧増やして　⑨分　⑩平均

単語帳

51 減らす
(他五) 減,減少;削減,縮減;空(腹)
体重を減らす。
減輕體重。

52 減る
(自五) 減,減少;磨損;(肚子)餓
収入が減る。
收入減少。

53 ほんの
(連體) 不過,僅僅,一點點
ほんの少し残っている。
只有留下一點點。

54 益々
(副) 越發,益發,更加
ますます強くなる。
更加強大了。

55 ミリ
(造語・名) millimetre 之略(法),毫,千分之一;毫米,公厘
1時間100ミリの豪雨を記録する。
1小時達到下100毫米的降雨記錄。

56 無数
(名・形動) 無數
無数の星が空に輝いていた。
有無數的星星在天空閃爍。

57 名
(接尾) (計算人數)名,人
3名一組になる。
3個人一組。

58 やや
(副) 稍微,略;片刻,一會兒
やや短すぎる。
有點太短。

59 僅か
(副・形動) (數量、程度、價值、時間等)很少,僅僅;一點也(後加否定)
わずかに覚えている。
略微記得。

参考答案 ①減らす ②減って ③ほんの ④ますます ⑤ミリ

20 數量、圖形、色彩

公司的營運狀況似乎不太妙，宣布要刪減交際費。
会社の経営が厳しいらしく、交際費を＿＿＿＿＿ように言われた。

受到日幣升值的影響，汽車出口量持續衰退。
円高の影響で、自動車の輸出額が＿＿＿＿＿いる。

「謝謝你的伴手禮。」「不會，只是一點心意。」
「お土産、どうもありがとう」「いいえ、＿＿＿＿＿気持ちです」

母親一開口責罵，孩子就更激動的放聲大哭。
母親が叱ると、子どもは＿＿＿＿＿大きな声で泣き出した。

把肉切成容易入口的大小，並把蔬菜的厚度切成5毫米。
肉は食べやすい大きさに、野菜は5＿＿＿＿＿の厚さに切ります。

針對這次事件的無數意見被傳到市政府的網站上。
市のホームページには、事件に対する＿＿＿＿＿の意見が届いている。

這部電影可是名作哦。使用的配樂也是知名的樂曲。
この映画は＿＿＿＿＿作だよ。使われている音楽も＿＿＿＿＿曲だ。

明天會是比今天稍微溫暖一點的一天吧！
明日は今日よりも＿＿＿＿＿暖かい一日となるでしょう。

莫札特首次創作歌曲時年僅4歲。
モーツァルトが初めて曲を作ったのは、＿＿＿＿＿4歳のときだった。

❻ 無数　❼ 名　❽ やや　❾ わずか

20-4 回数、順番／次數、順序

01 位(い)
- 接尾 位；身分，地位
- 学年で1位になる。
- 年度中取得第一。

02 一列(いちれつ)
- 名 一列，一排
- 一列に並ぶ。
- 排成一列。

03 追い越す(おいこす)
- 他五 超過，趕過去
- 前の人を追い越す。
- 趕過前面的人。

04 繰り返す(くりかえす)
- 他五 反覆，重覆
- 失敗を繰り返す。
- 重蹈覆轍。

05 順番(じゅんばん)
- 名 輪班（的次序），輪流，依次交替
- 順番を待つ。
- 依序等待。

06 第(だい)
- 漢造・接頭 順序；考試及格，錄取
- 相手のことを第一に考える。
- 以對方為第一優先考慮。

07 着(ちゃく)
- 名・接尾・漢造 到達，抵達；（衣服的單位）套；（記數或到達順序）著，名；穿衣；黏貼；沉著；著手
- 3着以内に入った。
- 進入前3名。

08 次々・次々に・次々と(つぎつぎ・つぎつぎに・つぎつぎと)
- 副 一個接一個，接二連三地，絡繹不絕的，紛紛；按著順序，依次
- 次々と事件が起こる。
- 案件接二連三發生。

09 トップ
- 名 top，尖端；（接力賽）第一棒；領頭，率先；第一位，首位，首席
- 成績がトップまで伸びる。
- 成績前進到第一名。

10 再び(ふたたび)
- 副 再一次，又，重新
- 再びやってきた。
- 捲土重來。

参考答案 ①位 ②一列 ③追い越され ④繰り返し ⑤順番

目標是打進全國大賽前3名。
全国大会で3_____以内に入ることが目標です。

要結帳的貴賓，請沿著這條線排成一列。
お会計の方は、この線に沿って_____にお並びください。

弟弟從小就長得高，我10歲的時候，他的身高已經超過我了。
弟は小さい頃から背が高くて、僕は10歳で_____ました。

我重複觀賞了可愛動物的動畫好幾次。
かわいい動物の動画を何度も_____見ています。

請出示掛號證。我們將從先掛號的順序進行診療。
診察券を出してください。先に出した方から_____に診察します。

現在揭開第10屆定期演奏會的序幕。
これより_____10回定期演奏会を始めます。

為了進入決賽，非得打進前3名不可。
決勝に残るためには、3_____以内に入らなければならない。

池塘裏的鳥被逐漸靠近的小船嚇得一隻接一隻地飛了起來。
池の鳥が、近づくボートに驚いて_____と飛び立った。

臺灣擁有世界頂尖的摩天大樓。
台湾には世界_____クラスの超高層ビルがあります。

男子把救回來的小孩抱上岸後，又再度跳進海裡。
男は助けた子どもを岸に上げると、_____海の中へ飛び込んだ。

⑥ 第　　⑦ 着　　⑧ 次々　　⑨ トップ　　⑩ 再び

201

11 列 (れつ)
〖名・漢造〗列，隊列，隊；排列；行，列，級，排
列に並ぶ。
排成一排。

12 連続 (れんぞく)
〖名・他サ・自サ〗連續，接連
3年連続黒字になる。
連續了3年的盈餘。

20-5 図形、模様、色彩／圖形、花紋、色彩

---

01 型 (かた)
〖名〗模子，形，模式；樣式
型をとる。
模壓成型。

02 カラー
〖名〗color，色，彩色；（繪畫用）顏料；特色
カラーは白と黒がある。
顏色有白的跟黑的。

03 黒 (くろ)
〖名〗黑，黑色；犯罪，罪犯
黒に染める。
染成黑色。

04 三角 (さんかく)
〖名〗三角形
三角にする。
畫成三角。

05 四角 (しかく)
〖名〗四角形，四方形，方形
四角の所の数字を求める。
請算出方形處的數字。

06 縞 (しま)
〖名〗條紋，格紋，條紋布
縞模様を描く。
織出條紋。

07 縞柄 (しまがら)
〖名〗條紋花樣
この縞柄が気に入った。
喜歡這種條紋花樣。

20 數量、圖形、色彩

こんにちは。
(1秒後) こんにちは。
影子跟讀法請看 P5

請在白線內側排成3排。
白線の内側に、3＿＿＿＿になってお並びください。
(1秒後) ➡ 影子跟讀法

本我們公司的營業額近3年皆為已經持連續成長3年成長。
わが社は3年＿＿＿＿で売り上げが増加しています。
(1秒後) ➡ 影子跟讀法

這種款式的機車曾於1980年代風靡一時。
この＿＿＿＿のバイクは1980年代に流行ったものです。
(1秒後) ➡ 影子跟讀法

這邊電腦機殼的顏色有白色、黑色和銀色。
こちらのパソコン、＿＿＿＿は白、黒、銀色があります。
(1秒後) ➡ 影子跟讀法

關於制服的鞋子沒有硬性規定，但必須是黑色的。
制服の靴は自由ですが、色は＿＿＿＿に決まっています。
(1秒後) ➡ 影子跟讀法

做了雞蛋三明治，然後切成三角形。
卵のサンドイッチを作って、＿＿＿＿に切りました。
(1秒後) ➡ 影子跟讀法

您桌子比較喜歡方桌嗎？也有很多人喜歡圓桌哦！
テーブルは＿＿＿＿がいいですか。丸いのも人気がありますよ。
(1秒後) ➡ 影子跟讀法

雖然不擅長畫畫，但只要畫出黑色和黃色的花紋，還是能看得出是隻老虎吧。
絵が下手でも、黒と黄色の＿＿＿＿を描けば、だいたい虎に見えるよ。
(1秒後) ➡ 影子跟讀法

在媽媽的生日時送了條紋圍巾當作禮物。
母の誕生日に＿＿＿＿のマフラーをプレゼントした。
(1秒後) ➡ 影子跟讀法

❻ 三角　❼ 四角　❽ 縞　❾ 縞柄

203

08 □□□
縞模様（しまもよう）
▶ 名 條紋花樣
▶ 縞模様のシャツを持つ。
有條紋襯衫。

09 □□□
地味（じみ）
▶ 形動 樸素，樸素，不華美；保守
▶ 色は地味だがデザインがいい。
顏色雖樸素但設計很凸出。

10 □□□
色（しょく）
▶ 漢造 顏色；臉色，容貌；色情；景象
▶ 顔色を失う。
花容失色。

11 □□□
白（しろ）
▶ 名 白，皎白，白色；清白
▶ 雪で辺りは一面真っ白になった。
雪把這裡變成了一片純白的天地。

12 □□□
ストライプ
▶ 名 stripe，條紋；條紋布
▶ 制服は白と青のストライプです。
制服上面印有白和藍條紋圖案。

13 □□□
図表（ずひょう）
▶ 名 圖表
▶ 実験の結果を図表にする。
將實驗結果以圖表呈現。

14 □□□
茶色い（ちゃいろい）
▶ 形 茶色
▶ 茶色い紙で折る。
用茶色的紙張摺紙。

15 □□□
灰色（はいいろ）
▶ 名 灰色
▶ 空が灰色だ。
天空是灰色的。

16 □□□
花柄（はながら）
▶ 名 花的圖樣
▶ 花柄のワンピースに合う。
跟有花紋圖樣的連身洋裝很搭配。

17 □□□
花模様（はなもよう）
▶ 名 花的圖樣
▶ 花模様のハンカチを取り出した。
取出綴有花樣的手帕。

參考答案　①縞模様　②地味な　③色　④白　⑤ストライプ

こんにちは。
(1秒後)こんにちは。
影子跟讀法請看 P5

20 數量、圖形、色彩

襯衫是橫條紋、褲子是直條紋，你就這麼喜歡條紋嗎？
シャツは横縞、ズボンは縦縞、そんなに_____が好きなの？
(1秒後) ➡ 影子跟讀法

我白天是不起眼的銀行行員，晚上在舞廳兼職。
昼間は_____銀行員、夜はダンスホールでアルバイトをしている。
(1秒後) ➡ 影子跟讀法

即將上小學的時候，有人買了 24 色的色鉛筆給我。
小学校に上がるとき、24_____の色鉛筆を買ってもらった。
(1秒後) ➡ 影子跟讀法

這裡的襯衫除了白色，還有藍色和黃色。
こちらのワイシャツは、_____の他に、青と黄色があります。
(1秒後) ➡ 影子跟讀法

條紋襯衫搭白色夾克，你真時髦啊。
_____のシャツに白いジャケット、君はおしゃれだなあ。
(1秒後) ➡ 影子跟讀法

用淺顯易懂的圖表來總結研究成果。
研究結果は、見易いよう_____にまとめておきます。
(1秒後) ➡ 影子跟讀法

我雖是日本人，但一生下來頭髮和眼睛就都是褐色的了。
私は日本人ですが、生まれたときから髪も目も_____んです。
(1秒後) ➡ 影子跟讀法

我被女朋友給甩了。我的未來是灰色的（我的未來是黑白的）。不可能再遇到好事了。
彼女に振られた。僕の未来は_____だ。いいことなんかあるわけない。
(1秒後) ➡ 影子跟讀法

有規定男生不能穿花紋的服裝嗎？
男が_____の服を着ちゃいけないっていう決まりでもあるのか。
(1秒後) ➡ 影子跟讀法

把房間的壁紙換成花朵圖案後，彷彿進到了另一間房間，變得明亮多了。
部屋の壁紙を_____に替えたら、違う部屋みたいに明るくなった。
(1秒後) ➡ 影子跟讀法

⑥ 図表　⑦ 茶色い　⑧ 灰色　⑨ 花柄　⑩ 花模様

205

単語帳

18 □□□
ピンク
(名) pink，桃紅色，粉紅色；桃色
ピンク色のセーターを貸す。
借出粉紅色的毛衣。

19 □□□
混じる・交じる
(自五) 夾雜，混雜；加入，交往，交際
色々な色が混じっている。
加入各種顏色。

20 □□□
真っ黒
(名・形動) 漆黑，烏黑
日差しで真っ黒になった。
被太陽晒得黑黑的。

21 □□□
真っ青
(名・形動) 蔚藍，深藍；（臉色）蒼白
真っ青な顔をしている。
變成鐵青的臉。

22 □□□
真っ白
(名・形動) 雪白，淨白，皓白
頭の中が真っ白になる。
腦中一片空白。

23 □□□
真っ白い
(形) 雪白的，淨白的，皓白的
真っ白い雪が降ってきた。
下起雪白的雪來了。

24 □□□
丸
(名・造語・接頭・接尾) 圓形，球狀；句點；完全
丸を書く。
畫圈圈。

25 □□□
水玉模様
(名) 小圓點圖案
水玉模様の洋服がかわいらしい。
圓點圖案的衣服可愛極了。

26 □□□
無地
(名) 素色
ワイシャツは無地がいい。
襯衫以素色的為佳。

27 □□□
紫
(名) 紫，紫色；醬油；紫丁香
好みの色は紫です。
喜歡紫色。

参考答案　❶ピンク　❷混じって　❸真っ黒　❹真っ青　❺真っ白な

女孩子那時紅著臉蛋,用閃閃發光的眼睛望著我。
_____色の頬をした女の子は、きらきらした目で私を見つめた。

我雖然是日本人,但有4分之1的巴西血統。
私は日本人ですが、4分の1、ブラジル人の血が_____います。

我父親今年70歲,但仍然非常硬朗,頭髮也很烏黑。
父は今年70ですが、まだまだ元気で髪も_____です。

我把這個月的薪水弄丟了,急得臉色都發青了。
今月の給料を落としてしまって、_____になった。

雨轉為雪,四周盡是一片雪白的景色。
雨が雪に変わり、辺りには_____景色が広がっていた。

新娘是一位非常適合純白禮服的美人。
花嫁は_____ドレスがよく似合う素敵な人でした。

認為是正確的就請打圈,認為錯誤的就請打叉。
正しいと思うものには_____、間違っていると思うものにはバツをつけなさい。

襯衫是點點花紋、裙子是印花樣、襪子是條紋,還真是繽紛啊。
ブラウスは_____、スカートは花模様、靴下は縞模様、賑やかだね。

如果要和這套西裝搭配的話,我覺得襯衫選素色的比較好。
このスーツに合わせるなら、ワイシャツは_____がいいと思います。

西邊的天空先是從粉色變成紫色,最後終於暗了下來。
西の空はピンクから_____に変わり、とうとう真っ暗になった。

⑥真っ白い ⑦丸 ⑧水玉模様 ⑨無地 ⑩紫

パート 21 教育

第二十一章 教育

21-1 教育、学習／教育、學習

01 教え おし
(名) 教導，指教，教誨；教義
先生の教えを守る。
謹守老師的教誨。

02 教わる おそ
(他五) 受教，跟…學習
パソコンの使い方を教わる。
學習電腦的操作方式。

03 科 か
(名・漢造) （大專院校）科系；（區分種類）科
英文科だから英語を勉強する。
因為是英文系所以讀英語。

04 化学 かがく
(名) 化學
化学を知る。
認識化學。

05 家庭科 かていか
(名) （學校學科之一）家事，家政
家庭科を学ぶ。
學家政課。

06 基本 きほん
(名) 基本，基礎，根本
基本をゼロから学ぶ。
從零開始打基礎。

07 基本的（な） きほんてき
(形動) 基本的
基本的な単語から教える。
教授基本單字。

08 教 きょう
(漢造) 教，教導；宗教
仏教が伝わる。
佛教流傳。

09 教科書 きょうかしょ
(名) 教科書，教材
歴史の教科書を使う。
使用歷史教科書。

10 効果 こうか
(名) 效果，成效，成績；（劇）效果
効果が上がる。
效果提升。

參考答案 ①教え ②教わり ③科 ④化学 ⑤家庭科

208

21 教育

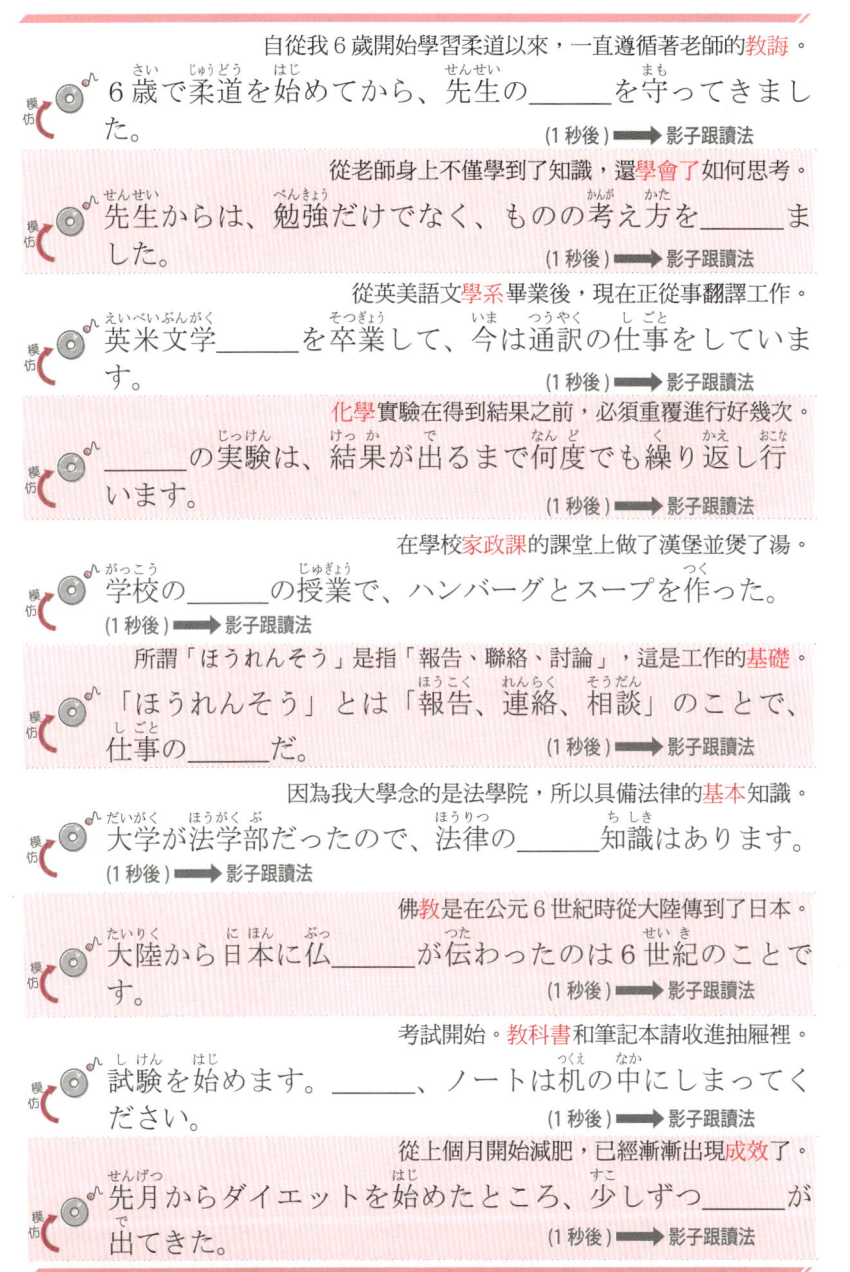

自從我6歲開始學習柔道以來，一直遵循著老師的教誨。
6歳で柔道を始めてから、先生の_____を守ってきました。

從老師身上不僅學到了知識，還學會了如何思考。
先生からは、勉強だけでなく、ものの考え方を_____ました。

從英美語文學系畢業後，現在正從事翻譯工作。
英米文学_____を卒業して、今は通訳の仕事をしています。

化學實驗在得到結果之前，必須重覆進行好幾次。
_____の実験は、結果が出るまで何度でも繰り返し行います。

在學校家政課的課堂上做了漢堡並煲了湯。
学校の_____の授業で、ハンバーグとスープを作った。

所謂「ほうれんそう」是指「報告、聯絡、討論」，這是工作的基礎。
「ほうれんそう」とは「報告、連絡、相談」のことで、仕事の_____だ。

因為我大學念的是法學院，所以具備法律的基本知識。
大学が法学部だったので、法律の_____知識はあります。

佛教是在公元6世紀時從大陸傳到了日本。
大陸から日本に仏_____が伝わったのは6世紀のことです。

考試開始。教科書和筆記本請收進抽屜裡。
試験を始めます。_____、ノートは机の中にしまってください。

從上個月開始減肥，已經漸漸出現成效了。
先月からダイエットを始めたところ、少しずつ_____が出てきた。

⑥基本　⑦基本的な　⑧教　⑨教科書　⑩効果

209

単語帳

11 こうみん　公民
(名) 公民
公民の授業で政治を学んだ。
在公民課上學了政治。

12 さんすう　算数
(名) 算數，初等數學；計算數量
算数が苦手だ。
不擅長算數。

13 しかく　資格
(名) 資格，身分；水準
資格を持つ。
擁有資格。

14 どくしょ　読書
(名・自サ) 讀書
読書だけで人は変わる。
光是讀書就能改變人生。

15 ぶつり　物理
(名)（文）事物的道理；物理（學）
物理に強い。
物理學科很強。

16 ほけんたいいく　保健体育
(名)（國高中學科之一）保健體育
保健体育の授業を見学する。
參觀健康體育課。

17 マスター
(名・他サ) master，老闆；精通
日本語をマスターしたい。
我想精通日語。

18 りか　理科
(名) 理科（自然科學的學科總稱）
理科系に進むつもりだ。
準備考理科。

19 りゅうがく　留学
(名・自サ) 留學
アメリカに留学する。
去美國留學。

參考答案　①公民　②算数　③資格　④読書　⑤物理

21 教育

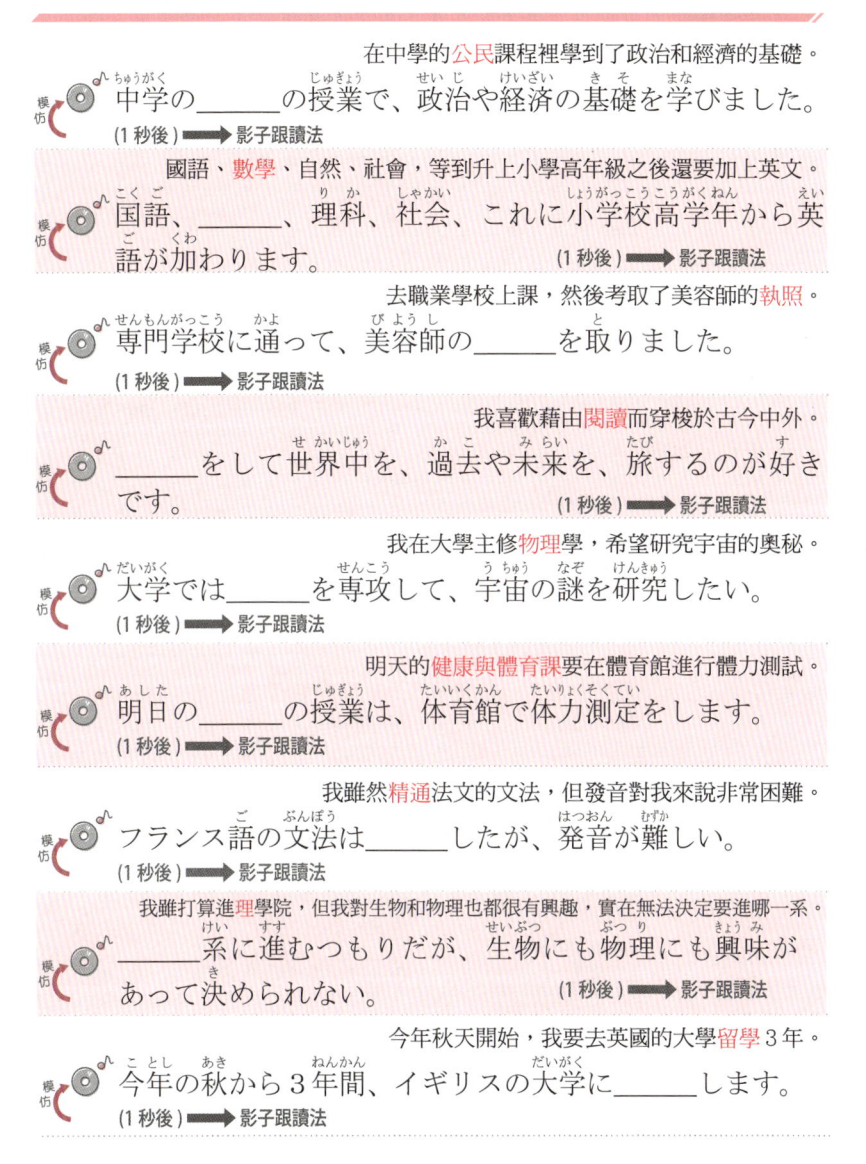

在中學的公民課程裡學到了政治和經濟的基礎。
中学の_____の授業で、政治や経済の基礎を学びました。

國語、數學、自然、社會，等到升上小學高年級之後還要加上英文。
国語、_____、理科、社会、これに小学校高学年から英語が加わります。

去職業學校上課，然後考取了美容師的執照。
専門学校に通って、美容師の_____を取りました。

我喜歡藉由閱讀而穿梭於古今中外。
_____をして世界中を、過去や未来を、旅するのが好きです。

我在大學主修物理學，希望研究宇宙的奧秘。
大学では_____を専攻して、宇宙の謎を研究したい。

明天的健康與體育課要在體育館進行體力測試。
明日の_____の授業は、体育館で体力測定をします。

我雖然精通法文的文法，但發音對我來說非常困難。
フランス語の文法は_____したが、発音が難しい。

我雖打算進理學院，但我對生物和物理也都很有興趣，實在無法決定要進哪一系。
_____系に進むつもりだが、生物にも物理にも興味があって決められない。

今年秋天開始，我要去英國的大學留學3年。
今年の秋から3年間、イギリスの大学に_____します。

⑥ 保健体育　⑦ マスター　⑧ 理科　⑨ 留学

21-2 学校／學校

01 学歴 がくれき
名 學歷
学歴が高い。
學歷高。

02 校 こう
漢造 學校；校對；（軍銜）校；學校
校則を守る。
遵守校規。

03 合格 ごうかく
名・自サ 及格；合格
試験に合格する。
考試及格。

04 小学生 しょうがくせい
名 小學生
小学生になる。
上小學。

05 新 しん
名・漢造 新；剛收穫的；新曆
新学期が始まった。
新學期開始了。

06 進学 しんがく
名・自サ 升學；進修學問
大学に進学する。
念大學。

07 進学率 しんがくりつ
名 升學率
あの高校は進学率が高い。
那所高中升學率很高。

08 専門学校 せんもんがっこう
名 專科學校
専門学校に行く。
進入專科學校就讀。

09 退学 たいがく
名・自サ 退學
退学して仕事を探す。
退學後去找工作。

10 大学院 だいがくいん
名 （大學的）研究所
大学院に進む。
進研究所唸書。

212 参考答案 ❶学歴 ❷校 ❸合格 ❹小学生 ❺新

21 教育

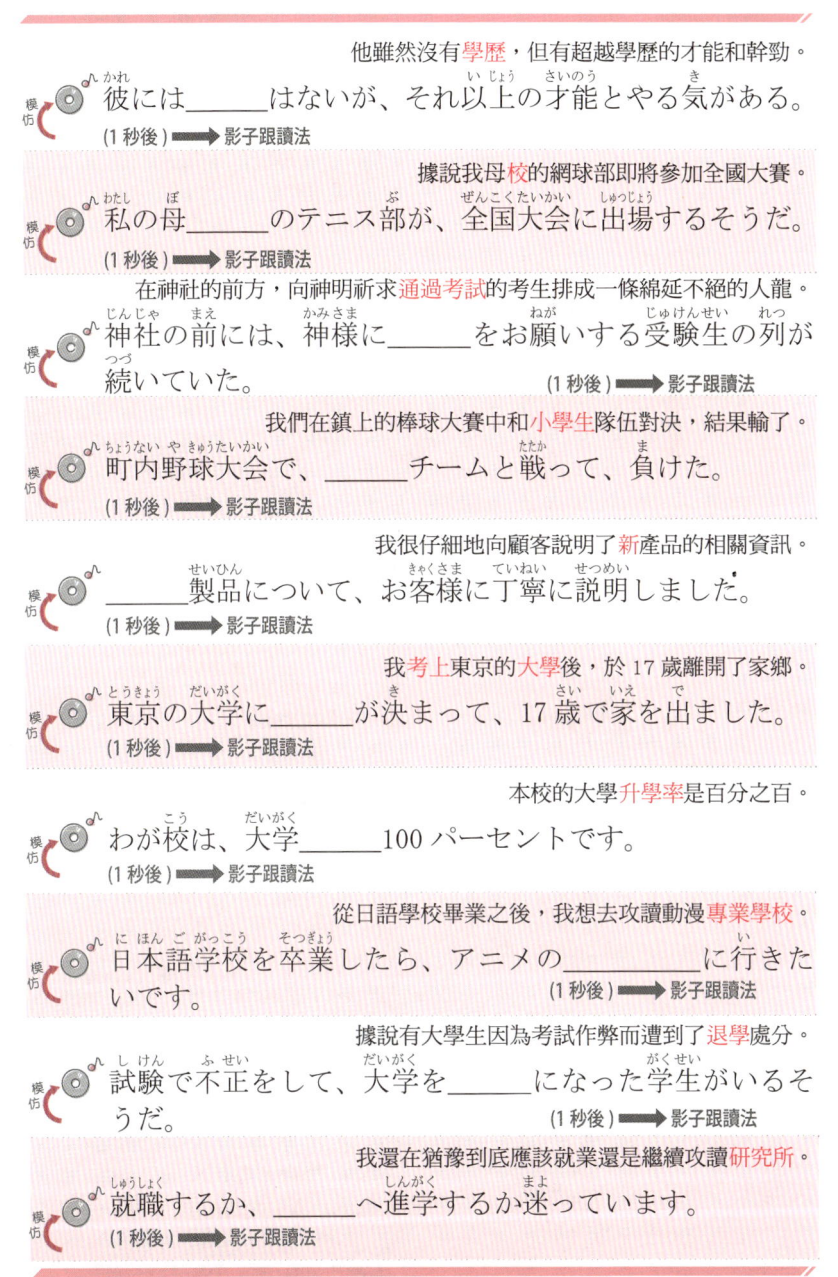

他雖然沒有<u>學歷</u>，但有超越學歷的才能和幹勁。
彼には_____はないが、それ以上の才能とやる気がある。

據說我母<u>校</u>的網球部即將參加全國大賽。
私の母_____のテニス部が、全国大会に出場するそうだ。

在神社的前方，向神明祈求<u>通過考試</u>的考生排成一條綿延不絕的人龍。
神社の前には、神様に_____をお願いする受験生の列が続いていた。

我們在鎮上的棒球大賽中和<u>小學生</u>隊伍對決，結果輸了。
町内野球大会で、_____チームと戦って、負けた。

我很仔細地向顧客說明了<u>新</u>產品的相關資訊。
_____製品について、お客様に丁寧に説明しました。

我<u>考上</u>東京的<u>大學</u>後，於17歲離開了家鄉。
東京の大学に_____が決まって、17歳で家を出ました。

本校的大學<u>升學率</u>是百分之百。
わが校は、大学_____100パーセントです。

從日語學校畢業之後，我想去攻讀動漫<u>專業學校</u>。
日本語学校を卒業したら、アニメの_____に行きたいです。

據說有大學生因為考試作弊而遭到了<u>退學</u>處分。
試験で不正をして、大学を_____になった学生がいるそうだ。

我還在猶豫到底應該就業還是繼續攻讀<u>研究所</u>。
就職するか、_____へ進学するか迷っています。

⑥ 進学　⑦ 進学率　⑧ 専門学校　⑨ 退学　⑩ 大学院

213

単語帳

11 短期大学(たんきだいがく)
- 名 (兩年或3年制的) 短期大學
- 短期大学(たんきだいがく)で勉強(べんきょう)する。
- 在短期大學裡就讀。

12 中学(ちゅうがく)
- 名 中學，初中
- 中学生(ちゅうがくせい)になった。
- 上了國中。

21-3 学生生活／學生生活

01 写す(うつす)
- 他五 抄襲，抄寫；照相；摹寫
- ノートを写(うつ)す。
- 抄寫筆記。

02 課(か)
- 名・漢造 (教材的)課；課業；(公司等)課，科
- 第(だい)3課(か)を練習(れんしゅう)する。
- 練習第3課。

03 書き取り(かきとり)
- 名・自サ 抄寫，記錄；聽寫，默寫
- 書(か)き取(と)りのテストを行(おこな)う。
- 進行聽寫測驗。

04 課題(かだい)
- 名 提出的題目；課題，任務
- 課題(かだい)を解決(かいけつ)する。
- 解決課題。

05 換わる(かわる)
- 自五 更換，更替
- 教室(きょうしつ)が換(か)わる。
- 換教室。

06 クラスメート
- 名 classmate，同班同學
- クラスメートに会(あ)う。
- 與同班同學見面。

07 欠席(けっせき)
- 名・自サ 缺席
- 授業(じゅぎょう)を欠席(けっせき)する。
- 上課缺席。

参考答案 ①短期大学(たんきだいがく) ②中学(ちゅうがく) ③写(うつ)させて ④課(か) ⑤書(か)き取(と)り

214

こんにちは。
(1秒後)こんにちは。
影子跟讀法請看 P5

21 教育

這所大專院校以高就業率而著名。
この_____は、就職率がいいことで有名です。
(1秒後) ➡ 影子跟讀法

偶然翻出了中學畢業紀念冊，好懷念啊。
_____の卒業アルバムが出てきた。懐かしいなあ。
(1秒後) ➡ 影子跟讀法

上星期缺席的同學，請向同學借筆記去謄寫。
先週休んだ人は、友達にノートを_____もらってください。
(1秒後) ➡ 影子跟讀法

期末考試缺考的同學，請到學生事務處集合。
期末試験を欠席した学生は学生生活_____に来ること。
(1秒後) ➡ 影子跟讀法

漢字怎麼樣都背不起來，很害怕聽寫考試。
漢字がどうしても覚えられなくて、_____の試験は苦手だ。
(1秒後) ➡ 影子跟讀法

據說只要準時繳交報告，就可以得到學分了。
_____の提出期限さえ守れば、単位はもらえるそうだ。
(1秒後) ➡ 影子跟讀法

有位挺著大肚子的女士上了車，所以我換去後面坐。
おなかの大きな女性が乗って来たので、席を_____。
(1秒後) ➡ 影子跟讀法

我們中學時代的5個同學到現在仍然會一起去旅行。
中学のときの_____5人で、今も旅行に行ったりしています。
(1秒後) ➡ 影子跟讀法

由於討厭那個老師所以每星期都缺課，結果沒拿到那門課的學分。
先生が嫌いで毎週授業を_____いたら、とうとう単位を落とした。
(1秒後) ➡ 影子跟讀法

❻課題　❼換わった　❽クラスメート　❾欠席して

215

単語帳

08 祭 (さい)
- 漢造 祭祀，祭禮；節日，節日的狂歡
- 文化祭が行われる。
- 舉辦文化祭。

09 在学 (ざいがく)
- 名・自サ 在校學習，上學
- 在学中のことを思い出す。
- 想起求學時的種種。

10 時間目 (じかんめ)
- 接尾 第…小時
- 2時間目の授業を受ける。
- 上第2節課。

11 チャイム
- 名 chime，組鐘；門鈴
- チャイムが鳴った。
- 鈴聲響了。

12 点数 (てんすう)
- 名 （評分的）分數
- 読解の点数はまあまあだった。
- 閱讀理解項目的分數還算可以。

13 届ける (とどける)
- 他下一 送達；送交；報告
- 忘れ物を届ける。
- 把遺失物送回來。

14 年生 (ねんせい)
- 接尾 …年級生
- 3年生に上がる。
- 升為3年級。

15 問 (もん)
- 接尾 （計算問題數量）題
- 5問のうち4問は正解だ。
- 5題中對4題。

16 落第 (らくだい)
- 名・自サ 不及格，落榜，沒考中；留級
- 彼は落第した。
- 他落榜了。

參考答案 ①祭 ②在学 ③時間目 ④チャイム ⑤点数

在高中校慶時演出的音樂劇,是我日後成為一名歌手的契機。
高校の文化_____でやったミュージカルがきっかけで、歌手になった。

我和妻子是在大學參加志工活動時認識的。
妻とは、大学_____中にボランティア活動で知り合った。

午休結束後的第5節課總是很睏。
昼休みの後の5_____の授業は、必ず眠くなるんだ。

下課鐘聲才剛響起,他就飛奔出教室了。
授業終了の_____が鳴ったとたん、彼は教室を飛び出した。

考試分數低於30分的同學必須補考。
試験の_____が30点以下の生徒は、再試験になります。

希望透過我的演奏,給全世界的孩子們帶來幸福。
私の演奏で、世界の子どもたちに幸せを_____。

我的兩個孩子分別是中學1年級和小學4年級的學生。
子どもは中学1年生と小学4_____です。

100題裡答對85題就算合格了。
100_____中85_____以上正解なら合格です。

我哥哥已經留級3次了,今年已經是念大學的第7年了。
兄は3回_____、今年で大学は7年目だ。

❻届けたい　❼年生　❽問　❾落第して

パート22 第二十二章 行事、一生の出来事

儀式活動、一輩子會遇到的事情

01 祝う（いわう）
(他五) 祝賀，慶祝；祝福；送賀禮；致賀詞
成人を祝う。
慶祝長大成人。

02 帰省（きせい）
(名・自サ) 歸省，回家（省親），探親
お正月に帰省する。
元月新年回家探親。

03 クリスマス
(名) christmas，聖誕節
メリークリスマス。
聖誕節快樂！

04 祭り（まつり）
(名) 祭祀；祭日，廟會祭典
お祭りを楽しむ。
觀賞節日活動。

05 招く（まねく）
(他五)（搖手、點頭）招呼；招待，宴請；招聘，聘請；招惹，招致
パーティーに招かれた。
受邀參加派對。

パート23 第二十三章 道具

工具

23-1 道具／工具

01 お玉杓子（おたまじゃくし）
(名) 圓杓，湯杓；蝌蚪
お玉じゃくしを持つ。
拿湯杓。

02 缶（かん）
(名) 罐子
缶詰にする。
做成罐頭。

03 缶詰（かんづめ）
(名) 罐頭；關起來，隔離起來；擁擠的狀態
缶詰を開ける。
打開罐頭。

參考答案： ①祝う ②帰省する ③クリスマス ④祭り ⑤招かれて

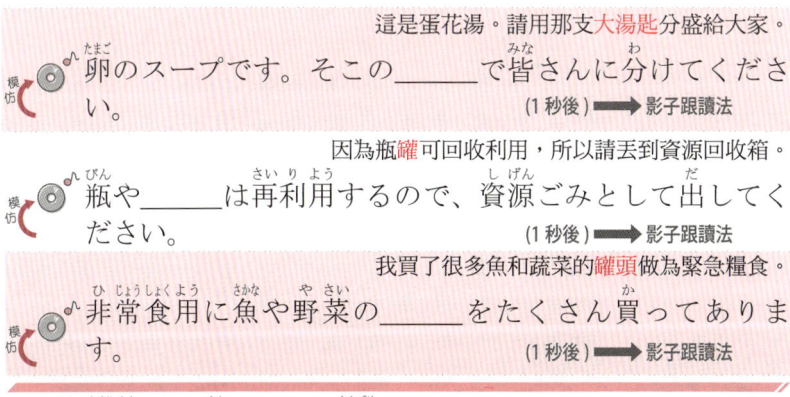

儀式活動、一輩子會遇到的事情・工具

明天晚上6點開始舉行鈴木同學的上榜慶功宴。
明日午後6時から、鈴木君の合格を＿＿＿＿会を行います。
(1秒後) ➡ 影子跟讀法

媽媽，我暑假就會回家了，等我哦！
お母さん、夏休みには＿＿＿＿から、楽しみにしててね。
(1秒後) ➡ 影子跟讀法

在聖誕樹的頂端擺上了一顆金色的星星。
＿＿＿＿＿ツリーの先に、金色の星の飾りをつけた。
(1秒後) ➡ 影子跟讀法

祭典那天晚上，熱鬧的聲音連這附近都能聽見喔。
お＿＿＿＿の夜は、この辺まで賑やかな声が聞こえてきますよ。
(1秒後) ➡ 影子跟讀法

我受邀出席了國際交流的聚會，並且上台演講。
国際交流のためのパーティーに＿＿＿＿、スピーチをした。
(1秒後) ➡ 影子跟讀法

這是蛋花湯。請用那支大湯匙分盛給大家。
卵のスープです。そこの＿＿＿＿で皆さんに分けてください。
(1秒後) ➡ 影子跟讀法

因為瓶罐可回收利用，所以請丟到資源回收箱。
瓶や＿＿＿＿は再利用するので、資源ごみとして出してください。
(1秒後) ➡ 影子跟讀法

我買了很多魚和蔬菜的罐頭做為緊急糧食。
非常食用に魚や野菜の＿＿＿＿をたくさん買ってあります。
(1秒後) ➡ 影子跟讀法

⑥お玉杓子　⑦缶　⑧缶詰

単語帳

04 櫛（くし）
- 名 梳子
- 櫛を髪に挿す。
- 頭髮插上梳子。

05 黒板（こくばん）
- 名 黒板
- 黒板を拭く。
- 擦黒板。

06 ゴム
- 名（荷）gom，樹膠，橡皮，橡膠
- 輪ゴムで結んでください。
- 請用橡皮筋綁起來。

07 刺さる（ささる）
- 自五 刺在…在，扎進，刺入
- 布団に針が刺さっている。
- 被子有針插著。

08 杓文字（しゃもじ）
- 名 杓子，飯杓
- しゃもじにご飯がついている。
- 飯匙上沾著飯。

09 修理（しゅうり）
- 名・他サ 修理，修繕
- 車を修理する。
- 修繕車子。

10 性能（せいのう）
- 名 性能，機能，效能
- 性能が悪い。
- 性能不好。

11 製品（せいひん）
- 名 製品，產品
- 製品のデザインを決める。
- 決定把新產品的設計定案。

12 洗剤（せんざい）
- 名 洗滌劑，洗衣粉（精）
- 洗剤で洗う。
- 用洗滌劑清洗。

13 タオル
- 名 towel，毛巾；毛巾布
- タオルを洗う。
- 洗毛巾。

参考答案 ① 櫛（くし） ② 黒板（こくばん） ③ ゴム ④ 刺さって（ささって） ⑤ 杓文字（しゃもじ）

23 工具

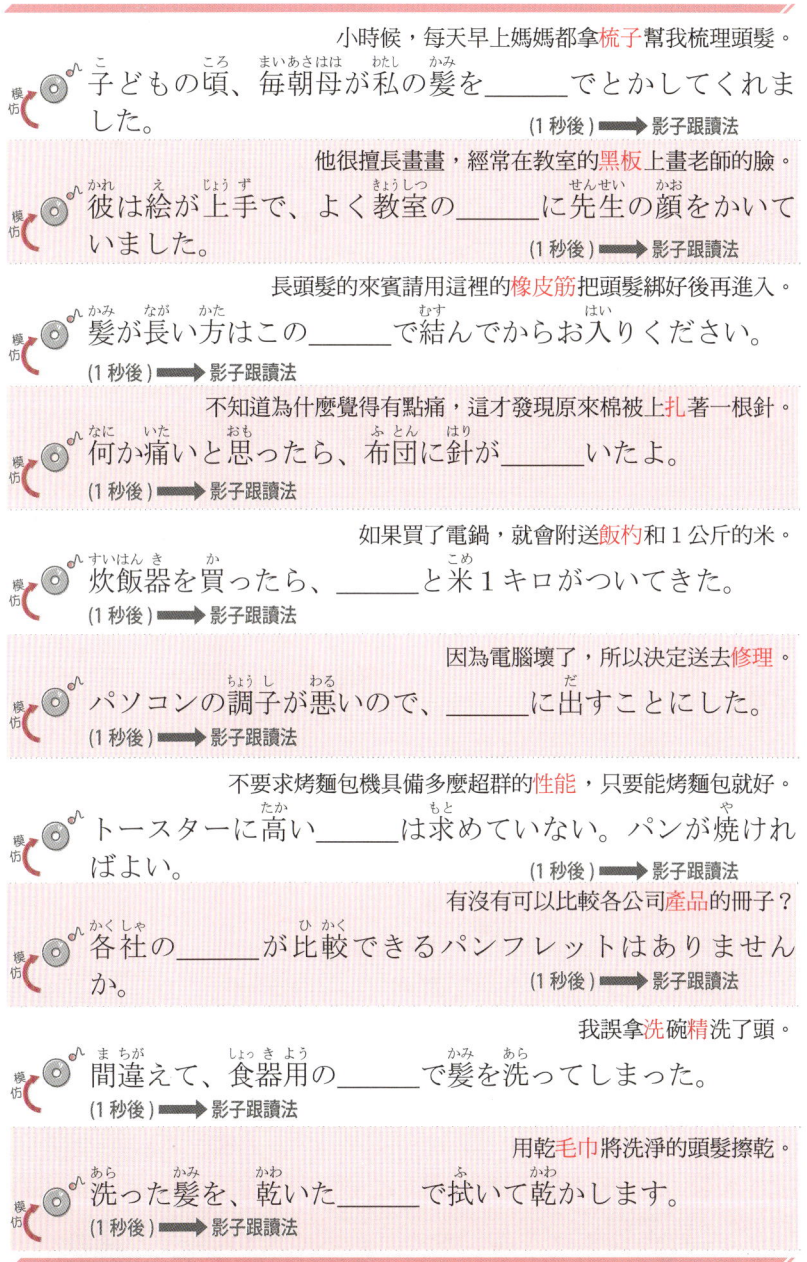

影子跟讀法請看 P5

小時候，每天早上媽媽都拿**梳子**幫我梳理頭髮。
子どもの頃、毎朝母が私の髪を_____でとかしてくれました。

他很擅長畫畫，經常在教室的**黑板**上畫老師的臉。
彼は絵が上手で、よく教室の_____に先生の顔をかいていました。

長頭髮的來賓請用這裡的**橡皮筋**把頭髮綁好後再進入。
髪が長い方はこの_____で結んでからお入りください。

不知道為什麼覺得有點痛，這才發現原來棉被上**扎**著一根針。
何か痛いと思ったら、布団に針が_____いたよ。

如果買了電鍋，就會附送**飯杓**和1公斤的米。
炊飯器を買ったら、_____と米1キロがついてきた。

因為電腦壞了，所以決定送去**修理**。
パソコンの調子が悪いので、_____に出すことにした。

不要求烤麵包機具備多麼超群的**性能**，只要能烤麵包就好。
トースターに高い_____は求めていない。パンが焼ければよい。

有沒有可以比較各公司**產品**的冊子？
各社の_____が比較できるパンフレットはありませんか。

我誤拿**洗碗精**洗了頭。
間違えて、食器用の_____で髪を洗ってしまった。

用乾**毛巾**將洗淨的頭髮擦乾。
洗った髪を、乾いた_____で拭いて乾かします。

⑥ 修理　⑦ 性能　⑧ 製品　⑨ 洗剤　⑩ タオル

221

単語帳

14 中華なべ（ちゅうか なべ）
名 中華鍋（炒菜用的中式淺底鍋）
中華なべで野菜を炒める。
用中式淺底鍋炒菜。

15 電池（でんち）
名 （理）電池
電池がいる。
需要電池。

16 テント
名 tent，帳篷
テントを張る。
搭帳篷。

17 鍋（なべ）
名 鍋子；火鍋
鍋で野菜を炒める。
用鍋炒菜。

18 鋸（のこぎり）
名 鋸子
のこぎりで板を引く。
用鋸子鋸木板。

19 歯車（はぐるま）
名 齒輪
機械の歯車に油を差した。
往機器的齒輪裡注了油。

20 旗（はた）
名 旗，旗幟；（佛）幡
旗をかかげる。
掛上旗子。

21 紐（ひも）
名 （布、皮革等的）細繩，帶
靴ひもを結ぶ。
繫鞋帶。

22 ファスナー
名 fastener，（提包、皮包與衣服上的）拉鍊
ファスナーがついている。
有附拉鍊。

23 袋・〜袋（ふくろ・〜ぶくろ）
名 袋子；口袋；囊
袋に入れる。
裝入袋子。

參考答案　①中華鍋　②電池　③テント　④鍋　⑤鋸

222

こんにちは。
（1秒後）こんにちは。

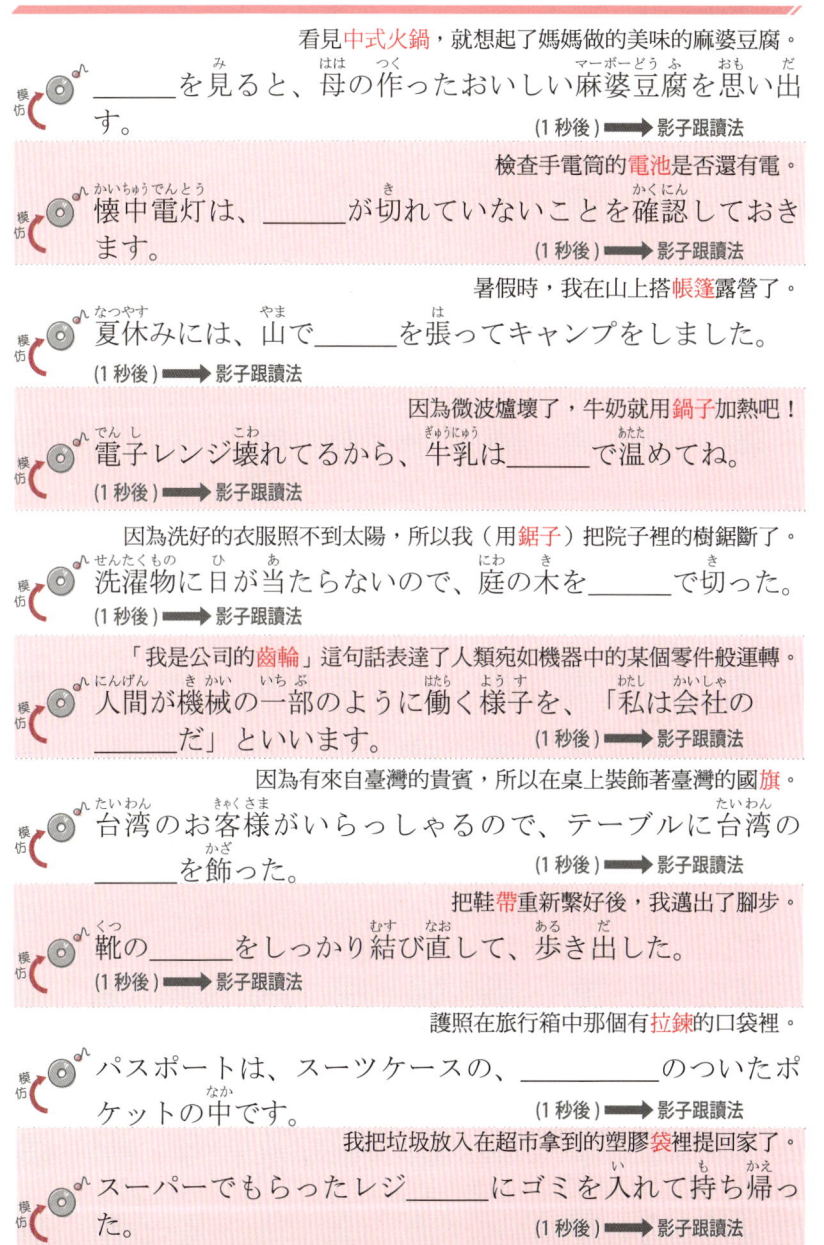

影子跟讀法請看 P5

看見中式火鍋，就想起了媽媽做的美味的麻婆豆腐。
_____を見ると、母の作ったおいしい麻婆豆腐を思い出します。
（1秒後）➡ 影子跟讀法

檢查手電筒的電池是否還有電。
懐中電灯は、_____が切れていないことを確認しておきます。
（1秒後）➡ 影子跟讀法

暑假時，我在山上搭帳篷露營了。
夏休みには、山で_____を張ってキャンプをしました。
（1秒後）➡ 影子跟讀法

因為微波爐壞了，牛奶就用鍋子加熱吧！
電子レンジ壊れてるから、牛乳は_____で温めてね。
（1秒後）➡ 影子跟讀法

因為洗好的衣服照不到太陽，所以我（用鋸子）把院子裡的樹鋸斷了。
洗濯物に日が当たらないので、庭の木を_____で切った。
（1秒後）➡ 影子跟讀法

「我是公司的齒輪」這句話表達了人類宛如機器中的某個零件般運轉。
人間が機械の一部のように働く様子を、「私は会社の_____だ」といいます。
（1秒後）➡ 影子跟讀法

因為有來自臺灣的貴賓，所以在桌上裝飾著臺灣的國旗。
台湾のお客様がいらっしゃるので、テーブルに台湾の_____を飾った。
（1秒後）➡ 影子跟讀法

把鞋帶重新繫好後，我邁出了腳步。
靴の_____をしっかり結び直して、歩き出した。
（1秒後）➡ 影子跟讀法

護照在旅行箱中那個有拉鍊的口袋裡。
パスポートは、スーツケースの、_____のついたポケットの中です。
（1秒後）➡ 影子跟讀法

我把垃圾放入在超市拿到的塑膠袋裡提回家了。
スーパーでもらったレジ_____にゴミを入れて持ち帰った。
（1秒後）➡ 影子跟讀法

⑥ 歯車　⑦ 旗　⑧ 紐　⑨ ファスナー　⑩ 袋

単語帳

24 ☐☐☐
蓋(ふた)
▶ 名（瓶、箱、鍋等）的蓋子；（貝類的）蓋
▶ 蓋(ふた)をする。
蓋上。

25 ☐☐☐
物(ぶつ)
名・漢造 大人物；物，東西
危険物(きけんぶつ)の持(も)ち込(こ)みはやめましょう。
請勿帶入危險物品。

26 ☐☐☐
フライ返(がえ)し
▶ 名 fry 返し，（把平底鍋裡煎的東西翻面的用具）鍋鏟
使(つか)いやすいフライ返(がえ)しを選(えら)ぶ。
選擇好用的炒菜鏟。

27 ☐☐☐
フライパン
名 frying pan，平底鍋
フライパンで焼(や)く。
用平底鍋烤。

28 ☐☐☐
ペンキ
▶ 名（荷）pek，油漆
ペンキが乾(かわ)いた。
油漆乾了。

29 ☐☐☐
ベンチ
名 bench，長凳，長椅；（棒球）教練，選手席
ベンチに腰掛(こしか)ける。
坐到長椅上。

30 ☐☐☐
包丁(ほうちょう)
▶ 名 菜刀；廚師；烹調手藝
包丁(ほうちょう)で切(き)る。
用菜刀切。

31 ☐☐☐
マイク
名 mike，麥克風
マイクを通(つう)じて話(はな)す。
透過麥克風說話。

32 ☐☐☐
まな板(いた)
▶ 名 切菜板
まな板(いた)の上(うえ)で野菜(やさい)を切(き)る。
在砧板切菜。

33 ☐☐☐
湯飲み(ゆのみ)
名 茶杯，茶碗
湯飲(ゆの)み茶碗(ちゃわん)を手(て)に入(い)れる。
得到茶杯。

参考答案 ①蓋(ふた) ②物(ぶつ) ③フライ返(がえ)し ④フライパン ⑤ペンキ

こんにちは。
(1秒後)こんにちは。
影子跟讀法請看 P5

把熱茶倒進水壺裡，然後牢牢鎖緊了蓋子。
水筒に熱いお茶を入れて、_____をしっかり閉めた。
(1秒後)➡影子跟讀法

那部電影講的是出場角色一個接著一個因毒物而喪命（被毒死）的故事。
その映画は、登場人物が次々と毒_____によって命を落とす話だ。
(1秒後)➡影子跟讀法

用鍋鏟將雞蛋翻面。
_____で卵焼きをひっくり返します。
(1秒後)➡影子跟讀法

《只要一個平底鍋就能完成的料理》這本書很暢銷。
『_____ひとつでできる料理』という本が売れている。
(1秒後)➡影子跟讀法

我和兒子一起蓋了狗屋，並在屋頂刷上藍色的油漆。
息子と一緒に犬小屋を作って、屋根に青い_____を塗った。
(1秒後)➡影子跟讀法

那個老爺爺每天都坐在同一張長椅上。
そのおじいさんは、毎日同じ_____に座っています。
(1秒後)➡影子跟讀法

因為根本不做飯，所以家裡既沒有菜刀也沒有砧板哦。
料理なんかしないから、うちには_____もまな板もないよ。
(1秒後)➡影子跟讀法

因為聲音無法傳到後面的位子，還是拿麥克風吧！
後ろの席まで声が届かないから、_____を使いましょう。
(1秒後)➡影子跟讀法

把菜刀和砧板曬乾後放在架子上。
包丁と_____はよく乾かしてから棚にしまいます。
(1秒後)➡影子跟讀法

因為在會議上要供應與會者茶水，所以請按照人數準備茶杯。
会議でお茶を出すので、_____を人数分用意してください。
(1秒後)➡影子跟讀法

⑥ベンチ　⑦包丁　⑧マイク　⑨まな板　⑩湯飲み

34
ライター ▸ 名 lighter，打火機

ライターで火をつける。
用打火機點火。

35
ラベル ▸ 名 label，標籤，籤條

金額のラベルを張る。
貼上金額標籤。

36
リボン ▸ 名 ribbon，緞帶，絲帶；髮帶；蝴蝶結

リボンを付ける。
繫上緞帶。

37
レインコート ▸ 名 raincoat，雨衣

レインコートを忘れた。
忘了帶雨衣。

38
ロボット ▸ 名 robot，機器人；自動裝置；傀儡

家事をしてくれるロボットが人気だ。
會幫忙做家事的機器人很受歡迎。

39
椀・碗 ▸ 名 碗，木碗；（計算數量）碗

一碗のお茶を頂く。
喝一碗茶。

23-2 家具、工具、文房具／傢俱、工作器具、文具

01
アイロン ▸ 名 iron，熨斗、烙鐵

アイロンをかける。
用熨斗燙。

02
アルバム ▸ 名 album，相簿，記念冊

スマホの写真でアルバムを作る。
把手機裡的照片編作相簿。

03
インキ ▸ 名 ink，墨水

万年筆のインキがなくなる。
鋼筆的墨水用完。

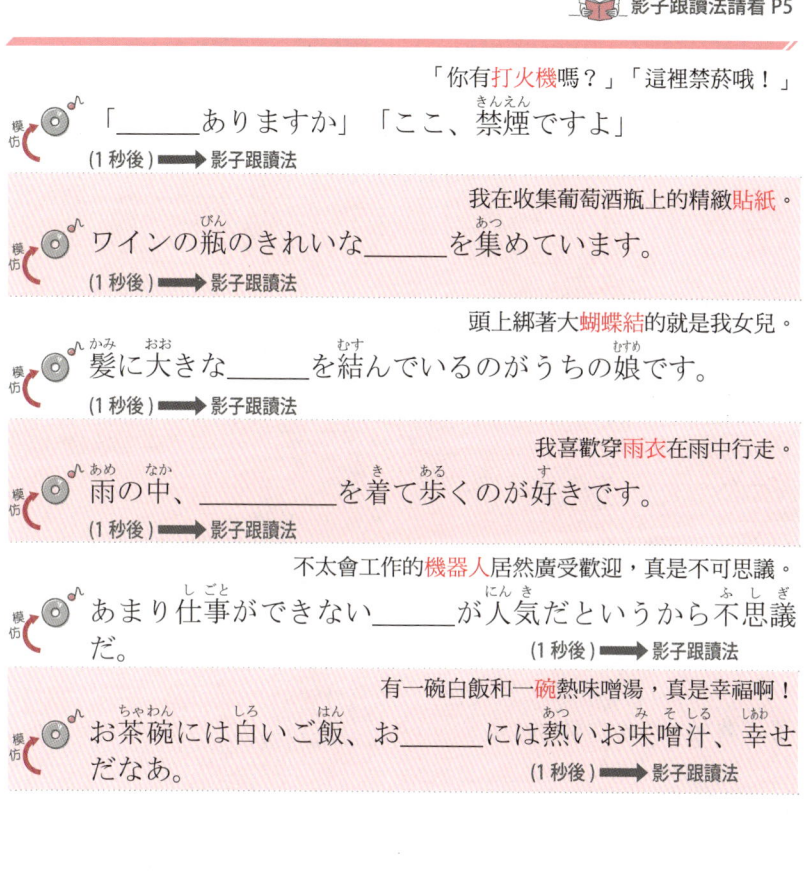

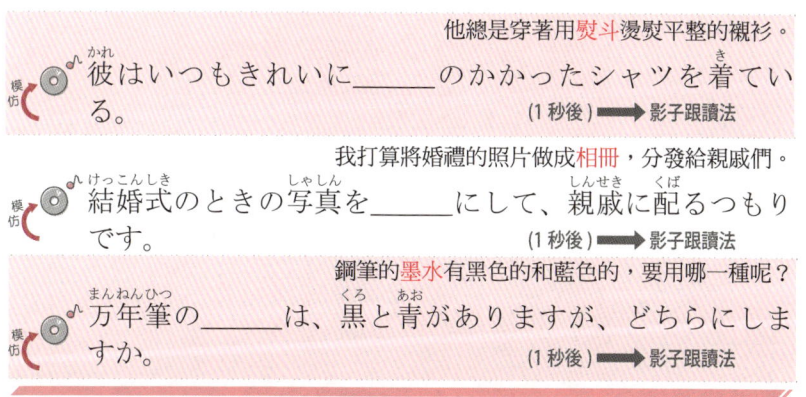

「你有打火機嗎?」「這裡禁菸哦!」
「_____ありますか」「ここ、禁煙ですよ」

我在收集葡萄酒瓶上的精緻貼紙。
ワインの瓶のきれいな_____を集めています。

頭上綁著大蝴蝶結的就是我女兒。
髪に大きな_____を結んでいるのがうちの娘です。

我喜歡穿雨衣在雨中行走。
雨の中、_____を着て歩くのが好きです。

不太會工作的機器人居然廣受歡迎,真是不可思議。
あまり仕事ができない_____が人気だというから不思議だ。

有一碗白飯和一碗熱味噌湯,真是幸福啊!
お茶碗には白いご飯、お_____には熱いお味噌汁、幸せだなあ。

他總是穿著用熨斗燙熨平整的襯衫。
彼はいつもきれいに_____のかかったシャツを着ている。

我打算將婚禮的照片做成相冊,分發給親戚們。
結婚式のときの写真を_____にして、親戚に配るつもりです。

鋼筆的墨水有黑色的和藍色的,要用哪一種呢?
万年筆の_____は、黒と青がありますが、どちらにしますか。

⑥椀　⑦アイロン　⑧アルバム　⑨インキ

227

04
インク — 名 ink，墨水，油墨（也寫作「インキ」） — インクをつける。 蘸墨水。

05
エアコン — 名 air conditioning，空調；溫度調節器 — エアコンつきの部屋を探す。 找附有冷氣的房子。

06
カード — 名 card，卡片；撲克牌 — カードを切る。 洗牌。

07
カーペット — 名 carpet，地毯 — カーペットにコーヒーをこぼした。 把咖啡灑到地毯上了。

08
家具（かぐ） — 名 家具 — 家具を置く。 放家具。

09
家電製品（かでんせいひん） — 名 家用電器 — 家電製品を安全に使う。 安全使用家電用品。

10
金槌（かなづち） — 名 釘錘，榔頭；旱鴨子 — 金槌で釘を打つ。 用榔頭敲打釘子。

11
機（き） — 名・接尾・漢造 機器；時機；飛機；（助數詞用法）架 — 洗濯機が壊れた。 洗衣機壞了。

12
クーラー — 名 cooler，冷氣設備 — クーラーをつける。 開冷氣。

13
指す（さす） — 他五 指，指示；使，叫，令，命令做… — 時計が2時を指している。 時鐘指著兩點。

参考答案 ①インク ②エアコン ③カード ④カーペット ⑤家具

23 工具

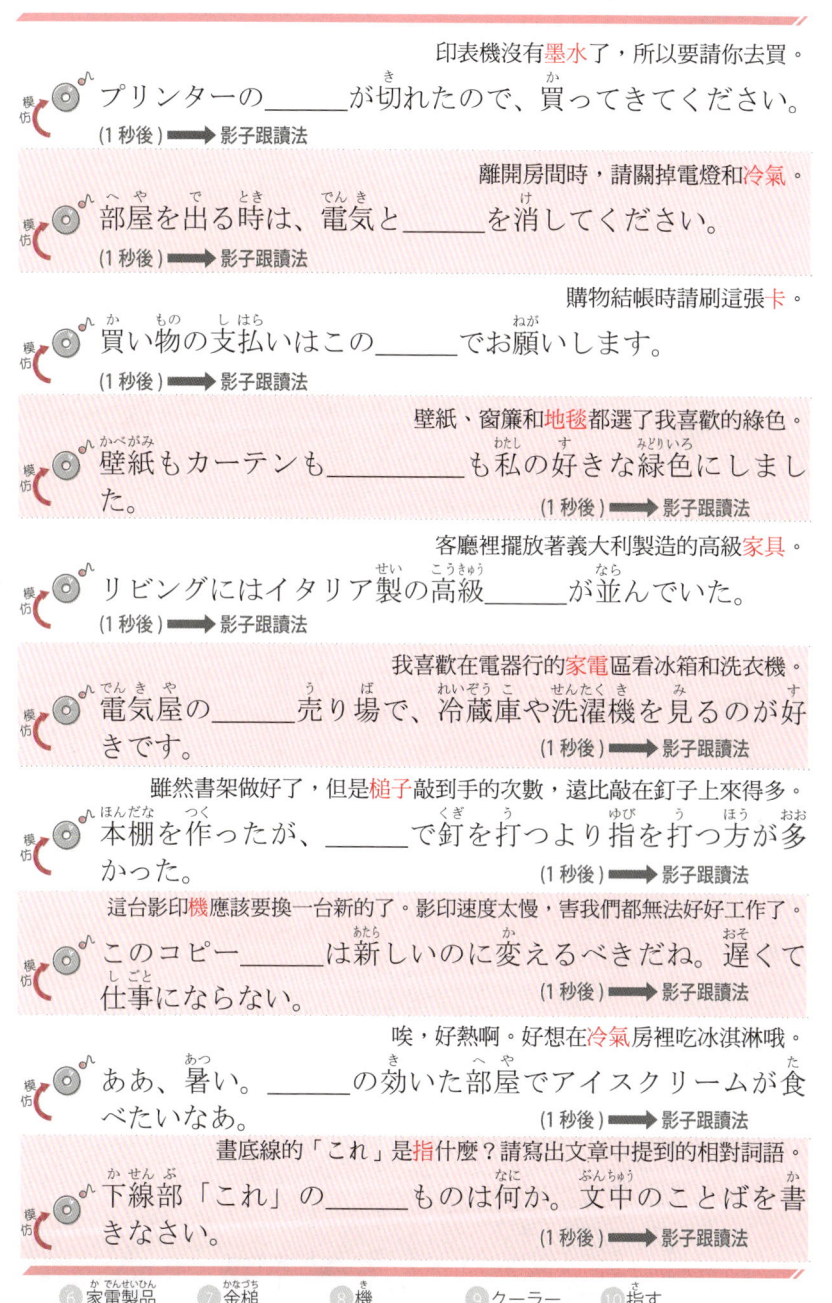

こんにちは。
(1秒後) こんにちは。
影子跟讀法請看 P5

印表機沒有墨水了，所以要請你去買。
プリンターの_____が切れたので、買ってきてください。
(1秒後) ➡ 影子跟讀法

離開房間時，請關掉電燈和冷氣。
部屋を出る時は、電気と_____を消してください。
(1秒後) ➡ 影子跟讀法

購物結帳時請刷這張卡。
買い物の支払いはこの_____でお願いします。
(1秒後) ➡ 影子跟讀法

壁紙、窗簾和地毯都選了我喜歡的綠色。
壁紙もカーテンも_____も私の好きな緑色にしました。
(1秒後) ➡ 影子跟讀法

客廳裡擺放著義大利製造的高級家具。
リビングにはイタリア製の高級_____が並んでいた。
(1秒後) ➡ 影子跟讀法

我喜歡在電器行的家電區看冰箱和洗衣機。
電気屋の_____売り場で、冷蔵庫や洗濯機を見るのが好きです。
(1秒後) ➡ 影子跟讀法

雖然書架做好了，但是槌子敲到手的次數，遠比敲在釘子上來得多。
本棚を作ったが、_____で釘を打つより指を打つ方が多かった。
(1秒後) ➡ 影子跟讀法

這台影印機應該要換一台新的了。影印速度太慢，害我們都無法好好工作了。
このコピー_____は新しいのに変えるべきだね。遅くて仕事にならない。
(1秒後) ➡ 影子跟讀法

唉，好熱啊。好想在冷氣房裡吃冰淇淋哦。
ああ、暑い。_____の効いた部屋でアイスクリームが食べたいなあ。
(1秒後) ➡ 影子跟讀法

畫底線的「これ」是指什麼？請寫出文章中提到的相對詞語。
下線部「これ」の_____ものは何か。文中のことばを書きなさい。
(1秒後) ➡ 影子跟讀法

⑥ 家電製品　⑦ 金槌　⑧ 機　⑨ クーラー　⑩ 指す

14 絨毯 (じゅうたん)
名 地毯
絨毯を織ってみた。
試著編地毯。

15 定規 (じょうぎ)
名 （木工使用）尺，規尺；標準
定規で線を引く。
用尺畫線。

16 食器棚 (しょっきだな)
名 餐具櫃，碗廚
食器棚に皿を置く。
把盤子放入餐具櫃裡。

17 炊飯器 (すいはんき)
名 電子鍋
炊飯器でご飯を炊く。
用電鍋煮飯。

18 席 (せき)
名・漢造 席，坐墊；席位，坐位
席を譲る。
讓座。

19 瀬戸物 (せともの)
名 陶瓷品
瀬戸物の茶碗を大事にしている。
非常珍惜陶瓷碗。

20 洗濯機 (せんたくき)
名 洗衣機
洗濯機で洗う。
用洗衣機洗。

21 扇風機 (せんぷうき)
名 風扇，電扇
扇風機を止める。
關掉電扇。

22 掃除機 (そうじき)
名 除塵機，吸塵器
掃除機をかける。
用吸塵器清掃。

23 ソファー
名 sofa，沙發（亦可唸作「ソファ」）
ソファーに座る。
坐在沙發上。

請用吸塵器仔細清潔地毯。

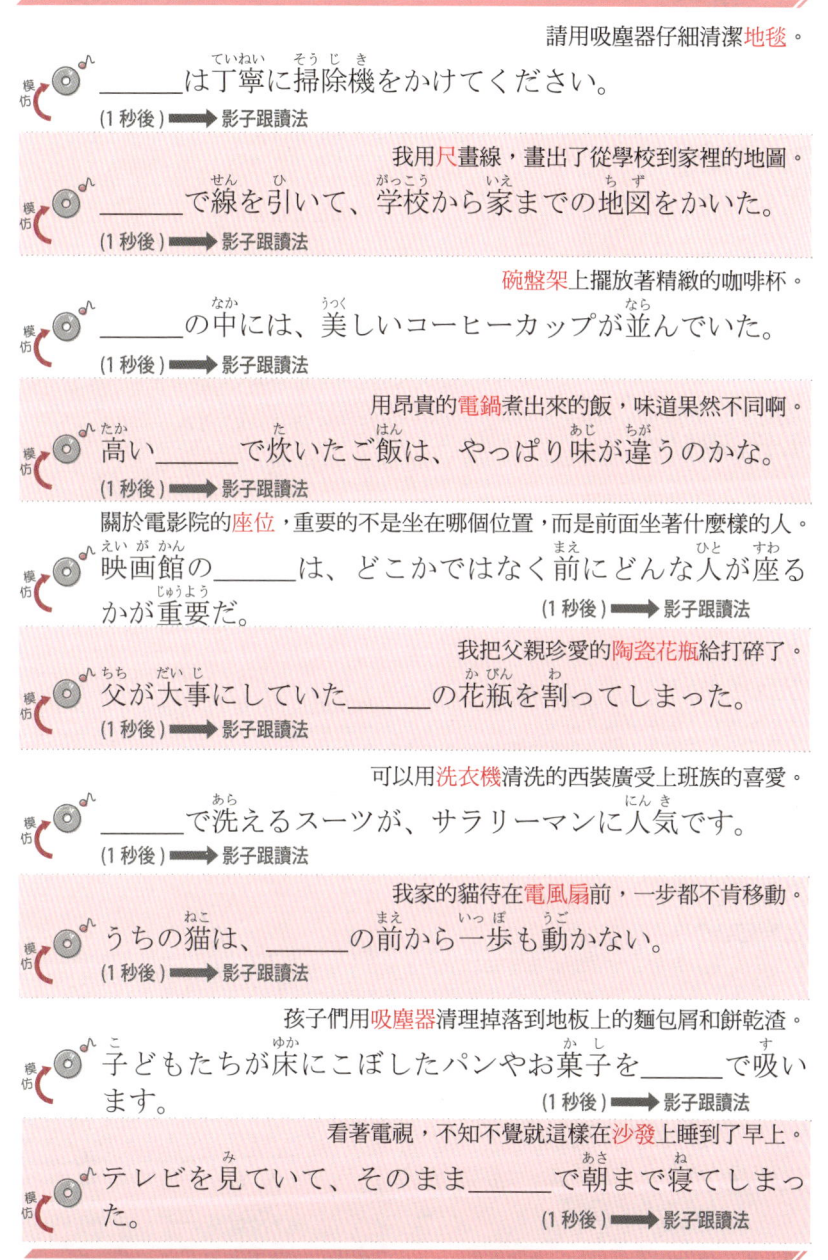

_____は丁寧に掃除機をかけてください。

(1秒後) ➡ 影子跟讀法

我用尺畫線，畫出了從學校到家裡的地圖。

_____で線を引いて、学校から家までの地図をかいた。

(1秒後) ➡ 影子跟讀法

碗盤架上擺放著精緻的咖啡杯。

_____の中には、美しいコーヒーカップが並んでいた。

(1秒後) ➡ 影子跟讀法

用昂貴的電鍋煮出來的飯，味道果然不同啊。

高い_____で炊いたご飯は、やっぱり味が違うのかな。

(1秒後) ➡ 影子跟讀法

關於電影院的座位，重要的不是坐在哪個位置，而是前面坐著什麼樣的人。

映画館の_____は、どこかではなく前にどんな人が座るかが重要だ。

(1秒後) ➡ 影子跟讀法

我把父親珍愛的陶瓷花瓶給打碎了。

父が大事にしていた_____の花瓶を割ってしまった。

(1秒後) ➡ 影子跟讀法

可以用洗衣機清洗的西裝廣受上班族的喜愛。

_____で洗えるスーツが、サラリーマンに人気です。

(1秒後) ➡ 影子跟讀法

我家的貓待在電風扇前，一步都不肯移動。

うちの猫は、_____の前から一歩も動かない。

(1秒後) ➡ 影子跟讀法

孩子們用吸塵器清理掉落到地板上的麵包屑和餅乾渣。

子どもたちが床にこぼしたパンやお菓子を_____で吸います。

(1秒後) ➡ 影子跟讀法

看著電視，不知不覺就這樣在沙發上睡到了早上。

テレビを見ていて、そのまま_____で朝まで寝てしまった。

(1秒後) ➡ 影子跟讀法

⑥ 瀬戸物　⑦ 洗濯機　⑧ 扇風機　⑨ 掃除機　⑩ ソファー

単語帳

24 □□□
箪笥(たんす)
(名) 衣櫥，衣櫃，五斗櫃
たんすにしまった。
收入衣櫃裡。

25 □□□
チョーク
(名) chalk，粉筆
チョークで黒板(こくばん)に書(か)く。
用粉筆在黑板上寫字。

26 □□□
手帳(てちょう)
(名) 筆記本，雜記本
手帳(てちょう)で予定(よてい)を確認(かくにん)する。
翻看隨身記事本確認行程。

27 □□□
電子レンジ(でんし)
(名) 電子 range，電子微波爐
電子レンジで温(あたた)める。
用微波爐加熱。

28 □□□
トースター
(名) toaster，烤麵包機
トースターで焼(や)く。
以烤箱加熱。

29 □□□
ドライヤー
(名) dryer・drier，乾燥機，吹風機
ドライヤーをかける。
用吹風機吹。

30 □□□
鋏(はさみ)
(名) 剪刀；剪票鉗
はさみで切(き)る。
用剪刀剪。

31 □□□
ヒーター
(名) heater，電熱器，電爐；暖氣裝置
ヒーターをつける。
裝暖氣。

32 □□□
便箋(びんせん)
(名) 信紙，便箋
かわいい便箋(びんせん)をダウンロードする。
下載可愛的信紙。

33 □□□
文房具(ぶんぼうぐ)
(名) 文具，文房四寶
文房具屋(ぶんぼうぐや)さんでペンを買(か)って来(き)た。
去文具店買了筆回來。

参考答案　①箪笥(たんす)　②チョーク　③手帳(てちょう)　④電子(でんし)レンジ　⑤トースター

こんにちは。
(1秒後) こんにちは。

影子跟讀法請看 P5

23 工具

護照、信用卡等重要物品都放在衣櫃的抽屜裡。
パスポートやカードなど、大切（たいせつ）なものは_____の引（ひ）き出しにしまっている。
(1秒後) ➡ 影子跟讀法

用白粉筆和紅粉筆在黑板上作了畫。
黒板（こくばん）に白（しろ）い_____と赤（あか）い_____で絵（え）を描（か）いた。
(1秒後) ➡ 影子跟讀法

總經理未來一年的行程安排全都記在我的筆記本上。
社長（しゃちょう）の予定（よてい）は一年先（いちねんさき）まで全（すべ）て、私（わたし）の_____に記入（きにゅう）してあります。
(1秒後) ➡ 影子跟讀法

把昨天的味噌湯用電子微波爐加熱後再喝。
昨日（きのう）の味噌汁（みそしる）を_____で温（あたた）めて飲（の）みます。
(1秒後) ➡ 影子跟讀法

將起司鋪在麵包上，用烤麵包機烤過再吃。
パンにチーズを乗（の）せて、_____で焼（や）いて食（た）べます。
(1秒後) ➡ 影子跟讀法

拿吹風機對著鏡子把頭髮吹乾。
鏡（かがみ）を見（み）ながら、_____で髪（かみ）を乾（かわ）かします。
(1秒後) ➡ 影子跟讀法

我用剪刀把信封的邊緣剪開，取出了裡面的卡片。
封筒（ふうとう）の端（はし）を_____で切（き）って、中（なか）のカードを取（と）り出（だ）した。
(1秒後) ➡ 影子跟讀法

今年的冬天很冷，我從早到晚都開著暖氣。
今年（ことし）の冬（ふゆ）は寒（さむ）くて、朝（あさ）から晩（ばん）まで_____を点（つ）けっ放（ぱな）しだ。
(1秒後) ➡ 影子跟讀法

僅僅為了寫一封信，竟浪費了10張便條。
たった1枚（まい）の手紙（てがみ）を書（か）くのに、_____を10枚（まい）も無駄（むだ）にしちゃった。
(1秒後) ➡ 影子跟讀法

可愛的筆和漂亮的記事本……，這些東西在文具店裡怎麼看都看不膩。
かわいいペンやきれいなメモ帳（ちょう）、_____屋（や）は見（み）ていて飽（あ）きない。
(1秒後) ➡ 影子跟讀法

⑥ ドライヤー ⑦ はさみ ⑧ ヒーター ⑨ 便箋（びんせん） ⑩ 文房具（ぶんぼうぐ）

233

#	単語	品詞・意味	例文
34	枕(まくら)	名 枕頭	枕につく。就寝，睡覺。
35	ミシン	名 sewingmachine 之略，縫紉機	ミシンで着物を縫い上げる。用縫紉機縫好一件和服。

23-3 容器類／容器類

#	単語	品詞・意味	例文
01	皿(さら)	名 盤子；盤形物；（助數詞）一碟等	料理を皿に盛る。把菜放到盤子裡。
02	水筒(すいとう)	名 （旅行用）水筒，水壺	水筒に熱いコーヒを入れる。把熱咖啡倒入水壺。
03	瓶(びん)	名 瓶，瓶子	瓶を壊す。打破瓶子。
04	メモリー・メモリ	名 memory，記憶，記憶力；懷念；紀念品；（電腦）記憶體	メモリーが不足している。記憶體空間不足。
05	ロッカー	名 locker，（公司、機關、公共場所可上鎖的）文件櫃；置物櫃，置物箱，櫃子	ロッカーに入れる。放進置物櫃裡。

23-4 照明、光学機器、音響、情報機器／燈光照明、光學儀器、音響、信息器具

#	単語	品詞・意味	例文
01	CDドライブ	名 CD drive，光碟機	CDドライブが開かない。光碟機沒辦法打開。

参考答案　❶枕　❷ミシン　❸皿　❹水筒　❺瓶

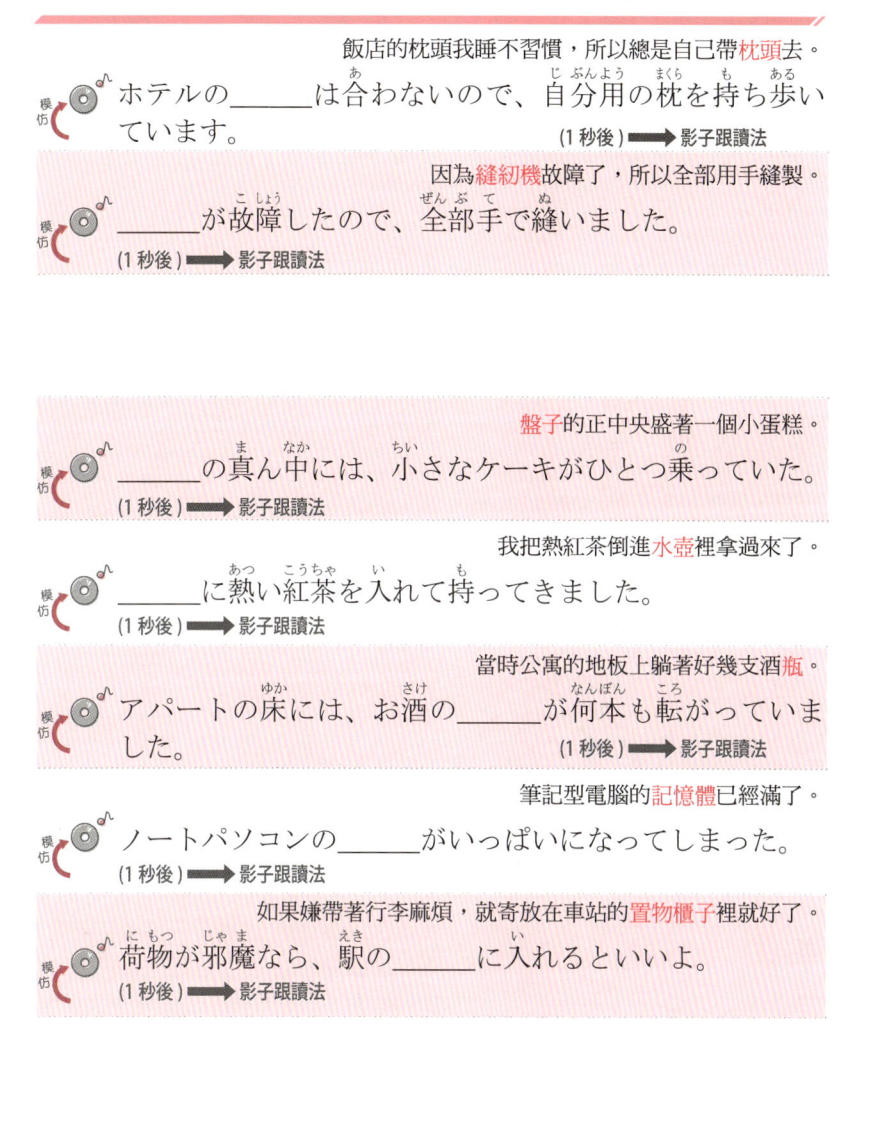

飯店的枕頭我睡不習慣,所以總是自己帶枕頭去。
ホテルの＿＿＿は合わないので、自分用の枕を持ち歩いています。

因為縫紉機故障了,所以全部用手縫製。
＿＿＿が故障したので、全部手で縫いました。

盤子的正中央盛著一個小蛋糕。
＿＿＿の真ん中には、小さなケーキがひとつ乗っていた。

我把熱紅茶倒進水壺裡拿過來了。
＿＿＿に熱い紅茶を入れて持ってきました。

當時公寓的地板上躺著好幾支酒瓶。
アパートの床には、お酒の＿＿＿が何本も転がっていました。

筆記型電腦的記憶體已經滿了。
ノートパソコンの＿＿＿がいっぱいになってしまった。

如果嫌帶著行李麻煩,就寄放在車站的置物櫃子裡就好了。
荷物が邪魔なら、駅の＿＿＿に入れるといいよ。

由於這台電腦沒有光碟機,所以請另外加購。
このパソコンには＿＿＿がありませんので、別売りの物をご購入ください。

⑥ メモリー　⑦ ロッカー　⑧ CDドライブ

235

02 DVD デッキ
名 DVD tape deck，DVD 播放機

DVD デッキが壊れた。
DVD 播映機壞了。

03 DVD ドライブ
名 DVD drive，（電腦用的）DVD 機

DVD ドライブをパソコンにつなぐ。
把 DVD 磁碟機接上電腦。

04 写る
自五 照相，映顯；顯像；（穿透某物）看到

私の隣に写っているのは兄です。
照片中站在我隔壁的是哥哥。

05 懐中電灯
名 手電筒

懐中電灯が必要だ。
需要手電筒。

06 カセット
名 cassette，小暗盒；（盒式）錄音磁帶，錄音帶

カセットに入れる。
錄進錄音帶。

07 画面
名 （繪畫的）畫面；照片，相片；（電影等）畫面，鏡頭

画面を見る。
看畫面。

08 キーボード
名 keyboard，（鋼琴、打字機等）鍵盤

キーボードを弾く。
彈鍵盤（樂器）。

09 蛍光灯
名 螢光燈，日光燈

蛍光灯の調子が悪い。
日光燈的壞了。

10 携帯
名・他サ 攜帶；手機（「携帯電話（けいたいでんわ）」的簡稱）

携帯電話を持つ。
攜帶手機。

11 コピー
名・他サ copy，抄本，謄本，副本；（廣告等的）文稿

書類をコピーする。
影印文件。

236　參考答案　①DVD デッキ　②DVD ドライブ　③写り　④懐中電灯　⑤カセット

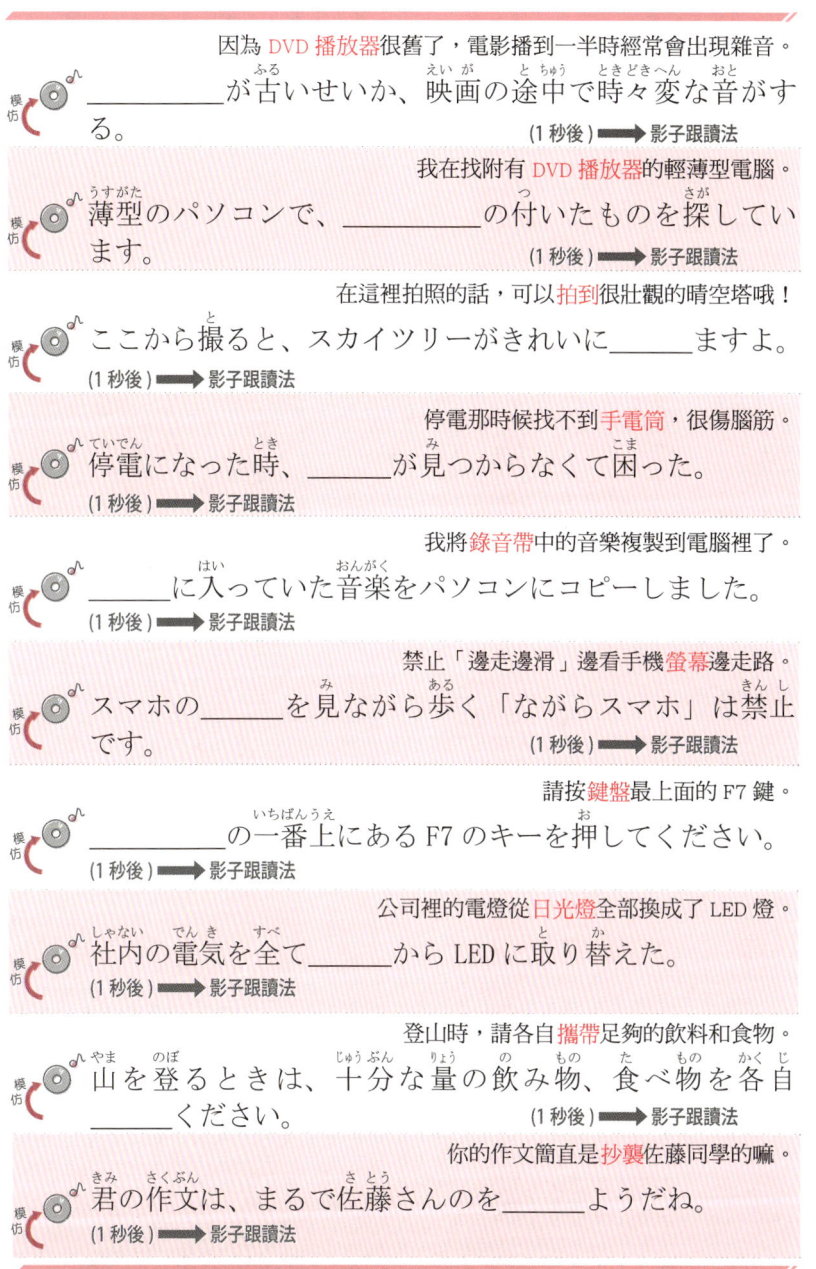

因為 DVD 播放器很舊了，電影播到一半時經常會出現雜音。

_____が古いせいか、映画の途中で時々変な音がする。

我在找附有 DVD 播放器的輕薄型電腦。

薄型のパソコンで、_____の付いたものを探しています。

在這裡拍照的話，可以拍到很壯觀的晴空塔哦！

ここから撮ると、スカイツリーがきれいに_____ますよ。

停電那時候找不到手電筒，很傷腦筋。

停電になった時、_____が見つからなくて困った。

我將錄音帶中的音樂複製到電腦裡了。

_____に入っていた音楽をパソコンにコピーしました。

禁止「邊走邊滑」邊看手機螢幕邊走路。

スマホの_____を見ながら歩く「ながらスマホ」は禁止です。

請按鍵盤最上面的 F7 鍵。

_____の一番上にある F7 のキーを押してください。

公司裡的電燈從日光燈全部換成了 LED 燈。

社内の電気を全て_____から LED に取り替えた。

登山時，請各自攜帶足夠的飲料和食物。

山を登るときは、十分な量の飲み物、食べ物を各自_____ください。

你的作文簡直是抄襲佐藤同學的嘛。

君の作文は、まるで佐藤さんのを_____ようだね。

❻ 画面　❼ キーボード　❽ 蛍光灯　❾ 携帯して　❿ コピー

#	単語	語義	例文
12	点ける	(他下一) 點燃；打開（家電類）	クーラーをつける。 開冷氣。
13	テープ	(名) tape，窄帶，線帶，布帶；卷尺；錄音帶	テープに録音する。 在錄音帶上錄音。
14	ディスプレイ	(名) display，陳列，展覽，顯示；（電腦的）顯示器	ディスプレイをリサイクルに出す。 把顯示器送去回收。
15	停電	(名・自サ) 停電，停止供電	台風で停電した。 因為颱風所以停電了。
16	デジカメ	(名) digital camera 之略，數位相機（「デジタルカメラ」之略稱）	デジカメで撮った。 用數位相機拍攝。
17	デジタル	(名) digital，數位的，數字的，計量的	デジタル製品を使う。 使用數位電子產品。
18	電気スタンド	(名) 電気 stand，檯燈	電気スタンドを点ける。 打開檯燈。
19	電球	(名) 電燈泡	電球が切れた。 電燈泡壞了。
20	ハードディスク	(名) hard disk，（電腦）硬碟	ハードディスクが壊れた。 硬碟壞了。
21	ビデオ	(名) video，影像，錄影；錄影機；錄影帶	ビデオを再生する。 播放錄影帶。

參考答案 ①点けて ②テープ ③ディスプレイ ④停電して ⑤デジカメ

首先,請打開辦公室的電燈和空調。
まず、オフィスの電気とエアコンを_____ください。
(1秒後) ➡ 影子跟讀法

演講會全程都已錄製在錄影帶上。
講演会の様子は全てビデオ_____に録画されています。
(1秒後) ➡ 影子跟讀法

在百貨商店從事陳列服飾和鞋子的工作。
デパートで、服や靴の_____の仕事をしています。
(1秒後) ➡ 影子跟讀法

颱風天的夜晚,停電之後四周一片漆黑,我害怕得差點哭了出來。
台風の夜、_____真っ暗になった時は、怖くて泣きそうだった。
(1秒後) ➡ 影子跟讀法

我正在電腦上欣賞用數位相機拍攝的照片。
_____で撮った写真をパソコンで見て楽しんでいる。
(1秒後) ➡ 影子跟讀法

掃地機器人在數位家電產品的專櫃賣得很好。
_____家電製品の売り場では、ロボット掃除機が人気です。
(1秒後) ➡ 影子跟讀法

為了能在睡前讀書,我在床旁邊放置了檯燈。
寝る前に本を読むために、ベッドの脇に_____を置いています。
(1秒後) ➡ 影子跟讀法

去奶奶家的時候,我把天花板的燈泡換了。
おばあちゃんの家に行ったとき、天井の_____を取り替えてあげました。
(1秒後) ➡ 影子跟讀法

將照片和影片存在電腦的硬碟裡。
写真や動画をコンピューターの_____に保存します。
(1秒後) ➡ 影子跟讀法

兒子正在重看他最喜歡的動畫片。
息子は大好きなアニメの_____を繰り返し見ている。
(1秒後) ➡ 影子跟讀法

❻ デジタル　❼ 電気スタンド　❽ 電球　❾ ハードディスク　❿ ビデオ

単語帳

22 ファックス　(名・サ変) fax，傳真　地図をファックスする。／傳真地圖。

23 プリンター　(名) printer，印表機；印相片機　プリンターのインクが切れた。／印表機的油墨沒了。

24 マウス　(名) mouse，滑鼠；老鼠　マウスを移動する。／移動滑鼠。

25 ライト　(名) light，燈，光　ライトを点ける。／點燈。

26 録音(ろくおん)　(名・他サ) 錄音　彼は録音のエンジニアだ。／他是錄音工程師。

27 録画(ろくが)　(名・他サ) 錄影　大河ドラマを録画した。／錄下大河劇了。

パート 24　第二十四章　職業、仕事
職業、工作

24-1 仕事、職場／工作、職場

01 オフィス　(名) office，辦公室，辦事處；公司；政府機關　課長はオフィスにいる。／課長在辦公室。

02 お目に掛かる　(慣) (謙讓語) 見面，拜會　社長にお目に掛かりたい。／想拜會社長。

240　参考答案　①ファックス　②プリンター　③マウス　④ライト　⑤録音して

24 職業、工作

請問您能立即把會員名單傳真過來嗎？
会員名簿を今すぐ、＿＿＿＿＿で送ってもらえますか。

把在電腦上做的資料傳送到印表機。
パソコンで作った資料を＿＿＿＿＿に送信します。

因為買了新電腦，所以滑鼠也換了個新的。
パソコンを買い替えたので、＿＿＿＿＿も新しくした。

我正在找一盞適合個可以放在床邊的小夜燈。
ベッドの横に置く小さな＿＿＿＿＿を探しています。

由於之後必須寫成書面文字並做成稿子，所以會議上的發言都全程錄音了。
あとで原稿にするので、会議の発言は全て＿＿＿＿＿います。

較晚回家的日子，會事先設定電視的預約錄影功能，把電視劇錄下。
帰りが遅くなる日は、ドラマの＿＿＿＿＿を予約しておきます。

我是業務員，所以幾乎不會待在辦公室裡。
私は営業ですので、＿＿＿＿＿にはほとんどいません。

我在昨天的派對上有幸見到總經理夫人了。
昨日パーティーで、社長の奥様に＿＿＿＿＿。

⑥ 録画　　⑦ オフィス　　⑧ 目に掛かりました

241

03 片付く（かたづく）

- 自五 収拾，整理好；得到解決，處理好；出嫁
- 仕事が片付く。
- 做完工作。

04 休憩（きゅうけい）

- 名・自サ 休息
- 休憩する暇もない。
- 連休息的時間也沒有。

05 交換（こうかん）

- 名・他サ 交換；交易
- 名刺を交換する。
- 交換名片。

06 残業（ざんぎょう）

- 名・自サ 加班
- 残業して仕事を片付ける。
- 加班把工作做完。

07 自信（じしん）

- 名 自信，自信心
- 自信を持つ。
- 有自信。

08 失業（しつぎょう）

- 名・自サ 失業
- 会社が倒産して失業した。
- 公司倒閉而失業了。

09 実力（じつりょく）

- 名 實力，實際能力
- 実力がつく。
- 具有實力。

10 重（じゅう）

- 名・漢造 （文）重大；穩重；重要
- 重要な仕事を任せられている。
- 接下相當重要的工作。

11 就職（しゅうしょく）

- 名・自サ 就職，就業，找到工作
- 日本語ができれば就職に有利だ。
- 會日文對於求職將非常有利。

12 重要（じゅうよう）

- 名・形動 重要，要緊
- 重要な仕事をする。
- 從事重要的工作。

参考答案 ❶片付いた ❷休憩 ❸交換 ❹残業して ❺自信

24 職業、工作

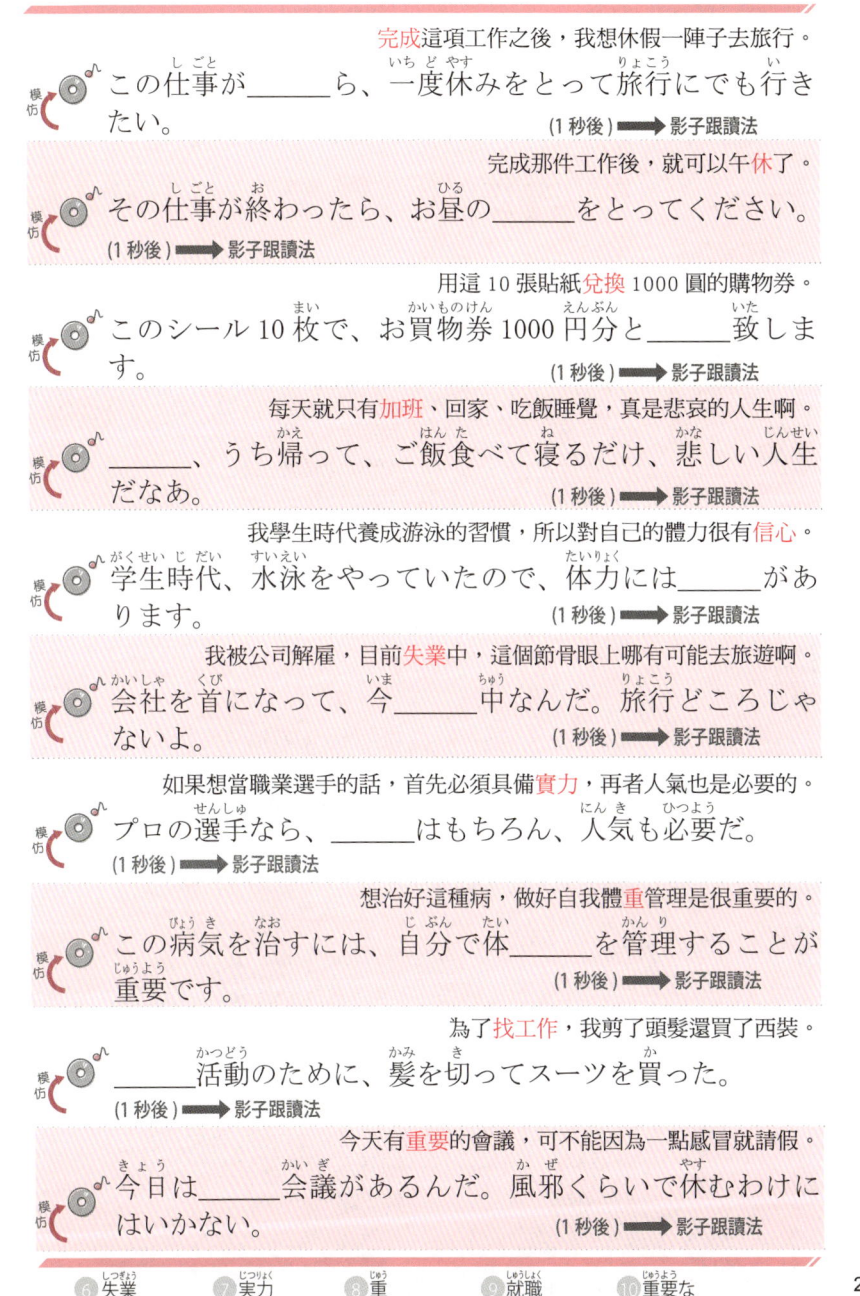

完成這項工作之後，我想休假一陣子去旅行。
この仕事が＿＿＿＿ら、一度休みをとって旅行にでも行きたい。

完成那件工作後，就可以午休了。
その仕事が終わったら、お昼の＿＿＿＿をとってください。

用這10張貼紙兌換1000圓的購物券。
このシール10枚で、お買物券1000円分と＿＿＿＿致します。

每天就只有加班、回家、吃飯睡覺，真是悲哀的人生啊。
＿＿＿＿、うち帰って、ご飯食べて寝るだけ、悲しい人生だなあ。

我學生時代養成游泳的習慣，所以對自己的體力很有信心。
学生時代、水泳をやっていたので、体力には＿＿＿＿があります。

我被公司解雇，目前失業中，這個節骨眼上哪有可能去旅遊啊。
会社を首になって、今＿＿＿＿中なんだ。旅行どころじゃないよ。

如果想當職業選手的話，首先必須具備實力，再者人氣也是必要的。
プロの選手なら、＿＿＿＿はもちろん、人気も必要だ。

想治好這種病，做好自我體重管理是很重要的。
この病気を治すには、自分で体＿＿＿＿を管理することが重要です。

為了找工作，我剪了頭髮還買了西裝。
＿＿＿＿活動のために、髪を切ってスーツを買った。

今天有重要的會議，可不能因為一點感冒就請假。
今日は＿＿＿＿会議があるんだ。風邪くらいで休むわけにはいかない。

⑥失業　⑦実力　⑧重　⑨就職　⑩重要な

単語帳

13 □□□
じょうし
上司 ▶ (名) 上司，上級 ▶ 上司(じょうし)に確認(かくにん)する。
跟上司確認。

14 □□□
す
済ます (他五・接尾) 辦完；還清；對付，將就，湊合；(接在其他動詞連用形後) 完全成為… ▶ 用事(ようじ)を済(す)ました。
辦完事情。

15 □□□
す
済ませる ▶ (他五・接尾) 弄完，辦完；償還，還清；將就，湊合 ▶ 手続(てつづ)きを済(す)ませた。
辦完手續。

16 □□□
せいこう
成功 ▶ (名・自サ) 成功，成就，勝利；功成名就，成功立業 ▶ 仕事(しごと)が成功(せいこう)した。
工作大功告成。

17 □□□
せきにん
責任 ▶ (名) 責任，職責 ▶ 責任(せきにん)を持(も)つ。
負責任。

18 □□□
たいしょく
退職 ▶ (名・自サ) 退職 ▶ 退職(たいしょく)してゆっくり生活(せいかつ)したい。
退休後想休閒地過生活。

19 □□□
だいひょう
代表 ▶ (名・他サ) 代表 ▶ 代表(だいひょう)となる。
作為代表。

20 □□□
つうきん
通勤 ▶ (名・自サ) 通勤，上下班 ▶ マイカーで通勤(つうきん)する。
開自己的車上班。

21 □□□
はたら
働き ▶ (名) 勞動，工作；作用，功效；功勞，功績；功能，機能 ▶ 妻(つま)が働(はたら)きに出(で)る。
妻子外出工作。

22 □□□
ふく
副 ▶ (名・漢造) 副本，抄件；副；附帶 ▶ 副社長(ふくしゃちょう)が挨拶(あいさつ)する。
副社長致詞。

参考答案　①上司　②済まして　③済ませる　④成功　⑤責任

24 職業、工作

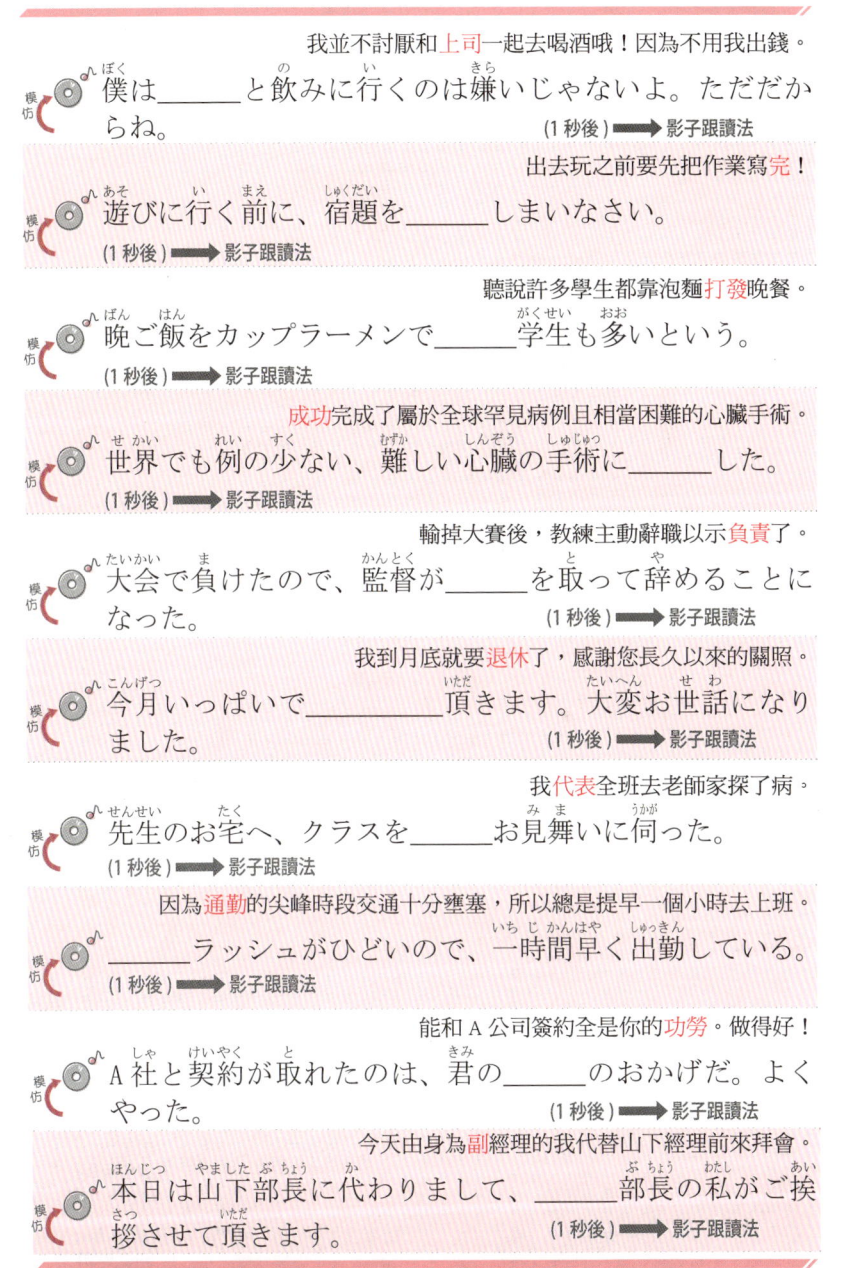

我並不討厭和上司一起去喝酒哦！因為不用我出錢。
僕は＿＿＿＿と飲みに行くのは嫌いじゃないよ。ただだからね。

出去玩之前要先把作業寫完！
遊びに行く前に、宿題を＿＿＿＿しまいなさい。

聽說許多學生都靠泡麵打發晚餐。
晩ご飯をカップラーメンで＿＿＿＿学生も多いという。

成功完成了屬於全球罕見病例且相當困難的心臟手術。
世界でも例の少ない、難しい心臓の手術に＿＿＿＿した。

輸掉大賽後，教練主動辭職以示負責了。
大会で負けたので、監督が＿＿＿＿を取って辞めることになった。

我到月底就要退休了，感謝您長久以來的關照。
今月いっぱいで＿＿＿＿頂きます。大変お世話になりました。

我代表全班去老師家探了病。
先生のお宅へ、クラスを＿＿＿＿お見舞いに伺った。

因為通勤的尖峰時段交通十分壅塞，所以總是提早一個小時去上班。
＿＿＿＿ラッシュがひどいので、一時間早く出勤している。

能和A公司簽約全是你的功勞。做得好！
A社と契約が取れたのは、君の＿＿＿＿のおかげだ。よくやった。

今天由身為副經理的我代替山下經理前來拜會。
本日は山下部長に代わりまして、＿＿＿＿部長の私がご挨拶させて頂きます。

⑥退職させて ⑦代表して ⑧通勤 ⑨働き ⑩副

単語帳

23 ☐☐☐
へんこう
変更 ▶ (名・他サ) 變更，更改，改變
けいかく　へんこう
計画を変更する。
變更計畫。

24 ☐☐☐
めいし
名刺 ▶ (名) 名片
めいし　こうかん
名刺を交換する。
交換名片。

25 ☐☐☐
めいれい
命令 ▶ (名・他サ) 命令，規定；（電腦）指令
めいれい　う
命令を受ける。
接受命令。

26 ☐☐☐
めんせつ
面接 ▶ (名・自サ)（為考察人品、能力而舉行的）面試，接見，會面
めんせつ　う
面接を受ける。
接受面試。

27 ☐☐☐
もど
戻り ▶ (名) 恢復原狀；回家；歸途
ぶちょう　もど　なんじ
部長、お戻りは何時ですか。
部長，幾點回來呢？

28 ☐☐☐
やくだ
役立つ ▶ (自五) 有用，有益
じっさい　かいしゃ　やくだ
実際に会社で役立つ。
實際上對公司有益。

29 ☐☐☐
やくだ
役立てる ▶ (他下一)（供）使用，使…有用
なに　やくだ
何とか役立てたい。
我很想幫上忙。

30 ☐☐☐
やく　た
役に立てる ▶ (慣)（供）使用，使…有用
しゃかい　やく　た
社会の役に立てる。
對社會有貢獻。

31 ☐☐☐
や
辞める ▶ (他下一) 辭職；休學
しごと　や
仕事を辞める。
辭掉工作。

32 ☐☐☐
ゆうり
有利 ▶ (形動) 有利
めんきょ　しごと　ゆうり
免許があると仕事に有利です。
持有證照對工作較有益處。

参考答案　①変更　②名刺　③命令　④面接　⑤戻り

24 職業、工作

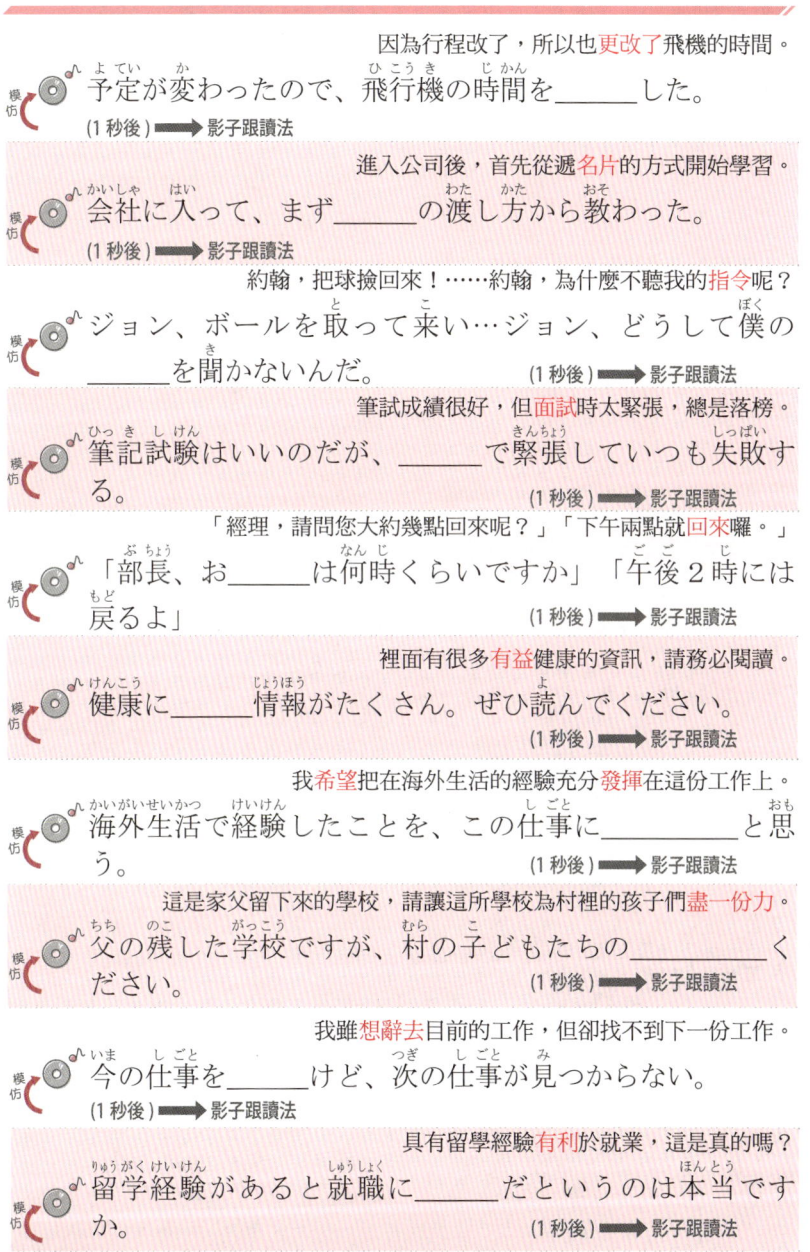

因為行程改了，所以也更改了飛機的時間。
予定(よてい)が変(か)わったので、飛行機(ひこうき)の時間(じかん)を_____した。

進入公司後，首先從遞名片的方式開始學習。
会社(かいしゃ)に入(はい)って、まず_____の渡(わた)し方(かた)から教(おそ)わった。

約翰，把球撿回來！……約翰，為什麼不聽我的指令呢？
ジョン、ボールを取(と)って来(こ)い…ジョン、どうして僕(ぼく)の_____を聞(き)かないんだ。

筆試成績很好，但面試時太緊張，總是落榜。
筆記試験(ひっきしけん)はいいのだが、_____で緊張(きんちょう)していつも失敗(しっぱい)する。

「經理，請問您大約幾點回來呢？」「下午兩點就回來囉。」
「部長(ぶちょう)、お_____は何時(なんじ)くらいですか」「午後(ごご)2時(じ)には戻(もど)るよ」

裡面有很多有益健康的資訊，請務必閱讀。
健康(けんこう)に_____情報(じょうほう)がたくさん。ぜひ読(よ)んでください。

我希望把在海外生活的經驗充分發揮在這份工作上。
海外生活(かいがいせいかつ)で経験(けいけん)したことを、この仕事(しごと)に_____と思(おも)う。

這是家父留下來的學校，請讓這所學校為村裡的孩子們盡一份力。
父(ちち)の残(のこ)した学校(がっこう)ですが、村(むら)の子(こ)どもたちの_____ください。

我雖想辭去目前的工作，但卻找不到下一份工作。
今(いま)の仕事(しごと)を_____けど、次(つぎ)の仕事(しごと)が見(み)つからない。

具有留學經驗有利於就業，這是真的嗎？
留学経験(りゅうがくけいけん)があると就職(しゅうしょく)に_____だというのは本当(ほんとう)ですか。

⑥役立(やくだ)つ　⑦役立(やくだ)てたい　⑧役(やく)に立(た)てて　⑨辞(や)めたい　⑩有利(ゆうり)

247

33 例 (れい)
(名・漢造) 慣例；先例；例子

前例がないなら、作ればいい。
如果從來沒有人做過，就由我們來當開路先鋒。

34 例外 (れいがい)
(名) 例外

例外として扱う。
特別待遇。

35 レベル
(名) level，水平，水準；水平線；水平儀

社員のレベルが向上する。
員工的水準提高。

36 割り当て (わりあて)
(名) 分配・分擔

仕事の割り当てをする。
分派工作。

24-2 職業、事業／職業、事業

01 アナウンサー
(名) announcer，廣播員，播報員

アナウンサーになる。
成為播報員。

02 医師 (いし)
(名) 醫師，大夫

心の温かい医師になりたい。
我想成為一個有人情味的醫生。

03 ウェーター・ウェイター
(名) waiter，（餐廳等的）侍者，男服務員

ウェーターを呼ぶ。
叫服務生。

04 ウェートレス・ウェイトレス
(名) waitress，（餐廳等的）女侍者，女服務生

ウェートレスを募集する。
招募女服務生。

05 運転士 (うんてんし)
(名) 司機；駕駛員，船員

運転士をしている。
當司機。

参考答案　①例　②例外　③レベル　④割り当てる　⑤アナウンサー

24 職業、工作

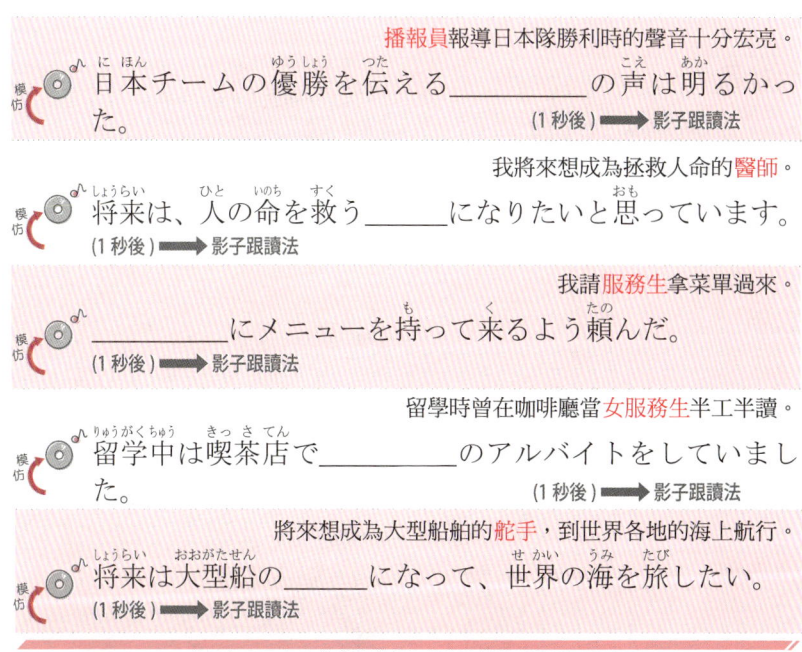

你的報告如果能舉個具體的例子說明，就能更容易理解了。
君のレポートは、具体的な_____を挙げて説明すると分かり易くなるよ。

據說，工作能力越強的人說話越簡短，沒有例外。
仕事のできる人ほど、_____なく、話が短いという。

大學課業的難度很高，幾乎完全聽不懂。
大学の授業の_____が高くて、ほとんど理解できない。

為每位員工分配適合其能力的工作是上司的責任。
社員それぞれに、能力に合った仕事を_____のも、上司の役割だ。

播報員報導日本隊勝利時的聲音十分宏亮。
日本チームの優勝を伝える_____の声は明るかった。

我將來想成為拯救人命的醫師。
将来は、人の命を救う_____になりたいと思っています。

我請服務生拿菜單過來。
_____にメニューを持って来るよう頼んだ。

留學時曾在咖啡廳當女服務生半工半讀。
留学中は喫茶店で_____のアルバイトをしていました。

將來想成為大型船舶的舵手，到世界各地的海上航行。
将来は大型船の_____になって、世界の海を旅したい。

⑥ 医師　⑦ ウェーター　⑧ ウェイトレス　⑨ 運転士

単語帳

06 運転手(うんてんしゅ)
名 司機
タクシーの運転手は道に詳しい。
計程車司機對道路很熟悉。

07 駅員(えきいん)
名 車站工作人員，站務員
駅員に聞く。
詢問站務員。

08 エンジニア
名 engineer，工程師，技師
エンジニアとして働きたい。
想以工程師的身分工作。

09 音楽家(おんがくか)
名 音樂家
音楽家になる。
成為音樂家。

10 介護士(かいごし)
名 專門照顧身心障礙者日常生活的專門技術人員
介護士の資格を取る。
取得看護的資格。

11 会社員(かいしゃいん)
名 公司職員
会社員になる。
當公司職員。

12 画家(がか)
名 畫家
画家になる。
成為畫家。

13 歌手(かしゅ)
名 歌手，歌唱家
歌手になりたい。
我想當歌手。

14 カメラマン
名 cameraman，攝影師；(報社、雜誌等)攝影記者
アマチュアカメラマンが増える。
增加許多業餘攝影師。

15 看護師(かんごし)
名 護士，看護
看護師さんが優しい。
護士人很和善貼心。

参考答案 ①運転手 ②駅員 ③エンジニア ④音楽家 ⑤介護士

250

24 職業、工作

我爸爸是大型卡車的司機。
僕の父は大型トラックの_____をしています。

因為在電車裡發現了別人遺落的傘，所以送去給站務員了。
電車の中に傘の忘れ物があったので、_____さんに届けた。

我想在生產汽車或飛機的公司擔任工程師。
車や飛行機を作る会社で_____として働きたい。

這場音樂會有來自世界各地的著名音樂家共襄盛舉。
このコンサートには世界中から有名な_____が集まっている。

我想考取看護人員的證照，去養老院工作。
_____の資格を取って、老人ホームで働きたい。

我爸爸是食品公司的職員，媽媽是中學的音樂老師。
父は食品会社の_____、母は中学校の音楽の教師です。

在日本也相當知名的〈向日葵〉是畫家梵谷的代表作。
日本でも有名な「ひまわり」は、_____ゴッホの代表作だ。

我的工作是在歌手後面伴舞的舞者。
私は_____の後ろで踊るバックダンサーをしています。

我想成為記錄戰爭的戰地攝影師，為世界和平做出貢獻。
戦争の写真を撮る_____になって、世界平和に貢献したい。

護士的溫柔照料，讓我都不想出院了。
_____さんが優しくしてくれるから、退院したくなくなっちゃった。

⑥ 会社員　⑦ 画家　⑧ 歌手　⑨ カメラマン　⑩ 看護師

16 記者 (きしゃ)
(名) 執筆者，筆者；（新聞）記者，編輯
記者が質問する。
記者發問。

17 客室乗務員 (きゃくしつじょうむいん)
(名) （車、飛機、輪船上）服務員
客室乗務員になる。
成為空服人員。

18 業 (ぎょう)
(名・漢造) 業，職業；事業；學業
金融業で働く。
在金融業工作。

19 教員 (きょういん)
(名) 教師，教員
教員になる。
當上教職員。

20 教師 (きょうし)
(名) 教師，老師
両親とも高校の教師だ。
我父母都是高中老師。

21 銀行員 (ぎんこういん)
(名) 銀行行員
銀行員になる。
成為銀行行員。

22 経営 (けいえい)
(名・他サ) 經營，管理
会社を経営する。
經營公司。

23 警察官 (けいさつかん)
(名) 警察官，警官
警察官を騙す。
欺騙警官。

24 建築家 (けんちくか)
(名) 建築師
有名な建築家が建てた。
由名建築師建造。

25 行員 (こういん)
(名) 銀行職員
銃を銀行の行員に向けた。
拿槍對準了銀行職員。

252

參考答案　❶記者　❷客室乗務員　❸業　❹教員　❺教師

24 職業、工作

首相回答了記者群的問題後,馬上離開了現場。
首相は_____たちの質問に答えると、すぐにその場を立ち去った。

在飛機上鬧肚子了,所以向空服員索取了藥品。
飛行機の中でおなかを壊し、_____に薬をもらった。

必須設法讓年輕人更深刻體會到農業和漁業的魅力。
若者がもっと農_____や漁_____に魅力を感じるような工夫が必要だ。

我擁有國高中數學教師的教師資格。
中学、高校の数学科の_____免許を持っています。

本校有許多熱衷教育的優秀教師。
当校には優秀で教育熱心な_____がたくさんおります。

雖說是銀行職員,但也不是一整天都在數錢呀。
_____だからといって、一日中お金を数えているわけじゃないよ。

我以後想自己經營一家旅館。
将来は自分でホテルを_____と思っている。

成為一名保衛公眾安全的警察是我兒時的夢想。
市民の安全を守る_____になるのが、子どものころからの夢だ。

參觀奧運會場之後,就想成為建築師了。
オリンピックの競技場を見て、_____になりたいと思った。

以一家大銀行的行員而言,身上穿的衣服感覺很廉價哪。
大きな銀行の_____にしては、着ているものが安っぽいな。

⑥銀行員　⑦経営したい　⑧警察官　⑨建築家　⑩行員

253

単語帳

26 作家（さっか）
名 作家，作者，文藝工作者；藝術家，藝術工作者
作家が小説を書いた。
作家寫了小説。

27 作曲家（さっきょくか）
名 作曲家
作曲家になる。
成為作曲家。

28 サラリーマン
名 salariedman，薪水階級，職員
サラリーマンにはなりたくない。
不想從事領薪工作。

29 自営業（じえいぎょう）
名 獨立經營，獨資
自営業で商売する。
獨資經商。

30 車掌（しゃしょう）
名 車掌，列車員
車掌が特急券の確認をする。
乘務員來查特快票。

31 巡査（じゅんさ）
名 巡警
巡査に捕まえられた。
被警察逮捕。

32 女優（じょゆう）
名 女演員
将来は女優になる。
將來成為女演員。

33 スポーツ選手（せんしゅ）
名 sports 選手，運動選手
スポーツ選手になりたい。
想成為運動選手。

34 政治家（せいじか）
名 政治家（多半指議員）
どの政治家を応援しますか。
你聲援哪位政治家呢？

35 大工（だいく）
名 木匠，木工
大工を頼む。
雇用木匠。

参考答案　❶作家　❷作曲家　❸サラリーマン　❹自営業　❺車掌

24 職業、工作

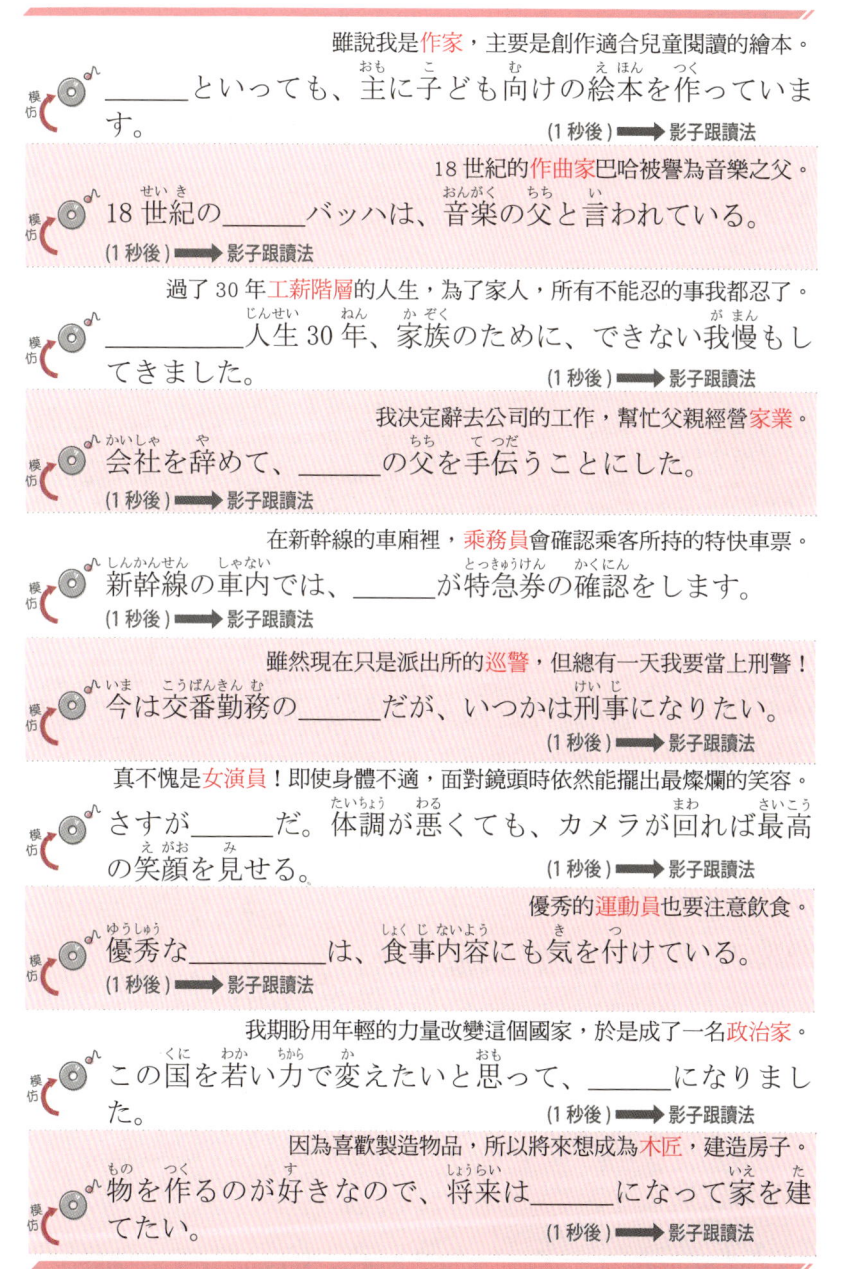

雖說我是作家,主要是創作適合兒童閱讀的繪本。
_____といっても、主に子ども向けの絵本を作っています。

18世紀的作曲家巴哈被譽為音樂之父。
18世紀の_____バッハは、音楽の父と言われている。

過了30年工薪階層的人生,為了家人,所有不能忍的事我都忍了。
_____人生30年、家族のために、できない我慢もしてきました。

我決定辭去公司的工作,幫忙父親經營家業。
会社を辞めて、_____の父を手伝うことにした。

在新幹線的車廂裡,乘務員會確認乘客所持的特快車票。
新幹線の車内では、_____が特急券の確認をします。

雖然現在只是派出所的巡警,但總有一天我要當上刑警!
今は交番勤務の_____だが、いつかは刑事になりたい。

真不愧是女演員!即使身體不適,面對鏡頭時依然能擺出最燦爛的笑容。
さすが_____だ。体調が悪くても、カメラが回れば最高の笑顔を見せる。

優秀的運動員也要注意飲食。
優秀な_____は、食事内容にも気を付けている。

我期盼用年輕的力量改變這個國家,於是成了一名政治家。
この国を若い力で変えたいと思って、_____になりました。

因為喜歡製造物品,所以將來想成為木匠,建造房子。
物を作るのが好きなので、将来は_____になって家を建てたい。

⑥巡査 ⑦女優 ⑧スポーツ選手 ⑨政治家 ⑩大工

255

36 ダンサー
名 dancer，舞者；舞女；舞蹈家

夢はダンサーになることだ。
夢想是成為一位舞者。

37 調理師（ちょうりし）
名 烹調師，廚師

調理師の免許を持つ。
具有廚師執照。

38 通訳（つうやく）
名・他サ 口頭翻譯，口譯；翻譯者，譯員

彼は通訳をしている。
他在擔任口譯。

39 デザイナー
名 designer，（服裝、建築等）設計師，圖案家

デザイナーになる。
成為設計師。

40 農家（のうか）
名 農民，農戶；農民的家

農家で育つ。
生長在農家。

41 パート
名 part time 之略，（按時計酬）打零工

パートに出る。
出外打零工。

42 俳優（はいゆう）
名（男）演員

夢は映画俳優になることだ。
我的夢想是當一位電影演員。

43 パイロット
名 pilot，領航員；飛行駕駛員；實驗性的

パイロットから説明を受ける。
接受飛行員的說明。

44 ピアニスト
名 pianist，鋼琴師，鋼琴家

ピアニストの方が演奏している。
鋼琴家正在演奏。

45 引き受ける（ひきうける）
他下一 承擔，負責；照應，照料；應付；對付；繼承

事業を引き受ける。
繼承事業。

參考答案　① ダンサー　② 調理師　③ 通訳　④ デザイナー　⑤ 農家

24 職業、工作

他是在英國芭蕾舞團跳舞的舞者。
彼はイギリスのバレエ団で踊っていた_____です。

為了取得廚師執照而正在專業學校學習。
_____の免許を取るため、専門学校で勉強しています。

身為政治家的口譯員，到目前為止已經參加過大大小小的國際會議。
政治家の_____として、これまで様々な国際会議に出席しました。

為了成為飾品設計師，我將前往義大利留學。
アクセサリーの_____になるために、イタリアに留学します。

我老家務農為生，父母和哥哥夫婦一起種橘子。
実家は_____で、両親と兄夫婦でミカンを作っています。

不知道什麼原因，我們店裡的工讀生比正式員工還要能幹。
うちの店はなぜか正社員より_____の方が仕事ができるんだ。

比起電影或電視劇，作為一個演員，他在舞台上的表現更為活躍。
彼は映画やテレビより、舞台で活躍している_____です。

飛行員廣播說道：「稍後機身會有點搖晃。」
_____から、この後少し揺れます、と放送が入った。

我的兼職工作是在結婚會場當鋼琴師。
結婚式場で_____のアルバイトをしています。

我沒告訴過你不要接下自己無法完成的工作嗎？
自分にできない仕事は_____ちゃだめだって言わなかったっけ。

⑥ パート　⑦ 俳優　⑧ パイロット　⑨ ピアニスト　⑩ 引き受け

257

単語帳

46 美容師（びようし）
- 名 美容師
- 人気の美容師を紹介する。
- 介紹極受歡迎的美髮設計師。

47 フライトアテンダント
- 名 flight attendant，空服員
- フライトアテンダントになりたい。
- 我想當空服員。

48 プロ
- 名 professional 之略，職業選手，專家
- プロになる。
- 成為專家。

49 弁護士（べんごし）
- 名 律師
- 将来は弁護士になりたい。
- 將來想成為律師。

50 保育士（ほいくし）
- 名 保育士
- 保育士の資格を取る。
- 取得幼教老師資格。

51 ミュージシャン
- 名 musician，音樂家
- ミュージシャンになった。
- 成為音樂家了。

52 郵便局員（ゆうびんきょくいん）
- 名 郵局局員
- 郵便局員として働く。
- 從事郵差先生的工作。

53 漁師（りょうし）
- 名 漁夫，漁民
- 漁師の仕事はきつい。
- 漁夫的工作很累人。

24-3 家事／家務

01 片付け（かたづけ）
- 名 整理，整頓，收拾
- 部屋の片付けをする。
- 整理房間。

参考答案　①美容師　②フライトアテンダント　③プロ　④弁護士　⑤保育士

24 職業、工作

影子跟讀法請看 P5

我想請美容師剪短頭髮，去鎮上晃晃。
_____さんに髪を切ってもらって、町に出かけたくなった。

為了成為空服員而正在就讀職業學校。
_____になるために、専門学校に通っています。

我是專業作家，為了餬口才兼職書店店員。
僕は_____の作家です。書店の店員は生活のためのアルバイトです。

在審判之前先跟律師仔細商量過比較好哦。
裁判の前に、_____とよく相談したほうがいいですよ。

因為喜歡小孩子，所以我打算考取幼教師的證照。
子どもが好きなので、_____の資格を取るつもりだ。

因為最喜歡的音樂家即將發行CD，我已經預約了。
大好きな_____のCDが発売されるので予約した。

關於這項服務，請詢問郵局職員。
こちらのサービスについては、_____までお尋ねください。

即使我是漁夫，也不是每天都只吃魚。
_____だからといって、毎日魚ばっかり食べてるわけじゃない。

因為昨天下雨，所以我沒有出門開車兜風，而是在家整理房間。
昨日は雨だったので、ドライブはやめて部屋の_____をしました。

❻ミュージシャン　❼郵便局員　❽漁師　❾片付け

259

02 片付ける
かたづける

（他下一）收拾，打掃；解決

母が台所を片付ける。
母親在打掃廚房。

03 乾かす
かわかす

（他五）曬乾；晾乾；烤乾

洗濯物を乾かす。
曬衣服。

04 裁縫
さいほう

（名・自サ）裁縫，縫紉

裁縫を習う。
學習縫紉。

05 整理
せいり

（名・他サ）整理，收拾，整頓；清理，處理，捨棄，淘汰，裁減

部屋を整理する。
整理房間。

06 畳む
たたむ

（他五）疊，折；關，闔上；關閉，結束；藏在心裡

布団を畳む。
折棉被。

07 詰める
つめる

（他下一・自下一）守候，值勤；不停的工作，緊張；塞進，裝入；緊挨著，緊靠著

ごみを袋に詰める。
將垃圾裝進袋中。

08 縫う
ぬう

（他五）縫，縫補；刺繡；穿過，穿行；（醫）縫合（傷口）

服を縫った。
縫衣服。

09 拭く
ふく

（他五）擦，抹

雑巾で拭く。
用抹布擦拭。

参考答案　①片付けて　②乾かして　③裁縫　④整理　⑤畳み

24 職業、工作

影子跟讀法請看 P5

請把用過的餐具洗乾淨，然後放在餐具櫃裡。
使った食器は洗って、食器棚に_____おいてください。
(1秒後) ➡ 影子跟讀法

餐具經過乾燥機烘乾之後，再放進餐具櫃裡。
食器は乾燥機で_____から、食器棚にしまいます。
(1秒後) ➡ 影子跟讀法

長途旅行的時候，我都會帶著簡單的縫紉用具。
長い旅行をするときは、簡単な_____道具を持って行くことにしている。
(1秒後) ➡ 影子跟讀法

我想，只要把桌面整理整理，那些不見的東西就會出現哦。
机の上を_____すれば、なくなった物が出てくると思うよ。
(1秒後) ➡ 影子跟讀法

自己換下來的衣服請自己摺好。
自分の脱いだ服くらい、きちんと_____なさい。
(1秒後) ➡ 影子跟讀法

因為我做了很多果醬，所以裝在瓶子裡分送了朋友。
ジャムをたくさん作ったので、瓶に_____友人にあげた。
(1秒後) ➡ 影子跟讀法

褲子後面破了，我借來針線把洞縫好了。
ズボンのお尻を破ってしまい、針と糸を借りて_____。
(1秒後) ➡ 影子跟讀法

當時父親一邊擦拭眼鏡，一邊默默地聽我說話。
父は、眼鏡を_____ながら、私の話を黙って聞いていました。
(1秒後) ➡ 影子跟讀法

❻ 詰めて　❼ 縫った　❽ 拭き

261

パート 25 生産、産業

第二十五章 生産、産業

01 完成（かんせい）
- 名・自他サ 完成
- 正月に完成の予定だ。
- 預定正月完成。

02 工事（こうじ）
- 名・自サ 工程，工事
- 内装工事がうるさい。
- 室內裝修工程很吵。

03 産（さん）
- 名・漢造 生産，分娩；（某地方）出生；財産
- 日本産の車は質がいい。
- 日產汽車品質良好。

04 サンプル
- 名・他サ sample，樣品，樣本
- サンプルを見て作る。
- 依照樣品來製作。

05 商（しょう）
- 名・漢造 商，商業；商人；（數）商；商量
- この店の商品はプロ向けだ。
- 這家店的商品適合專業人士使用。

06 進歩（しんぽ）
- 名・自サ 進歩
- 技術が進歩する。
- 技術進步。

07 生産（せいさん）
- 名・他サ 生産，製造；創作（藝術品等）；生業，生計
- 米を生産する。
- 生產米。

08 建つ（たつ）
- 自五 蓋，建
- 新しい家が建つ。
- 蓋新房。

09 建てる（たてる）
- 他下一 建造，蓋
- 家を建てる。
- 蓋房子。

10 農業（のうぎょう）
- 名 農耕；農業
- 日本の農業は進んでいる。
- 日本的農業有長足的進步。

参考答案 ①完成 ②工事 ③産 ④サンプル ⑤商

25 生產、產業

那部耗費10年才<u>完成</u>的小說獲得了文學獎。
10年かけて_____させた小説が、文学賞を受賞した。

因為道路<u>施工</u>期間會塞車，所以我決定搭電車通勤。
道路_____の期間は渋滞するので、電車で通うことにした。

本店的餐點全部採用國<u>產</u>的食材。
当店のメニューは全て国_____の材料を使用しています。

為了進行環境調查，我們蒐集日本的土壤作為<u>樣本</u>。
環境調査のため、日本中の土を_____として集めています。

運用在大學<u>商</u>學院學到的知識，得以進入了<u>貿易</u>公司上班。
大学の_____学部で勉強したことを生かして、_____社に就職した。

20世紀醫學的<u>進步</u>給許多人帶來了希望。
20世紀における医学の_____は、多くの人々に希望を与えた。

日本的眼鏡有9成<u>產</u>自這座城鎮。
日本の眼鏡の9割は、この町で_____います。

據說我們隔壁即將<u>蓋</u>一棟15層樓的大廈。
うちの隣に15階建てのマンションが_____そうだ。

我的夢想是在能看到大海的山丘上<u>建造</u>一棟小屋。
海の見える丘の上に、小さな家を_____のが、僕の夢だ。

提供國民食物來源的<u>農業</u>需要更多年輕人的力量。
国民の食を支える_____には、もっと若い人の力が必要です。

⑥ 進步　⑦ 生産されて　⑧ 建つ　⑨ 建てる　⑩ 農業

263

11 交ざる

（自五）混雜，交雜，夾雜

不良品が交ざっている。
摻進了不良品。

12 混ざる

（自五）混雜，夾雜

米に砂が混ざっている。
米裡面夾帶著沙。

パート26 第二十六章 経済 經濟

26-1 取り引き／交易

01 回数券
（名）（車票等的）回數票

回数券を買う。
買回數票。

02 代える・換える・替える
（他下一）代替，代理；改變，變更，變換

円をドルに替える。
圓換美金。

03 契約
（名・自他サ）契約，合同

契約を結ぶ。
立合同。

04 自動
（名）自動（不單獨使用）

自動販売機で野菜を買う。
在自動販賣機購買蔬菜。

05 商品
（名）商品，貨品

商品が揃う。
商品齊備。

06 セット
（名・他サ）set，一組，一套；舞台裝置，布景；（網球等）盤，局；組裝，裝配；梳整頭髮

ワンセットで売る。
整組來賣。

参考答案：① 交ざって ② 混ざってなかった ③ 回数券 ④ 代える

26 經濟

影子跟讀法請看 P5

如果是他的話，應該可以馬上融入新團隊裡並和大家相處融洽。
彼なら、新しいチームにもすぐに＿＿＿＿、うまくやれると思う。

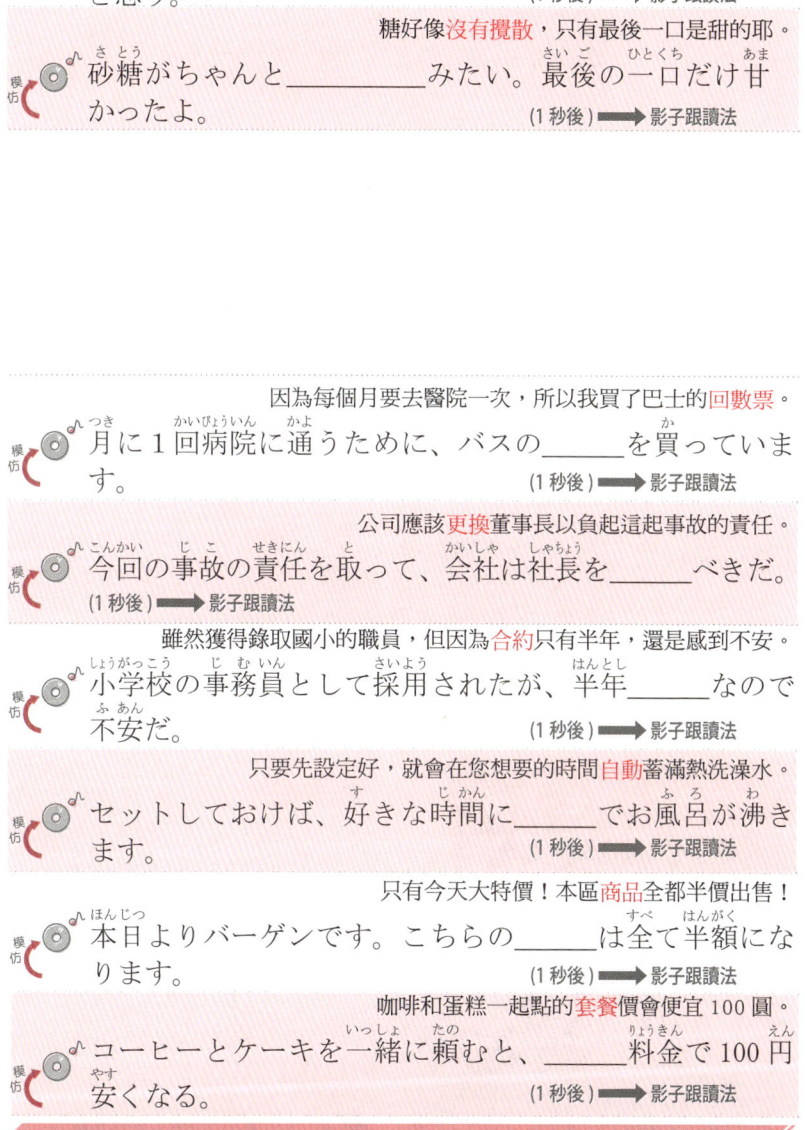

糖好像沒有攪散，只有最後一口是甜的耶。
砂糖がちゃんと＿＿＿＿みたい。最後の一口だけ甘かったよ。

因為每個月要去醫院一次，所以我買了巴士的回數票。
月に1回病院に通うために、バスの＿＿＿＿を買っています。

公司應該更換董事長以負起這起事故的責任。
今回の事故の責任を取って、会社は社長を＿＿＿＿べきだ。

雖然獲得錄取國小的職員，但因為合約只有半年，還是感到不安。
小学校の事務員として採用されたが、半年＿＿＿＿なので不安だ。

只要先設定好，就會在您想要的時間自動蓄滿熱洗澡水。
セットしておけば、好きな時間に＿＿＿＿でお風呂が沸きます。

只有今天大特價！本區商品全都半價出售！
本日よりバーゲンです。こちらの＿＿＿＿は全て半額になります。

咖啡和蛋糕一起點的套餐價會便宜100圓。
コーヒーとケーキを一緒に頼むと、＿＿＿＿料金で100円安くなる。

⑥ 契約　⑦ 自動　⑧ 商品　⑨ セット

265

07 ヒット
(名・自サ) hit，大受歡迎，最暢銷；（棒球）安打

今度の商品はヒットした。
這回的產品取得了大成功。

08 ブランド
(名) brand，（商品的）牌子；商標

ブランドのバックが揃う。
名牌包包應有盡有。

09 プリペイドカード
(名) prepaid card，預先付款的卡片（電話卡、影印卡等）

使い捨てのプリペイドカードを買った。
購買用完就丟的預付卡。

10 結ぶ
(他五・自五) 連結，繫結；締結關係，結合，結盟；（嘴）閉緊，（手）握緊

契約を結ぶ。
簽合約。

11 両替
(名・他サ) 兌換，換錢，兌幣

円とドルの両替をする。
以日圓兌換美金。

12 レシート
(名) receipt，收據；發票

レシートをもらう。
拿收據。

13 割り込む
(自五) 擠進，插隊；闖進；插嘴

横から急に列に割り込んできた。
突然從旁邊擠進隊伍來。

26-2 価格、収支、貸借／價格、收支、借貸

01 返る
(自五) 復原；返回；回應

貸したお金が返る。
收回借出去的錢。

02 貸し
(名) 借出・貸款；貸方；給別人的恩惠

貸しがある。
有借出的錢。

参考答案 ①ヒット ②ブランド ③プリペイドカード ④結ぶ ⑤両替

26 經濟

こんにちは。
(1秒後) こんにちは。
影子跟讀法請看 P5

採用主婦們的意見研發而成清潔用品，一上市就大受歡迎。
主婦（しゅふ）の意見（いけん）を取（と）り入（い）れて開発（かいはつ）した掃除用品（そうじようひん）は、発売（はっぱい）と同（どう）時（じ）に大_____した。
(1秒後) ➡ 影子跟讀法

如果你要去義大利，旅遊禮物我想要名牌的錢包喔。
イタリアに行（い）くなら、お土産（みやげ）に_____のお財布（さいふ）が欲（ほ）しいな。
(1秒後) ➡ 影子跟讀法

我在便利商店買了一次性的預付卡。
コンビニで、使（つか）い捨（す）ての_____を買（か）った。
(1秒後) ➡ 影子跟讀法

她綁起一頭長髮後，跳進泳池裡。
彼女（かのじょ）は長（なが）い髪（かみ）をひとつに_____と、プールに飛（と）び込（こ）んだ。
(1秒後) ➡ 影子跟讀法

因為我要去義大利，所以去銀行把日圓兌換成了歐元。
イタリアに行（い）くので、銀行（ぎんこう）で円（えん）をユーロに_____した。
(1秒後) ➡ 影子跟讀法

如果要辦理退貨，請務必帶這張收據過來。
返品（へんぴん）する場合（ばあい）は、必（かなら）ずこの_____を持（も）って来（き）てください。
(1秒後) ➡ 影子跟讀法

不要插隊，請去後面依序排隊。
列（れつ）に_____で、ちゃんと後（うし）ろに並（なら）んでください。
(1秒後) ➡ 影子跟讀法

我已經寄了好幾封信給他，但是都沒有收到回信。
何度（なんど）もメールをしているんですが、返事（へんじ）が_____来（こ）ないんです。
(1秒後) ➡ 影子跟讀法

你忘記我以前幫過你嗎？我曾經借了一筆錢給你耶！
以前（いぜん）助（たす）けてやったのを忘（わす）れたのか。君（きみ）には一（ひと）つ_____があるぞ。
(1秒後) ➡ 影子跟讀法

⑥ レシート　⑦ 割（わ）り込（こ）まない　⑧ 返（かえ）って　⑨ 貸（か）し

267

03 貸し賃(かちん)
(名) 租金，賃費
貸し賃が高い。
租金昂貴。

04 借り(か)
(名) 借，借入；借的東西；欠人情；怨恨，仇恨
借りを返す。
還人情。

05 給料(きゅうりょう)
(名) 工資，薪水
給料が上がる。
提高工資。

06 下がる(さ)
(自五) 後退；下降
給料が下がる。
降低薪水。

07 支出(ししゅつ)
(名・他サ) 開支，支出
支出を抑える。
減少支出。

08 助(じょ)
(漢造) 幫助；協助
お金を援助する。
出錢幫助。

09 清算(せいさん)
(名・他サ) 結算，清算；清理財產；結束，了結
溜まった家賃を清算した。
還清了積欠的房租。

10 ただ
(名・副) 免費，不要錢；普通，平凡；只有，只是（促音化為「たった」）
ただで参加できる。
能夠免費參加。

11 得(とく)
(名・形動) 利益；便宜
まとめて買うと得だ。
一次買更划算。

12 値上がり(ねあ)
(名・自サ) 價格上漲，漲價
土地の値上がりが始まっている。
地價開始高漲了。

参考答案 ❶貸し賃 ❷借り ❸給料 ❹下がった ❺支出

26 經濟

我把公寓租給別人，靠著收租金過日子。
マンションを人に貸して、＿＿＿＿で生活しています。

那時候你幫助了我，我知道自己欠你一份人情。
あの時助けてもらって、あなたには＿＿＿＿があると思っています。

不管股票漲了多少，薪水不漲就沒意義了。
いくら株の値段が上がっても、＿＿＿＿が上がらなきゃ意味がないよ。

明明很用功成績卻退步了，到底該怎麼辦才好呢？
頑張ったのに成績が＿＿＿＿。一体どうすればいいんだ。

這個月又是參加朋友的婚禮、又是修理汽車的，弄得入不敷出。
今月は友達の結婚式やら車の修理やらで、＿＿＿＿が収入を越えてしまった。

據說從日本帶往海外協助地震救災的救難犬表現十分出色。
海外の地震で、日本から連れて行った救＿＿＿＿犬が活躍したそうだ。

我和交往10年的男友結束了戀情，與父母介紹的另一位男性結婚了。
10年交際した人との関係を＿＿＿＿、親の薦める人と結婚した。

因為住在朋友家，所以省下了住宿費。
友だちの家に泊まるから、ホテル代は＿＿＿＿で済む。

這無關吃虧或是佔便宜。我只是想幫上大家的忙而已。
損だとか＿＿＿＿だとかじゃないんだ。みんなの役に立ちたいだけなんだ。

據說是因為夏季多雨，所以菜價不可避免地上漲了。
夏に雨が多かったせいで、野菜の＿＿＿＿が避けられないそうだ。

⑥助　⑦清算して　⑧ただ　⑨得　⑩値上がり

269

13 値上げ
【名・他サ】提高價格，漲價

来月から入場料が値上げになる。
下個月開始入場費將漲價。

14 物価
【名】物價

物価が上がった。
物價上漲。

15 ボーナス
【名】bonus，特別紅利，花紅；獎金，額外津貼，紅利

ボーナスが出る。
發獎金。

26-3 消費、費用／消費、費用

01 衣料費
【名】服裝費

子どもの衣料費は私が出す。
我支付小孩的服裝費。

02 医療費
【名】治療費，醫療費

医療費を払う。
支付醫療費。

03 運賃
【名】票價；運費

運賃を払う。
付運費。

04 奢る
【自五・他五】奢侈，過於講究；請客，作東

友人に昼飯を奢る。
請朋友吃中飯。

05 納める
【他下一】交，繳納

授業料を納める。
繳納學費。

06 学費
【名】學費

アルバイトで学費をためる。
打工存學費。

参考答案 ①値上げ ②物価 ③ボーナス ④衣料費 ⑤医療費

26 經濟

こんにちは。
(1秒後) こんにちは。
影子跟讀法請看 P5

下個月啤酒要漲價了，所以趁現在先買吧！
来月ビールが_____になるから、今のうちに買っておこう。
(1秒後) ➡ 影子跟讀法

住在都市很方便，但是物價太高，過得很辛苦。
都会は便利だけど、_____が高くて暮らしにくい。
(1秒後) ➡ 影子跟讀法

拿到獎金後要做什麼呢？光是想想就覺得很幸福。
_____が出たら何をしようか、考えるだけで幸せだ。
(1秒後) ➡ 影子跟讀法

小孩的治裝費一個月要花多少錢。
子どもの_____に一人月どれくらいかけていますか。
(1秒後) ➡ 影子跟讀法

我和妻子都很健康，所以幾乎沒有支出醫療費用。
私も妻も健康なので、_____はほとんどかかりません。
(1秒後) ➡ 影子跟讀法

隨著日幣升值，各家航空公司的運載費用持續上漲。
円高に伴い、各社航空_____の値上げが続いている。
(1秒後) ➡ 影子跟讀法

「今天要去喝一杯嗎？」「你請客的話我就去吧。」
「今日、飲みに行かない？」「_____くれるなら行こうかな」
(1秒後) ➡ 影子跟讀法

難道40年來乖乖納稅的他，不能過上更幸福的人生嗎？
40年間真面目に税金を_____きた彼に、もっと幸せな人生はなかったのか。
(1秒後) ➡ 影子跟讀法

本校有「成績優異學生得以減半學費」的制度。
当校には、成績優秀者は_____が半額になる制度があります。
(1秒後) ➡ 影子跟讀法

❻ 運賃　❼ 奢って　❽ 納めて　❾ 学費

271

単語帳

07 □□□
ガス料金(りょうきん) ▶ (名) 瓦斯費
ガス料金(りょうきん)を払(はら)う。
付瓦斯費。

08 □□□
薬代(くすりだい) ▶ (名) 藥費
薬代(くすりだい)が高(たか)い。
藥費昂貴。

09 □□□
交際費(こうさいひ) ▶ (名) 應酬費用
交際費(こうさいひ)を増(ふ)やす。
增加應酬費用。

10 □□□
交通費(こうつうひ) ▶ (名) 交通費，車馬費
交通費(こうつうひ)を計算(けいさん)する。
計算交通費。

11 □□□
光熱費(こうねつひ) ▶ (名) 電費和瓦斯費等
光熱費(こうねつひ)を払(はら)う。
繳水電費。

12 □□□
住居費(じゅうきょひ) ▶ (名) 住宅費，居住費
住居費(じゅうきょひ)が高(たか)い。
住宿費用很高。

13 □□□
修理代(しゅうりだい) ▶ (名) 修理費
修理代(しゅうりだい)を支払(しはら)う。
支付修理費。

14 □□□
授業料(じゅぎょうりょう) ▶ (名) 學費
授業料(じゅぎょうりょう)が高(たか)い。
授課費用很高。

15 □□□
使用料(しようりょう) ▶ (名) 使用費
会場(かいじょう)の使用料(しようりょう)を払(はら)う。
支付場地租用費。

16 □□□
食事代(しょくじだい) ▶ (名) 餐費，飯錢
母(はは)が食事代(しょくじだい)をくれた。
媽媽給了我飯錢。

参考答案 ①ガス料金(りょうきん) ②薬代(くすりだい) ③交際費(こうさいひ) ④交通費(こうつうひ) ⑤光熱費(こうねつひ)

26 經濟

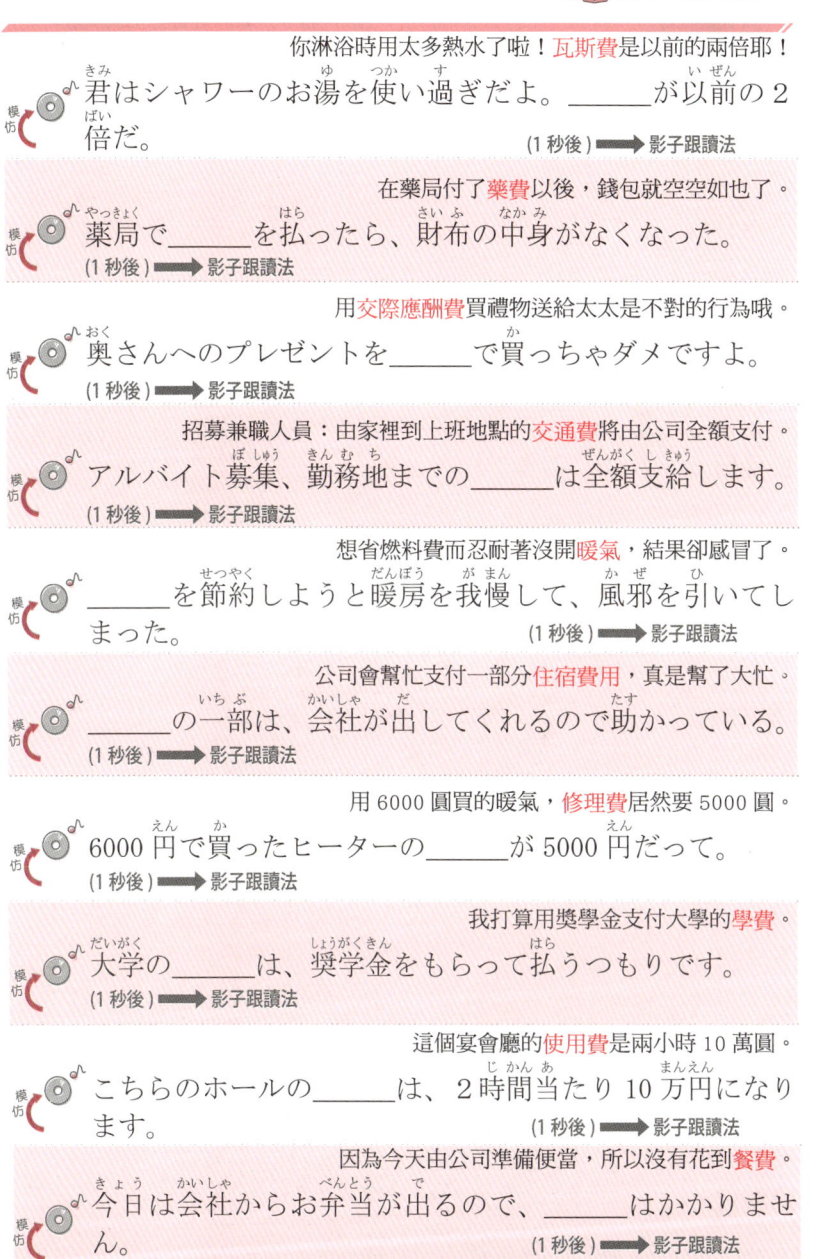

你淋浴時用太多熱水了啦！瓦斯費是以前的兩倍耶！
君はシャワーのお湯を使い過ぎだよ。＿＿＿＿が以前の2倍だ。

在藥局付了藥費以後，錢包就空空如也了。
薬局で＿＿＿＿を払ったら、財布の中身がなくなった。

用交際應酬費買禮物送給太太是不對的行為哦。
奥さんへのプレゼントを＿＿＿＿で買っちゃダメですよ。

招募兼職人員：由家裡到上班地點的交通費將由公司全額支付。
アルバイト募集、勤務地までの＿＿＿＿は全額支給します。

想省燃料費而忍耐著沒開暖氣，結果卻感冒了。
＿＿＿＿を節約しようと暖房を我慢して、風邪を引いてしまった。

公司會幫忙支付一部分住宿費用，真是幫了大忙。
＿＿＿＿の一部は、会社が出してくれるので助かっている。

用6000圓買的暖氣，修理費居然要5000圓。
6000円で買ったヒーターの＿＿＿＿が5000円だって。

我打算用獎學金支付大學的學費。
大学の＿＿＿＿は、奨学金をもらって払うつもりです。

這個宴會廳的使用費是兩小時10萬圓。
こちらのホールの＿＿＿＿は、2時間当たり10万円になります。

因為今天由公司準備便當，所以沒有花到餐費。
今日は会社からお弁当が出るので、＿＿＿＿はかかりません。

⑥ 住居費　⑦ 修理代　⑧ 授業料　⑨ 使用料　⑩ 食事代

単語帳

17 ☐☐☐
食費（しょくひ）
- 名 伙食費，飯錢
- 食費（しょくひ）を節約（せつやく）する。
  節省伙食費。

18 ☐☐☐
水道代（すいどうだい）
- 名 自來水費
- 水道代（すいどうだい）をカードで払（はら）う。
  用信用卡支付水費。

19 ☐☐☐
水道料金（すいどうりょうきん）
- 名 自來水費
- コンビニで水道料金（すいどうりょうきん）を払（はら）う。
  在超商支付自來水費。

20 ☐☐☐
生活費（せいかつひ）
- 名 生活費
- 息子（むすこ）に生活費（せいかつひ）を送（おく）る。
  寄生活費給兒子。

21 ☐☐☐
税金（ぜいきん）
- 名 税金，税款
- 税金（ぜいきん）を納（おさ）める。
  繳納税金。

22 ☐☐☐
送料（そうりょう）
- 名 郵費，運費
- 送料（そうりょう）を払（はら）う。
  付郵資。

23 ☐☐☐
タクシー代（だい）
- 名 taxi代，計程車費
- タクシー代（だい）が上（あ）がる。
  計程車的車資漲價。

24 ☐☐☐
タクシー料金（りょうきん）
- 名 taxi料金，計程車費
- タクシー料金（りょうきん）が値上（ねあ）げになる。
  計程車的費用要漲價。

25 ☐☐☐
チケット代（だい）
- 名 ticket代，票錢
- チケット代（だい）を払（はら）う。
  付買票的費用。

26 ☐☐☐
治療代（ちりょうだい）
- 名 治療費，診察費
- 歯（は）の治療代（ちりょうだい）が高（たか）い。
  治療牙齒的費用很昂貴。

参考答案 ①食費（しょくひ） ②水道代（すいどうだい） ③水道料金（すいどうりょうきん） ④生活費（せいかつひ） ⑤税金（ぜいきん）

26 經濟

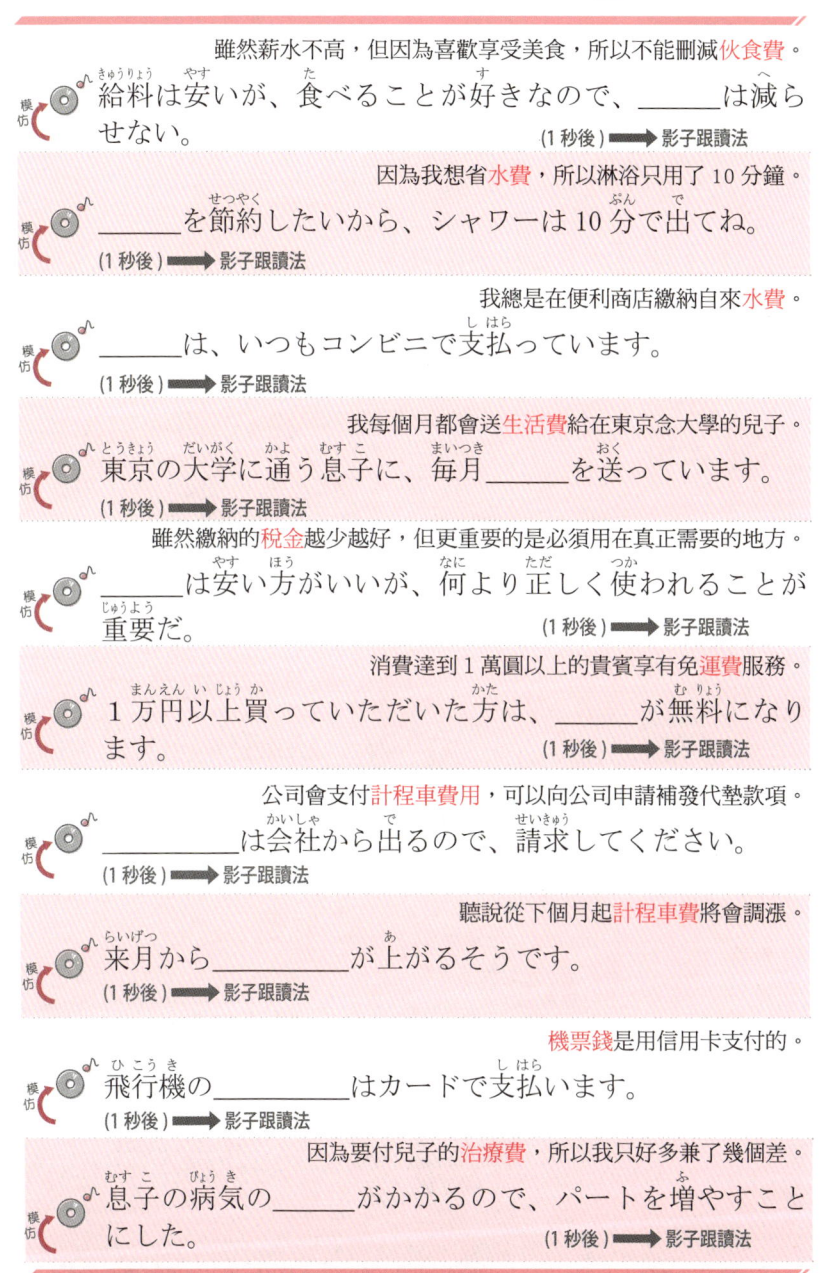

雖然薪水不高，但因為喜歡享受美食，所以不能刪減伙食費。
給料は安いが、食べることが好きなので、＿＿＿は減らせない。

因為我想省水費，所以淋浴只用了10分鐘。
＿＿＿を節約したいから、シャワーは10分で出てね。

我總是在便利商店繳納自來水費。
＿＿＿は、いつもコンビニで支払っています。

我每個月都會送生活費給在東京念大學的兒子。
東京の大学に通う息子に、毎月＿＿＿を送っています。

雖然繳納的稅金越少越好，但更重要的是必須用在真正需要的地方。
＿＿＿は安い方がいいが、何より正しく使われることが重要だ。

消費達到1萬圓以上的貴賓享有免運費服務。
1万円以上買っていただいた方は、＿＿＿が無料になります。

公司會支付計程車費用，可以向公司申請補發代墊款項。
＿＿＿は会社から出るので、請求してください。

聽說從下個月起計程車費將會調漲。
来月から＿＿＿が上がるそうです。

機票錢是用信用卡支付的。
飛行機の＿＿＿はカードで支払います。

因為要付兒子的治療費，所以我只好多兼了幾個差。
息子の病気の＿＿＿がかかるので、パートを増やすことにした。

⑥送料　⑦タクシー代　⑧タクシー料金　⑨チケット代　⑩治療代

単語帳

27 ☐☐☐
手数料（てすうりょう）
- 名 手續費；回扣
- 手数料がかかる。
- 要付手續費。

28 ☐☐☐
電気代（でんきだい）
- 名 電費
- 電気代が高い。
- 電費很貴。

29 ☐☐☐
電気料金（でんきりょうきん）
- 名 電費
- 電気料金が値上がりする。
- 電費上漲。

30 ☐☐☐
電車代（でんしゃだい）
- 名 （坐）電車費用
- 電車代が安くなる。
- 電車費更加便宜。

31 ☐☐☐
電車賃（でんしゃちん）
- 名 （坐）電車費用
- 電車賃は 250 円だ。
- 電車費是 250 圓。

32 ☐☐☐
電話代（でんわだい）
- 名 電話費
- 夜 11 時以後は電話代が安くなる。
- 夜間 11 點以後的電話費率比較便宜。

33 ☐☐☐
入場料（にゅうじょうりょう）
- 名 入場費，進場費
- 入場料が高い。
- 門票很貴呀。

34 ☐☐☐
バス代（バスだい）
- 名 bus 代，公車（乘坐）費
- バス代を払う。
- 付公車費。

35 ☐☐☐
バス料金（バスりょうきん）
- 名 bus 料金，公車（乘坐）費
- 大阪までのバス料金は安い。
- 搭到大阪的公車費用很便宜。

36 ☐☐☐
費（ひ）
- 漢造 消費，花費；費用
- 大学の学費は親が出してくれる。
- 大學的學費是父母幫我支付的。

参考答案　① 手数料　② 電気代　③ 電気料金　④ 電車代　⑤ 電車賃

26 經濟

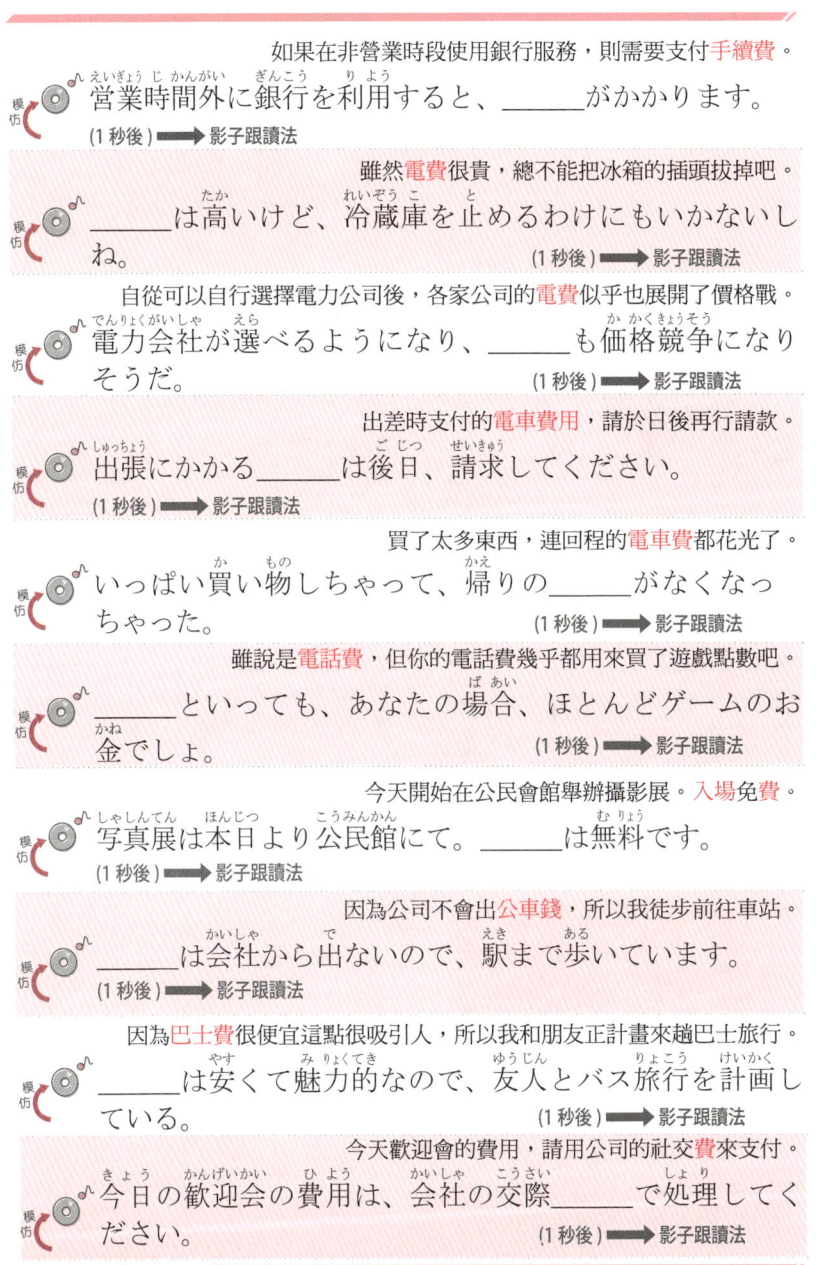

如果在非營業時段使用銀行服務，則需要支付手續費。
営業時間外に銀行を利用すると、_____がかかります。

雖然電費很貴，總不能把冰箱的插頭拔掉吧。
_____は高いけど、冷蔵庫を止めるわけにもいかないしね。

自從可以自行選擇電力公司後，各家公司的電費似乎也展開了價格戰。
電力会社が選べるようになり、_____も価格競争になりそうだ。

出差時支付的電車費用，請於日後再行請款。
出張にかかる_____は後日、請求してください。

買了太多東西，連回程的電車費都花光了。
いっぱい買い物しちゃって、帰りの_____がなくなっちゃった。

雖說是電話費，但你的電話費幾乎都用來買了遊戲點數吧。
_____といっても、あなたの場合、ほとんどゲームのお金でしょ。

今天開始在公民會館舉辦攝影展。入場免費。
写真展は本日より公民館にて。_____は無料です。

因為公司不會出公車錢，所以我徒步前往車站。
_____は会社から出ないので、駅まで歩いています。

因為巴士費很便宜這點很吸引人，所以我和朋友正計畫來趟巴士旅行。
_____は安くて魅力的なので、友人とバス旅行を計画している。

今天歡迎會的費用，請用公司的社交費來支付。
今日の歓迎会の費用は、会社の交際_____で処理してください。

⑥ 電話代　⑦ 入場料　⑧ バス代　⑨ バス料金　⑩ 費

37 部屋代 (へやだい)
- 名 房租；旅館住宿費
- 部屋代を払う。
  支付房租。

38 本代 (ほんだい)
- 名 買書錢
- 本代がかなりかかる。
  買書的花費不少。

39 家賃 (やちん)
- 名 房租
- 家賃が高い。
  房租貴。

40 郵送料 (ゆうそうりょう)
- 名 郵費
- 郵送料が高い。
  郵資貴。

41 洋服代 (ようふくだい)
- 名 服裝費
- 子どもたちの洋服代がかからない。
  小孩們的衣物費用所費不多。

42 料 (りょう)
- 接尾 費用，代價
- 入場料は2倍に値上がる。
  入場費漲了兩倍。

43 レンタル料 (りょう)
- 名 rental 料，租金
- ウエディングドレスのレンタル料は10万だ。
  結婚禮服的租借費是10萬。

26-4 財產、金錢／財產、金錢

01 預かる (あずかる)
- 他五 收存，（代人）保管；擔任，管理，負責處理；保留，暫不公開
- お金を預かる。
  保管錢。

02 預ける (あずける)
- 他下一 寄放，存放；委託，託付
- 銀行にお金を預ける。
  把錢存放進銀行裡。

參考答案 ❶部屋代 ❷本代 ❸家賃 ❹郵送料 ❺洋服代

こんにちは。
(1秒後)こんにちは。

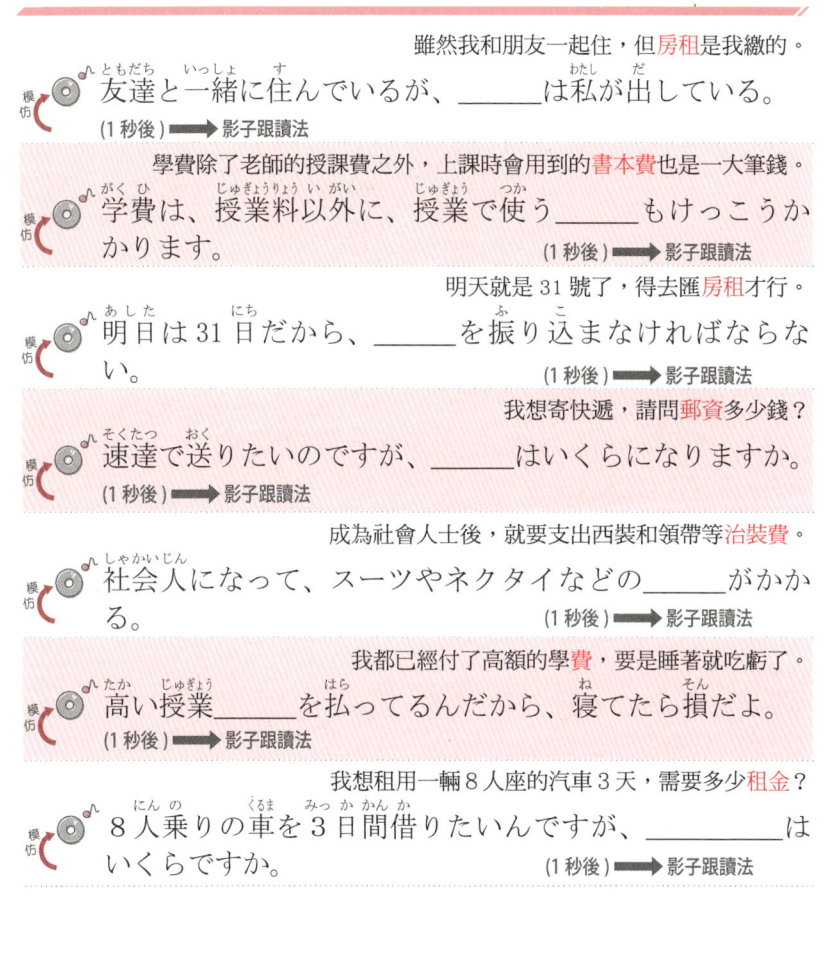

影子跟讀法請看 P5

26 經濟

雖然我和朋友一起住，但房租是我繳的。
友達と一緒に住んでいるが、_____は私が出している。
(1秒後) ➡ 影子跟讀法

學費除了老師的授課費之外，上課時會用到的書本費也是一大筆錢。
学費は、授業料以外に、授業で使う_____もけっこうかかります。
(1秒後) ➡ 影子跟讀法

明天就是31號了，得去匯房租才行。
明日は31日だから、_____を振り込まなければならない。
(1秒後) ➡ 影子跟讀法

我想寄快遞，請問郵資多少錢？
速達で送りたいのですが、_____はいくらになりますか。
(1秒後) ➡ 影子跟讀法

成為社會人士後，就要支出西裝和領帶等治裝費。
社会人になって、スーツやネクタイなどの_____がかかる。
(1秒後) ➡ 影子跟讀法

我都已經付了高額的學費，要是睡著就吃虧了。
高い授業_____を払ってるんだから、寝てたら損だよ。
(1秒後) ➡ 影子跟讀法

我想租用一輛8人座的汽車3天，需要多少租金？
8人乗りの車を3日間借りたいんですが、_____はいくらですか。
(1秒後) ➡ 影子跟讀法

家裡的孩子已經大了不需要照顧，目前我在幫鄰居帶小孩。
子育てが終わり、今は近所の子どもたちを_____います。
(1秒後) ➡ 影子跟讀法

我打算花掉半數獎金，剩下的另一半存入銀行。
ボーナスは半分使って、残りの半分は銀行に_____つもりです。
(1秒後) ➡ 影子跟讀法

⑥料　⑦レンタル料　⑧預かって　⑨預ける

279

単語帳

03 金（かね）
- 名 金屬；錢，金錢
- 金がかかる。
- 花錢。

04 小銭（こぜに）
- 名 零錢；零用錢；少量資金
- 1000円札を小銭に替える。
- 將1000元鈔兌換成硬幣。

05 賞金（しょうきん）
- 名 賞金；獎金
- 賞金を手に入れた。
- 獲得賞金。

06 節約（せつやく）
- 名・他サ 節約，節省
- 交際費を節約する。
- 節省應酬費用。

07 溜める（ためる）
- 他下一 積，存，蓄；積壓，停滯
- お金を溜める。
- 存錢。

08 貯金（ちょきん）
- 名・自他サ 存款，儲蓄
- 毎月決まった額を貯金する。
- 每個月定額存錢。

參考答案　❶金　❷小銭　❸賞金　❹節約　❺溜めない

26 經濟

自古至今流傳著一句話：年少吃得苦中苦，日後方為人上人。（年少時吃苦的經驗花錢也值得。）

昔から、若いうちの苦労は＿＿＿＿を払ってでもしろという。

由於電子支付的普及，最近不太會用到零錢了。
電子マネーの普及で、最近は＿＿＿＿をあまり使わなくなった。

在這次大賽中奪下冠軍的趙選手獲得了1億圓的獎金。
この大会で優勝した趙選手は、＿＿＿＿の１億円を手に入れた。

為了節約交通費和鍛鍊體力，我都騎自行車上班。
交通費の＿＿＿＿と体力づくりのために、自転車通勤しています。

想要長壽，就不要累積壓力。
長生きしたければ、ストレスを＿＿＿＿ことです。

「領到獎金以後，你要怎麼花？」「我會存起來。」
「ボーナスが出たら、何に使いますか」「＿＿＿＿します」

⑥ 貯金

パート27 政治

第二十七章 政治

27-1 政治、行政、国際／政治、行政、國際

01 県庁（けんちょう）
(名) 縣政府
県庁を訪問する。
訪問縣政府。

02 国（こく）
(漢造) 國；政府；國際，國有
国民の怒りが高まる。
人們的怒氣日益高漲。

03 国際的（こくさいてき）
(形動) 國際的
国際的な会議に参加する。
參加國際會議。

04 国籍（こくせき）
(名) 國籍
国籍を変更する。
變更國籍。

05 省（しょう）
(名・漢造) 省掉；（日本內閣的）省，部
新しい省をつくる。
建立新省。

06 選挙（せんきょ）
(名・他サ) 選舉，推選
議長を選挙する。
選出議長。

07 町（ちょう）
(名・漢造) （市街區劃單位）街，巷；鎮，街
町長に選出された。
當上了鎮長。

08 庁（ちょう）
(漢造) 官署；行政機關的外局
官庁に勤める。
在政府機關工作。

09 道庁（どうちょう）
(名) 北海道的地方政府（「北海道庁」之略稱）
道庁は札幌市にある。
北海道道廳（地方政府）位於札幌市。

10 都庁（とちょう）
(名) 東京都政府（「東京都庁」之略稱）
東京都庁が目の前だ。
東京都政府就在眼前。

282

参考答案 ①県庁 ②国 ③国際的な ④国籍 ⑤省

27 政治

為了申請護照而去了縣政府。
パスポートを申請するために、_____へ行った。

迎接外國貴賓的時候，會插上該國國旗以歡迎蒞臨。
外国のお客様をお迎えするときは、相手_____の国旗を飾って歓迎します。

她是曾榮獲國際大獎的知名歌劇演唱家。
彼女は_____賞に輝いた、有名なオペラ歌手です。

雖然我在日本住了10年，但我的國籍是巴西。
日本に10年住んでいますが、_____はブラジルなんです。

將從前的文部省和科學技術廳合併後成立了現在的文部科學省。
それまでの文部_____と科学技術庁を併せて、今の文部科学_____が作られた。

大學校慶的執行委員是透過學生選舉所選出來的。
大学の文化祭の実行委員は、学生による_____で選ばれる。

我的地址是東京都中野區中野町2丁目4號12號。
住所は、東京都中野区中野_____2丁目4番12号です。

擁有在東京消防署工作的父親是我的驕傲。
東京消防_____で働いているお父さんが、僕の自慢です。

北海道的行政機關位於札幌。
北海道の_____所在地は札幌です。

從東京都政府的頂樓可以清楚看見東京的景色。
_____の最上階からは東京の景色がよく見えます。

❻ 選挙　　❼ 町　　❽ 庁　　❾ 道庁　　❿ 都庁

単語帳

11 パスポート
- 名 passport，護照；身分證
- パスポートを出す。
- 取出護照。

12 府庁（ふちょう）
- 名 府辦公室
- 府庁に招かれる。
- 受府辦公室的招待。

13 民間（みんかん）
- 名 民間；民營，私營
- 皇室から民間人になる。
- 從皇室成為民間老百姓。

14 民主（みんしゅ）
- 名 民主，民主主義
- 民主主義を壊す。
- 破壞民主主義。

27-2 軍事／軍事

01 戦（せん）
- 漢造 戰爭；決勝負，體育比賽；發抖
- 博物館で昔の戦車を見る。
- 在博物館參觀以前的戰車。

02 倒す（たおす）
- 他五 倒，推倒，翻倒；推翻，打倒；毀壞，拆毀；打敗，擊敗；殺死，擊斃；賴帳
- 敵を倒す。
- 打倒敵人。

03 弾（だん）
- 漢造 砲彈
- 弾丸のように速い。
- 如彈丸一般地快。

04 兵隊（へいたい）
- 名 士兵，軍人；軍隊
- 兵隊に行く。
- 去當兵。

05 平和（へいわ）
- 名・形動 和平，和睦
- 平和に暮らす。
- 過和平的生活。

参考答案 ❶パスポート ❷府庁 ❸民間 ❹民主 ❺戦

27 政治

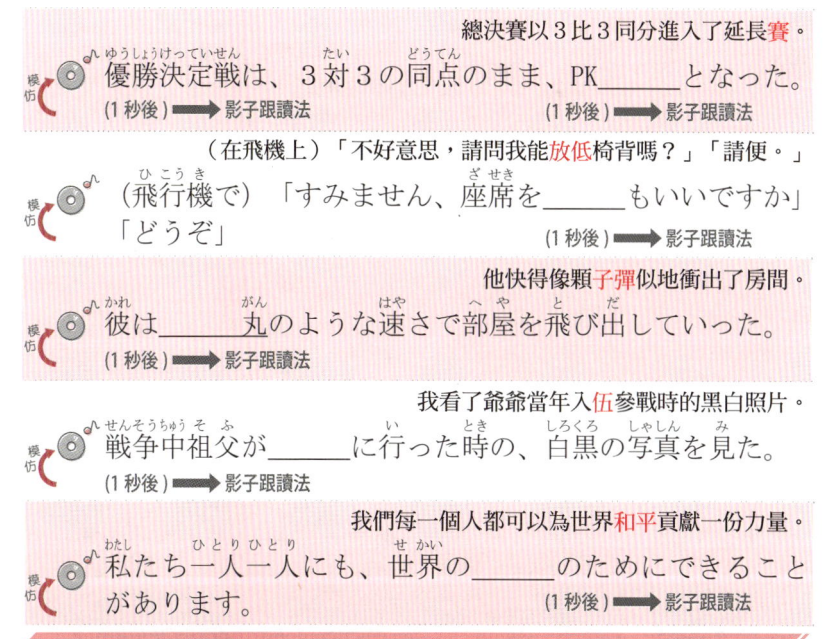

影子跟讀法請看 P5

護照的照片拍得太好看了,因而被懷疑不是本人。
_____の写真がよく撮れていて、違う人かと疑われる。

因為我搬家了,所以去政府機構辦理了變更住址的手續。
引っ越しをしたので、_____へ住所変更の手続きに行きました。

兒童節慶祝活動將由市政府和民間團體聯合舉辦。
子ども祭りは、市と_____団体とが協力して行っています。

尊重少數人的意見是民主主義的基礎。
少数の人の意見を大切にするのは_____主義の基本だ。

總決賽以3比3同分進入了延長賽。
優勝決定戦は、3対3の同点のまま、PK_____となった。

(在飛機上)「不好意思,請問我能放低椅背嗎?」「請便。」
(飛行機で)「すみません、座席を_____もいいですか」「どうぞ」

他快得像顆子彈似地衝出了房間。
彼は_____丸のような速さで部屋を飛び出していった。

我看了爺爺當年入伍參戰時的黑白照片。
戦争中祖父が_____に行った時の、白黒の写真を見た。

我們每一個人都可以為世界和平貢獻一份力量。
私たち一人一人にも、世界の_____のためにできることがあります。

⑥ 倒して　⑦ 弾　⑧ 兵隊　⑨ 平和

パート 28 法律、規則、犯罪

第二十八章
法律、規則、犯罪

01 起こる
(自五) 發生，鬧；興起，興盛；（火）著旺
事件が起こる。
發生事件。

02 決まり
(名) 規定，規則；習慣，常規，慣例；終結；收拾整頓
決まりを守る。
遵守規則。

03 禁煙
(名・自サ) 禁止吸菸；禁菸，戒菸
車内は禁煙だ。
車内禁止抽煙。

04 禁止
(名・他サ) 禁止
「ながらスマホ」は禁止だ。
「走路時玩手機」是禁止的。

05 殺す
(他五) 殺死，致死；抑制，忍住，消除；埋沒；浪費，犧牲，典當；殺，（棒球）使出局
人を殺す。
殺人。

06 事件
(名) 事件，案件
事件が起きる。
發生案件。

07 条件
(名) 條件；條文，條款
条件を決める。
決定條件。

08 証明
(名・他サ) 證明
資格を証明する。
證明資格。

09 捕まる
(自五) 抓住，被捉住，逮捕；抓緊，揪住
警察に捕まった。
被警察抓到了。

10 偽
(名) 假，假冒；贋品
偽の1万円札が見つかった。
找到萬圓偽鈔。

参考答案 ①起こった ②決まり ③禁煙 ④禁止 ⑤殺せない

28 法律、規則、犯罪

昨晚發生了一起5歲女童遇害的凶殺案。
昨夜、5歳の女の子が何者かに殺されるという事件が_____。

全家人一起吃早餐是我們的家規。
朝ご飯は家族全員で食べるのが、我が家の_____なんです。

本店分為禁菸區和吸菸區，請問您要坐哪一邊呢？
_____席と喫煙席がございますが、どちらになさいますか。

此處非相關人士禁止進入。
ここから先は関係者以外、立ち入り_____です。

她就連蟲子也不願意殺，是一名心地善良的女性呢。
彼女は、虫も_____心の優しい女性ですよ。

最近在市民游泳池連續發生錢包遭竊的案件。
市民プールでは、最近、財布が盗まれる_____が続いている。

那麼，就以暑假結束後交出報告作為交換條件，先給你們學分吧！
では、夏休み明けにレポートを出すことを_____に、単位をあげましょう。

我並沒有說謊，但我無法證明。
僕は嘘はついてないけど、それを_____方法がないんだ。

開車輾人後逃逸的犯人，終於被逮捕歸案了。
車で人を轢いて逃げていた犯人が、ようやく_____。

冒牌警察盜取年長者金錢的案件還在持續增加。
_____警察官がお年寄からお金を盗む事件が続いている。

⑥事件 ⑦条件 ⑧証明する ⑨捕まった ⑩偽

287

単語帳

11 犯人(はんにん)
(名) 犯人
犯人(はんにん)を探(さが)す。
尋找犯人。

12 プライバシー
(名) privacy，私生活，個人私密
プライバシーを守(まも)る。
保護隱私。

13 ルール
(名) rule，規章，章程；尺，界尺
交通(こうつう)ルールを守(まも)る。
遵守交通規則。

パート 29 第二十九章
心理、感情
心理、感情

29-1 心／心、內心

01 飽(あ)きる
(自上一) 夠，滿足；厭煩，煩膩
飽(あ)きることを知(し)らない。
貪得無厭。

02 何時(いつ)の間(ま)にか
(副) 不知不覺地，不知什麼時候
いつの間(ま)にか春(はる)が来(き)た。
不知不覺春天來了。

03 印象(いんしょう)
(名) 印象
印象(いんしょう)が薄(うす)い。
印象不深。

04 生(う)む
(他五) 產生，產出
誤解(ごかい)を生(う)む。
產生誤解。

05 羨(うらや)ましい
(形) 羨慕，令人嫉妒，眼紅
あなたがうらやましい。
（我）羨慕你。

参考答案 ①犯人(はんにん) ②プライバシー ③ルール ④飽(あ)きる ⑤いつの間(ま)にか

29 心理、感情

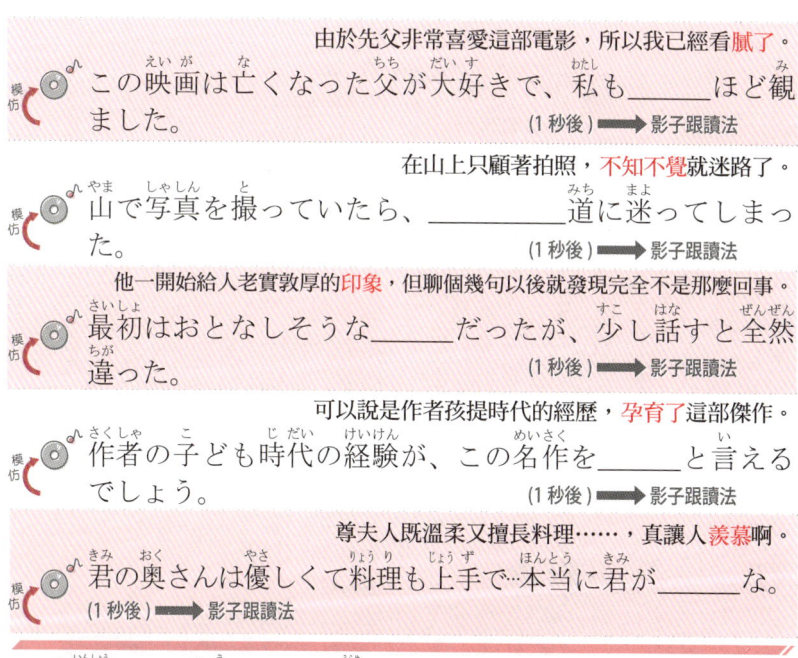

我被誤認為暴力事件的犯人，被警察帶走了。
暴力事件の_____と間違われて、警察に連れて行かれた。

為保護學生的隱私，請勿拍照。
生徒の_____を守るために、写真の撮影はご遠慮ください。

一天最多只能玩1小時的電玩遊戲，這是我們家的規定。
ゲームは一日1時間まで、というのがわが家の_____だ。

由於先父非常喜愛這部電影，所以我已經看膩了。
この映画は亡くなった父が大好きで、私も_____ほど観ました。

在山上只顧著拍照，不知不覺就迷路了。
山で写真を撮っていたら、_____道に迷ってしまった。

他一開始給人老實敦厚的印象，但聊個幾句以後就發現完全不是那麼回事。
最初はおとなしそうな_____だったが、少し話すと全然違った。

可以說是作者孩提時代的經歷，孕育了這部傑作。
作者の子ども時代の経験が、この名作を_____と言えるでしょう。

尊夫人既溫柔又擅長料理……，真讓人羨慕啊。
君の奥さんは優しくて料理も上手で…本当に君が_____な。

⑥ 印象　⑦ 生んだ　⑧ 羨ましい

289

単語帳

06 影響（えいきょう）
- (名・自サ) 影響
- 影響が大きい。
- 影響很大。

07 思い（おも）
- (名)（文）思想，思考；感覺，情感；想念，思念；願望，心願
- 思いにふける。
- 沈浸在思考中。

08 思い出（おもで）
- (名) 回憶，追憶，追懷；紀念
- 思い出になる。
- 成為回憶。

09 思いやる（おも）
- (他五) 體諒，表同情；想像，推測
- 不幸な人を思いやる。
- 同情不幸的人。

10 構う（かま）
- (自他五) 介意，顧忌，理睬；照顧，招待；調戲，逗弄；放逐
- 叩かれても構わない。
- 被攻擊也無所謂。

11 感（かん）
- (名・漢造) 感覺，感動；感
- 責任感が強い。
- 有很強的責任感。

12 感じる・感ずる（かん）
- (自他上一) 感覺，感到；感動，感觸，有所感
- 痛みを感じる。
- 感到疼痛。

13 感心（かんしん）
- (名・形動・自サ) 欽佩；贊成；（貶）令人吃驚
- 皆さんの努力に感心した。
- 大家的努力令人欽佩。

14 感動（かんどう）
- (名・自サ) 感動，感激
- 感動を受ける。
- 深受感動。

15 緊張（きんちょう）
- (名・自サ) 緊張
- 緊張が解けた。
- 緊張舒緩了。

參考答案: ①影響 ②思い ③思い出 ④思いやる ⑤構う

29 心理、感情

菜價居高不下的原因可能是上個月颱風來襲的影響。
野菜の値段が高いのは、先月の台風の_____らしい。

你對她那份熾熱的情感假如不說出口，她可就無從知曉哦！
君のその熱い_____も、言葉にしなきゃ彼女には伝わらないよ。

把具有回憶的物品全部扔掉，開始全新的人生吧！
_____の物は全部捨てて、新しい人生を始めよう。

據說，並不是只有人類才擁有體貼他人的情感。
相手を_____心は人間だけのものではないそうだ。

我愛說什麼就說什麼！就算會被網民砲轟我也不管啦！
私は言いたいことを言うよ。ネットで叩かれたって_____もんか。

她富有很強的責任感，很適合擔任隊長。
彼女は責任_____が強いので、リーダーにぴったりだ。

不知道是不是錯覺，我覺得最近她的態度很冷淡。
気のせいか、最近彼女の態度が冷たく_____んだが。

那個孩子經常照顧年幼的弟弟妹妹，真是值得誇獎。
あの子は小さい弟や妹の面倒をよく見ていて、本当に_____するよ。

美麗的畫作具有跨越時代感動人心的力量。
美しい絵画には時代を越えて人を_____させる力がある。

練習時明明都能成功，但是正式演出時就因緊張而失敗了。
練習の時はできるのに、本番になると_____失敗してしまう。

⑥感　⑦感じる　⑧感心　⑨感動　⑩緊張して

291

単語帳

16 悔しい（くや）
形 令人懊悔的
悔しい思いをする。
覺得遺憾不甘。

17 幸福（こうふく）
名・形動 沒有憂慮，非常滿足的狀態
幸福な人生を送る。
過著幸福的生活。

18 幸せ（しあわ）
名・形動 運氣，機運；幸福，幸運
幸せになる。
變得幸福、走運。

19 宗教（しゅうきょう）
名 宗教
宗教を信じる。
信仰宗教。

20 凄い（すご）
形 非常（好）；厲害；好的令人吃驚；可怕，嚇人
すごい嵐になった。
轉變成猛烈的暴風雨了。

21 素朴（そぼく）
名・形動 樸素，純樸，質樸；（思想）純樸
素朴な考え方が生まれる。
單純的想法孕育而生。

22 尊敬（そんけい）
名・他サ 尊敬
両親を尊敬する。
尊敬雙親。

23 退屈（たいくつ）
名・自サ・形動 無聊，鬱悶，寂，厭倦
退屈な日々が続く。
無聊的生活不斷持續著。

24 のんびり
副・自サ 舒適，逍遙，悠然自得
のんびり暮らす。
悠閒度日。

25 秘密（ひみつ）
名・形動 秘密，機密
これは二人だけの秘密だよ。
這是屬於我們兩個人的秘密喔。

參考答案 ①悔しい ②幸福な ③幸せ ④宗教 ⑤すごい

29 心理、感情

我連一句他的壞話都沒講卻被誤會，好**不甘心**哦。
私は一言も悪口を言っていないのに。誤解されて＿＿＿＿。

奶奶直到臨終前都和家人在一起，度過了**幸福的**人生。
祖母は最後まで家族と一緒で、＿＿＿＿人生でした。

據說兩個人手牽手走過這座橋就可以得到**幸福**。
二人で手を繋いでこの橋を渡ると＿＿＿＿になれるんだって。

所謂**宗教**，就是為了拯救目前活在世上的人們而存在的。
＿＿＿＿とは、今この世に生きている人を救うために存在する。

好大的雪啊。照這樣看來，電車傍晚會停駛吧。
＿＿＿＿雪だ。これでは夕方には電車が止まるだろう。

我喜歡歌手小琳不上妝的**樸素**模樣。
歌手のリンちゃんは、化粧をしない＿＿＿＿感じで好きだ。

榮獲諾貝爾獎的山中教授得到全體國民的**敬重**。
ノーベル賞を受賞した山中教授は全国民から＿＿＿＿を集めている。

丈夫雖然是一名優秀的律師，但他在家時只是個**無聊的**男人。
夫は優秀な弁護士ですが、家では＿＿＿＿男です。

搭飛機當然好，但偶爾來一趟**悠閒的**火車旅行也不錯。
飛行機もいいけど、たまには＿＿＿＿と列車の旅もいいね。

那孩子一邊說著「這是**秘密**，絕對不要告訴別人」，一邊又到處跟大家說。
あの子は、絶対＿＿＿＿ね、と言いながら、みんなにしゃべっている。

⑥ 素朴な　⑦ 尊敬　⑧ 退屈な　⑨ のんびり　⑩ 秘密

単語帳

26 不幸（ふこう）
(名) 不幸，倒楣；死亡，喪事
不幸を招く。
招致不幸。

27 不思議（ふしぎ）
(名・形動) 奇怪，難以想像，不可思議
不思議なことを起こす。
發生不可思議的事。

28 不自由（ふじゆう）
(名・形動・自サ) 不自由，不如意，不充裕；（手腳）不聽使喚；不方便
金に不自由しない。
不缺錢。

29 平気（へいき）
(名・形動) 鎮定，冷靜；不在乎，不介意，無動於衷
平気な顔をする。
一副冷靜的表情。

30 ほっと
(副・自サ) 嘆氣貌；放心貌
ほっと息をつく。
鬆了一口氣。

31 まさか
(副)（後接否定語氣）絕不…，總不會…，難道；萬一，一旦
まさかの時に備える。
以備萬一。

32 満足（まんぞく）
(名・自他サ・形動) 滿足，令人滿意的，心滿意足；滿足，符合要求；完全，圓滿
満足に暮らす。
美滿地過日子。

33 無駄（むだ）
(名・形動) 徒勞，無益；浪費，白費
無駄な努力はない。
努力不會白費。

34 もったいない
(形) 可惜的，浪費的；過份的，惶恐的，不敢當
もったいないことをした。
真是浪費。

35 豊か（ゆたか）
(形動) 豐富，寬裕；豐盈；十足，足夠
豊かな生活を送る。
過著富裕的生活。

參考答案 ①不幸 ②不思議 ③不自由な ④平気な ⑤ほっと

29 心理、感情

雖然我認為自己很不幸，但我也知道即使大家生活辛苦，仍然保持樂觀進取。
自分は_____だと思っていたが、みんな辛くても明るく頑張っているのだと知った。

雖然我們彼此語言不通，但不可思議的是，我竟能理解荷西先生想表達的意思。
お互い言葉が通じないのに、ホセさんの言いたいことは_____と分かる。

我的目標是打造一座讓視障者和聽障者也能盡情享受的舞台。
耳や目の_____方にも楽しんで頂ける舞台を目指しています。

她雖然裝出滿不在乎的樣子，但我覺得她其實非常難受。
あの子、_____振りしてるけど、本当は相当辛いと思うよ。

之前聽說她生病了，現在看到她有精神的樣子，也就鬆了一口氣。
病気だと聞いていたけど、元気な顔を見て_____したよ。

沒想到你會躲在那裡哭。真令人大吃一驚。
_____君があそこで泣くとは思わなかったよ。本当にびっくりした。

由於教授的要求很嚴格，我覺得這樣的報告應該無法讓他滿意。
教授は厳しい人だから、こんなレポートじゃ_____と思うよ。

很多原本覺得沒意義的事，到後來發現都是有意義的。
_____だと思うことが、後になって役に立つことも多い。

都還沒吃就扔掉，真是太浪費了。
まだ食べられるのに捨てるなんて、_____なあ。

比起便利的都市，能夠擁抱大自然的田園生活更適合我。
便利な都会より、自然の_____田舎の生活が私には合っている。

⑥まさか ⑦満足されない ⑧無駄 ⑨もったいない ⑩豊かな

36 **夢**（ゆめ）
- 名 夢；夢想
- 甘い夢を見続けている。
- 持續做著美夢。

37 **良い**（よい）
- 形 好的，出色的；漂亮的；（同意）可以
- 良い友に恵まれる。
- 遇到益友。

38 **楽**（らく）
- 名・形動・漢造 快樂，安樂，快活；輕鬆，簡單；富足，充裕
- 楽に暮らす。
- 輕鬆地過日子。

29-2 意志／意志

01 **与える**（あたえる）
- 他下一 給與，供給；授與；使蒙受；分配
- 機会を与える。
- 給予機會。

02 **我慢**（がまん）
- 名・他サ 忍耐，克制，將就，原諒；（佛）饒恕
- 我慢ができない。
- 不能忍受。

03 **我慢強い**（がまんづよい）
- 形 忍耐性強，有忍耐力
- 本当にがまん強い。
- 有耐性。

04 **希望**（きぼう）
- 名・他サ 希望，期望，願望
- どんな時も希望を持つ。
- 不論何時都要懷抱希望。

05 **強調**（きょうちょう）
- 名・他サ 強調；權力主張；（行情）看漲
- 特に強調する。
- 特別強調。

06 **癖**（くせ）
- 名 癖好，脾氣，習慣；（衣服的）摺線；頭髮亂翹
- 癖がつく。
- 養成習慣。

參考答案：① 夢 ② よい ③ 楽 ④ 与えた ⑤ 我慢しない

29 心理、感情

我的**夢想**是成為獸醫師。
将来、動物のお医者さんになるのが僕の＿＿＿＿＿です。

那個嚴厲的經理在家裡居然是個**溫柔的**丈夫，真叫人無法想像。
厳しい部長が、家庭では優しい＿＿＿＿＿夫だなんて、想像できないな。

我已經把要換的居家衣服準備好了，請您脫下西裝換上，儘管**放鬆**一些。
着替えを用意しましたから、スーツは脱いで、もっと＿＿＿＿＿にしてください。

地震給我的家鄉**帶來了**莫大的災害。
地震は、私の生まれ故郷に大きな被害を＿＿＿＿＿。

不舒服的時候請**不要忍耐**，好好休息哦。
気分が悪いときは、＿＿＿＿＿で休んでくださいね。

我們正在招募**極具耐性**，能夠忍受顧客一切無理要求的員工。
客に何を言われても怒らない＿＿＿＿＿人を求めています。

行李將在您**指定**的日期時間送達。
お荷物はお客様のご＿＿＿＿＿の日時にお届け致します。

他在說明那起事故的過程，**強調**了錯不在自己身上。
彼は事故の説明をする中で、自分には非がないことを＿＿＿＿＿した。

鑽牛角尖是我的壞**習慣**。
細かいことが気になってしまうのが、僕の悪い＿＿＿＿＿です。

⑥ 我慢強い　⑦ 希望　⑧ 強調　⑨ 癖

297

単語帳

07 避ける（さける）
〔他下一〕躲避，避開，逃避；避免，忌諱
問題を避ける。
迴避問題。

08 刺す（さす）
〔他五〕刺，穿，扎；螫，咬，釘；縫綴，衲；捉住，黏捕
包丁で刺す。
以菜刀刺入。

09 参加（さんか）
〔名・自サ〕參加，加入
参加を申し込む。
報名參加。

10 実行（じっこう）
〔名・他サ〕實行，落實，施行
実行に移す。
付諸實行。

11 じっと
〔副・自サ〕保持穩定，一動不動；凝神，聚精會神；一聲不響地忍住；無所做為，呆住
相手の顔をじっと見る。
凝神注視對方的臉。

12 自慢（じまん）
〔名・他サ〕自滿，自誇，自大，驕傲
成績を自慢する。
以成績為傲。

13 信じる・信ずる（しんじる／しんずる）
〔他上一〕信，相信；確信，深信；信賴，可靠；信仰
あなたを信じる。
信任你。

14 申請（しんせい）
〔名・他サ〕申請，聲請
facebookで友達申請が来た。
有人向我的臉書傳送了交友邀請。

15 薦める（すすめる）
〔他下一〕勸告，勸告，勸誘；勸，敬（煙、酒、茶、座等）
A大学を薦める。
推薦A大學。

16 勧める（すすめる）
〔他下一〕勸告，勸誘；勸，進（煙茶酒等）
入会を勧める。
勸說加入會員。

參考答案：① 避けて ② 刺した ③ 参加 ④ 実行 ⑤ じっと

29 心理、感情

如果要開公司，缺乏資金是無法迴避的問題。
会社を作るなら、資金不足は＿＿＿通れない問題だ。

請將鑰匙插進鑰匙孔，然後慢慢向右轉。
鍵穴に鍵を奥まで＿＿＿ら、ゆっくり右へ回してください。

繳交參與費之後，請在這裡的參與者名單上確認您的大名。
＿＿＿費を払ったら、こちらの参加者名簿にチェックをお願いします。

那名男子只負責擬訂計畫而已。實際犯下罪行的另有其人。
あの男は計画を立てただけだ。＿＿＿犯は別にいる。

稍微忍耐一下哦，不會痛的。（打針）好了，打完了。
少しの間＿＿＿しててね。痛くないよ。（注射をして）はい、終わり。

隔壁太太一個勁的炫耀她的老公，是沒有別的事情可以炫耀了嗎？
隣の奥さんはご主人の＿＿＿ばかり。他に自慢することがないのかしら。

該做的都做了。接下來就是相信自己，盡全力拚了。
やることはやった。あとは自分を＿＿＿、全力を出すだけだ。

為了申請護照而到相館拍了照。
パスポートの＿＿＿のために、写真館で写真を撮った。

教授所推薦的書籍和論文，我統統正在閱讀。
教授が＿＿＿本や論文は、全て読んでいます。

醫生建議我每天走路1小時以上。
医者から、毎日1時間以上歩くことを＿＿＿＿。

⑥ 自慢　　⑦ 信じて　　⑧ 申請　　⑨ 薦める　　⑩ 勧められた

299

単語帳

17 　騙す（だま・す）
(他) 騙，欺騙，誆騙，矇騙；哄
人を騙す。
騙人。

18 　挑戦（ちょうせん）
(名・自サ) 挑戦
世界記録に挑戦する。
挑戰世界紀錄。

19 　続ける（つづ・ける）
(接尾)（接在動詞連用形後，複合語用法）繼續…，不斷地…
テニスを練習し続ける。
不斷地練習打網球。

20 　どうしても
(副)（後接否定）怎麼也，無論怎樣也；務必，一定，無論如何也要
どうしても行きたい。
無論如何我都要去。

21 　直す（なお・す）
(接尾)（前接動詞連用形）重做…
もう一度人生をやり直す。
人生再次從零出發。

22 　不注意（な）（ふちゅうい）
(形動) 不注意，疏忽，大意
不注意な発言が多すぎる。
失言之處過多。

23 　任せる（まか・せる）
(他下一) 委託，託付；聽任，隨意；盡力，盡量
運を天に任せる。
聽天由命。

24 　守る（まも・る）
(他五) 保衛，守護；遵守，保守；保持（忠貞）；(文) 凝視
秘密を守る。
保密。

25 　申し込む（もう・し・こむ）
(他五) 提議，提出；申請；報名；訂購；預約
結婚を申し込む。
求婚。

26 　目的（もくてき）
(名) 目的，目標
目的を達成する。
達到目的。

参考答案　① 騙して　② 挑戦した　③ 続けた　④ どうしても　⑤ 直した

29 心理、感情

絕對不容許對老年人詐騙盜領金錢的犯罪行為。
お年寄りを_____お金を盗む犯罪は、絶対に許せない。

雖然你輸了比賽，但能有勇氣挑戰世界冠軍，真是太令人佩服了。
試合には負けたが、世界王者に_____勇気は素晴らしい。

當孩子動手術的那段時間，媽媽不斷向神明祈求。
母親は、子どもが手術を受けている間、神に祈_____。

如果你很堅持的話，我也可以把票讓給你。
あなたが_____と言うなら、チケットを譲ってもいいですよ。

因為還有時間，所以在交卷前再一次檢查了答案。
時間が余ったので、解答用紙を出す前に、もう一度、答えを見_____。

駕駛時，一個不小心都可能釀成重大事故，請留意喔。
運転中は、_____行動が大きな事故に繋がるので、気をつけよう。

既然我說交給你了，責任就由我來承擔，你就放手去做吧。
君に_____と言った以上、責任は私が取るから、自由にやりなさい。

守護這個村子的傳統，是生在21世紀的我們的責任。
この村の伝統を_____ことが、21世紀に生きる私たちの務めだ。

我在旅行社的網頁上報名了5天4夜的臺灣觀光旅遊。
旅行会社のホームページから、4泊5日の台湾観光旅行に_____。

我這趟旅行目的是搭乘這輛火車。
私の旅行の_____は、この列車に乗ることなんです。

⑥ 不注意な　⑦ 任せる　⑧ 守る　⑨ 申し込んだ　⑩ 目的

単語帳

27 ゆうき 勇気
- (形動) 勇敢
- 勇気を出す。
- 提起勇氣。

28 ゆず 譲る
- (他五) 譲給，轉讓；謙讓，讓步；出讓，賣給；改日，延期
- 道を譲る。
- 讓路。

29-3 好き、嫌い／喜歡、討厭

01 あい 愛
- (名・漢造) 愛，愛情；友情，恩情；愛好，熱愛；喜愛；喜歡；愛惜
- 親の愛が伝わる。
- 感受到父母的愛。

02 あら 粗
- (名) 缺點，毛病
- 粗を探す。
- 雞蛋裡挑骨頭。

03 にんき 人気
- (名) 人緣，人望
- あのタレントは人気がある。
- 那位藝人很受歡迎。

04 ねっちゅう 熱中
- (名・自サ) 熱中，專心；酷愛，著迷於
- ゲームに熱中する。
- 沈迷於電玩。

05 ふまん 不満
- (名・形動) 不滿足，不滿，不平
- 不満をいだく。
- 心懷不滿。

06 むちゅう 夢中
- (名・形動) 夢中，在睡夢裡；不顧一切，熱中，沉醉，著迷
- 夢中になる。
- 入迷。

07 めいわく 迷惑
- (名・自サ) 麻煩，煩擾；為難，困窘；討厭，妨礙，打擾
- 迷惑をかける。
- 添麻煩。

参考答案　❶勇気　❷譲り　❸愛　❹粗　❺人気

29 心理、感情

想交朋友的話，不妨拿出勇氣，試著主動找人攀談。
友達が欲しいなら、_____を出して、自分から話しかけてごらん。

請讓座給老年人和行動不便者。
お年寄りや体の不自由な人に席を_____ましょう。

即使貧窮，只要有父母的愛，孩子依然能夠成長茁壯。
たとえ貧しくても、親の_____さえあれば子どもは育つものだ。

不要挑孩子的毛病，讓孩子發揮所長才是最重要的。
子どもの_____を探すのではなく、いいところを伸ばすことが大切だ。

他在國外很受歡迎，但在日本卻沒什麼名氣。
彼は海外では_____がありますが、日本ではあまり知られていません。

教授埋頭於研究，連飯都忘了吃。
教授は研究に_____過ぎて、ご飯も忘れてしまうんです。

據說對社會感到不滿的年輕人犯罪的案例很多。
世の中に_____を抱く若者が犯罪に走るケースが多いという。

全心投入工作30年，一晃眼已經當上總經理了。
_____で仕事をして30年、気がついたら社長でした。

方便的話（不介意的話），一起拍張照好嗎？
ご_____でなければ、一緒に写真を撮って頂けませんか

⑥ 熱中し　⑦ 不満　⑧ 夢中　⑨ 迷惑

08 面倒（めんどう）
【名・形動】麻煩，費事；繁瑣，棘手；照顧，照料

面倒を見る。
照料。

09 流行（りゅうこう）
【名・自サ】流行，時髦，時興；蔓延

去年はグレーが流行した。
去年是流行灰色。

10 恋愛（れんあい）
【名・自サ】戀愛

恋愛関係に陥った。
墜入愛河。

29-4 喜び、笑い／高興、笑

01 興奮（こうふん）
【名・自サ】興奮，激昂；情緒不穩定

興奮して眠れなかった。
激動得睡不著覺。

02 叫ぶ（さけぶ）
【自五】喊叫，呼叫，大聲叫；呼喊，呼籲

急に叫ぶ。
突然大叫。

03 高まる（たかまる）
【自五】高漲，提高，增長；興奮

気分が高まる。
情緒高漲。

04 楽しみ（たのしみ）
【名】期待，快樂

楽しみにしている。
很期待。

05 愉快（ゆかい）
【名・形動】愉快，暢快；令人愉快，討人喜歡；令人意想不到

愉快に楽しめる。
愉快的享受。

06 喜び・慶び（よろこび）
【名】高興，歡喜，喜悅；喜事，喜慶事；道喜，賀喜

慶びの言葉を述べる。
致賀詞。

參考答案　①面倒　②流行して　③恋愛　④興奮して　⑤叫ぶ

304

29 心理、感情

爸爸說拜託別人很麻煩，所以什麼都自己做。
父は人に頼むのが_____だと言って、何でも自分でやってしまう。

據說最近這家店的冰淇淋在年輕女孩間蔚為風潮。
今、若い女の子の間では、この店のアイスクリームが_____いるそうだ。

我寫了愛情小說，並發表於網路上。
_____小説を書いて、インターネットで発表している。

不知道為什麼，小狗從今天早上開始就一直激動的狂吠。
なぜか今朝から、犬が酷く_____吠え続けているんです。

據說人類真正感到恐懼的時候，是連叫都叫不出來的哦。
人間は、本当に恐怖を感じると、_____こともできないそうだ。

如今已是數位化社會，對於資訊相關的科技人員的需求不斷增加。
デジタル社会となり、情報関連の技術者の需要は_____一方だ。

田中同學是非常優秀的學生，我們殷切期盼他光輝的未來。
田中君は非常に優秀な学生で、将来が実に_____だ。

一直哭哭啼啼的太糟蹋生命了。人生難得走一遭，還是活得快樂一點吧！
泣いてばかりじゃもったいない。せっかくの人生、_____に生きよう。

看到畢業了的孩子們活躍的表現，我真替他們感到開心。
卒業した子どもたちが活躍する姿を見ることは、私の_____です。

⑥ 高まる　⑦ 楽しみ　⑧ 愉快　⑨ 喜び

07			
笑い（わらい）	名 笑；笑聲；嘲笑，譏笑，冷笑	お腹が痛くなるほど笑った。 笑得肚子都痛了。	

29-5 悲しみ、苦しみ／悲傷、痛苦

01			
悲しみ（かなしみ）	名 悲哀，悲傷，憂愁，悲痛	悲しみを感じる。 感到悲痛。	

02			
苦しい（くるしい）	形 艱苦；困難；難過；勉強	生活が苦しい。 生活很艱苦。	

03			
ストレス	名 stress，（語）重音；（理）壓力；（精神）緊張狀態	ストレスで胃が痛い。 由於壓力而引起胃痛。	

04			
溜まる（たまる）	自五 事情積壓；積存，囤積，停滯	ストレスが溜まっている。 累積了不少壓力。	

05			
負け（まけ）	名 輸，失敗；減價；（商店送給客戶的）贈品	私の負けだ。 我輸了。	

06			
別れ（わかれ）	名 別，離別，分離；分支，旁系	別れが悲しい。 傷感離別。	

29-6 驚き、恐れ、怒り／驚懼、害怕、憤怒

01			
怒り（いかり）	名 憤怒，生氣	怒りが抑えられない。 怒不可遏。	

參考答案　❶笑い　❷悲しみ　❸苦しい　❹ストレス　❺溜まって

29 心理、感情

他一開口，笑聲就從會場的各個角落傳了出來。
彼がしゃべり始めると、会場のあちこちから_____が起こった。

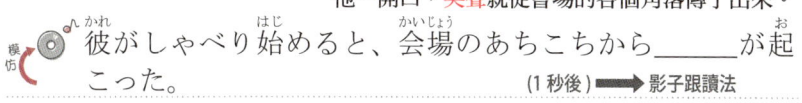

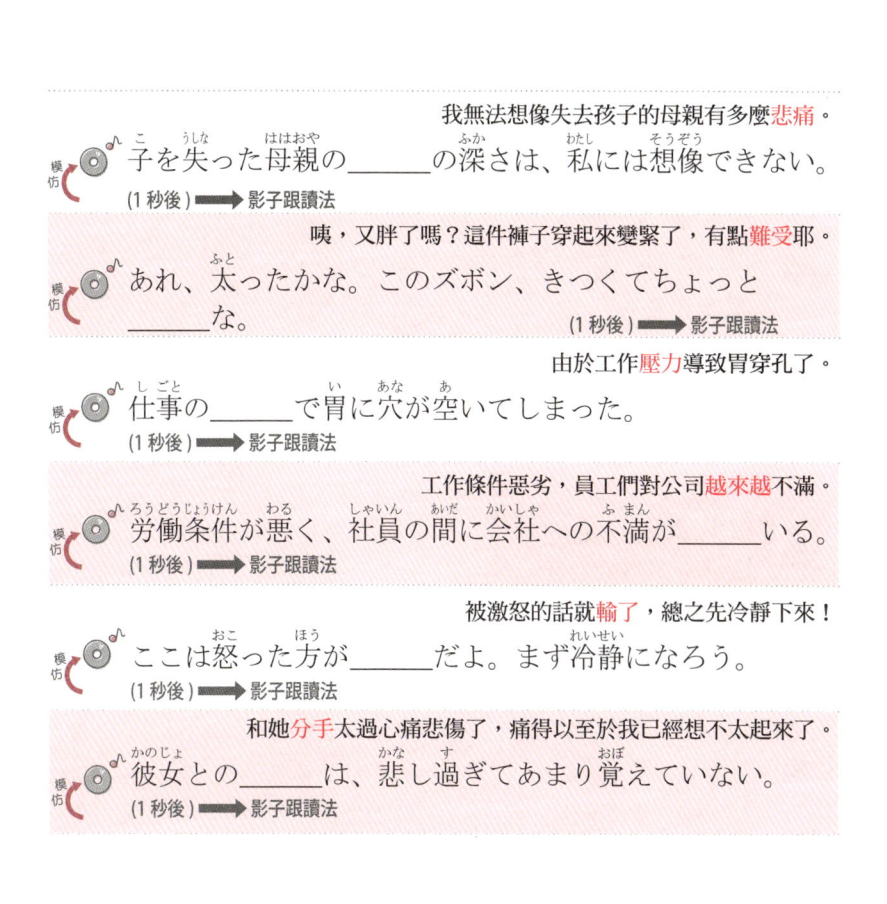

我無法想像失去孩子的母親有多麼悲痛。
子を失った母親の_____の深さは、私には想像できない。

咦，又胖了嗎？這件褲子穿起來變緊了，有點難受耶。
あれ、太ったかな。このズボン、きつくてちょっと_____な。

由於工作壓力導致胃穿孔了。
仕事の_____で胃に穴が空いてしまった。

工作條件惡劣，員工們對公司越來越不滿。
労働条件が悪く、社員の間に会社への不満が_____いる。

被激怒的話就輸了，總之先冷靜下來！
ここは怒った方が_____だよ。まず冷静になろう。

和她分手太過心痛悲傷了，痛得以至於我已經想不太起來了。
彼女との_____は、悲し過ぎてあまり覚えていない。

首相不負責任的態度引發了公憤。
首相の無責任な態度に、国民の_____は爆発した。

⑥ 負け　⑦ 別れ　⑧ 怒り

307

02 騒ぎ（さわぎ）
名 吵鬧，吵嚷；混亂，鬧事；轟動一時（的事件），激動，振奮

騒ぎが起こった。
引起騷動。

03 ショック
名 shock，震動，刺激，打擊；（手術或注射後的）休克

ショックを受けた。
受到打擊。

04 不安（ふあん）
名・形動 不安，不放心，擔心；不穩定

不安をおぼえる。
感到不安。

05 暴力（ぼうりょく）
名 暴力，武力

夫に暴力を振るわれる。
受到丈夫家暴。

06 文句（もんく）
名 詞句，語句；不平或不滿的意見，異議

文句を言う。
抱怨。

29-7 感謝、後悔／感謝、悔恨

01 感謝（かんしゃ）
名・自他サ 感謝

心から感謝する。
衷心感謝。

02 後悔（こうかい）
名・他サ 後悔，懊悔

話を聞けばよかったと後悔している。
後悔應該聽他說的才對。

03 助かる（たすかる）
自五 得救，脫險；有幫助，輕鬆；節省（時間、費用、麻煩等）

ご協力いただけると助かります。
能得到您的鼎力相助那就太好了。

04 憎らしい（にくらしい）
形 可憎的，討厭的，令人憎恨的

あの男が憎らしい。
那男人真是可恨啊。

參考答案 ①騒ぎ ②ショック ③不安 ④暴力 ⑤文句

29 心理、感情

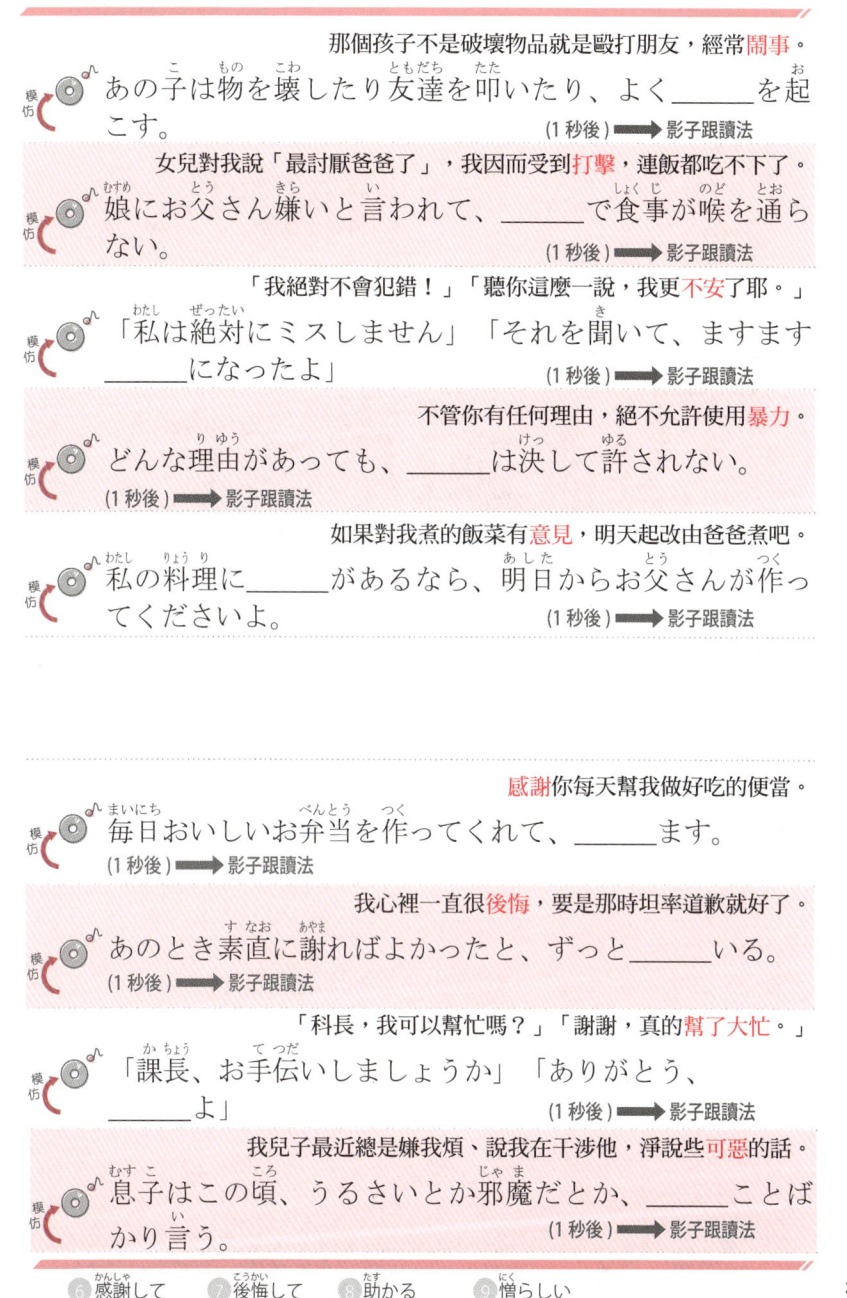

那個孩子不是破壞物品就是毆打朋友，經常鬧事。
あの子は物を壊したり友達を叩いたり、よく_____を起こす。

女兒對我說「最討厭爸爸了」，我因而受到打擊，連飯都吃不下了。
娘にお父さん嫌いと言われて、_____で食事が喉を通らない。

「我絕對不會犯錯！」「聽你這麼一說，我更不安了耶。」
「私は絶対にミスしません」「それを聞いて、ますます_____になったよ」

不管你有任何理由，絕不允許使用暴力。
どんな理由があっても、_____は決して許されない。

如果對我煮的飯菜有意見，明天起改由爸爸煮吧。
私の料理に_____があるなら、明日からお父さんが作ってくださいよ。

感謝你每天幫我做好吃的便當。
毎日おいしいお弁当を作ってくれて、_____ます。

我心裡一直很後悔，要是那時坦率道歉就好了。
あのとき素直に謝ればよかったと、ずっと_____いる。

「科長，我可以幫忙嗎？」「謝謝，真的幫了大忙。」
「課長、お手伝いしましょうか」「ありがとう、_____よ」

我兒子最近總是嫌我煩、說我在干涉他，淨說些可惡的話。
息子はこの頃、うるさいとか邪魔だとか、_____ことばかり言う。

⑥感謝して ⑦後悔して ⑧助かる ⑨憎らしい

05 □□□ はんせい 反省	(名・他サ) 反省，自省（思想與行為）；重新考慮	深く反省している。深深地反省。
06 □□□ ひ 非	(名・接頭) 非，不是	自分の非を詫びる。承認自己的錯誤。
07 □□□ もう わけ 申し訳ない	(寒暄) 實在抱歉，非常對不起，十分對不起	申し訳ない気持ちで一杯だ。心中充滿歉意。
08 □□□ ゆる 許す	(他五) 允許，批准；寬恕；免除；容許；承認；委託；信賴；疏忽，放鬆；釋放	君を許す。我原諒你。
09 □□□ れい 礼	(名・漢造) 禮儀，禮節，禮貌；鞠躬；道謝，致謝；敬禮；禮品	礼を欠く。欠缺禮貌。
10 □□□ れい ぎ 礼儀	(名) 禮儀，禮節，禮法，禮貌	礼儀正しい青年だ。有禮的青年。
11 □□□ わ 詫び	(名) 賠不是，道歉，表示歉意	丁寧なお詫びの言葉を頂きました。得到畢恭畢敬的賠禮。

❶反省して ❷非 ❸申し訳ない ❹許して ❺礼

29 心理、感情

他似乎正在反省，變得安靜老實。
彼は＿＿＿＿いるようで、すっかり大人しくなってしまった。

居然讓長輩等了10分鐘，真是太不懂事了。
目上の人を10分も待たせるとは、＿＿＿＿常識だな。

今年沒有發獎金，覺得很對不起公司的同仁們。
今年はボーナスを支給できず、社員の皆さんには＿＿＿＿と思っています。

我把妻子的生日給忘了，不管道歉多少次都沒有得到原諒。
妻の誕生日を忘れていて、何度謝っても＿＿＿＿もらえない。

我寫了一封信感謝我在日本時一直很照顧我的人。
日本に来たときにお世話になった人に、お＿＿＿＿の手紙を書いた。

日本的柔道和劍道都是重視禮儀的運動。
日本の柔道や剣道は、＿＿＿＿を大切にするスポーツだ。

這次給您添麻煩了，無論說什麼都不足以表達我的歉意。
この度はご迷惑をおかけしてしまい、お＿＿＿＿の言葉もありません。

⑥ 礼儀（れいぎ）　⑦ 詫び（わび）

パート30 第三十章 思考、言語
思考、語言

30-1 思考／思考

01 相変わらず（あいかわらず）
（副）照舊，仍舊，和往常一樣
相変わらずお元気ですね。
您還是那麼精神充沛啊！

02 アイディア・アイデア
（名）idea，主意，想法，構想；（哲）觀念
アイディアを考える。
想點子。

03 案外（あんがい）
（副・形動）意想不到，出乎意外
案外やさしかった。
出乎意料的簡單。

04 意外（いがい）
（名・形動）意外，想不到，出乎意料
意外に簡単だ。
意外的簡單。

05 思い描く（おもえがく）
（他五）在心裡描繪，想像
将来の生活を思い描く。
在心裡描繪未來的生活。

06 思い付く（おもいつく）
（自他五）（忽然）想起，想起來
いいことを思いついた。
我想到了一個好點子。

07 可能（かのう）
（名・形動）可能
可能な範囲でお願いします。
在可能的範圍內請多幫忙。

08 変わる（かわる）
（自五）變化；與眾不同；改變時間地點，遷居，調任
考えが変わる。
改變想法。

09 考え（かんがえ）
（名）思想，想法，意見；念頭，觀念，信念；考慮，思考；期待，願望；決心
考えが甘い。
想法天真。

10 感想（かんそう）
（名）感想
感想を聞く。
聽取感想。

參考答案　①相変わらず　②アイディア　③案外　④意外な　⑤思い描いて

30 思考、語言

和闊別5年的他重逢，他看來仍然忙碌如昔。
彼とは5年ぶりに会ったが、＿＿＿＿＿忙しそうだった。

正在蒐集有關於明年新產品的創意發想。
来年の新製品について、＿＿＿＿＿を募集しています。

佐佐木經理平時雖然很嚴格，但也有出人意料的溫柔之處。
佐々木部長って普段は厳しいけど、＿＿＿＿＿優しいところもあるんです。

在尾牙上，發現了總是非常嚴肅的科長讓人意想不到的一面。
忘年会では、いつも真面目な課長の＿＿＿＿＿一面が見られた。

成為女演員的這條路崎嶇難行，和想像中完全不一樣。
女優の道は＿＿＿＿＿いたものとは全く違う厳しいものだった。

這個提案不是他的創意。一開始是我想到的。
この案は彼のものじゃない。最初に私が＿＿＿＿＿んだ。

只要能與敝公司簽約，我們會盡己所能來配合貴公司的要求。
契約して頂けるのでしたら、＿＿＿＿＿限り、御社の条件に合わせます。

好久沒回故鄉，鎮上的樣貌完全不一樣了。
久しぶりに帰った故郷の町は、すっかり様子が＿＿＿＿＿いた。

「怎麼辦，鑰匙壞了。」「沒關係，我有個好主意。」
「どうしよう、鍵が壊れた」「大丈夫、僕にいい＿＿＿＿＿があるよ」

在大家都一言堂似的感想中，只有她勇敢說了這部電影很無聊。
みんなが似たような＿＿＿＿＿を言う中、彼女だけがこの映画をつまらないと言った。

⑥ 思いついた ⑦ 可能な ⑧ 変わって ⑨ 考え ⑩ 感想

313

単語帳

11 ☐☐☐
ごかい
誤解
▸ (名・他サ) 誤解，誤會
誤解を招く。
導致誤會。

12 ☐☐☐
そうぞう
想像
▸ (名・他サ) 想像
想像もつきません。
真叫人無法想像。

13 ☐☐☐
つい
▸ (副)（表時間與距離）相隔不遠，就在眼前；不知不覺，無意中；不由得，不禁
つい傘を間違えた。
不小心拿錯了傘。

14 ☐☐☐
ていあん
提案
▸ (名・他サ) 提案，建議
提案を受ける。
接受建議。

15 ☐☐☐
ねら
狙い
▸ (名) 目標，目的；瞄準，對準
狙いを外す。
錯過目標。

16 ☐☐☐
のぞ
望む
▸ (他五) 遠望，眺望；指望，希望；仰慕，景仰
成功を望む。
期望成功。

17 ☐☐☐
まし（な）
▸ (形動)（比）好些，勝過；像樣
ないよりましだ。
有勝於無。

18 ☐☐☐
まよ
迷う
▸ (自五) 迷，迷失；困惑；迷戀；（佛）執迷；（古）（毛線、線繩等）絮亂，錯亂
道に迷う。
迷路。

19 ☐☐☐
もしかしたら
▸ (連語・副) 或許，萬一，可能，說不定
もしかしたら優勝するかも。
也許會獲勝也說不定。

20 ☐☐☐
もしかして
▸ (連語・副) 或許，可能
もしかして伊藤さんですか。
您該不會是伊藤先生吧？

参考答案　❶誤解　❷想像して　❸つい　❹提案　❺狙い

30 思考、語言

你誤會了，我不是小偷。我只是想借一下，用完就馬上還回來。
泥棒だなんて＿＿＿＿です。ちょっと借りて、すぐに返すつもりだったんです。

請想像一下你養的狗開口說人話的情景。
あなたの犬がもし人間の言葉を話せたら、と＿＿＿＿みてください。

我們明明今天早上就開始吵架，結果一看到對方的臉，就忍不住笑了出來。
今朝からケンカしてたのに、顔を見たら、＿＿＿＿笑っちゃった。

我想針對工作方式提出可供改善的方案。
仕事のやり方について改善できることを＿＿＿＿します。

本課程的教學目的是培養學生們思考的能力。
この授業の＿＿＿＿は、生徒に考える力をつけることです。

事事順心的人生很無聊哦。
なんでも自分の＿＿＿＿通りになる人生なんて、つまらないよ。

那邊的同學，你們太吵了！如果要在課堂上吵鬧，倒不如統統睡覺！
そこ、うるさい！授業中騒ぐなら、寝てる方が＿＿＿＿だ。

該吃咖哩呢，還是漢堡呢？真難抉擇啊！
カレーにしようか、ハンバーグにしようか、＿＿＿＿なあ。

下午的會議可能會遲到。
＿＿＿＿、午後の会議にはちょっと遅れるかもしれません。

妳該不會是山本同學的妹妹吧？妳們長得真像啊！
＿＿＿＿、君、山本君の妹？そっくりだね。

⑥ 望んだ　⑦ まし　⑧ 迷う　⑨ もしかしたら　⑩ もしかして

21 もしかすると
(副) 也許，或，可能

もしかすると、受かるかもしれない。
說不定會考上。

22 予想（よそう）
(名・自サ) 預料，預測，預計

予想が当たった。
預料命中。

30-2 判斷／判斷

01 当てる（あてる）
(他下一) 碰撞，接觸；命中；猜，預測；貼上，放上；測量；對著，朝向

年を当てる。
猜中年齡。

02 思い切り（おもいきり）
(名・副) 斷念，死心；果斷，下決心；狠狠地，盡情地，徹底的

思い切り遊びたい。
想盡情地玩。

03 思わず（おもわず）
(副) 禁不住，不由得，意想不到地，下意識地

思わず殴る。
不由自主地揍了下去。

04 隠す（かくす）
(他五) 藏起來，隱瞞，掩蓋

帽子で顔を隠す。
用帽子蓋住頭。

05 確認（かくにん）
(名・他サ) 證實，確認，判明

確認を取る。
加以確認。

06 隠れる（かくれる）
(自下一) 躲藏，隱藏；隱遁；不為人知，潛在的

親に隠れてたばこを吸っていた。
以前瞞著父母偷偷抽菸。

07 かもしれない
(連語) 也許，也未可知

あなたの言う通りかもしれない。
或許如你說的。

30 思考、語言

如果繼續乘勝追擊，他很可能會奪下冠軍哦！
＿＿＿＿＿、このままの勢いで、彼が優勝するかもしれないぞ。

這部電影的劇情就和我預料的一模一樣，一點都不精采。
この映画は、＿＿＿＿通りのストーリーで、全然面白くなかった。

讓我來猜猜你現在在想什麼吧。
あなたが今何を考えているか、＿＿＿＿みせましょうか。

痛快的大吃一頓，就能把討厭的事情全部忘記了。
嫌なことは、おいしいものを＿＿＿＿食べて忘れちゃいます。

半價優惠只限今天！不要考慮了，趕快買回家吧！
今だけ半額っていうから、＿＿＿＿買っちゃったわ。

影片中拍到的男子用帽子遮住了臉。
ビデオに映っていた男は、帽子で顔を＿＿＿＿いた。

簽合約的時候，請攜帶能夠核對住址和姓名的文件。
契約の際は、住所と名前の＿＿＿＿できる書類をお持ちください。

是誰躲在那裡？不用躲了，快點出來。
そこに＿＿＿＿いるのは誰だ？諦めて出て来なさい。

和妻子大吵了一架。我們可能已經走到盡頭了吧。
妻と大喧嘩をした。私たちはもうだめ＿＿＿＿。

⑥ 隠して　⑦ 確認　⑧ 隠れて　⑨ かもしれない

317

08 □□□ **きっと**	副 一定，必定；（神色等）嚴厲地，嚴肅地	明日（あした）はきっと晴（は）れるでしょう。 **明日一定會放晴。**
09 □□□ **断（ことわ）る**	他五 謝絕；預先通知，事前請示	結婚（けっこん）を申（もう）し込（こ）んだが断（ことわ）られた。 **向他求婚，卻遭到了拒絕。**
10 □□□ **削除（さくじょ）**	名・他サ 刪掉，刪除，勾消，抹掉	名前（なまえ）を削除（さくじょ）する。 **刪除姓名。**
11 □□□ **賛成（さんせい）**	名・自サ 贊成，同意	提案（ていあん）に賛成（さんせい）する。 **贊成這項提案。**
12 □□□ **手段（しゅだん）**	名 手段，方法，辦法	手段（しゅだん）を選（えら）ばない。 **不擇手段。**
13 □□□ **省略（しょうりゃく）**	名・副・他サ 省略，從略	説明（せつめい）を省略（しょうりゃく）する。 **省略說明。**
14 □□□ **確（たし）か**	副 （過去的事不太記得）大概，也許	確（たし）か言（い）ったことがある。 **好像曾經有說過。**
15 □□□ **確（たし）かめる**	他下一 查明，確認，弄清	気持（きも）ちを確（たし）かめる。 **確認心意。**
16 □□□ **立（た）てる**	他下一 立起；訂立	旅行（りょこう）の計画（けいかく）を立（た）てる。 **訂定旅遊計畫。**
17 □□□ **頼（たの）み**	名 懇求，請求，拜託；信賴，依靠	頼（たの）みがある。 **有事想拜託你。**

參考答案 ①きっと ②断（ことわ）りません ③削除（さくじょ） ④賛成（さんせい） ⑤手段（しゅだん）

30 思考、語言

只要發揮你的實力就一定能成功。要有信心！
君の実力が出せれば_____うまくいくよ。自信を持って。
(1秒後) ➡ 影子跟讀法

我絕對不會拒絕別人委託我的工作。因為任何工作都是學習。
頼まれた仕事は決して_____。何事も勉強ですから。
(1秒後) ➡ 影子跟讀法

由於我的照片被公布在網路上，因此我要求予以刪除。
インターネット上に私の写真が出ていたので、_____を依頼した。
(1秒後) ➡ 影子跟讀法

那麼，贊成這個方案的同仁請舉手。
それでは、この提案に_____の方は手を挙げてください。
(1秒後) ➡ 影子跟讀法

這樣的話，我也不得不使出最終手段，只好半價出售了。
こうなったら最終_____だ。値段を半額にして売るしかない。
(1秒後) ➡ 影子跟讀法

以下和去年的資料相同，予以略過。
以下は、昨年の資料と同じですので、_____します。
(1秒後) ➡ 影子跟讀法

我記得你說過故鄉在北海道吧？
君は_____、北海道の出身だと言っていたよね。
(1秒後) ➡ 影子跟讀法

我們彼此都很忙碌以致於容易產生摩擦，我希望確認她心裡的想法是什麼。
お互い忙しくて擦れ違いがちな彼女の気持ちを_____たい。
(1秒後) ➡ 影子跟讀法

我收集了喜歡的漫畫書，並放在書架上排好。
好きな漫画本を集めて、本棚に_____並べています。
(1秒後) ➡ 影子跟讀法

如果是學長拜託的那就沒辦法了，任何事我都願意做。
先輩の_____じゃ仕方ありません。何でもしますよ。
(1秒後) ➡ 影子跟讀法

⑥ 省略　⑦ 確か　⑧ 確かめ　⑨ 立てて　⑩ 頼み

単語帳

18 チェック
(名・他サ) check，確認，檢查；核對，打勾；格子花紋；支票；號碼牌
メールをチェックする。
檢查郵件。

19 違い
(名) 不同，差別，區別；差錯，錯誤
違いが出る。
出現差異。

20 調査
(名・他サ) 調查
調査が行われる。
展開調查。

21 付ける・附ける・着ける
(他下一・接尾) 掛上，裝上；穿，配戴；評定，決定；寫記上；定（價），出（價）；養成；分配，派，安裝；注意；塗抹上
値段をつける。
定價。

22 適当
(名・形動・自サ) 適當；適度；隨便
送別会に適当な店を探す。
尋找適合舉辦歡送會的店家。

23 できる
(自上一) 完成；能夠
1週間でできる。
一星期內完成。

24 徹底
(名・自サ) 徹底；傳遍，普遍，落實
徹底した調査を行う。
進行徹底的調查。

25 当然
(形動・副) 當然，理所當然
夫は家族を養うのが当然だ。
老公養家餬口是理所當然的事。

26 温い
(形) 微溫，不冷不熱，不夠熱
考え方が温い。
思慮不夠周密。

27 残す
(他五) 留下，剩下；存留；遺留；（相撲頂住對方的進攻）開腳站穩
メモを残す。
留下紙條。

320　参考答案　❶チェック　❷違い　❸調査　❹付け　❺適当な

30 思考、語言

請再檢查一次出席者名單有無錯誤。
出席者の名簿に間違いがないか、もう一度＿＿＿＿＿してください。

請以簡單易懂的方式說明A方案和B方案的差別。
A案とB案の＿＿＿＿＿を、分かり易く説明してください。

針對國民對消費稅的認知程度展開了調查。
消費税に関する国民の意識＿＿＿＿＿をしています。

請在正確的選項上打○，錯的選項上打×。
正しいものに○を、間違っているものに×を＿＿＿＿＿なさい。

座位沒有排定，請大家坐在自己想坐的位子。
席は決まっていません。どうぞ＿＿＿＿＿ところに座ってください。

感謝老師曾告訴我「你一定做得到」，我才能堅持努力到了今天。
先生が、君なら＿＿＿＿＿と言ってくださったおかげで今日まで頑張れました。

在辦公室徹底執行節約用電後，省了兩成的電費。
オフィスの節電を＿＿＿＿＿結果、電気代が2割減った。

因為造成了別人的困擾，理所當然要道歉。
人に迷惑をかけたのだから、謝るのが＿＿＿＿＿だ。

一邊聽音樂一邊悠閒地泡溫水澡。
音楽を聴きながら、＿＿＿＿＿お風呂にゆっくり入ります。

我回家後再吃飯，要把我的份留下來哦！
帰ってから食べるから、僕の分もちゃんと＿＿＿＿＿おいてね。

⑥できる　⑦徹底した　⑧当然　⑨温い　⑩残して

28 □□□
反対（はんたい）
(名・自サ) 相反；反對
意見に反対する。
對意見給予反對。

29 □□□
不可能（な）（ふかのう）
(形動) 不可能的，做不到的
彼に勝つことは不可能だ。
不可能贏過他的。

30-3 理解／理解

01 □□□
解決（かいけつ）
(名・自他サ) 解決，處理
問題が解決する。
問題得到解決。

02 □□□
解釈（かいしゃく）
(名・他サ) 解釋，理解，說明
正しく解釈する。
正確的解釋。

03 □□□
かなり
(副・形動・名) 相當，頗
かなり疲れる。
相當疲憊。

04 □□□
最高（さいこう）
(名・形動)（高度、位置、程度）最高，至高無上；頂，極，最
最高に面白い映画だ。
最有趣的電影。

05 □□□
最低（さいてい）
(名・形動) 最低，最差，最壞
君は最低の男だ。
你真是個差勁無比的男人。

06 □□□
その上（うえ）
(接續) 又，而且，加之，兼之
質がいい、その上値段も安い。
不只品質佳，而且價錢便宜。

07 □□□
その内（うち）
(副・連語) 最近，過幾天，不久；其中
兄はその内帰ってくるから、暫く待ってください。
我哥哥就快要回來了，請稍等一下。

參考答案 ①反対 ②不可能 ③解決 ④解釈すれ ⑤かなり

30 思考、語言

只因為父母反對，你就要放棄夢想嗎？
親に_____されたくらいで、夢を諦めるのか。

用這麼低的預算，是不可能讓實驗成功的。
こんなわずかな予算では、実験を成功させることは_____です。

多虧了你的情報，事件才能順利解決。
あなたの情報のおかげで、事件は無事_____できました。

我們該怎麼理解總經理說的那句「我會負起全責」呢？
社長の「私が責任をとる」という言葉はどう_____ばいいのか。

事故發生時這輛車似乎開得飛快。
事故当時、車は_____スピードを出していたようだ。

今天東京的天氣是晴時多雲，最高溫是17度。
本日の東京の天気は晴れのち曇り、_____気温は17度です。

你還不知道那個女孩的心意嗎？你真是個差勁的男人。
あの子の気持ちが分からないのか。君は_____の男だな。

今天真是最慘的一天。先是遺失錢包，然後自行車又被偷了。
今日は最悪の日だ。財布を失くした。_____、自転車も盗まれた。

別再哭了。一陣子過後，大家就會理解你的難處了。
そんなに泣かないで。_____、みんなも分かってくれるよ。

⑥最高　⑦最低　⑧その上　⑨その内

323

08 それぞれ
(副) 每個(人)，分別，各自
それぞれの問題が違う。
每個人的問題不同。

09 大体(だいたい)
(副) 大部分；大致；大概
この曲はだいたい弾けるようになった。
大致會彈這首曲子了。

10 大分(だいぶ)
(名・形動) 很，頗，相當，相當地，非常
だいぶ日が長くなった。
白天變得比較長了。

11 注目(ちゅうもく)
(名・他サ・自サ) 注目，注視
人に注目される。
引人注目。

12 遂に(ついに)
(副) 終於；竟然；直到最後
遂に現れた。
終於出現了。

13 特(とく)
(漢造) 特，特別，與眾不同
すばらしい特等席へどうぞ。
請上坐最棒的頭等座。

14 特徴(とくちょう)
(名) 特徴，特點
特徴のある顔をしている。
長著一副別具特色的臉。

15 納得(なっとく)
(名・他サ) 理解，領會；同意，信服
納得がいく。
信服。

16 非常(ひじょう)
(名・形動) 非常，很，特別；緊急，緊迫
社員の提案を非常に重視する。
非常重視社員的提案。

17 別(べつ)
(名・形動・漢造) 分別，區分；分別
別の方法を考える。
想別的方法。

参考答案　❶それぞれ　❷大体　❸だいぶ　❹注目して　❺遂に

30 思考、語言

影子跟讀法請看 P5

即使是夫妻吵架，如果沒有聽丈夫和妻子雙方各自的說法，就無法知道事情的真相。
たとえ夫婦喧嘩でも、夫、妻、＿＿＿＿の主張を聞かなければ真実は分からない。

資料大致完成了。接下來只剩檢查錯誤。
資料は＿＿＿＿できています。あとは間違いをチェックするだけです。

還好吃了退燒藥，體溫已經降到37度，變得舒服多了。
薬のおかげで熱も37度まで下がって、＿＿＿＿楽になった。

在上次大賽中奪得優勝的山下選手受到全世界的注目。
前回の大会で優勝した山下選手には全世界が＿＿＿＿いる。

連載100期的高人氣漫畫，終究迎來了最後一回。
100巻まで続いた人気漫画が、＿＿＿＿最終回を迎えた。

請您坐在風景一覽無遺的特等席。這是專為您保留的哦。
景色がよく見える＿＿＿＿等席へどうぞ。あなただけ、特別ですよ。

「那個男人有什麼特徵？」「眉毛很粗，戴了個眼鏡。」
「その男の＿＿＿＿は？」「眉毛が太くて、眼鏡をかけていました」

我又沒有錯，完全無法理解為什麼要我道歉？
私は悪くないのに、なぜ謝らなければならないのか、全く＿＿＿＿できない。

同樣身為研究者，我為他的活躍感到非常高興。
彼の活躍は、同じ研究者として＿＿＿＿に嬉しく思っています。

已經很飽了。不過，裝甜點的是另一個胃！
もうおなかいっぱい。でも、デザートは＿＿＿＿です。

⑥ 特　　⑦ 特徴　　⑧ 納得　　⑨ 非常　　⑩ 別

325

18 □□□ 別々 べつべつ	(形動) 各自，分別	別々に研究する。 分別研究。
19 □□□ 纏まる まとまる	(自五) 解決，商訂，完成，談妥，湊齊，湊在一起；集中起來，概括起來，有條理	意見がまとまる。 意見一致。
20 □□□ 纏める まとめる	(他下一) 解決，結束；總結，概括，匯集，收集；整理，收拾	意見をまとめる。 整理意見。
21 □□□ やはり・やっぱり	(副) 果然；還是，仍然	やっぱり思ったとおりだ。 果然跟我想的一樣。
22 □□□ 理解 りかい	(名・他サ) 理解，領會，明白；體諒，諒解	彼女の考えは理解しがたい。 我無法理解她的想法。
23 □□□ 分かれる わかれる	(自下一) 分裂；分離，分開；區分，劃分；區別	意見が分かれる。 意見產生分歧。
24 □□□ 分ける わける	(他下一) 分，分開；區分，劃分；分配，分給；分開，排開，擠開	等分に分ける。 均分。

30-4 知識／知識

01 □□□ 当たり前 あたりまえ	(名) 當然，應然；平常，普通	借金を返すのは当たり前だ。 借錢就要還。
02 □□□ 得る える	(他下二) 得到；領悟	得るところが多い。 獲益良多。

參考答案 ❶別々 ❷まとまった ❸まとめて ❹やっぱり ❺理解

30 思考、語言

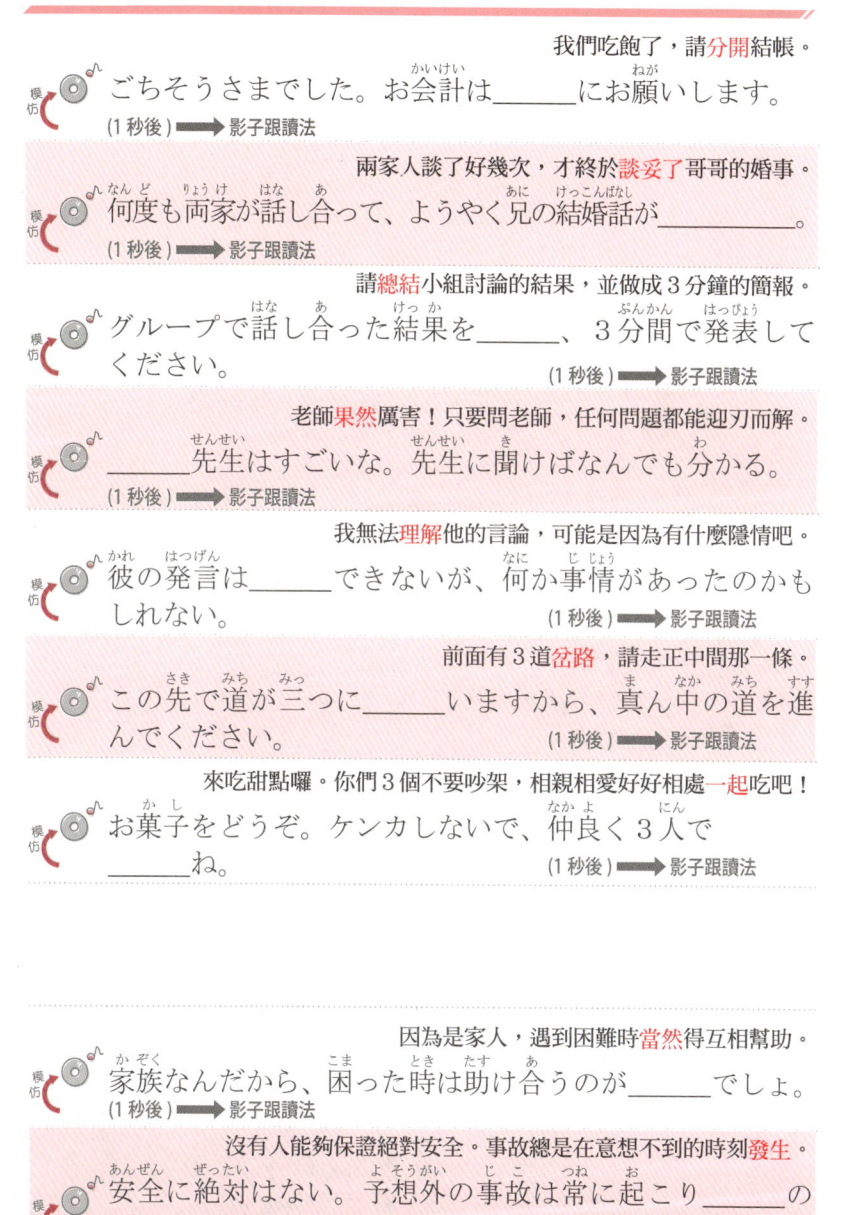

我們吃飽了，請分開結帳。
ごちそうさまでした。お会計（かいけい）は_____にお願（ねが）いします。

兩家人談了好幾次，才終於談妥了哥哥的婚事。
何度（なんど）も両家（りょうけ）が話（はな）し合（あ）って、ようやく兄（あに）の結婚話（けっこんばなし）が_____。

請總結小組討論的結果，並做成3分鐘的簡報。
グループで話（はな）し合（あ）った結果（けっか）を_____、3分間（ぶんかん）で発表（はっぴょう）してください。

老師果然厲害！只要問老師，任何問題都能迎刃而解。
_____先生（せんせい）はすごいな。先生（せんせい）に聞（き）けばなんでも分（わ）かる。

我無法理解他的言論，可能是因為有什麼隱情吧。
彼（かれ）の発言（はつげん）は_____できないが、何（なに）か事情（じじょう）があったのかもしれない。

前面有3道岔路，請走正中間那一條。
この先（さき）で道（みち）が三（みっ）つに_____いますから、真（ま）ん中（なか）の道（みち）を進（すす）んでください。

來吃甜點囉。你們3個不要吵架，相親相愛好好相處一起吃吧！
お菓子（かし）をどうぞ。ケンカしないで、仲良（なかよ）く3人（にん）で_____ね。

因為是家人，遇到困難時當然得互相幫助。
家族（かぞく）なんだから、困（こま）った時（とき）は助（たす）け合（あ）うのが_____でしょ。

沒有人能夠保證絕對安全。事故總是在意想不到的時刻發生。
安全（あんぜん）に絶対（ぜったい）はない。予想外（よそうがい）の事故（じこ）は常（つね）に起（お）こり_____のです。

⑥ 分（わ）かれて　⑦ 分（わ）けて　⑧ 当（あ）たり前（まえ）　⑨ 得（う）る

03 得る(える)

【他下一】得，得到；領悟，理解；能夠

知識(ちしき)を得(え)る。
獲得知識。

04 観(かん)

【名・漢造】觀感，印象，樣子；觀看；觀點

人生観(じんせいかん)が変(か)わる。
改變人生觀。

05 工夫(くふう)

【名・自サ】設法

やりやすいように工夫(くふう)する。
設法讓工作更有效率。

06 詳(くわ)しい

【形】詳細；精通，熟悉

事情(じじょう)に詳(くわ)しい。
深知詳情。

07 結果(けっか)

【名・自他サ】結果，結局

結果(けっか)から見(み)る。
從結果上來看。

08 正確(せいかく)

【名・形動】正確，準確

正確(せいかく)に記録(きろく)する。
正確記錄下來。

09 絶対(ぜったい)

【名・副】絕對，無與倫比；堅絕，斷然，一定

絶対(ぜったい)に面白(おもしろ)いよ。
一定很有趣喔。

10 知識(ちしき)

【名】知識

知識(ちしき)を得(え)る。
獲得知識。

11 的(てき)

【接尾・形動】（前接名詞）關於，對於；表示狀態或性質

一般的(いっぱんてき)な例(れい)を挙(あ)げる。
舉一般性的例子。

12 出来事(できごと)

【名】（偶發的）事件，變故

不思議(ふしぎ)な出来事(できごと)に遭(あ)う。
遇到不可思議的事情。

參考答案　❶得る　❷観　❸工夫した　❹詳しく　❺結果

30 思考、語言

比起成功，從失敗的經驗中我們學到了許多事情。
成功より失敗した体験から、私たちは多くのものを_____。

結婚對象若能找個價值觀相同的人，就不會離婚哦。
結婚相手は、価値_____が同じ人を選ぶと失敗しませんよ。

在文件裡插入了許多照片和圖表，設法使其易於閱讀。
資料は、写真やグラフを多く入れて、見易いよう_____。

你看到那個男人了嗎？請詳細告訴我當時的情況。
その男を見たんですか。その時の様子を_____聞かせてください。

這並非運氣，而是他努力不懈的必然結果。
運ではない。これは彼が努力を続けてきた当然の_____です。

你知道自己出生的正確時間嗎？
自分が生まれた_____時間を知っていますか。

結婚的時候，我說過一定會讓妳幸福，對吧？
結婚するとき、君を_____に幸せにするって言ったよね？

雖然你具有在大學學到的知識，但我擁有30年的經驗哦。
君には大学で勉強した_____があるが、私には30年の経験があるよ。

我要感謝妻子多年來始終是我的精神（上的）支柱。
長年に渡って、私を精神_____に支えてくれた妻に感謝します。

請大家聽一聽發生在我身上的奇異事件。
私の身に起こった不思議な_____を、皆さん、聞いてください。

⑥ 正確な　⑦ 絶対　⑧ 知識　⑨ 的　⑩ 出来事

単語帳

13 通り (とお)
- 接尾 種類；套，組
- やり方は３通りある。
- 作法有３種方法。

14 解く (と)
- 他五 解開；拆開（衣服）；消除，解除（禁令、條約等）；解答
- 謎を解く。
- 解開謎題。

15 得意 (とくい)
- 名・形動 （店家的）主顧；得意，滿意；自滿，得意洋洋；拿手
- 得意先を回る。
- 拜訪老主顧。

16 解ける (と)
- 自下一 解開，鬆開（綁著的東西）；消，解消（怒氣等）；解除（職責、契約等）；解開（疑問等）
- 問題が解けた。
- 問題解決了。

17 内容 (ないよう)
- 名 内容
- 手紙の内容を知っている。
- 知道信的内容。

18 似せる (に)
- 他下一 模仿，仿效；偽造
- 本物に似せる。
- 與真物非常相似。

19 発見 (はっけん)
- 名・他サ 發現
- 新しい星を発見した。
- 發現新的行星。

20 発明 (はつめい)
- 名・他サ 發明
- 機械を発明した。
- 發明機器。

21 深める (ふか)
- 他下一 加深，加強
- 知識を深める。
- 增進知識。

22 方法 (ほうほう)
- 名 方法，辦法
- 方法を考え出す。
- 想出辦法。

参考答案 ①通り ②解いて ③得意な ④解けた ⑤内容

30 思考、語言

數學題目正確解法不只一種，有好幾種解法都能算出正確答案。
数学の問題には、正解がひとつではなく何_____もあるものもある。

這是個由一名小男孩解開所有事件謎團的故事。
これは、小さな男の子がどんな事件の謎も_____しまう話です。

「我擅長的科目是體育和音樂。」「也就是說，你不太擅長學習囉。」
「_____科目は、体育と音楽です」「つまり勉強はあまり_____じゃないのね」

多虧了你的玩笑話，我已經不那麼緊張了。
君の冗談のおかげで、緊張がすっかり_____よ。

還沒有仔細讀過內容之前，不能在合約上簽名哦！
_____もよく読まないで、契約書にサインしてはいけないよ。

我試著照你媽媽的方法做了菜，味道怎麼樣？
あなたのお母さんの味に_____作ってみたけど、どう？

我每天晚上都在觀察星空，幻想著某天能發現未知的星星。
いつか新しい星を_____ことを夢見て、毎晩夜空を観察しています。

被譽為發明王的愛迪生，一生中有1300項發明。
_____王と言われるエジソンは、一生で1300もの_____を行った。

我們需要對於外籍勞工有更進一步的了解。
もっと外国人労働者に対する理解を_____ことが必要だ。

在決定代表的時候，要考慮全體人員都能接受的選拔辦法。
代表者を決めるに当たっては、全員が納得できる_____を考えよう。

⑥似せて　⑦発見する　⑧発明　⑨深める　⑩方法

23 間違い
(名) 錯誤，過錯；不確實

間違いを直す。
改正錯誤。

24 間違う
(他五・自五) 做錯，搞錯；錯誤

計算を間違う。
算錯了。

25 間違える
(他下一) 錯；弄錯

人の傘と間違える。
跟別人的傘弄錯了。

26 全く
(副) 完全，全然；實在，簡直；(後接否定) 絕對，完全

まったく違う。
全然不同。

27 ミス
(名・自サ) miss，失敗，錯誤，差錯

仕事でミスを犯す。
工作上犯了錯。

28 力
(漢造) 力量

実力がある。
有實力。

30-5 言語／語言

01 行
(名・漢造) (字的) 行；(佛) 修行；行書

行をかえる。
另起一行。

02 句
(名) 字，字句；俳句

俳句の季語を春に換える。
俳句的季語換成春。

参考答案 ①間違い ②間違う ③間違えて ④全く ⑤ミスした

30 思考、語言

不過是犯一兩次錯誤，不要說得像是人生已經完蛋了啊。
たった一度や二度の＿＿＿＿で、人生が終わったみたいなことを言うんじゃないよ。

即使是老師，這麼簡單的問題也可能會答錯呢。
先生でも、こんな簡単な問題を＿＿＿＿こと、あるんですね。

在應該右轉的地方左轉，走錯路了。
右に曲がるところを、＿＿＿＿左に行ってしまったんです。

我完全不懂她在想什麼。
彼女が何を考えているのか、私には＿＿＿＿分かりません。

比起進展順利的事，首先應該要報告出錯的事情。
うまくいったことより、まず＿＿＿＿ことを報告しなさい。

在關於人際關係上，從對方的立場思考（的能力）是很重要的。
人間関係は、相手の立場に立ってみる想像＿＿＿＿が大切です。

關於哥哥引發的事件，在報紙一角刊登了10行左右的報導。
兄の起こした事件について、新聞の隅に10＿＿＿＿ほどの記事が載った。

俳句是由5、7、5共17個音節所組成的日本詩。
俳＿＿＿＿は、五・七・五の十七音で作る日本の詩です。

⑥力　⑦行　⑧句

03 語学 ごがく	名 外語的學習，外語，外語課	語学が得意だ。 在語言方面頗具長才。
04 国語 こくご	名 一國的語言；本國語言；（學校的）國語（課），語文（課）	国語の教師になる。 成為國文老師。
05 氏名 しめい	名 姓與名，姓名	解答用紙の右上に氏名を書く。 在答案紙的右上角寫上姓名。
06 随筆 ずいひつ	名 隨筆，小品文，散文，雜文	随筆を書く。 寫散文。
07 同 どう	名 同樣，同等；（和上面的）相同	国同士の関係が深まる。 加深國與國之間的關係。
08 標語 ひょうご	名 標語	交通安全の標語を考える。 正在思索交通安全的標語。
09 不 ふ	接頭・漢造 不；壞；醜；笨	不注意でけがをした。 因為不小心而受傷。
10 符号 ふごう	名 符號，記號；（數）符號	数学の符号を使う。 使用數學符號。
11 文体 ぶんたい	名 （某時代特有的）文體；（某作家特有的）風格	漱石の文体をまねる。 模仿夏目漱石的文章風格。
12 偏 へん	名・漢造 漢字的（左）偏旁；偏，偏頗	辞典で衣偏を見る。 看辭典的衣部（部首）。

30 思考、語言

こんにちは。
(1秒後) こんにちは。
影子跟讀法請看 P5

學語言靠的不是背誦，而是學習該國的文化。
_____は暗記ではない。その国の文化を学ぶことです。
(1秒後) ➡ 影子跟讀法

我很喜歡看書，但是國語考試卻完全不行。
本を読むのは好きなのに、_____の試験は全然できない。
(1秒後) ➡ 影子跟讀法

請在答案卷的右上方填寫准考證號碼和姓名。
解答用紙の右上に受験番号と_____を記入してください。
(1秒後) ➡ 影子跟讀法

這位作家的小說很精彩，隨筆雜記也很有意思。
この作家は、小説も素晴らしいが、軽い_____もなかなか面白い。
(1秒後) ➡ 影子跟讀法

優勝隊是山川高中！有請該校的教練致詞。
優勝は山川高校です。_____校の監督にお話を伺います。
(1秒後) ➡ 影子跟讀法

為了避免事故發生，工廠的牆壁上張貼著警語。
工場の壁には事故防止のための_____が貼られている。
(1秒後) ➡ 影子跟讀法

我知道你想玩，但不規律的生活作息對身體很不好喔。
遊びたいのは分かるけど、_____規則な生活はよくないよ。
(1秒後) ➡ 影子跟讀法

如果數目比去年多就寫加號，若是減少就寫減號。
前年より増えた場合はプラス、減った場合はマイナスの_____をつけます。
(1秒後) ➡ 影子跟讀法

這兩則評論雖然文章體裁不同，但說的都是同一件事。
この二つの評論は、_____が違うだけで、言っていることは同じだ。
(1秒後) ➡ 影子跟讀法

漢字的左側稱為「偏」。「体」這個漢字是「人字偏旁」再加上「本」。
漢字の左側を「_____」という。「体」という漢字は「にんべん」に「本」。
(1秒後) ➡ 影子跟讀法

⑥ 標語　⑦ 不　⑧ 符号　⑨ 文体　⑩ 偏

335

13
名 (めい)
(名・接頭) 知名…

この映画は名作だ。
這電影是一部傑出的名作。

14
訳す (やくす)
(他五) 翻譯；解釋

英語を日本語に訳す。
英譯日。

15
読み (よみ)
(名) 唸，讀；訓讀；判斷，盤算

正しい読み方は別にある。
有別的正確念法。

16
ローマ字 (ローマじ)
(名) Roma 字，羅馬字

ローマ字で入力する。
用羅馬字輸入。

30-6 表現／表達

01
合図 (あいず)
(名・自サ) 信號，暗號

合図を送る。
遞出信號。

02
アドバイス
(名・他サ) advice，勸告，提意見；建議

アドバイスをする。
提出建議。

03
表す (あらわす)
(他五) 表現出，表達；象徵，代表

言葉で表せない。
無法言喻。

04
表れる (あらわれる)
(自下一) 出現，出來；表現，顯出

不満が顔に表れている。
臉上露出不服氣的神情。

05
現れる (あらわれる)
(自下一) 出現，呈現；顯露

彼の能力が現れる。
他顯露出才華。

参考答案　①名　②訳せ　③読み　④ローマ字　⑤合図

30 思考、語言

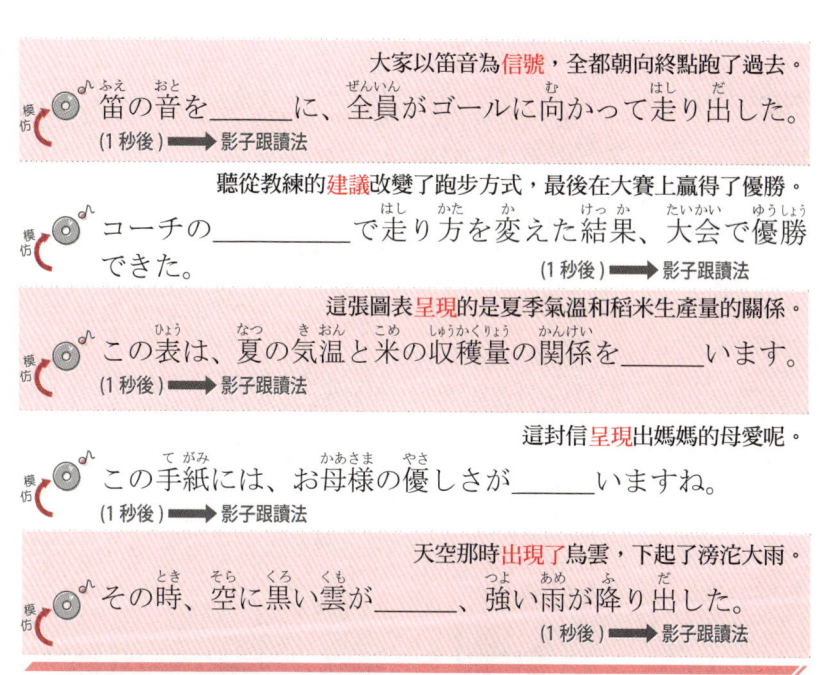

已經預約了會場的餐廳，總共40人從12點開始用餐。
会場のレストランを12時から、40_____で予約しました。

所謂翻譯，並不是把單字的意思直接譯過來就可以了。
翻訳は、単語の意味をそのまま_____ばいいというわけではない。

日本的漢字有音讀和訓讀，很不容易背誦。
日本の漢字には音_____、訓_____があって、覚えるのが大変です。

請填入姓名，片假名和羅馬拼音兩種請都寫上。
名前は、片仮名と_____、両方の記入をお願いします。

大家以笛音為信號，全都朝向終點跑了過去。
笛の音を_____に、全員がゴールに向かって走り出した。

聽從教練的建議改變了跑步方式，最後在大賽上贏得了優勝。
コーチの_____で走り方を変えた結果、大会で優勝できた。

這張圖表呈現的是夏季氣溫和稻米生產量的關係。
この表は、夏の気温と米の収穫量の関係を_____います。

這封信呈現出媽媽的母愛呢。
この手紙には、お母様の優しさが_____いますね。

天空那時出現了烏雲，下起了滂沱大雨。
その時、空に黒い雲が_____、強い雨が降り出した。

⑥ アドバイス　⑦ 表して　⑧ 表れて　⑨ 現れ

337

単語帳

06 あれっ・あれ ㊞ 哎呀
あれ、どうしたの。
哎呀，怎麼了呢？

07 いえ ㊞ 不，不是
いえ、違います。
不，不是那樣。

08 行ってきます ㊞寒暄 我出門了
挨拶に行ってきます。
去打聲招呼。

09 いや ㊞ 不；沒什麼
いや、それは違う。
不，不是那樣的。

10 噂 (名・自サ) 議論，閒談；傳說，風聲
噂を立てる。
散布謠言。

11 おい ㊞ （主要是男性對同輩或晚輩使用）打招呼的喂，咳；（表示輕微的驚訝）呀！啊！
おい、大丈夫か。
喂！你還好吧。

12 お帰り ㊞寒暄 （你）回來了
もう、お帰りですか。
您要回去了啊？

13 お帰りなさい ㊞寒暄 回來了
「ただいま」「お帰りなさい」
「我回來了。」「你回來啦。」

14 おかけください ㊞敬 請坐
どうぞ、おかけください。
請坐下。

15 お構いなく ㊞敬 不管，不在乎，不介意
どうぞ、お構いなく。
請不必客氣。

參考答案　①あれっ　②いえ　③行ってきます　④いや　⑤噂

30 思考、語言

影子跟讀法請看 P5

「咦，田中先生呢？」「田中先生剛才回去了哦！」
「_____、田中さんは？」「田中さんならさっき帰ったよ」
(1秒後) ➡ 影子跟讀法

「要再來一杯咖啡嗎？」「不，不用了。」
「コーヒー、もう一杯いかがですか」「_____、けっこうです」
(1秒後) ➡ 影子跟讀法

「媽媽，我出門了。」「好，路上小心。」
「お母さん、_____」「はあい、気をつけて行ってらっしゃい」
(1秒後) ➡ 影子跟讀法

這本書的作者是村上春樹嗎……？不對，是石黑一雄。
この本の著者は村上春樹だったかな。_____、カズオ・イシグロだ。
(1秒後) ➡ 影子跟讀法

關於公司的經營，在員工之間謠傳著營私舞弊的傳聞。
会社の経営に関して、不正があると社員の間で_____になっている。
(1秒後) ➡ 影子跟讀法

喂，坐在第一排睡覺的那位，起床了，現在在上課哦。
_____、一番前で寝てる君、起きなさい、授業中だぞ。
(1秒後) ➡ 影子跟讀法

「媽媽，我回來了！」「你回來啦，今天在學校過得如何？」
「お母さん、ただいま」「_____。学校はどうだった？」
(1秒後) ➡ 影子跟讀法

爸爸，您回來了！今天辛苦了。
お父さん、_____。今日もお疲れ様でした。
(1秒後) ➡ 影子跟讀法

「打擾了。」「請進，這邊請坐。」
「おじゃまします」「どうぞ、そちらのいすに_____」
(1秒後) ➡ 影子跟讀法

「請問您要用茶還是咖啡呢？」「不勞您費心。」
「お茶とコーヒーとどちらがよろしいですか」「どうぞ_____」
(1秒後) ➡ 影子跟讀法

⑥ おい　⑦ お帰り　⑧ お帰りなさい　⑨ おかけください　⑩ お構いなく

339

単語帳

16 お元気ですか　(寒暄) 你好嗎？
ご両親はお元気ですか。
請問令尊與令堂安好嗎？

17 お先に　(敬) 先離開了，先告辭了
お先に、失礼します。
我先告辭了。

18 お喋り　(名・自サ・形動) 閒談，聊天；愛說話的人，健談的人
おしゃべりに夢中になる。
熱中於閒聊。

19 お邪魔します　(敬) 打擾了
「いらっしゃい」「お邪魔します」
「歡迎來我們家。」「打擾了。」

20 お世話になりました　(敬) 受您照顧了
いろいろと、お世話になりました。
感謝您多方的關照。

21 お待ちください　(敬) 請等一下
少々、お待ちください。
請等一下。

22 お待ちどおさま　(敬) 久等了
お待ちどおさま、こちらへどうぞ。
久等了，這邊請。

23 おめでとう　(寒暄) 恭喜
大学合格、おめでとう。
恭喜你考上大學。

24 お休み　(寒暄) 休息；晚安
「お休み」「お休みなさい」
「晚安！」「晚安！」

25 お休みなさい　(寒暄) 晚安
もう寝るよ。お休みなさい。
我要睡了，晚安。

参考答案　❶お元気ですか　❷お先に　❸お喋りして　❹お邪魔します　❺お世話になりました

30 思考、語言

老師您最近好嗎？我現在人在非洲。
先生、＿＿＿＿＿＿。私は今、アフリカにいます。

木村先生，今天要加班嗎？不好意思，我先走一步了。
木村さん、今日は残業なの？悪いけど、私は＿＿＿＿＿。

因為只有一個人住，所以我每天都對貓說話。
一人暮らしなので、毎日猫と＿＿＿＿＿います。

「打擾了。」「請進。地方簡陋，請多包涵。」
「＿＿＿＿＿」「狭い所ですが、どうぞお上がりください」

手術時承蒙您的關照。托您的福，我已經好多了。
手術の際には大変＿＿＿＿＿。お陰様で元気になりました。

我們會按順序叫號，請您在此稍等片刻。
順番にお呼びしますので、こちらで＿＿＿＿＿。

來，讓您久等嘍。請趁熱吃喔。
はい、＿＿＿＿＿。熱いうちに食べてくださいね。

新年快樂！今年也請多多指教。
明けまして＿＿＿＿＿ございます。今年もよろしくお願いします。

「喂，請問是林診所嗎？」「不好意思，我們今天休診。」
「もしもし、林医院ですか」「すみません、今日は＿＿＿＿＿です」

因為明天要早起，我先睡了哦。晚安！
明日早いから先に寝るね。＿＿＿＿＿。

❻ お待ちください ❼ お待ちどおさま ❽ おめでとう ❾ お休み ❿ お休みなさい

341

単語帳

26 御（おん）
- 接頭 表示敬意
- 御礼申し上げます。
- 致以深深的謝意。

27 敬語（けいご）
- 名 敬語
- 敬語を使う。
- 使用敬語。

28 ご遠慮なく（えんりょ）
- 敬 請不用客氣
- どうぞ、ご遠慮なく。
- 請不用客氣。

29 ごめんください
- 名・形動・副 （道歉、叩門時）對不起，有人在嗎？
- ごめんください、おじゃまします。
- 對不起，打擾了。

30 実は（じつ）
- 副 說真的，老實說，事實是，說實在的
- 実は私がやったのです。
- 老實說是我做的。

31 失礼します（しつれい）
- 感 對不起；先行離開；（進門）不好意思打擾了；（職場-掛電話）不好意思先掛了；（入座）謝謝
- お先に失礼します。
- 我先失陪了。

32 冗談（じょうだん）
- 名 戲言，笑話，詼諧，玩笑
- 冗談を言うな。
- 不要亂開玩笑。

33 即ち（すなわち）
- 接續 即，換言之；即是，正是；則，彼時；乃，於是
- 1ポンド、すなわち100ペンスで買った。
- 以一磅也就是100英鎊購買。

34 すまない
- 連語 對不起，抱歉；（做寒暄語）對不起
- すまないと言ってくれた。
- 向我道了歉。

35 済みません（す）
- 連語 抱歉，不好意思
- お待たせしてすみません。
- 讓您久等，真是抱歉。

参考答案 ①御 ②敬語 ③ご遠慮なく ④ごめんください ⑤実は

此次承蒙鼎力協助敝公司之研究項目，深表感謝。
この度は当社の研究にご協力頂き、厚く＿＿＿＿礼申し上げます。

即使從頭到尾使用敬語，如果只是徒具形式，反而讓人覺得沒有禮貌。
いくら＿＿＿＿で話しても、心がないと寧ろ失礼に感じるものだ。

無論什麼時候我都能幫忙。請直說不要客氣。
いつでもお手伝いします。＿＿＿＿おっしゃってください。

「不好意思，請問有人在家嗎？」
「＿＿＿＿。どなたかいらっしゃいませんか」

其實我年輕的時候想成為歌手，當時曾在車站前賣唱。
＿＿＿＿、若い頃は歌手になりたくて、駅前で歌ったりしてたんだ。

「我先走了。」「啊，等一下，我們一起回去吧！」
「お先に＿＿＿＿」「あ、待って。一緒に帰りましょう」

我說我是被狗養大的，他居然信以為真。我只是開玩笑的啊！
犬に育てられたって言ったら本気にされちゃって。＿＿＿＿なのに。

你說尚需討論，意思就是不贊成這個方案對吧？
検討します、とは＿＿＿＿、この案に賛成できないという意味だろう。

不好意思，今天你就先回去吧。我不太舒服。
＿＿＿＿が、今日はもう帰ってくれ。気分が悪い。

不好意思，因為我明天想去醫院，請問可以請假嗎？
＿＿＿＿。明日病院に行きたいので、休ませて頂けませんか。

❻ 失礼します　❼ 冗談　❽ 即ち　❾ すまない　❿ すみません

#	単語	品詞・意味	例文
36	ぜひ 是非	(名・副) 務必；好與壞	是非お電話ください。 請一定打電話給我。
37	そこで	(接続) 因此、所以；（轉換話題時）那麼，下面，於是	そこで、私は意見を言った。 於是，我說出了我的看法。
38	それで	(接) 因此；後來；那麼	それで、いつ終わるの。 那麼，什麼時候結束呢？
39	それとも	(接続) 或著，還是	コーヒーにしますか、それとも紅茶にしますか。 您要咖啡還是紅茶？
40	ただいま	(名・副) 現在；馬上；剛才；（招呼語）我回來了	ただいま帰りました。 我回來了。
41	つたえる 伝える	(他下一) 傳達，轉告；傳導	部下に伝える。 轉告給下屬。
42	つまり	(名・副) 阻塞，困窘；到頭，盡頭；總之，說到底；也就是說，即…	つまり、こういうことです。 也就是說，是這個意思。
43	で	(接続) 那麼；（表示原因）所以	台風で学校が休みだ。 因為颱風所以學校放假。
44	でんごん 伝言	(名・自他サ) 傳話，口信；帶口信	伝言がある。 有留言。
45	どんなに	(副) 怎樣，多麼，如何；無論如何…也	どんなにがんばっても、うまくいかない。 不管你再怎麼努力，事情還是不能順利發展。

参考答案　❶ぜひ　❷そこで　❸それで　❹それとも　❺ただいま

30 思考、語言

請各位**務必**試試本公司的新產品！！
当社の新製品を、皆様_____お試しください。

我們在經營上遇到困難。**因此**，請大家針對如何改善工作提出意見。
経営が苦しいです。_____、仕事の改善について、皆さんのご意見を伺います。

小時候曾被狗咬過，**所以**到現在還是很怕狗。
子どもの頃、犬に噛まれた。_____、今も犬が怖い。

你要不要喝點茶？**還是**想吃點什麼？
ちょっとお茶を飲みませんか。_____何か食べますか。

「會議的資料完成了嗎？」「完成了，我**現在正要**拿過去。」
「会議の資料はできてる？」「はい、_____お持ちします」

請**轉達**田中科長，我稍後將再致電。
田中課長に、またお電話しますとお_____ください。

我一個月沒有見到她了。**也就是說**，我們已經分手了。
彼女とはひと月会ってない。_____、もう別れたんだ。

「我已經向公司辭職了。」「喔，這樣哦。**那麼**，你接下來打算做什麼？」
「私、会社辞めたんだ」「へえ、そうなんだ。_____？これからどうするの？」

山本科長請假了嗎？那麼，可以請您**代為留言**給她嗎？
山本課長はお休みですか。では、_____をお願いできますか。

不管我們距離**多**遠，我的心都在你身邊哦。
_____離れていても、私の心は君のそばにいるよ。

⑥ 伝え　⑦ つまり　⑧ で　⑨ 伝言　⑩ どんなに

345

単語帳

46 何故(なぜ)なら（ば）
- [接續] 因為，原因是
- もう我慢(がまん)できない。なぜなら彼(かれ)がひどいからだ。
- 我忍無可忍了，因為他太惡劣了。

47 何(なに)か
- [連語・副] 什麼；總覺得
- 何(なに)か飲(の)みたい。
- 想喝點什麼。

48 バイバイ
- [寒暄] bye-bye，再見，拜拜
- バイバイ、またね。
- 掰掰，再見。

49 評論(ひょうろん)
- [名・他サ] 評論，批評
- 雑誌(ざっし)に映画(えいが)の評論(ひょうろん)を書(か)く。
- 為雜誌撰寫影評。

50 別(べつ)に
- [副]（後接否定）不特別
- 別(べつ)に忙(いそが)しくない。
- 不特別忙。

51 報告(ほうこく)
- [名・他サ] 報告，匯報，告知
- 事件(じけん)を報告(ほうこく)する。
- 報告案件。

52 真似(まね)る
- [他下一] 模效，仿效
- 上司(じょうし)の口(くち)ぶりを真似(まね)る。
- 仿效上司的說話口吻。

53 まるで
- [副]（後接否定）簡直，全部，完全；好像，宛如，恰如
- まるで夢(ゆめ)のようだ。
- 宛如作夢一般。

54 メッセージ
- [名] message，電報，消息，口信；致詞，祝詞；（美國總統）咨文
- 祝賀(しゅくが)のメッセージを送(おく)る。
- 寄送賀詞。

55 よいしょ
- [感]（搬重物等吆喝聲）嘿咻
- 「よいしょ」と立(た)ち上(あ)がる。
- 一聲「嘿咻」就站了起來。

参考答案：① なぜなら ② 何(なに)か ③ バイバイ ④ 評論(ひょうろん) ⑤ 別(べつ)に

30 思考、語言

我成了醫生。因為我的父親希望我走這條路。
私は医者になりました。＿＿＿＿父がそう希望したからです。

這堂課就上到這裡。有（任何）問題的同學請舉手。
講義は以上です。＿＿＿＿質問がある人は、手を挙げてください。

「再見囉！」「嗯！明天見，拜拜！」
「じゃ、またね」「うん、また明日ね、＿＿＿＿」

正在撰寫適合高中生閱讀的文學書評。
高校生に向けて、文学作品に関する＿＿＿＿文を書いている。

「洋一同學也一起去嗎？」「不，不要，我又沒興趣。」
「洋一君も一緒に行く？」「ううん、いいよ、＿＿＿＿興味ないし」

不管是多麼細微的線索，也請務必放進調查報告中。
調査結果は、どんな小さなことでも＿＿＿＿ください。

那位女孩模仿了母親說話的樣子，逗得大家哈哈大笑。
女の子は、母親のしゃべり方を＿＿＿＿みせて、みんなを笑わせた。

那兩個人居然是兄弟！簡直就像電視劇一樣。
あの二人が実は兄弟だったなんて。＿＿＿＿ドラマみたい。

因為電話聯繫不上，所以在答錄機裡留言了。
電話が繋がらなかったので、留守番電話に＿＿＿＿を残した。

我來提行李。嘿咻，這行李相當重啊。
荷物は私が持ちますよ。＿＿＿＿、けっこう重いなあ。

⑥ 報告して　⑦ 真似て　⑧ まるで　⑨ メッセージ　⑩ よいしょ

56 論（ろん）
【名・漢造・接尾】論，議論

その論の立て方はおかしい。
那一立論方法很奇怪。

57 論じる・論ずる（ろんじる・ろんずる）
【他上一】論，論述，闡述

事の是非を論じる。
論述事情的是與非。

30-7 文書、出版物／文章文書、出版物

01 エッセー・エッセイ
【名】essay，小品文，隨筆；（隨筆式的）短論文

エッセーを読む。
閱讀小品文。

02 刊（かん）
【漢造】刊，出版

朝刊と夕刊を取る。
訂早報跟晚報。

03 巻（かん）
【名・漢造】巻，書冊；（書畫的）手巻；巻曲

上、中、下、全3巻ある。
有上中下共3冊。

04 号（ごう）
【名・漢造】（雑誌刊物等）期號；（學者等）別名

雑誌の1月号を買う。
買1月號的雜誌。

05 紙（し）
【漢造】報紙的簡稱；紙；文件，刊物

表紙を作る。
製作封面。

06 集（しゅう）
【名・漢造】（詩歌等的）集；聚集

作品を全集にまとめる。
把作品編輯成全集。

07 状（じょう）
【名・漢造】（文）書面，信件；情形，狀況

推薦状のおかげで就職が決まった。
承蒙推薦信找到工作了。

參考答案 ❶論 ❷論じた ❸エッセー ❹刊 ❺巻

影子跟讀法請看 P5

30 思考、語言

全班同學針對短篇小論文的主題進行了討論。
小＿＿＿文のテーマについて、クラス全員で議論した。

關於部長大臣在國會上闡述談論的環保政策，引發起了諸多抨擊多方的批判。
国会で大臣が＿＿＿環境対策については、多くの批判が出た。

我很期待每週日的報紙上刊登的隨筆短文。
毎週日曜日に新聞に載る＿＿＿を楽しみにしている。

我買了今天發售的週刊雜誌，尋找我喜歡的藝人的報導。
今日発売の週＿＿＿誌を買って、好きな芸能人の記事を探した。

這本書上下冊合售總共4800圓。
こちらの本は上＿＿＿、下＿＿＿合わせて4800円になります。

我住在這間公寓的102號房。
このアパートの102＿＿＿室に住んでいます。

為了不弄髒房間，我在鳥籠底下鋪上報紙。
部屋が汚れないよう、鳥かごの下に新聞＿＿＿を敷いている。

這是日本知名詩人谷川俊太郎的詩集。
これは日本を代表する詩人、谷川俊太郎の詩＿＿＿です。

醫生建議我去更大型的醫院就診，並給了我轉診單。
医者から、もっと大きい病院に行くように言われ、紹介＿＿＿を渡された。

⑥号　⑦紙　⑧集　⑨状

349

単語帳

08 ☐☐☐
しょうせつ
小説
▶ 名 小説
▶ 恋愛小説を読むのが好きです。
我喜歡看言情小說。

09 ☐☐☐
しょもつ
書物
▶ 名（文）書，書籍，圖書
▶ 書物を読む。
閱讀書籍。

10 ☐☐☐
しょるい
書類
▶ 名 文書，公文，文件
▶ 書類を送る。
寄送文件。

11 ☐☐☐
だい
題
▶ 名・自サ・漢造 題目，標題；問題；題辭
▶ 作品に題をつける。
給作品題上名。

12 ☐☐☐
タイトル
▶ 名 title，（文章的）題目，（著述的）標題；稱號，職稱
▶ タイトルを決める。
決定名稱。

13 ☐☐☐
だいめい
題名
▶ 名（圖書、詩文、戲劇、電影等的）標題，題名
▶ 題名をつける。
題名。

14 ☐☐☐
ちょう
帳
▶ 漢造 帳幕；帳本
▶ 銀行の預金通帳と印鑑を盗まれた。
銀行存摺及印章被偷了。

15 ☐☐☐
データ
▶ 名 data，論據，論證的事實；材料，資料；數據
▶ データを集める。
收集情報。

16 ☐☐☐
テーマ
▶ 名 theme，（作品的）中心思想，主題；（論文、演說的）題目，課題
▶ 研究のテーマを考える。
思考研究題目。

17 ☐☐☐
としょ
図書
▶ 名 圖書
▶ 読みたい図書が見つかった。
找到想看的書。

参考答案　❶小説　❷書物　❸書類　❹題　❺タイトル

30 思考、語言

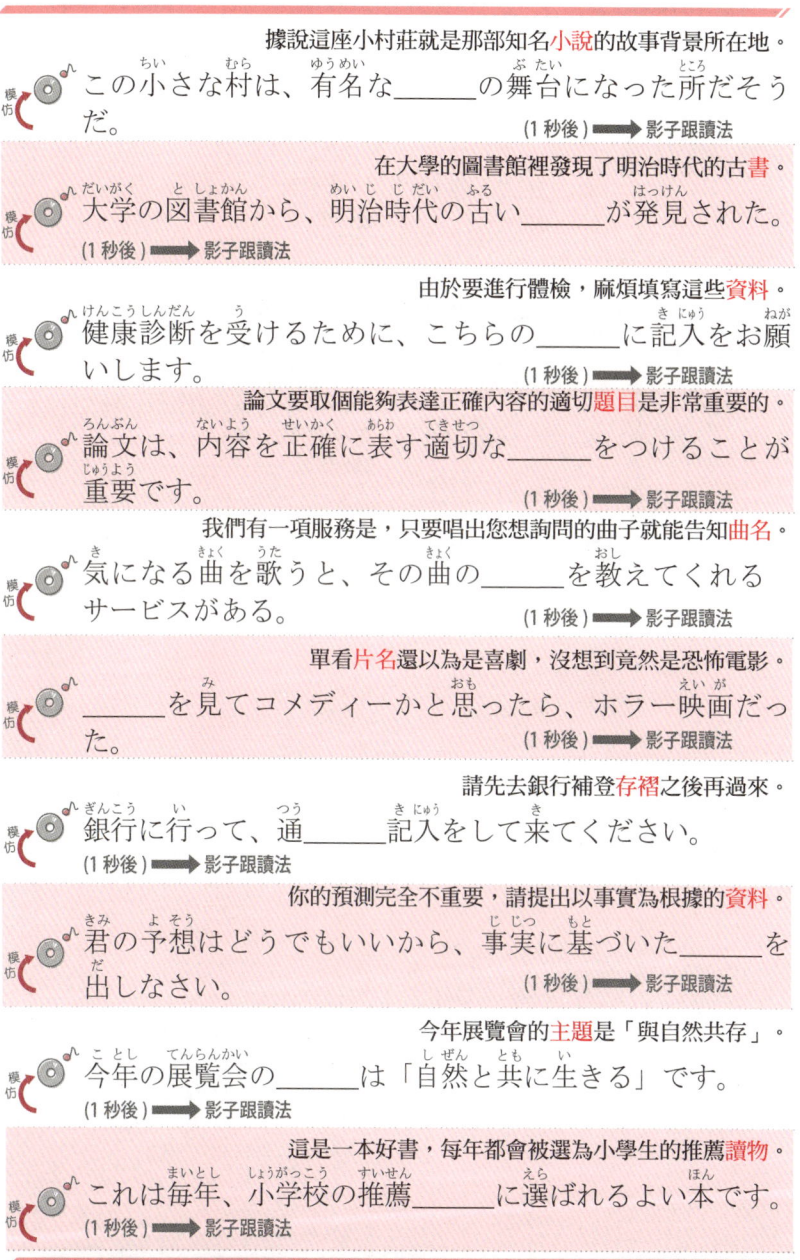

據說這座小村莊就是那部知名小說的故事背景所在地。
この小さな村は、有名な＿＿＿の舞台になった所だそうだ。

在大學的圖書館裡發現了明治時代的古書。
大学の図書館から、明治時代の古い＿＿＿が発見された。

由於要進行體檢，麻煩填寫這些資料。
健康診断を受けるために、こちらの＿＿＿に記入をお願いします。

論文要取個能夠表達正確內容的適切題目是非常重要的。
論文は、内容を正確に表す適切な＿＿＿をつけることが重要です。

我們有一項服務是，只要唱出您想詢問的曲子就能告知曲名。
気になる曲を歌うと、その曲の＿＿＿を教えてくれるサービスがある。

單看片名還以為是喜劇，沒想到竟然是恐怖電影。
＿＿＿を見てコメディーかと思ったら、ホラー映画だった。

請先去銀行補登存摺之後再過來。
銀行に行って、通＿＿＿記入をして来てください。

你的預測完全不重要，請提出以事實為根據的資料。
君の予想はどうでもいいから、事実に基づいた＿＿＿を出しなさい。

今年展覽會的主題是「與自然共存」。
今年の展覧会の＿＿＿は「自然と共に生きる」です。

這是一本好書，每年都會被選為小學生的推薦讀物。
これは毎年、小学校の推薦＿＿＿に選ばれるよい本です。

⑥ 題名　⑦ 帳　⑧ データ　⑨ テーマ　⑩ 図書

18 パンフレット
(名) pamphlet,小冊子

詳しいパンフレットをダウンロードできる。
可以下載詳細的小冊子。

19 ビラ
(名)（宣傳、廣告用的）傳單

ビラをまく。
發傳單。

20 編（へん）
(名・漢造) 編,編輯;（詩的）卷

前編と後編に分ける。
分為前篇跟後篇。

21 捲る（めくる）
(他五) 翻,翻開;揭開,掀開

雑誌をめくる。
翻閱雜誌。

30 思考、語言

因為是一部很不錯的電影，所以沒什麼考慮就買了宣傳冊子。
すごくいい映画だったので、つい_____を買ってしまった。

因為下星期麵包店就要開幕了，所以我們在車站前發了宣傳單。
来週パン屋を開店するので、駅前で宣伝の_____を配った。

這部小說分為描寫主人公少年時代的上卷，以及成長之後的下卷。
この小説は、主人公の少年時代を描いた前_____と、成長後の後_____に分かれている。

考場裡，只有考生翻閱考卷的聲響在空中迴盪。
試験会場では、受験生が問題用紙を_____音だけが響いていた。

あい〜かがく

あ

- あい【愛】 —— 302
- あいかわらず【相変わらず】 —— 312
- あいず【合図】 —— 336
- アイスクリーム【ice cream】 —— 042
- あいて【相手】 —— 102
- アイディア・アイデア【idea】 —— 312
- アイロン【iron】 —— 226
- あう【合う】 —— 184
- あきる【飽きる】 —— 288
- あくしゅ【握手】 —— 064
- アクション【action】 —— 178
- あける【明ける】 —— 016
- あける【空ける】 —— 128
- あげる【揚げる】 —— 048
- あご【顎】 —— 060
- あさ【麻】 —— 116
- あさい【浅い】 —— 188
- あしくび【足首】 —— 640
- あずかる【預かる】 —— 278
- あずける【預ける】 —— 278
- あたえる【与える】 —— 296
- あたたまる【暖まる】 —— 036
- あたたまる【温まる】 —— 058
- あたためる【暖める】 —— 058
- あたためる【温める】 —— 048
- あたり【辺り】 —— 130
- あたりまえ【当たり前】 —— 326
- あたる【当たる】 —— 118
- あっというま（に）【あっという間（に）】 —— 016
- アップ【up】 —— 188
- あつまり【集まり】 —— 144
- あてな【宛名】 —— 160
- あてる【当てる】 —— 316
- アドバイス【advice】 —— 336
- あな【穴】 —— 126
- アナウンサー【announcer】 —— 248
- アナウンス【announce】 —— 164
- アニメ【animation】 —— 172
- あぶら【油】 —— 042
- あぶら【脂】 —— 040
- アマチュア【amateur】 —— 088
- あら —— 302
- あらそう【争う】 —— 168
- あらわす【表す】 —— 336
- あらわす【現す】 —— 086
- あらわれる【表れる】 —— 336
- あらわれる【現れる】 —— 336
- アルバム【album】 —— 226
- あれ・あれ —— 338
- あわせる【合わせる】 —— 102
- あわてる【慌てる】 —— 096
- あんがい【案外】 —— 312
- アンケート【（法）enquête】 —— 162

い

- い【位】 —— 200
- いえ —— 338
- いがい【意外】 —— 312
- いかり【怒り】 —— 306
- いき・ゆき【行き】 —— 148
- いご【以後】 —— 026
- イコール【equal】 —— 184
- いし【医師】 —— 248
- いじょうきしょう【異常気象】 —— 118
- いじわる【意地悪】 —— 096
- いぜん【以前】 —— 026
- いそぎ【急ぎ】 —— 016
- いたずら【悪戯】 —— 096
- いためる【傷める・痛める】 —— 080
- いちどに【一度に】 —— 188
- いちれつ【一列】 —— 200
- いっさくじつ【一昨日】 —— 020
- いっさくねん【一昨年】 —— 022
- いっしょう【一生】 —— 072
- いったい【一体】 —— 108
- いってきます【行ってきます】 —— 338
- いつのまにか【何時の間にか】 —— 288
- いとこ【従兄弟・従姉妹】 —— 108
- いのち【命】 —— 072
- いま【居間】 —— 036
- イメージ【image】 —— 094
- いもうとさん【妹さん】 —— 088
- いや —— 338
- いらいら【苛々】 —— 096
- いりょうひ【衣料費】 —— 270
- いりょうひ【医療費】 —— 270
- いわう【祝う】 —— 218
- インキ【ink】 —— 226
- インク【ink】 —— 228
- いんしょう【印象】 —— 288
- インスタント【instant】 —— 042
- インターネット【internet】 —— 160
- インタビュー【interview】 —— 166
- いんりょく【引力】 —— 118

う

- ウイルス【virus】 —— 080
- ウール【wool】 —— 116
- ウェーター・ウェイター【waiter】 —— 248
- ウェートレス・ウェイトレス【waitress】 —— 248
- うごかす【動かす】 —— 058
- うし【牛】 —— 110
- うっかり —— 096
- うつす【移す】 —— 032
- うつす【写す】 —— 214
- うつる【映る】 —— 060
- うつる【移る】 —— 016
- うつる【写る】 —— 236
- うどん【饂飩】 —— 042
- うま【馬】 —— 110
- うまい —— 040
- うまる【埋まる】 —— 122

- うむ【生む】 —— 288
- うむ【産む】 —— 072
- うめる【埋める】 —— 064
- うらやましい【羨ましい】 —— 288
- うる【得る】 —— 326
- うわさ【噂】 —— 338
- うんちん【運賃】 —— 270
- うんてんし【運転士】 —— 248
- うんてんしゅ【運転手】 —— 250

え

- エアコン【air conditioning】 —— 228
- えいきょう【影響】 —— 290
- えいよう【栄養】 —— 074
- えがく【描く】 —— 176
- えきいん【駅員】 —— 250
- エスエフ（SF）【science fiction】 —— 178
- エッセー・エッセイ【essay】 —— 348
- エネルギー【（徳）energie】 —— 114
- えり【襟】 —— 052
- える【得る】 —— 328
- えん【園】 —— 142
- えんか【演歌】 —— 176
- えんげき【演劇】 —— 180
- エンジニア【engineer】 —— 250
- えんそう【演奏】 —— 178

お

- おい —— 338
- おい【老い】 —— 072
- おいこす【追い越す】 —— 200
- おうえん【応援】 —— 170
- おおく【多く】 —— 188
- オーバー（コート）【overcoat】 —— 052
- オープン【open】 —— 144
- おかえり【お帰り】 —— 338
- おかえりなさい【お帰りなさい】 —— 338
- おかけください —— 338
- おかしい【可笑しい】 —— 076
- おかまいなく【お構いなく】 —— 338
- おきる【起きる】 —— 074
- おく【奥】 —— 188
- おくれる【遅れる】 —— 016
- おげんきですか【お元気ですか】 —— 340
- おこす【起こす】 —— 074
- おこる【起こる】 —— 286
- おごる【奢る】 —— 270
- おさえる【押さえる】 —— 064
- おさきに【お先に】 —— 340
- おさめる【納める】 —— 270
- おしえ【教え】 —— 208
- おじぎ【お辞儀】 —— 098
- おしゃべり【お喋り】 —— 340
- おじゃまします【お邪魔します】 —— 340
- おしゃれ【お洒落】 —— 094
- おせわになりました【お世話になりました】 —— 340
- おそわる【教わる】 —— 208
- おたがい【お互い】 —— 102
- おたまじゃくし【お玉杓子】 —— 218
- おでこ —— 060
- おとなしい【大人しい】 —— 098
- オフィス【office】 —— 240
- オペラ【opera】 —— 180
- おまごさん【お孫さん】 —— 088
- おまちください【お待ちください】 —— 340
- おまちどおさま【お待ちどおさま】 —— 340
- おめでとう —— 340
- おめにかかる【お目に掛かる】 —— 240
- おもい【思い】 —— 290
- おもいえがく【思い描く】 —— 312
- おもいきり【思い切り】 —— 316
- おもいつく【思い付く】 —— 312
- おもいで【思い出】 —— 290
- おもいやる【思いやる】 —— 290
- おもわず【思わず】 —— 316
- おやすみ【お休み】 —— 340
- おやすみなさい【お休みなさい】 —— 340
- おやゆび【親指】 —— 064
- オリンピック【Olympics】 —— 168
- オレンジ【orange】 —— 042
- おろす【下ろす・降ろす】 —— 148
- おん【御】 —— 342
- おんがくか【音楽家】 —— 250
- おんど【温度】 —— 118

か

- か【下】 —— 136
- か【化】 —— 180
- か【日】 —— 022
- か【科】 —— 208
- か【家】 —— 088
- か【歌】 —— 178
- か【課】 —— 214
- カード【card】 —— 228
- カーペット【carpet】 —— 228
- かい【会】 —— 146
- かい【会】 —— 176
- かいけつ【解決】 —— 322
- かいごし【介護士】 —— 250
- かいさつぐち【改札口】 —— 154
- かいしゃいん【会社員】 —— 250
- かいしゃく【解釈】 —— 322
- かいすうけん【回数券】 —— 264
- かいそく【快速】 —— 154
- かいちゅうでんとう【懐中電灯】 —— 236
- かう【飼う】 —— 110
- かえる【代える・換える・替える】 —— 264
- かえる【返る】 —— 266
- がか【画家】 —— 250
- かがく【化学】 —— 208

かがくはんのう〜こづつみ

かがくはんのう【化学反応】 114	かわく【乾く】 122	きょうつう【共通】 104	げきじょう【劇場】 144
かかと【踵】 064	かわく【渇く】 076	きょうりょく【協力】 104	げじゅん【下旬】 022
かかる 080	かわる【代わる】 158	きょく【曲】 178	けしょう【化粧】 094
かきとめ【書留】 160	かわる【換わる】 214	きょり【距離】 188	けた【桁】 182
かきとり【書き取り】 214	かわる【替わる】 114	きらう【嫌う】 188	けち 098
かく【各】 182	かわる【変わる】 312	きる【切らす】 188	ケチャップ【ketchup】 042
かく【掻く】 064	かん【刊】 348	ぎりぎり 016	けつえき【血液】 084
かぐ【家具】 228	かん【缶】 218	きれる【切れる】 116	けっか【結果】 328
かぐ【嗅ぐ】 060	かん【間】 030	きろく【記録】 168	けっせき【欠席】 214
かくえきていしゃ【各駅停車】 154	かん【感】 290	きん【金】 170	げつまつ【月末】 022
かくす【隠す】 316	かん【館】 140	きんえん【禁煙】 286	けむり【煙】 114
かくにん【確認】 316	かん【巻】 348	ぎんこういん【銀行員】 252	ける【蹴る】 170
がくひ【学費】 270	かん【観】 328	きんし【禁止】 286	けん・げん【軒】 032
がくれき【学歴】 212	かんがえ【考え】 312	きんじょ【近所】 130	けんこう【健康】 074
かくれる【隠れる】 316	かんきょう【環境】 130	きんちょう【緊張】 290	けんさ【検査】 078
かげき【歌劇】 180	かんこう【観光】 172		げんだい【現代】 026
かけざん【掛け算】 184	かんごし【看護師】 250	**く**	けんちくか【建築家】 252
かける【掛ける】 058	かんしゃ【感謝】 308		けんちょう【県庁】 282
かこむ【囲む】 130	かんじる・かんずる【感じる・感ずる】 290	く【句】 332	
かさねる【重ねる】 188	かんしん【感心】 290	クイズ【quiz】 172	**こ**
かざり【飾り】 036	かんせい【完成】 262	くう【空】 128	
かし【貸し】 266	かんぜん【完全】 170	クーラー【cooler】 228	こ【小】 188
かしちん【貸し賃】 268	かんそう【感想】 312	くさい【臭い】 084	こ【湖】 126
かしゅ【歌手】 250	かんづめ【缶詰】 218	くさる【腐る】 042	こい【濃い】 188
かしょ【箇所】 136	かんどう【感動】 290	くし【櫛】 220	こいびと【恋人】 088
かず【数】 182		くじ【鬮】 174	こう【校】 212
がすりょうきん【ガス料金】 272	**き**	くすりだい【薬代】 272	こう【港】 126
カセット【cassette】 236		くすりゆび【薬指】 066	ごう【号】 348
かぞえる【数える】 184	き【期】 030	くせ【癖】 296	こういん【行員】 252
かた【肩】 058	き【機】 228	くだり【下り】 136	こうか【効果】 208
かた【型】 202	キーボード【keyboard】 236	くだる【下る】 136	こうかい【後悔】 308
かたい【固い・硬い・堅い】 098	きがえ【着替え】 054	くちびる【唇】 062	ごうかく【合格】 212
かだい【課題】 214	きがえる・きかえる【着替える】 054	ぐっすり 078	こうかん【交換】 242
かたづく【片付く】 242		くび【首】 062	こうくうびん【航空便】 160
かたづける【片付ける】 258	きかん【期間】 030	くふう【工夫】 328	こうこく【広告】 162
かたづける【片付ける】 260	きく【効く】 036	くやくしょ【区役所】 142	こうさいひ【交際費】 272
かたみち【片道】 148	きげん【期限】 030	くやしい【悔しい】 292	こうじ【工事】 262
かち【勝ち】 170	きこく【帰国】 130	クラシック【classic】 178	こうつうひ【交通費】 272
かっこういい【格好いい】 094	きじ【記事】 166	くらす【暮らす】 032	こうねつひ【光熱費】 272
カップル【couple】 104	きしゃ【記者】 252	クラスメート【classmate】 214	こうはい【後輩】 090
かつやく【活躍】 170	きすう【奇数】 182	くりかえす【繰り返す】 200	こうはん【後半】 016
かていか【家庭科】 214	きせい【帰省】 218	クリスマス【christmas】 218	こうふく【幸福】 292
かでんせいひん【家電製品】 228	きたく【帰宅】 032	グループ【group】 088	こうふん【興奮】 304
	きちんと 098	くるしい【苦しい】 306	こうみん【公民】 210
かなしみ【悲しみ】 306	キッチン【kitchen】 036	くれ【暮れ】 120	こうみんかん【公民館】 142
かなづち【金槌】 228	きっと 318	くろ【黒】 202	こうれい【高齢】 072
かなり 322	きぼう【希望】 296	くわしい【詳しい】 328	こうれいしゃ【高齢者】 090
かね【金】 280	きほん【基本】 208		こえる【越える・超える】 190
かのう【可能】 312	きほんてき（な）【基本的（な）】 208	**け**	ごえんりょなく【ご遠慮なく】 342
かび 122	きまり【決まり】 286		
かまう【構う】 290	きゃくしつじょうむいん【客室乗務員】 252	け【家】 108	コース【course】 130
がまん【我慢】 296	きゅうけい【休憩】 242	けい【計】 184	こおり【氷】 114
がまんづよい【我慢強い】 296	きゅうこう【急行】 154	けいい【敬意】 098	ごかい【誤解】 314
かみのけ【髪の毛】 060	きゅうじつ【休日】 022	けいえい【経営】 252	ごがく【語学】 334
ガム【英】gum】 042	きゅうりょう【丘陵】 126	けいご【敬語】 342	こきょう【故郷】 128
カメラマン【cameraman】 250	きゅうりょう【給料】 268	けいこう【蛍光灯】 236	こく【国】 282
がめん【画面】 236	きょう【今日】 208	けいさつかん【警察官】 252	こくご【国語】 334
かもしれない 316	ぎょう【行】 332	けいさつしょ【警察署】 142	こくさいてき【国際的】 282
かゆ【粥】 042	ぎょう【業】 252	けいさん【計算】 184	こくせき【国籍】 282
かゆい【痒い】 076	きょういん【教員】 252	げいじゅつ【芸術】 176	こくばん【黒板】 220
カラー【color】 202	きょうかしょ【教科書】 208	けいたい【携帯】 236	こし【腰】 058
かり【借り】 268	きょうし【教師】 252	けいやく【契約】 264	こしょう【胡椒】 044
かるた【carta・歌留多】 172	きょうちょう【強調】 496	けいゆ【経由】 148	こじん【個人】 090
かわ【皮】 042		ゲーム【game】 174	こぜに【小銭】 280
かわかす【乾かす】 260			こづつみ【小包】 160

索引 355

コットン～すませる

- コットン【cotton】 —— 116
- ごと —— 190
- ごと【毎】 —— 190
- ことわる【断る】 —— 318
- コピー【copy】 —— 236
- こぼす【溢す】 —— 048
- こぼれる【零れる】 —— 084
- コミュニケーション【communication】 —— 104
- こむ【込む・混む】 —— 154
- ゴム【(荷)gom】 —— 220
- コメディー【comedy】 —— 180
- ごめんください —— 342
- こゆび【小指】 —— 066
- ころす【殺す】 —— 286
- こんご【今後】 —— 026
- こんざつ【混雑】 —— 154
- コンビニ【エンスストア】【convenience store】 —— 244

さ

- さい【祭】 —— 216
- さい【最】 —— 190
- ざいがく【在学】 —— 216
- さいこう【最高】 —— 322
- さいてい【最低】 —— 322
- さいほう【裁縫】 —— 260
- さか【坂】 —— 128
- さがる【下がる】 —— 268
- さく【昨】 —— 022
- さくじつ【昨日】 —— 022
- さくげん【削減】 —— 318
- さくねん【昨年】 —— 022
- さくひん【作品】 —— 176
- さくら【桜】 —— 112
- さけ【酒】 —— 044
- さけぶ【叫ぶ】 —— 304
- さける【避ける】 —— 298
- さげる【下げる】 —— 040
- ささる【刺さる】 —— 220
- さす【刺す】 —— 298
- さす【指す】 —— 228
- さそう【誘う】 —— 084
- さっか【作家】 —— 254
- さっきょくか【作曲家】 —— 254
- さまざま【様々】 —— 190
- さます【冷ます】 —— 080
- さます【覚ます】 —— 078
- さめる【冷める】 —— 040
- さめる【覚める】 —— 078
- さら【皿】 —— 234
- サラリーマン【salariedman】 —— 254
- さわぎ【騒ぎ】 —— 308
- さん【山】 —— 128
- さん【産】 —— 262
- さんか【参加】 —— 298
- さんかく【三角】 —— 202
- ざんぎょう【残業】 —— 242
- さんすう【算数】 —— 210
- さんせい【賛成】 —— 318
- サンプル【sample】 —— 262

し

- し【紙】 —— 348
- し【詩】 —— 176
- じ【寺】 —— 144
- しあわせ【幸せ】 —— 292
- シーズン【season】 —— 030
- CDドライブ【CD drive】 —— 234
- ジーンズ【jeans】 —— 052
- じえいぎょう【自営業】 —— 254
- ジェットき【jet機】 —— 154
- しかく【四角】 —— 202
- しかく【資格】 —— 210
- じかんめ【時間目】 —— 216
- じけん【事件】 —— 286
- しげん【資源】 —— 116
- しご【死後】 —— 072
- じこ【事故】 —— 028
- ししゃごにゅう【四捨五入】 —— 186
- ししゅつ【支出】 —— 268
- じしん【詩人】 —— 090
- じしん【自信】 —— 242
- しぜん【自然】 —— 128
- じぜん【事前】 —— 028
- した【舌】 —— 062
- したしい【親しい】 —— 104
- しつ【質】 —— 116
- じつ【日】 —— 022
- しつぎょう【失業】 —— 242
- しっけ【湿気】 —— 120
- じっこう【実行】 —— 298
- しつど【湿度】 —— 120
- じつは【実は】 —— 342
- じつりょく【実力】 —— 242
- しつれいします【失礼します】 —— 342
- じどう【自動】 —— 264
- (じどう)けんばいき【(自動)券売機】 —— 146
- しばらく —— 016
- じばん【地盤】 —— 128
- しぼう【死亡】 —— 074
- しま【縞】 —— 202
- しまもよう【縞模様】 —— 202
- じまん【自慢】 —— 298
- じみ【地味】 —— 204
- しめい【氏名】 —— 334
- しめきり【締め切り】 —— 030
- しゃ【車】 —— 148
- しゃ【社】 —— 146
- しゃ【者】 —— 090
- しやくしょ【市役所】 —— 142
- ジャケット【jacket】 —— 052
- しゃしょう【車掌】 —— 254
- ジャズ【jazz】 —— 178
- しゃもじ —— 078
- しゃもじ【杓文字】 —— 220
- しゅ【手】 —— 090
- しゅ【酒】 —— 044
- しゅう【州】 —— 132
- しゅう【週】 —— 022
- しゅう【集】 —— 348
- じゅう【重】 —— 242

- しゅうきょう【宗教】 —— 292
- じゅうきょひ【住居費】 —— 272
- しゅうしょく【就職】 —— 242
- ジュース【juice】 —— 044
- じゅうたい【渋滞】 —— 150
- じゅうたん【絨毯】 —— 230
- しゅうまつ【週末】 —— 024
- じゅうよう【重要】 —— 242
- しゅうり【修理】 —— 220
- しゅうりだい【修理代】 —— 272
- じゅぎょうりょう【授業料】 —— 272
- しゅじゅつ【手術】 —— 080
- しゅじん【主人】 —— 090
- しゅだん【手段】 —— 318
- しゅつじょう【出場】 —— 176
- しゅっしん【出身】 —— 132
- しゅるい【種類】 —— 190
- じゅんさ【巡査】 —— 254
- じゅんばん【順番】 —— 200
- しょ【所】 —— 132
- しょ【初】 —— 190
- しょ【諸】 —— 132
- じょ【女】 —— 090
- じょ【助】 —— 268
- しょう【省】 —— 282
- しょう【商】 —— 262
- しょう【勝】 —— 170
- しょう【場】 —— 142
- しょう【状】 —— 348
- じょう【畳】 —— 032
- しょうがくせい【小学生】 —— 212
- じょうぎ【定規】 —— 230
- しょうきょくてき【消極的】 —— 098
- しょうきん【賞金】 —— 280
- じょうけん【条件】 —— 286
- しょうご【正午】 —— 016
- じょうし【上司】 —— 244
- しょうじき【正直】 —— 098
- じょうじゅん【上旬】 —— 024
- しょうじょ【少女】 —— 086
- しょうじょう【症状】 —— 082
- しょうすう【小数】 —— 186
- しょうすう【少数】 —— 190
- しょうすうてん【小数点】 —— 186
- しょうせつ【小説】 —— 350
- じょうたい【状態】 —— 082
- じょうだん【冗談】 —— 342
- しょうとつ【衝突】 —— 150
- しょうねん【少年】 —— 086
- しょうばい【商売】 —— 146
- しょうひ【消費】 —— 168
- しょうひん【商品】 —— 264
- じょうほう【情報】 —— 166
- しょうぼうしょ【消防署】 —— 142
- しょうめい【証明】 —— 286
- しょうめん【正面】 —— 136
- しょうりゃく【省略】 —— 318
- しようりょう【使用料】 —— 272
- しょくご【食後】 —— 204
- しょくご【食後】 —— 040
- しょくじだい【食事代】 —— 272
- しょくりょう【食料】 —— 040
- しょくにん【職人】 —— 090
- しょくひ【食費】 —— 274
- しょくりょう【食料】 —— 044
- しょくりょう【食糧】 —— 044
- しょっきだな【食器棚】 —— 230

- ショック【shock】 —— 308
- しょもつ【書物】 —— 350
- じょゆう【女優】 —— 254
- しょるい【書類】 —— 350
- しらせ【知らせ】 —— 164
- しり【尻】 —— 058
- しりあい【知り合い】 —— 090
- シルク【silk】 —— 116
- しるし【印】 —— 136
- しろ【白】 —— 204
- しん【新】 —— 212
- しんがく【進学】 —— 212
- しんがくりつ【進学率】 —— 212
- しんかんせん【新幹線】 —— 156
- しんごう【信号】 —— 150
- しんしつ【寝室】 —— 036
- しんじる・しんずる【信じる・信ずる】 —— 298
- しんせい【申請】 —— 298
- しんせん【新鮮】 —— 044
- しんちょう【身長】 —— 074
- しんぽ【進歩】 —— 262
- しんや【深夜】 —— 016

す

- す【酢】 —— 044
- すいてき【水滴】 —— 122
- すいとう【水筒】 —— 234
- すいどうだい【水道代】 —— 274
- すいどうりょうきん【水道料金】 —— 274
- すいはんき【炊飯器】 —— 230
- ずいひつ【随筆】 —— 334
- すうじ【数字】 —— 182
- スープ【soup】 —— 044
- スカーフ【scarf】 —— 054
- スキー【ski】 —— 168
- すぎる【過ぎる】 —— 028
- すくなくとも【少なくとも】 —— 190
- すごい【凄い】 —— 292
- すこしも【少しも】 —— 192
- すごす【過ごす】 —— 032
- すすむ【進む】 —— 136
- すすめる【進める】 —— 138
- すすめる【薦める】 —— 298
- すすめる【勧める】 —— 298
- すそ【裾】 —— 052
- スター【star】 —— 092
- ずっと —— 018
- すっぱい【酸っぱい】 —— 040
- ストーリー【story】 —— 180
- ストッキング【stocking】 —— 054
- ストライプ【strip】 —— 204
- ストレス【stress】 —— 306
- すなわち —— 342
- スニーカー【sneakers】 —— 054
- スピード【speed】 —— 150
- ずひょう【図表】 —— 204
- スポーツせんしゅ【sports選手】 —— 254
- スポーツちゅうけい【スポーツ中継】 —— 166
- すます【済ます】 —— 244
- すませる【済ませる】 —— 244

356 索引

すまない～ていあん

すまない	342
すみません【済みません】	342
すれちがう【擦れ違う】	104

せ

せい【性】	072
せいかく【正確】	328
せいかく【性格】	098
せいかつひ【生活費】	274
せいき【世紀】	018
ぜいきん【税金】	274
せいけつ【清潔】	032
せいこう【成功】	244
せいさん【生産】	262
せいさん【清算】	268
せいじか【政治家】	254
せいしつ【性質】	098
せいじん【成人】	086
せいすう【整数】	182
せいぜん【生前】	074
せいちょう【成長】	074
せいねん【青年】	086
せいねんがっぴ【生年月日】	072
せいのう【性能】	220
せいひん【製品】	220
せいふく【制服】	052
せいぶつ【生物】	110
せいり【整理】	260
せき【席】	230
せきにん【責任】	244
せけん【世間】	132
せっきょくてき【積極的】	100
ぜったい【絶対】	328
セット【set】	264
せつやく【節約】	280
せともの【瀬戸物】	230
ぜひ【是非】	344
せわ【世話】	076
せん【戦】	284
ぜん【全】	192
ぜん【前】	028
せんきょ【選挙】	282
せんざい【洗剤】	220
せんじつ【先日】	024
ぜんじつ【前日】	024
せんたくき【洗濯機】	230
センチ【centimeter】	192
せんでん【宣伝】	164
ぜんはん【前半】	018
せんぷうき【扇風機】	230
せんめんじょ【洗面所】	036
せんもんがっこう【専門学校】	212

そ

そう【総】	192
そうじき【掃除機】	230
そうぞう【想像】	314
そうちょう【早朝】	018
ぞうり【草履】	056
そうりょう【送料】	274
ソース【sauce】	044
そく【足】	192
そくたつ【速達】	160
そくど【速度】	150
そこ【底】	128
そこで	344
そだつ【育つ】	076
ソックス【socks】	056
そっくり	096
そっと	100
そで【袖】	052
そのうえ【その上】	322
そのうち【その内】	322
そば【蕎麦】	112
ソファー【sofa】	230
そぼく【素朴】	292
それぞれ	324
それで	344
それとも	344
そろう【揃う】	192
そろえる【揃える】	192
そんけい【尊敬】	292

た

たい【対】	170
だい【代】	108
だい【第】	200
だい【題】	350
たいがく【退学】	212
だいがくいん【大学院】	212
だいく【大工】	254
たいくつ【退屈】	292
たいじゅう【体重】	076
たいしょく【退職】	244
たいど【態度】	100
タイトル【title】	350
ダイニング【dining】	036
だいひょう【代表】	244
タイプ【type】	052
だいぶ【大分】	324
だいめい【題名】	350
ダイヤ【diamond・diagram之略】	150
ダイヤモンド【diamond】	114
たいよう【太陽】	120
たいりょく【体力】	078
ダウン【down】	082
たおす【倒す】	284
タオル【towel】	220
たがいに【互いに】	104
たかまる【高まる】	304
たかめる【高める】	150
たく【炊く】	048
だく【抱く】	066
タクシーだい【taxi代】	274
タクシーりょうきん【taxi料金】	274
たくはいびん【宅配便】	160
たける【炊ける】	050
たしか【確か】	318
たしかめる【確かめる】	318
たしざん【足し算】	186
たすける【助かる】	308
たすける【助ける】	104
ただ	268
ただいま	344
たたく【叩く】	066
たたむ【畳む】	260
たつ【建つ】	262
たつ【発つ】	150
たつ【経つ】	018
たてなが【縦長】	192
たてる【立てる】	318
たてる【建てる】	262
たな【棚】	036
たのしみ【楽しみ】	304
たのみ【頼み】	318
たま【球】	172
だます【騙す】	300
たまる【溜まる】	306
だまる【黙る】	062
ためる【溜める】	280
たん【短】	192
だん【団】	092
だん【弾】	284
たんきだいがく【短期大学】	214
ダンサー【dancer】	256
たんじょう【誕生】	072
たんす	232
だんたい【団体】	092

ち

チーズ【cheese】	046
チーム【team】	168
チェック【check】	320
ちか【地下】	132
ちがい【違い】	320
ちかづく【近づく】	138
ちかづける【近付ける】	104
ちかみち【近道】	150
ちきゅう【地球】	120
ちく【地区】	132
チケット【ticket】	146
チケットだい【ticket代】	274
ちこく【遅刻】	018
ちしき【知識】	328
ちぢめる【縮める】	192
チップ【chip】	046
ちほう【地方】	130
ちゃ【茶】	046
チャイム【chime】	216
ちゃいろい【茶色い】	204
ちゃく【着】	200
ちゅうがく【中学】	214
ちゅうかなべ【中華なべ】	222
ちゅうこうねん【中高年】	086
ちゅうじゅん【中旬】	024
ちゅうしん【中心】	132
ちゅうねん【中年】	086
ちゅうもく【注目】	324
ちゅうもん【注文】	146
ちょう【兆】	182
ちょう【町】	282
ちょう【長】	092
ちょう【帳】	350
ちょう【庁】	282
ちょうかん【朝刊】	166
ちょうさ【調査】	320
ちょうし【調子】	078
ちょうじょ【長女】	108
ちょうせん【挑戦】	300
ちょうなん【長男】	108
ちょうりし【調理師】	256
チョーク【chalk】	232
ちょきん【貯金】	280
ちょくご【直後】	028
ちょくせつ【直接】	104
ちょくぜん【直前】	028
ちらす【散らす】	122
ちりょう【治療】	082
ちりょうだい【治療代】	274
ちる【散る】	122

つ

つい	314
ついに【遂に】	324
つう【通】	100
つうきん【通勤】	244
つうじる・つうずる【通じる・通ずる】	162
つうやく【通訳】	256
つかまる【捕まる】	286
つかむ【掴む】	066
つかれ【疲れ】	078
つき【付き】	194
つきあう【付き合う】	106
つきあたり【突き当たり】	138
つぎつぎ・つぎつぎに・つぎつぎと【次々・次々に・次々と】	200
つく【付く】	194
つける【付ける・附ける・着ける】	320
つける【点ける】	238
つたえる【伝える】	344
つづき【続き】	194
つづく【続く】	194
つづける【続ける】	300
つつむ【包む】	066
つながる【繋がる】	162
つなぐ【繋ぐ】	066
つなげる【繋げる】	156
つぶす【潰す】	148
つまさき【爪先】	066
つまり	344
つむ【詰む】	036
つむ【積む】	158
つめ【爪】	066
つめる【詰める】	260
つもる【積もる】	124
つゆ【梅雨】	120
つまる【強まる】	124
つよめる【強める】	050

て

で	344
であう【出会う】	106
てい【低】	050
ていあん【提案】	314

索引 357

ティーシャツ～はば

ティーシャツ【T-shirt】─ 052
DVD デッキ【DVD tape deck】─ 236
DVD ドライブ【DVD drive】─ 236
ていき【定期】─ 030
ていけん【定期券】─ 150
ディスプレイ【display】─ 238
ていでん【停電】─ 238
ていりゅうじょ【停留所】─ 152
データ【data】─ 350
デート【date】─ 106
テープ【tape】─ 238
テーマ【theme】─ 350
てき【的】─ 328
できごと【出来事】─ 328
てきとう【適当】─ 320
できる─ 320
てくび【手首】─ 066
デザート【dessert】─ 046
デザイナー【designer】─ 256
デザイン【design】─ 176
デジカメ【digital camera 之略】─ 238
デジタル【digital】─ 238
てすうりょう【手数料】─ 276
てちょう【手帳】─ 232
てっこう【鉄鋼】─ 116
てってい【徹底】─ 320
てつや【徹夜】─ 018
てのこう【手の甲】─ 068
てのひら【手の平・掌】─ 068
テレビばんぐみ【television 番組】─ 166
てん【点】─ 138
でんきスタンド【電気 stand】─ 238
でんきだい【電気代】─ 276
でんきゅう【電球】─ 238
でんきりょうきん【電気料金】─ 276
でんごん【伝言】─ 344
でんしゃだい【電車代】─ 276
でんしゃちん【電車賃】─ 276
てんじょう【天井】─ 038
でんしレンジ【電子 range】─ 232
てんすう【点数】─ 216
でんたく【電卓】─ 186
でんち【電池】─ 222
テント【tent】─ 222
でんわだい【電話代】─ 276

ど【度】─ 182
とう【等】─ 194
とう【頭】─ 110
とうさん【倒産】─ 334
どうしても─ 148
どうじに【同時に】─ 300
とうぜん【当然】─ 018
どうちょう【道庁】─ 320
とうよう【東洋】─ 282
どうろ【道路】─ 132

トースター【toaster】─ 232
とおる【通る】─ 056
とおり【通り】─ 158
とおり【通り】─ 330
とおりこす【通り越す】─ 152
とおる【通る】─ 152
とかす【溶かす】─ 114
どきどき─ 078
ドキュメンタリー【documentary】─ 166
とく【特】─ 324
とく【得】─ 268
とく【溶く】─ 124
とく【解く】─ 330
とくい【得意】─ 330
どくしょ【読書】─ 210
どくしん【独身】─ 092
とくちょう【特徴】─ 324
とくべつきゅうこう【特別急行】─ 156
とける【溶ける】─ 124
とける【解ける】─ 330
どこか─ 130
ところどころ【所々】─ 132
とし【都市】─ 134
としうえ【年上】─ 086
としょ【図書】─ 350
とじょう【途上】─ 138
としより【年寄り】─ 086
とじる【閉じる】─ 034
とちょう【都庁】─ 282
とっきゅう【特急】─ 152
とつぜん【突然】─ 018
トップ【top】─ 200
とどく【届く】─ 162
とどける【届ける】─ 216
どの【殿】─ 092
とばす【飛ばす】─ 152
とぶ【跳ぶ】─ 168
ドライブ【drive】─ 168
ドライヤー【dryer・drier】─ 232
トラック【track】─ 172
ドラマ【drama】─ 174
トランプ【trump】─ 174
どりょく【努力】─ 100
トレーニング【training】─ 168
ドレッシング【dressing】─ 046
トン【ton】─ 194
どんなに─ 344
どんぶり【丼】─ 046

な

ない【内】─ 134
ないよう【内容】─ 330
なおす【治す】─ 082
なおす【直す】─ 068
なおす【直す】─ 300
なか【仲】─ 106
ながす【流す】─ 124
なかみ【中身】─ 194
なかゆび【中指】─ 068
ながれる【流れる】─ 124
なくなる【亡くなる】─ 074
なぐる【殴る】─ 068

なぜなら（ば）【何故なら（ば）】─ 346
なっとく【納得】─ 324
ななめ【斜め】─ 138
なにか【何か】─ 346
なべ【鍋】─ 222
なま【生】─ 046
なみだ【涙】─ 084
なやむ【悩む】─ 100
ならす【鳴らす】─ 068
なる【鳴る】─ 124
ナンバー【number】─ 182

に

にあう【似合う】─ 096
にえる【煮える】─ 050
にがて【苦手】─ 100
にぎる【握る】─ 068
にくらしい【憎らしい】─ 308
にせ【偽】─ 286
にせる【似せる】─ 330
にゅうこくかんりきょく【入国管理局】─ 142
にゅうじょうりょう【入場料】─ 276
にる【煮る】─ 050
にんき【人気】─ 302

ぬ

ぬう【縫う】─ 260
ぬく【抜く】─ 068
ぬける【抜ける】─ 078
ぬらす【濡らす】─ 068
ぬるい【温い】─ 320

ね

ねあがり【値上がり】─ 268
ねあげ【値上げ】─ 270
ネックレス【necklace】─ 056
ねっちゅう【熱中】─ 302
ねむる【眠る】─ 080
ねらい【狙い】─ 314
ねんし【年始】─ 024
ねんせい【年生】─ 216
ねんまつねんし【年末年始】─ 024

の

のうか【農家】─ 256
のうぎょう【農業】─ 262
のうど【濃度】─ 194
のうりょく【能力】─ 100
のこぎり【鋸】─ 222
のこす【残す】─ 320
のせる【載せる】─ 164

のせる【乗せる】─ 152
のぞむ【望む】─ 314
のち【後】─ 028
ノック【knock】─ 034
のばす【伸ばす】─ 068
のびる【伸びる】─ 076
のぼり【上り】─ 156
のぼる【上る】─ 138
のぼる【昇る】─ 120
のりかえ【乗り換え】─ 156
のりこし【乗り越し】─ 156
のんびり─ 292

は

バーゲンセール【bargain sale】─ 146
パーセント【percent】─ 182
パート【part time 之略】─ 256
ハードディスク【hard disk】─ 238
パートナー【partner】─ 106
はい【灰】─ 114
ばい【倍】─ 194
はいいろ【灰色】─ 204
バイオリン【violin】─ 178
ハイキング【hiking】─ 174
バイク【bike】─ 158
ばいてん【売店】─ 146
バイバイ【bye-bye】─ 346
ハイヒール【high heel】─ 056
はいゆう【俳優】─ 256
パイロット【pilot】─ 256
はえる【生える】─ 112
ばか【馬鹿】─ 100
はく・ぱく【泊】─ 174
はくしゅ【拍手】─ 070
はくぶつかん【博物館】─ 144
はぐるま【歯車】─ 222
はげしい【激しい】─ 170
はさみ【鋏】─ 232
はし【端】─ 138
はじまり【始まり】─ 018
はじめ【始め】─ 020
はしら【柱】─ 038
はずす【外す】─ 070
バスだい【bus 代】─ 276
パスポート【passport】─ 284
バスりょうきん【bus 料金】─ 276
はずれる【外れる】─ 124
はた【旗】─ 222
はたけ【畑】─ 130
はたらき【働き】─ 244
はっきり─ 100
バッグ【bag】─ 056
はっけん【発見】─ 330
はったつ【発達】─ 080
はつめい【発明】─ 330
はで【派手】─ 096
はながら【花柄】─ 204
はなしあう【話し合う】─ 106
はなす【離す】─ 062
はなもよう【花模様】─ 204
はなれる【離れる】─ 134
はば【幅】─ 194

はみがき～まわり

はみがき【歯磨き】	076
ばめん【場面】	180
はやす【生やす】	076
はやる【流行る】	164
バラエティー【variety】	174
はら【腹】	070
ばらばら（な）	070
バランス【balance】	058
はる【張る】	124
バレエ【ballet】	168
バン【van】	158
ばん【番】	146
はんい【範囲】	134
はんせい【反省】	310
はんたい【反対】	322
パンツ【pants】	052
はんにん【犯人】	288
パンプス【pumps】	054
パンフレット【pamphlet】	352

ひ

ひ【非】	310
ひ【費】	276
ピアニスト【pianist】	256
ヒーター【heater】	232
ビール【（荷）bier】	046
ひがい【被害】	124
ひきうける【引き受ける】	256
ひきざん【引き算】	186
ピクニック【picnic】	174
ひざ【膝】	070
ひじ【肘】	070
びじゅつ【美術】	176
ひじょう【非常】	324
びじん【美人】	096
ひたい【額】	062
ひっこし【引っ越し】	032
ぴったり	054
ヒット【hit】	266
ビデオ【video】	238
ひとさしゆび【人差し指】	070
ビニール【vinyl】	118
ひふ【皮膚】	058
ひみつ【秘密】	292
ひも【紐】	222
ひやす【冷やす】	050
びょう【秒】	184
ひょうご【標語】	334
びようし【美容師】	258
ひょうじょう【表情】	062
ひょうほん【標本】	112
ひょうめん【表面】	196
ひょうろん【評論】	346
ビラ	352
ひらく【開く】	112
ひろがる【広がる】	196
ひろげる【広げる】	196
ひろさ【広さ】	196
ひろまる【広まる】	134
ひろめる【広める】	134
びん【瓶】	234
ピンク【pink】	206
びんせん【便箋】	232

ふ

ふ【不】	334
ぶ【部】	134
ぶ【無】	196
ファストフード【fast food】	046
ファスナー【fastener】	222
ファックス【fax】	240
ふあん【不安】	308
ふうぞく【風俗】	134
ふうふ【夫婦】	108
ぶか【部下】	322
ふかまる【深まる】	120
ふかめる【深める】	330
ふきゅう【普及】	164
ふく【拭く】	260
ふく【副】	244
ふくむ【含む】	084
ふくめる【含める】	196
ふくろ・～ぶくろ【袋】	222
ふける【更ける】	020
ふこう【不幸】	294
ふごう【符号】	334
ふしぎ【不思議】	294
ふじゆう【不自由】	294
ふそく【不足】	196
ふた【蓋】	234
ぶたい【舞台】	180
ふたたび【再び】	200
ふたて【二手】	138
ふちょう【府庁】	284
ふちゅうい（な）【不注意（な）】	300
ぶつ【物】	224
ぶっか【物価】	270
ぶつける	158
ぶつり【物理】	210
ふなびん【船便】	162
ふまん【不満】	302
ふみこむ【踏み込む】	156
ふもと【麓】	134
ふやす【増やす】	196
フライがえし【fry 返し】	224
フライトアテンダント【flight attendant】	258
プライバシー【privacy】	288
フライパン【frypan】	224
ブラインド【blind】	038
ブラウス【blouse】	054
プラス【plus】	184
プラスチック【plastic・plastics】	118
プラットホーム【platform】	156
ブランド【brand】	266
ぶり【振り】	020
ぶり【振り】	102
プリペイドカード【prepaid card】	266
プリンター【printer】	240
フルーツ【fruits】	112
ふる【古】	028
ふる【振る】	070
ブレーキ【brake】	152

ふろ（ば）【風呂（場）】	038
プロ【professional 之略】	258
ブログ【blog】	164
ふろや【風呂屋】	144
ぶん【分】	196
ぶんすう【分数】	186
ぶんたい【文体】	334
ぶんぼうぐ【文房具】	232

へ

へいき【平気】	294
へいきん【平均】	196
へいじつ【平日】	024
へいたい【兵隊】	284
へいわ【平和】	284
へそ【臍】	058
べつ【別】	324
べつに【別に】	346
べつべつ【別々】	326
ベテラン【veteran】	092
へやだい【部屋代】	278
へらす【減らす】	198
ベランダ【veranda】	034
へる【減る】	198
へる【経る】	020
ベルト【belt】	056
ヘルメット【helmet】	056
へん【偏】	334
へん【編】	352
へんか【変化】	080
ペンキ【（荷）pek】	224
へんこう【変更】	246
べんごし【弁護士】	258
ベンチ【bench】	224
べんとう【弁当】	046

ほ

ほ・ぽ【歩】	070
ほいくえん【保育園】	144
ほいくし【保育士】	258
ぼう【防】	082
ほうこく【報告】	346
ほうたい【包帯】	082
ほうちょう【包丁】	224
ほうほう【方法】	330
ほうもん【訪問】	148
ぼうりょく【暴力】	308
ほお【頬】	062
ボーナス【bonus】	270
ホームページ【homepage】	164
ホーム【platform 之略】	156
ホール【hall】	144
ボール【ball】	172
ほけんじょ【保健所】	142
ほけんたいいく【保健体育】	210
ほっと	294
ポップス【pops】	178
ほね【骨】	060
ホラー【horror】	180

ボランティア【volunteer】	092
ポリエステル【polyethylene】	118
ぼろぼろ	054
ほんじつ【本日】	024
ほんだい【本代】	278
ほんにん【本人】	092
ほんねん【本年】	024
ほんの	198

ま

まい【毎】	020
マイク【mike】	224
マイナス【minus】	184
マウス【mouse】	240
まえもって【前もって】	020
まかせる【任せる】	300
まく【巻く】	082
まくら【枕】	234
まけ【負け】	306
まげる【曲げる】	070
まご【孫】	108
まさか	294
まざる【交ざる】	264
まざる【混ざる】	264
まし（な）	314
まじる【混じる・交じる】	206
マスコミ【mass communication 之略】	166
マスター【master】	210
ますます【益々】	198
まぜる【混ぜる】	048
まちがい【間違い】	332
まちがう【間違う】	332
まちがえる【間違える】	332
まっくら【真っ暗】	120
まっくろ【真っ黒】	206
まつげ【まつ毛】	062
まっさお【真っ青】	206
まっしろ【真っ白】	206
まっしろい【真っ白い】	206
まったく【全く】	332
まつり【祭り】	218
まとまる【纏まる】	326
まとめる【纏める】	326
まどり【間取り】	038
マナー【manner】	040
まないた【まな板】	224
まにあう【間に合う】	156
まにあわせる【間に合わせる】	030
まねく【招く】	218
まねる【真似る】	346
まぶしい【眩しい】	120
まぶた【瞼】	062
マフラー【muffler】	056
まもる【守る】	300
まゆげ【眉毛】	064
まよう【迷う】	314
まよなか【真夜中】	020
マヨネーズ【mayonnaise】	048
まる【丸】	206
まるで	346
まわり【回り】	126

索引 359

まわり～わり

まわり	【周り】	134
マンション	【mansion】	032
まんぞく	【満足】	294

み

みおくり	【見送り】	106
みおくる	【見送る】	106
みかける	【見掛ける】	064
みかた	【味方】	106
ミシン	【sewingmachine 之略】	234
ミス	【Miss】	086
ミス	【miss】	332
みずたまもよう	【水玉模様】	206
みそしる	【味噌汁】	048
ミュージカル	【musical】	180
ミュージシャン	【musician】	258
みょう	【明】	026
みょうごにち	【明後日】	026
みょうじ	【名字・苗字】	108
みらい	【未来】	028
ミリ	（法）millimetre 之略	198
みる	【診る】	082
ミルク	【milk】	048
みんかん	【民間】	284
みんしゅ	【民主】	284

む

むかい	【向かい】	138
むかえ	【迎え】	158
むき	【向き】	140
むく	【向く】	140
むく	【剥く】	050
むける	【向ける】	140
むける	【剥ける】	060
むじ	【無地】	206
むしあつい	【蒸し暑い】	122
むす	【蒸す】	050
むすう	【無数】	198
むすこさん	【息子さん】	092
むすぶ	【結ぶ】	266
むだ	【無駄】	294
むちゅう	【夢中】	302
むね	【胸】	060
むらさき	【紫】	206

め

めい	【名】	198
めい	【名】	336
めい	【姪】	108
めいし	【名刺】	246
めいれい	【命令】	246
めいわく	【迷惑】	302
めうえ	【目上】	088
めくる	【捲る】	352

メ

メッセージ	【message】	346
メニュー	【menu】	040
メモリー・メモリ	【memory】	234
めん	【綿】	118
めんきょ	【免許】	152
めんせつ	【面接】	246
めんどう	【面倒】	304

も

もうしこむ	【申し込む】	300
もうしわけない	【申し訳ない】	310
もうふ	【毛布】	038
もえる	【燃える】	126
もくてき	【目的】	300
もくてきち	【目的地】	140
もしかしたら		314
もしかして		314
もしかすると		316
もち	【持ち】	110
もったいない		294
もどり	【戻り】	246
もむ	【揉む】	060
もも	【股・腿】	070
もやす	【燃やす】	116
もん	【問】	216
もんく	【文句】	308

や

やかん	【夜間】	020
やくす	【訳す】	336
やくだつ	【役立つ】	246
やくだてる	【役立てる】	246
やくにたてる	【役に立てる】	246
やちん	【家賃】	278
やぬし	【家主】	094
やね	【屋根】	034
やはり・やっぱり		326
やぶる	【破る】	034
やぶれる	【破れる】	126
やめる	【辞める】	246
やや		198
やりとり	【やり取り】	162
やるき	【やる気】	102

ゆ

ゆうかん	【夕刊】	166
ゆうき	【勇気】	302
ゆうしゅう	【優秀】	102
ゆうじん	【友人】	094
ゆうそう	【郵送】	162
ゆうそうりょう	【郵送料】	278
ゆうびん	【郵便】	162
ゆうびんきょくいん	【郵便局員】	258
ゆうり	【有利】	246
ゆか	【床】	038
ゆかい	【愉快】	304
ゆずる	【譲る】	302
ゆたか	【豊か】	294
ゆでる	【茹でる】	050
ゆのみ	【湯飲み】	224
ゆめ	【夢】	296
ゆらす	【揺らす】	110
ゆるす	【許す】	310
ゆれる	【揺れる】	126

よ

よ	【夜】	122
よい	【良い】	296
よいしょ		346
よう	【様】	102
ようじ	【幼児】	094
ようび	【曜日】	026
ようふくだい	【洋服代】	0278
よく	【翌】	026
よくじつ	【翌日】	026
よせる	【寄せる】	164
よそう	【予想】	316
よのなか	【世の中】	136
よぼう	【予防】	082
よみ	【読み】	336
よる	【寄る】	140
よろこび	【喜び・慶び】	304
よわまる	【弱まる】	080
よわめる	【弱める】	038

ら

ら	【等】	094
らい	【来】	028
ライター	【lighter】	226
ライト	【light】	240
らく	【楽】	296
らくだい	【落第】	216
ラケット	【racket】	172
ラッシュ	【rush】	152
ラッシュアワー	【rushhour】	154
ラベル	【label】	226
ランチ	【lunch】	040
らんぼう	【乱暴】	102

り

リーダー	【leader】	094
りか	【理科】	210
りかい	【理解】	326
りこん	【離婚】	110
リサイクル	【recycle】	114
リビング	【living】	038
リボン	【ribbon】	226
りゅうがく	【留学】	210
りゅうこう	【流行】	304
りょう	【料】	278
りょう	【領】	136
りょう	【両】	140
りょうがえ	【両替】	266
りょうがわ	【両側】	140
りょうし	【漁師】	258
りょく	【力】	332

る

ルール	【rule】	288
るすばん	【留守番】	032

れ

れい	【例】	248
れい	【礼】	310
れいがい	【例外】	248
れいぎ	【礼儀】	310
レインコート	【raincoat】	248
レシート	【receipt】	266
れつ	【列】	202
れっしゃ	【列車】	158
レベル	【level】	248
れんあい	【恋愛】	304
れんぞく	【連続】	202
レンタル	【rental】	160
レンタルりょう	【rental 料】	278

ろ

ろうじん	【老人】	088
ローマじ	【Roma 字】	336
ろくおん	【録音】	240
ろくが	【録画】	240
ロケット	【rocket】	154
ロッカー	【locker】	234
ロック	【lock】	034
ロボット	【robot】	226
ろん	【論】	348
ろんじる・ろんずる	【論じる・論ずる】	348

わ

わ	【羽】	110
わ	【和】	034
ワイン	【wine】	048
わが	【我が】	034
わがまま		102
わかもの	【若者】	088
わかれ	【別れ】	306
わかれる	【分かれる】	326
わく	【沸く】	050
わける	【分ける】	326
わずか	【僅か】	198
わび	【詫び】	310
わらい	【笑い】	306
わり	【割り・割】	186

わりあい【割合】	186
わりあて【割り当て】	248
わりこむ【割り込む】	266
わりざん【割り算】	186
わる【割る】	050
わん【椀・碗】	226
わん【湾】	128

【QR累積實力 03】

QR-Code
線上音檔

突然聽懂＆脫口而出，生存武器！
10秒 檢定・職場 留學、生活、文化 N3高頻 跟讀法 單字（25K）

- ■ 發行人／林德勝
- ■ 著者／吉松由美、西村惠子、林勝田、山田社日檢題庫小組　合著
- ■ 出版發行／山田社文化事業有限公司
  　地址　臺北市大安區安和路一段112巷17號7樓
  　電話　02-2755-7622　02-2755-7628
  　傳真　02-2700-1887
- ■ 郵政劃撥／19867160號　大原文化事業有限公司
- ■ 英・日語學習網／https://www.stsdaybooks.com/
- ■ 總經銷／聯合發行股份有限公司
  　地址　新北市新店區寶橋路235巷6弄6號2樓
  　電話　02-2917-8022
  　傳真　02-2915-6275
- ■ 印刷／鴻友印前數位整合股份有限公司
- ■ 法律顧問／林長振法律事務所　林長振律師
- ■ 書+QR碼／定價　新台幣477元
- ■ 初版／2025年8月

© ISBN：978-986-246-906-4
2025, Shan Tian She Culture Co., Ltd.

著作權所有・翻印必究
如有破損或缺頁，請寄回本公司更換

線上下載
朗讀音檔

STS

山田社

STS

山田社